DIE SCHWERSTEN ENTSCHEIDUNGEN FÜHREN IMMER ZUM KOLLATERALSCHADEN.

KOLLATERALSCHADEN

EIN ANNIE OGDEN-KRIMI

FREDERICK
LEE BROOKE

Die englische Originalausgabe erschien 2013 unter dem Titel *Collateral Damage*.

KAPITEL 1 - ANNIE

Ein eisiger Wind wehte mir ins Gesicht, als ich hinaustrat. Januar in Chicago, frühmorgens in der Dunkelheit – ja sicher, es war ungemütlich, aber ohne meinen Morgenlauf kriegte ich den Hüttenkoller. Und Hüttenkoller machte mich zickig. Also lief ich jeden Morgen meine Runde, und danach gab's zweihundert Rumpfbeugen. So viele blieben noch übrig von den vierhundert, die ich in Camp Liberty drauf gehabt hatte.

Mit Musik in meinen Ohren joggte ich die Lincoln Avenue hoch. Praktisch jeden Morgen lief ich dieselbe Runde um Chicagos North Side, mal schneller, mal langsamer. Vom Wind geformte Schneeskulpturen lehnten sich gegen die Maschendrahtzäune. Immerhin war heute der Gehsteig trocken.

Bevor ich loslief, hatte ich die Kaffeemaschine eingeschaltet. Salvatore wollte mit mir ins Aquarium gehen. Ganze fünfmal hatte er mir letzte Woche mitgeteilt, dass wir heute unser Sechsmonatiges hätten. Obwohl es sechs Monate, zwei Wochen und drei Tage her ist, seit ich bei ihm eingezogen bin – für ihn war heute der große Tag. Aus irgendeinem Grund zählte er die ersten siebzehn Tage nicht mit.

Salvatore wiederholte andauernd, er habe ein Geschenk für mich. Eine Andeutung folgte der anderen. Trotz all seiner Andeutungen hatte ich keine Karte gekauft und schon gar kein Geschenk. Einmal war ich im Kaufhaus gewesen, aber es gab keine Karten für Halbjahrestage. Wer feiert denn schon sechs Monate zusammen? Man feiert doch nur ganze Jahre.

Salvatore war ein romantischer Spinner.

Die übertriebene Bedeutung, die er unserem Sechsmonatigen beimaß, beschäftigte mich immer noch, als ich in die Belmont Avenue einbog. Der Verkehr floss in ununterbrochenem Chaos vorbei, Busmotoren dröhnten und Taxis hupten – alles gedämpft durch meine Musik. In Schals gewickelte Pendler eilten vorbei und lehnten sich gegen den Wind, während Obdachlose sich über Mülleimer beugten und nach Essen suchten. Ein anderer Jogger hüpfte mir im Gazellensprung entgegen. Wir tänzelten ein wenig, um einander auszuweichen, bevor er sich links an mir vorbeidrängte.

In diesem Moment spürte ich einen Schlag ins Genick. Er war so stark, dass ich Sterne sah. Danach ging es blitzschnell. Aus meinem Jogging wurde von einer Sekunde auf die andere ein Überfall. Man sah es mir zwar nicht an, aber mein Training bei der Army ist immer präsent, direkt unter der Oberfläche. Sobald wir hörten, dass eine Rakete angeflogen kam, lagen wir im Dreck. Oder, wenn wir einen Blitz sahen. Einen Blitz zu sehen, war nie gut.

Ich schloss meine Augen, während ich mich duckte – mein Instinkt übernahm. Eine Stimme in meinem Kopf sagte, *das passiert nicht wirklich, du bist jetzt zu Hause.* Mein Blick schwenkte über die linke Seite. Der Schlag kam von links. Das menschliche Gehirn ist auf Beobachtung ausgelegt. Darin sind wir begabt.

Ich wurde ausgetrickst. Der Schlag kam von links, aber der Angreifer hing an meiner rechten Seite – buchstäblich. Ich spürte, wie sein Gewicht mich zu Boden drückte. Er hatte seinen Arm über meine linke Schulter geklemmt, stemmte sich aber von rechts auf mich, während er ein bizarres Kreischen ausstieß. Mein Körper bog sich unter seinem Gewicht. Ich konnte nicht sehen, wo sein rechter Arm war. Ich wusste, dass ich etwas unternehmen musste, bevor er mich ganz am Boden hatte.

Ich stellte meinen rechten Fuß in Position, drehte mich um die Hüfte und machte mit meiner Linken einen Rundschlag. Immer noch in seinem Griff eingeklemmt, hatte ich genug Reichweite, um ihn in die weiche Mitte seines Gesichts zu treffen. Ich spürte, dass er überrascht war und seinen Griff lockerte. Erst dann sah ich die Maske.

Mitt Romney-Masken waren in letzter Zeit überall aufgetaucht – bei Banküberfällen, Schießereien an Schulen, Vergewaltigungen. Attacken auf Jogger. Ich nutzte den Schwung, um meinen Absatz seitlich in sein Knie zu rammen. Meine Laufschuhe waren federleicht, aber meine Beinmuskeln waren voll durchtrainiert. Mein Angreifer stöhnte, ließ los und wich zurück. Dann lachte er wieder – ein krankes, groteskes, schrilles Gelächter.

„Was zum Teufel", rief ich. Ich sprang ein paar Schritte auf ihn zu und griff nach der Maske. Der Mistkerl war nicht viel größer als ich. Er wich zur Seite, und ich griff daneben. „Verschwinde! Lass mich in Ruhe! Was soll das?"

Die beste Verteidigung einer Frau ist ihre Stimme. Ich schrie so laut, dass die Passanten uns nicht länger ignorieren konnten. Mein Angreifer wich auf die Straße zurück, als sich ein Bus näherte. Er drehte sich um und lief direkt vor den Bus, ohne ihn zu sehen. Der Fahrer hupte. Erstaunlich, wie schnell Stadtbusse anhalten können. *Schade*, dachte ich, als der Bus wenige Zentimeter vor ihm stoppte. Ich sah Leute im Bus nach Haltestangen greifen und andere umfallen. Mein Angreifer schlängelte sich zwischen zwei vorbeifahrenden Autos durch und flitzte über die Belmont Avenue.

„Wenn ich so 'ne Scheiße sehe, wünschte ich, ich hätte meine Knarre dabei." Ein Mann im Ledermantel lief herbei. Er rief meinem Angreifer hinterher, aber dieser war schon weit weg und in der Menge verschwunden. Der breite, ununterbrochene Verkehrsfluss machte eine Verfolgung unmöglich.

„Danke", sagte ich.

„Kranke Typen", sagte der Mann. Er sah mich an, als kannte er mich. Er zeigte auf ein Werbeplakat an einem Gebäude in der Nähe, dann auf mich, dann wieder auf das Plakat – ein schwedisches Bikinimodel. Dieser verlogene Ausdruck von *Dich kenn ich doch*. Als ob ich ihr ähnlich sähe. „Hey, das sind nicht Sie, oder?"

„Das soll wohl ein Witz sein."

Das fehlte noch – ein willkürlicher Überfall gefolgt von einer willkürlichen Anmache, und das noch vor dem Frühstück. Genau, was ein Mädchen braucht, um sich begehrt zu fühlen, Jungs. Diese schweinische Besessenheit von blondem Haar. Irgendwann werde ich mir den Kopf rasieren, echt. Das Plakat beleuchtete im Winter ihren Weg zur Hochbahn, schürte aber auch ihre kranken Fantasien.

KOLLATERALSCHADEN

Die Entwicklung der Menschheit ist irgendwo falsch abgebogen. Wenn Männerhormone doch bloß einen Ausschaltknopf hätten.

Ich blickte mehrmals über meine Schulter, während ich langsam wieder mein Tempo aufnahm. Ich konnte diesen Freak nicht vergessen, dieses papageienartige Gekreische, die verrückte, schräge Maske. Wieso hat er mich ausgesucht? Wieso gerade mich? Wieso hat er es mitten unter all diesen Leuten getan? Wie verrückt muss einer sein, eine Frau hinterrücks anzufallen und sie dann auszulachen?

Ich musste mit meiner Schwester darüber reden. Alison und ich hatten, was Überfälle angeht, unsere eigenen Erfahrungen gemacht. Jeden Tag werden irgendwo auf der Welt Frauen vergewaltigt und ermordet. Ich habe es aus dem Internet, in einem Wald in Indien, sechs Jungen. Eine Schulparty in Ohio, drei Jungen und ein betrunkenes Mädchen. Ein Bus in Brasilien, junge Männer mit Pistolen hatten bis auf einen Kerl und seine Freundin alle Passagiere rausgeworfen und die Frau dann kollektiv vergewaltigt.

Bei meinen Morgenrunden trug ich kein Geld bei mir. Während des ganzen Vorfalls hatte ich meine Ohrhörer auf. Die Musik spielte weiter. Hätte dieser Kerl im Ledermantel nicht das Bild getrübt, ich hätte schwören können, dass alles nur ein Traum gewesen war. Jetzt lief ich nach Hause, durch dieselben Straßen, vorbei an denselben Bussen und Taxis und Leuten. Graue Streifen zogen am Himmel über dem See vorbei, als die Dunkelheit die Tore über Chicago öffnete und das Tageslicht hereinließ.

Ich wünschte, ich hätte ihn härter getroffen. Hätte ich ihn doch bloß niedergestreckt, anstatt ihn davonkommen zu lassen. Bei Überfällen verhalte ich mich nie sehr gut.

Während ich mich Salvatores Haus näherte und das Tempo anzog, stellte ich mir vor, wie ich diese Maske herunterriss und ihm meine Meinung direkt ins Gesicht schrie und ihm dann einen Fußtritt in dasselbe gab, damit er wusste, wie ich mich fühlte. Wie eine Frau sich fühlt.

KAPITEL 2 - ANNIE

Auf den letzten fünf Blocks beschleunigte ich zum Sprint mit angehobenen Fersen. Leute mit Babys und alte Menschen am Stock wichen zur Seite. Ich hatte das beklemmende Gefühl, dass mein Angreifer mich beobachtete. Vielleicht hatte er die Maske weggeworfen. Ich würde ihn überhaupt nicht erkennen. Er wusste, wo ich wohnte, wer ich war.

Ich öffnete die Tür mit dem Messingschild, auf dem D'Angelo/Ogden eingraviert war. Salvatore hatte das Schild drei Wochen nach meinem Einzug angebracht. Zuerst hatte es mich gestört. War ich für ihn eine Art Jagdtrophäe, mit der man die Tür markierte? Alison meinte, ich sollte froh sein, dass es mein eigener Name war. Auf die Briefe an meine Mutter schrieben die Leute *Mrs. John Ogden*. Meine Mutter hatte ihren Nachnamen *und* ihren Vornamen am Altar zurückgelassen.

Kaffeeduft lag in der Küche. Ich schälte mich aus meiner Trainingsjacke und hielt Ausschau nach meinem Freund, aber das einzige Geräusch war das Klicken der Dampfheizkörper.

Ich sah, dass die Schlafzimmertür immer noch halb offen stand, genau, wie ich sie hinterlassen hatte. Salvatore liebte es, auszuschlafen.

Ich nahm meine Tasse mit ins Bad und drehte die Dusche auf. Wie oft hatte ich mich im Irak nach einer Dusche gesehnt? Wenn wir irgendwo auf Patrouille gewesen waren, die ganze Nacht, bis zum Morgengrauen. Wenn wir uns verschanzt und gewartet hatten, bis es wieder dunkel wurde. Wenn du stundenlang beobachtest und wartest. Irgendwann beginnt es, dich zu jucken, und du denkst, eine Dusche wäre jetzt gar nicht mal so übel.

Ich könnte eine Liste mit Dingen erstellen, die ich in meinem Leben nie wieder als selbstverständlich hinnehmen würde. Duschen wäre ganz bestimmt auf der Liste. Wenn auch vielleicht nicht gerade an erster Stelle.

Als ich zur Dusche hinauskam, stand Salvatore in seinen Boxershorts da, gut gelaunt und spitzbübisch zugleich, und blockierte mir den Weg zum Handtuch. Normalerweise hing ich es an den Halter neben der Dusche, aber nach den Ereignissen von heute Morgen hatte ich es vergessen. Ich stand da völlig nackt und tropfte vor mich hin.

„Frohes Jubiläum", sagte ich.

„Du brauchst dich nicht anzuziehen." Salvatore reichte mir das Handtuch und ließ seine Grübchen unter dem Dreitagebart sehen.

„Hör zu, ich kann jetzt nicht."

„Na gut, ich dachte ja nur."

„Ich wurde überfallen."

„Was?"

Seine Aufmerksamkeit war geweckt.

In mein Handtuch gewickelt saß ich auf dem Bett und erzählte von der Mitt Romney-Maske, dem schweren Arm und meiner heftigen Reaktion. Salvatore ist ein Ex-Cop. Er war sieben Jahre lang bei der Oak Park Police und ist seit seiner Kündigung als Privatdetektiv tätig. Er wollte Details wissen, als hätten wir vor, meinen Angreifer aufzuspüren.

„Was ist mit den Schuhen? Hast du die Farbe bemerkt? Die Marke?"

„Nein."

„Denk nach, Annie. Schließ die Augen. Hol ihn vor dein geistiges Auge."

Ich tat, was er sagte. Ich sah den Kerl zurückweichen, nachdem ich ihm den Tritt verpasst hatte. Ich sah, wie er mich auslachte, während ich betete, dass der Bus ihn ins Jenseits befördern würde.

„Ich hab mich nicht auf die Schuhe konzentriert. Irgendwie dunkel, vielleicht grau. Nicht weiß oder orange oder so."

„Hast du die Stimme erkannt?"

Ich schüttelte den Kopf. Er versuchte, so viele Details wie möglich für einen Polizeibericht zusammenzustellen. Er fragte nach Ringen, Tätowierungen, Narben und Piercings. Auch wenn ich jedes Mal mit Nein antwortete, verlor er nie die Geduld. Er nicht, ich dagegen schon.

„Es geschah viel zu schnell. Ich hab bloß reagiert. Er schlug mich, ich schlug härter. Ich denke, ich hab seine Nase getroffen. Ich meine, durch die Maske."

„Das heißt, wir suchen nach einem Kerl mit gebrochener Nase?" Wir saßen auf dem Bettrand. Salvatore legte seine Hände um mein Gesicht. Er sah mir in die Augen. „Wie geht es Annie Ogden nach diesem Vorfall? Bereit zu neuen Taten?"

„Es macht mich wütend", sagte ich.

„Kann ich mir vorstellen."

„Nein, kannst du nicht. Ständig sagst du das, aber du kannst dir nicht wirklich vorstellen, wie es ist, eine Frau zu sein und angegriffen zu werden. Angestarrt zu werden, nur weil du blondes Haar hast. Du kannst dir nicht vorstellen, wie es ist, dich zu fragen, ob jeder Fremde dich vergewaltigen würde, wenn du ihm die Gelegenheit dazu geben würdest."

„Ich hab doch gar keine Haare."

„Du weißt, was ich meine."

Er wollte witzig sein. Ich kann Leute nicht ausstehen, die immer gut gelaunt sind. Ich zog mich an, während Salvatore duschte. Später tranken wir eine weitere Tasse Kaffee in der Küche.

„Ich hab was für dich", sagte er.

Wir saßen am Küchentisch, und ich nahm die kleine Schatulle auf. Sie sah nach Schmuck aus. Die Art von Schmuck, die man R-I-N-G buchstabierte. *Nicht an dem Tag, an dem ich überfallen wurde*, dachte ich. Ich wollte unseren Halbjahrestag verschieben. Ich wollte diese Schatulle verschieben.

Er machte mir einen Antrag. Wenn man beschließt, jemanden zu heiraten, überlegt man es sich lange, bevor man mit dieser einen Entscheidung den weiteren Verlauf seiner Lebenskurve definiert. Mit diesem einen Wort. Schön, dachte ich, aber ich wurde *überfallen*. Wann reden wir *darüber*? Wie konnte ich ans Heiraten denken, wenn mir das Adrenalin zu den Ohren rauskam? Wie konnte er das übersehen?

Ich öffnete den Deckel. Hübsch in Samt eingebettet lag der größte Diamant, den ich je gesehen hatte, die Art von Diamant, wie Filmstars sie trugen. Ich drehte und wendete den Ring in meinen Fingern und bewunderte seinen Glanz. Ich fühlte sein Gewicht. Die Erinnerung an einen anderen Ring kehrte zurück, an einen anderen Ort zu einer anderen

Zeit, als ich das letzte Mal gefragt worden war. Unheimlich, wie die Vergangenheit einem in die Gegenwart folgt, still und heimlich, wie ein Stalker. Der Stalker nimmt sich Zeit, er hat alle Zeit der Welt, aber eines Tages, dachte ich, wird er mich erwischen. Ich verdrängte diesen Gedanken, diese Erinnerungen. Salvatore verdiente es nicht.

Salvatore schob mir den Ring über den Finger. Er wartete, bis ich aufsah.

„Ich liebe dich, Annie. Ich bin bereit."

Ich küsste ihn. „Ich auch. Bloß nicht an dem Tag, an dem ich überfallen wurde."

KAPITEL 3 - ANNIE

In dieser Nacht lag ich mit geschlossenen Augen in der Geborgenheit meines Bettes. Salvatore schnarchte leise. Den Tag hatten wir mit dem Feiern unseres sechsmonatigen Zusammenseins verbracht. Während ich auf den Schlaf wartete, durchlebte ich noch einmal den Schock, als der Mann mir ins Genick geschlagen und ich Sterne gesehen hatte. Verschiedene Bilder schwirrten in meinem Kopf herum. Die schrille Mitt Romney-Maske ... der Glanz des Rings im Sonnenlicht ... Salvatore, der sagt: „Ich bin bereit." Die Bilder in meinem Kopf waren mal scharf, mal verschwommen, und nahmen Formen an, die sich in weiten Bahnen umkreisten und unberechenbar umherflogen.

Wenn der Tag beginnt, hast du keine Ahnung, ob es ein gewöhnlicher Tag wie jeder andere wird, oder ob er dein Leben für immer verändert. Solche Dinge stehen nirgends geschrieben.

Wie konnte ich ahnen, dass der nächste Tag noch tiefgreifendere Ereignisse mit sich bringen würde? Wie konnte ich ahnen, dass ein Mensch, den ich einst geliebt hatte, zurückkehren würde? Ich hatte keinen blassen Schimmer von dem Mord, der geschehen würde. Ich ahnte nicht, wie meine Besessenheit und die der anderen außer Kontrolle geraten und unser Leben verändern würden.

An Schlaf war nicht zu denken.

Das orangefarbene Licht der Chicagoer Straßenlaternen schimmerte durch die Jalousien. Salvatores Dreitagebart törnte mich an. Ich wollte mit meinen Fingern über die Stoppeln fahren, die Rauheit fühlen. Tausende rasiermesserscharfe Spitzen, sie folgten der Rundung seiner Lippen, seines Kiefers, seines Kinns, und seine Barthaare liefen in der Grube unter seiner Unterlippe in feine Härchen aus. Die Logik dieses genetischen Musters faszinierte mich. Für dieses Muster könnte man eine Gleichung aufstellen.

Das Weiß bildete die Ausnahme. Da und dort hatte ein weißer Fleck die schwarze Fläche erobert, auf der linken Seite etwas mehr als auf der rechten, willkürlich verstreut wie Wildblumen, die sich auf einer Wiese ausbreiten. Dafür hätte nicht einmal Poincaré eine Gleichung gefunden.

Meine Schwester lebte in einem dieser alten Art déco-Gebäude, die man überall in Chicago findet. In einem Haus zu wohnen, das selbst ein Kunstwerk ist, erlaubte es ihr, sich als kultiviert zu verstehen, hatte sich doch ihr Abschluss in Kunstgeschichte auf dem Stellenmarkt als wertlos erwiesen.

Als ich am nächsten Morgen nach einer ganz miesen Nacht bei ihr eintraf, hatte ich nichts übrig für das Art déco-Treppenhaus oder den Deckenstuck. Alison stand in ihrer Tür im zweiten Stock und wartete. Ich hörte Stimmen, als ich die Treppe hochkam, erkannte jedoch dann, dass es ihr Fernseher war.

„Du hoffnungsloser Fall, wieso tust du so geheimnisvoll? Oh mein Gott, jetzt sehe ich die guten Neuigkeiten." Alison zog mich an der Hand, an der mein Ring steckte, herein. Sie studierte ihn genau.

„Annie, er ist reich. Schau doch, wie groß der ist."

„Mir ist egal, wie viel Geld er hat", sagte ich.

Sie umarmte mich. „Natürlich. Ich kann's nicht glauben, dass meine kleine Schwester endlich heiratet." Ich folgte ihr zum Sofa.

„Du kannst dir dein ‚endlich' sonst wohin schieben", erwiderte ich.

Der Fernseher war so laut, dass ich dachte, ihr Gehör ließe nach. Ich erblickte den berühmten weißen Haarschopf von Manning Mathers, dem Senator aus Florida. Wieder mal hielt er eine seiner Predigten über Sex-, Drogen- und Alkoholabstinenz. Er trat regelmäßig im Frühstücksfernsehen auf, in den Nachrichten, sogar in Late-Night-Shows. Senator Mathers ist Moralpredigt-Spam geworden. Nun, da Alison allein lebte, hatte sie es sich zur Gewohnheit gemacht, den Fernseher die ganze Zeit laufen zu lassen, egal was sie gerade tat. Ich war erstaunt, dass sie sich diesen Müll anhörte. Ich nahm die Fernbedienung und zappte Senator Mathers auf den Planeten zurück, von dem er gekommen war.

Alison sah mir tief in die Augen, und ich blickte zurück. Ein einzelnes weißes Haar schlich sich in die braunen Strähnen, die sie nach hinten zusammengefasst hatte. Meine Schwester war in den letzten Monaten älter geworden. Sie hatte Dinge durchgemacht, die man niemandem wünschte. Als könnte sie meine Gedanken lesen, fuhr sie fort: „Ich hoffe, dir kommen keine Zweifel nur wegen der Sache mit Todd und mir."

„Nicht wegen euch."

„Aber du hast Zweifel", sagte sie und traf ins Schwarze. Schließlich waren wir Schwestern. Wir legten uns zwar nicht gegenseitig die Worte in den Mund, doch ab und zu lasen wir die Gedanken des anderen. „Zweifel sind normal, Annie. Aus diesem Grund läuft das Ganze in zwei Schritten ab. Zuerst verlobt man sich, dann heiratet man. Du glaubst nicht, wie sehr sich alles in dem Moment ändert, in dem du dich verlobst. Wart's ab. Ich kann dir Geschichten erzählen ... Aber ich will dich nicht abschrecken. Du bist so ein Angsthase, wenn's um Verpflichtungen geht. Habt ihr schon ein Datum festgelegt?"

„Er will's im Sommer tun."

Alison blickte zur Decke und zählte die Monate. „Mom und Dad dürfte der Zeitpunkt egal sein, solange es Ende Sommer ist."

„Ihnen ist doch egal, wie lange wir verlobt sind."

„Für Mom ist das schon wichtig", sagte Alison. „Na ja, du bist dreißig. Du musst dir von Mom nichts mehr vorschreiben lassen. Aber dann hättet ihr ein halbes Jahr zusammengewohnt, stimmt's? War es nicht im August oder September?"

„Kurz bevor ..." Ich hielt rechtzeitig inne, bevor ich auf eine von Alisons Katastrophen zu sprechen kam. Ihre Twin-Tower-Ereignisse. Zuerst Mitte August ihre Fehlgeburt. Fürchterliche Schmerzen, vierzig Minuten im Badezimmer, und das Baby war weg. So beschrieb sie es mir, als ob es das schon gewesen wäre. Aber das war es nicht. Drei Wochen danach ließ ihr durchgeknallter Ehemann Todd sie sitzen. Von einem Tag auf den anderen, ohne was zu sagen, packte er seine Siebensachen und tschüss.

„Ich weiß, was du sagen wolltest. Ich werd's verkraften. Du bist mit Salvatore zusammengezogen, und peng, Todd zog aus. So ist das Leben."

Alison machte ein ulkiges Gesicht, aber es sah nicht echt aus. Ich wusste, wie viel Therapie hinter dieser gleichgültigen Haltung steckte. Bei so viel Unglück! Letzten Herbst hatte ich mir überlegt, bei ihr einzuziehen, aber das wollte sie nicht, weil es gerade da zwischen mir und Salvatore Ernst geworden war, und weil sie, wie sie immer sagte, ganz gut alleine zurechtkam. Ganz gut heißt im Vorstadtjargon meist so viel wie: mehr schlecht als recht.

„Schon was von diesem Versager gehört?"

Alison zuckte mit den Schultern. „Wir machen ein Schiedsverfahren. Das ist billiger als ein Anwalt, und es wird empfohlen, wenn beide raus wollen. Das Problem ist, er verschiebt ständig die Termine. Ich hab ihn seit sechs Wochen nicht gesehen."

Sie blickte wieder auf meinen Ring.

„Salvatore hängt extrem an mir", sagte ich. „Ein tolles Gefühl. Er ist so rücksichtsvoll und alles."

„Du hättest es schlimmer treffen können, Annie." Dann wurde ihr Ausdruck ernst. „Du sagtest, es gäbe schlechte Neuigkeiten. Sag nicht, du bist schwanger!"

„Ich wurde heute Morgen überfallen."

Meine Schwester verzog keine Miene. „Sag ich doch. Alles ändert sich, wenn man sich verlobt, Annie. Vor der Verlobung ist es leidenschaftliche Liebe. Sobald du deinen Diamanten bekommst, wird es ein Überfall."

Humor ist ein typischer Verdrängungsmechanismus, auch wenn weder meine Schwester noch ich dafür bekannt sind, viel davon zu besitzen. Alison lancierte des Öfteren einen zynischen Angriff. Sie konnte einen mit ihrer Sicht der Dinge zur

Verzweiflung bringen. Sie wollte solch schlechte Neuigkeiten genauso wenig hören, wie ich sie ihr erzählen wollte.

Den Teil mit dem Mann im Ledermantel, der seine Plakatfantasien auf mich projiziert hatte, erwähnte ich ebenfalls. Als Vorteenager waren meine Schwester und ich Opfer eines Sexualverbrechers geworden, solche Ereignisse hatten also eine besondere Bedeutung. Alisons Gesicht wurde drei Stufen bleicher, und rote Flecken deuteten ihren Zorn an.

„Das geschah in der Belmont Avenue? Um sieben Uhr früh?"

„Direkt neben dem Starbucks. Aus dem Fenster sahen vielleicht zehn Leute zu."

„Wo ist die verfluchte Polizei, wenn man sie braucht?" Alison wandte ihren Blick angewidert ab. „Für Parkzettel traben sie in Massen an, aber wenn eine Frau sich gegen jemanden wehrt, stecken sie sich Donuts in die Fresse."

„Es ging alles so schnell. Vermutlich hatte er die Gegend ausgekundschaftet, bevor er zuschlug. In dreißig Sekunden war alles vorbei, und er war über die Straße, bevor ich mich sammeln und ihm hinterher laufen konnte."

„Es gibt schon Idioten. Eine Frau könnte tot auf der Straße liegen, die Leute würden einfach vorbeigehen, während sie ihr Facebook checken."

„Was mich schockiert hat, war die Maske. Wieso trägt jemand so eine schreckliche Maske?"

Sie zuckte mit den Schultern. „Offenbar wollte er nicht erkannt werden. Und du, Annie? Wie hast du dich danach gefühlt? So was nimmt einen doch mit. Mich hättest du brabbelnd in der Zwangsjacke abführen müssen."

„Er hat von mir 'ne Kopfnuss gekriegt. Schönen Gruß von der Army. Ich glaub nicht, dass er das erwartet hat."

„Und einen Tritt ins Knie, sagtest du", sagte meine Schwester. „War er verletzt?"

„Wir werden's nie erfahren."

Sie nahm einen Umschlag vom Salontisch. „Aber wir werden erfahren, wer dir Post schickt. Hier, öffne ihn."

„Für mich?"

„Lag in meinem Briefkasten."

Alison redete etwas von persönlich eingeworfen, nicht mit der Post versendet, aber ich hörte nicht mehr zu. Ein Blick genügte, ein einziger Blick, und ich erkannte diese Handschrift. Ich wusste, wessen Schrift das war, aber ich verstand nicht, warum ich sie hier sah, in Chicago, in Alisons Briefkasten.

Auf der Vorderseite stand mein Name in krakeliger Schrift, wie sie nur jemand Bestimmtes benutzte. Die Handschrift war in mein Gedächtnis gebrannt wie keine andere.

Es war seine.

Aber wie war das möglich?

Ich drehte den Umschlag. Zugeklebt, nichts auf der Rückseite. Keine Briefmarke. Kein Absender. Nur *annie* vorne drauf, alles kleingeschrieben, an sich schon eine Botschaft. Ich kannte nur einen Mann, der alles kleinschrieb. Ich kannte nur einen Mann mit dieser Handschrift.

„Annie, du bist ja ganz rot. Alles in Ordnung?"

Von Emotionen überwältigt, ließ ich den Umschlag auf den Tisch fallen. Ich musste an den Irak denken, so viele andere Umschläge, andere Briefe. Diese Handschrift … aber was hatte das zu bedeuten? Menschen kehren nicht von den Toten zurück. Ich wusste, es war genau fünfhundertdreiundzwanzig Tage her, seit wir uns getrennt hatten. Die ersten drei Monate des Jahres haben immer genau neunzig Tage, außer in einem Schaltjahr, und das zweite Viertel hat immer einundneunzig. Ein paar Zahlen im Kopf zusammenzurechnen, war einfach. Das konnte jeder. Ich konnte solche Dinge ausrechnen, aber mir erklären, wie diese Handschrift hierher kam, das konnte ich nicht. Ich traute mich nicht, irgendwas zu sagen.

„Von wem ist er? Machst du ihn nicht auf?"

„Bloß Werbung. Kannst ihn wegwerfen."

Alison verzog ärgerlich ihre Miene. „Das ist keine Werbung. So hab ich dich ja noch nie erlebt. Was macht dieser Brief in meinem Briefkasten? Da steht dein Name drauf, Annie. Entweder öffnest du ihn oder ich tu's."

„Warte."

Alison wollte ihn schon aufreißen. Ich stand vor einem völlig neuen Problem. Ein Problem, mit dem ich nie und nimmer gerechnet hatte, aus dem einfachen Grund, dass ich nicht erwartet hatte, dass Michael Garcia mich je wieder kontaktieren würde.

„Wer hat ihn geschrieben, Annie? Ich habe ein Recht, das zu erfahren, er lag schließlich in meinen Briefkasten."

„Da hat sie recht."

Als ich seine Stimme hörte, war mir, als ginge eine Bombe hoch. Die Stimme kam von hinter mir. Ich hätte meinen Ohren nicht getraut, wenn ich Alisons Reaktion nicht gesehen hätte. Ich hätte gedacht, es wäre eine akustische Erinnerung, ein Streich, den mir mein Gehirn beim Anblick der Handschrift spielte. Aber das Gesicht meiner Schwester verzog sich zu einer angsterfüllten Fratze. Ich sah, wie sie tief Luft holte, und dann erfüllte ihr Schrei den Raum.

Ich warf mich herum. Wie war er hierhergekommen? Bei seinem Anblick blieb mein Herz buchstäblich stehen, dann begann es, zu rasen. Mein Hals schnürte sich zu. Sein strähniges, ungekämmtes Haar hing ihm fast bis zu den Schultern. Ich kannte ihn nur mit Kurzhaarschnitt. Er sah aus, als hätte er es seit seiner Entlassung aus der Armee nicht geschnitten. Wenigstens waren Bart und Schnurrbart getrimmt. Er sah dünn aus. Das Einzige, was sich nicht verändert hatte: seine großen, leuchtenden Augen.

Alison schrie und zeigte auf ihn, als wäre er ein messerschwingender Einbrecher. Michael lächelte, die Handflächen nach oben gedreht, ein Bild der Unschuld. Sie hörte erst dann zu schreien auf, als ich aufstand und zu ihm hinüber ging. Ich stand vor ihm, blickte in seine Augen und ließ sein hämisches Grinsen auf mich wirken. Ich spürte ein wirres Durcheinander von Gefühlen. Es war, als hätte jemand die ganze endlose, quälende Einsamkeit der vergangenen Jahre von mir genommen und die Flasche entkorkt, in der sie gesteckt hatte.

Ich holte aus und versetzte ihm mit meiner Rechten einen Kinnhaken. Ich legte all meine Kraft in den Schlag. Er hielt nicht mal die Hand hoch. Mein Schlag traf ihn so fest, dass er rückwärts taumelnd über seine eigenen Füße stolperte und stürzte. Meine Fingerknöchel schmerzten wie wahnsinnig. Michael landete auf dem Teppich und stieß sich den Kopf an der Wand. Ein paar Sekunden lang rieb er sich die Stelle, an der ich ihn getroffen hatte.

„Scheiße, Annie, wofür war das denn?"

Ich wandte mich wieder meiner Schwester zu, die immer noch auf dem Sofa saß und vor Staunen den Mund nicht mehr zukriegte. Ich zitterte am ganzen Leib.

„Alison, das ist Michael Garcia, mein Exfreund aus dem Irak. Michael, das ist meine Schwester."

KAPITEL 4 - ANNIE

—•⟨◦⟩•—

„Wie bist du hier reingekommen?", hauchte Alison. Ihren Schock konnte ich verstehen. Ich war immer noch mit meinem eigenen beschäftigt.

„Mit Türschlössern kenn ich mich aus", sagte Michael. „Sorry. Nicht, dass du denkst, ich hab dich etwa … beim Duschen oder so beobachtet."

Alisons Augen weiteten sich. „Gestern Abend hab ich geduscht. Du warst *gestern* schon hier?"

„Ich hab deine Privatsphäre respektiert. Ich wollte nur warten, bis Annie kommt."

Alison sah mich vorwurfsvoll an. Ihr Mund öffnete sich, und eine weitere Frage bildete sich. Ich sah ein neues Problem auf mich zukommen. Ich erkannte den Moment, als sie zwei und zwei zusammenzählte. Wenn das menschliche Gehirn mit mehreren Problemen gleichzeitig konfrontiert wird, verlangsamt es sich, um diese zu verarbeiten. Langsam aber sicher fiel bei ihr der Groschen.

„Moment mal, nicht *dieser* Michael."

„Genau *der*", bestätigte ich. Alison blickte von ihm zurück zu mir und trug ein riesengroßes

Fragezeichen auf der Stirn.

„Das ist unmöglich. *Der* ist doch tot."

Michael kniff sich theatralisch. „Ein paar Schrammen und Dellen, aber noch nicht tot."

Alison durchbohrte mich mit ihrem Blick. „Er müsste tot sein. Du hast mir erzählt, er sei tot. Was gibt ihm das Recht, hier einzubrechen und die Nacht hier zu verbringen?"

„Du hast ihr erzählt, ich sei tot?"

Hier war er, im selben Raum wie ich, und sprach mit mir, zum ersten Mal seit 523 Tagen, zusammengerechnet siebzehn Monate, zwei Wochen und drei Tage, und das Erste, was ich tat, war, seine Gefühle zu verletzen. Michael runzelte die Stirn, verletzt und überrascht zugleich.

Ich hatte gelogen. Das war mein Problem. Als Michael mich im Irak sitzen lassen hatte, hatte ich Alison erzählt, er sei getötet worden. Einfacher, als ihr von all den wirren, chaotischen Ereignissen zu erzählen, die in einem Happy End hätten enden sollen, es aber nicht getan hatten.

Sie hatte die Nachricht unseren Eltern weitergeleitet. Diese hatten es ihren Freunden erzählt. Bald war aus der Geschichte auch meine Geschichte geworden. Annie Ogden, dessen Freund getötet worden war. Als ich zurückgekehrt war, hatten alle als Erstes gesagt, wie dankbar sie seien, dass ich heil zurückgekommen bin. Als Zweites, wie bedauerlich es sei, dass es Michael nicht geschafft hatte.

Es gibt keine einfache Art, eine alte Lüge zu beichten, die man so lange aufrechterhalten hat. Sie war für mich ein Vorwand für so viele meiner Entscheidungen, zum Beispiel, mich mit keinen anderen Männern zu verabreden. Ich ließ andere Leute glauben, ich sei in Trauer. Was ich ja auch war, aber nicht so, wie alle dachten. In meiner Trauer gab es immer auch ein Fünkchen Hoffnung, wie die kleine Flamme der Hoffnung für einen Geliebten, der im Kampf vermisst wird.

Und hier war er also.

„Tut mir leid", sagte ich, was mehr oder weniger an beide gerichtet war und zwei völlig verschiedene Seiten meiner lausigen Entscheidung mit einschloss.

„Bei mir hat sich also ein Fremder eingenistet", sagte Alison. „Die Polizei kann ich nicht rufen. Was soll ich dazu sagen, Annie?"

„Du hast ihr erzählt, ich sei tot?", wiederholte Michael. „Das versteh ich nicht."

„Wenn du dir die Mühe machen würdest, dich an all die vergangenen Ereignisse zu erinnern, dann würdest du vielleicht verstehen, warum ich das getan habe", schoss es wie eine Tirade aus mir heraus. Es war mir egal. Alison hatte recht. Was zum Teufel machte er da? Uns ausspionieren? Wie viel hatte er mitgehört? Wir hatten von Salvatore gesprochen, von meiner Verlobung.

Die Art, wie Michael mich im Irak behandelt hatte, kehrte in vage zusammenhängenden Bildern in meine Erinnerung zurück. Das anfängliche elektrisierende Gefühl, als ich ihn gesehen hatte, hier im selben Raum wie ich, verschwand, als ich ihn zur Rede stellte.

„Wovon sprichst du?"

„Du weißt, was ich meine."

„Niemand geht und erzählt Freunden und Familie, sein Freund sei getötet worden, wenn es gar nicht wahr ist."

„Und was ist mit deinem abgekarteten Spiel zusammen mit Husker und den Jungs?"

Das half seinem Gedächtnis auf die Sprünge. Sein Ausdruck veränderte sich. Wir sahen uns in die Augen. Ein ziemlich guter Treffer. Was konnte er dazu sagen? Er hatte ein paar unvergessene Dummheiten komplett aus seinem Gedächtnis verdrängt.

„Kümmert euch nicht um mich, während ihr Army-Kumpels die Dinge klärt. Es ist ja nur mein Wohnzimmer. Ich möchte bloß wissen, wo du hier verdammt noch mal die ganze Nacht gesteckt hast. Mir egal, ob du ihr Ex bist. Wieso konnte ich dich nicht sehen?"

Ich setzte mich, und Michael ließ sich auf dem Sofa nieder. Er saß neben mir, aber wir berührten uns nicht. Ich spürte seine Wärme, so nah war er.

„Genau hier, auf diesem Sofa. Ich konnte ein paar Stunden ganz gut schlafen. Bis du um zwei nach Hause kamst."

„Das Restaurant machte um eins zu", sagte Alison vorsichtig.

„Ich hab dich hochkommen gehört. Ich schlafe nicht sehr tief. Mein Versteck hatte ich schon ausgesucht, ich musste nur noch reinschlüpfen."

„Und das wäre?"

Er deutete mit dem Finger darauf. „Dieser Schrank dort."

Alison sprang vom Sofa hoch und marschierte zum Schrank. „Ich habe meinen Mantel weggeräumt, als ich reinkam."

„Hab mir fast in die Hosen gemacht", sagte Michael.

„Ich hab die Tür geöffnet, ihn aufgehängt, die Tür zugemacht."

„Dann bist du in die Küche gegangen."

„Was trinken. Stimmt."

„Dann hab ich die Dusche gehört."

„Wo warst du? Los, zeig's mir."

Michael ging zum Schrank und kniete nieder. Ich folgte ihm und stand neben meiner Schwester. Ich konnte noch immer nicht glauben, dass Michael hier war, in Chicago, im selben Raum wie ich. Seine Arme und Beine sahen dünner aus. In der Army hatten wir uns körperlich fit gehalten. Nach seiner Heimkehr musste er nachgelassen haben.

Michael rutschte über den dicken Teppich rückwärts in den Schrank, bis sein Rücken gegen die Wand stieß, die Knie gegen seine Brust gezogen. Sein Körper war hinter Mänteln und Jacken versteckt. Hätte Alison nach unten geblickt, hätte sie seine Schuhspitzen gesehen. Aber dazu hätte sie die Mäntel zur Seite schieben müssen. Aus diesem Blickwinkel verdeckten die anderen Mäntel die Sicht auf seine Schuhe.

„Tut verdammt weh, diese Stellung, mit meinem Knie." Michaels Stimme klang gedämpft, als wäre er unter Wasser.

„Wo warst du, als ich geduscht hab?", fragte meine Schwester mit einem schlimmen Verdacht in der Stimme.

„Genau hier, die ganze Zeit über, ich schwör's."

„Und als ich schlafen ging? Mein Gott, ich hab in meinem Bett geschlafen, und er war …"

„Ich blieb die ganze Nacht in diesem Schrank. Saß hier die letzten neun Stunden oder so."

„Du musst bestimmt pinkeln gehen", sagte ich.

„Dringender geht's nicht", sagte Michael.

Kneif dich, Annie.

Alison und ich setzten uns wieder auf das Sofa und warteten. Bisher war der Irak der einzige Ort, an dem wir uns begegnet waren. Doch nicht der Ortsunterschied verunsicherte mich, sondern vielmehr die Tatsache, dass seine Rückkehr in mein Leben mit Absicht geschah. Michael Garcia hatte mich bei meiner *Schwester* gefunden. Er hatte einen Brief geschrieben, auf dem mein Name stand.

„Was ist mit deinem Knie passiert?", fragte ich, als er vom Klo zurückkam. Er hatte Mühe beim Gehen und offensichtlich Schmerzen.

„Das weißt du nicht?" Wieder dieses hämische Grinsen. Es erinnerte mich an andere Momente, als ich diesen Ausdruck gesehen hatte. Als müsste ich es wissen, als wäre ich erneut auf einen seiner Streiche reingefallen.

„Wieso sollte ich?"

„Siehst du nie in deine Jackentasche?"

Jetzt dämmerte es mir. Das schmerzende Knie. Diese komische Röte um seine Nase. Die Körpergröße passte. Und diese grauen Laufschuhe – das waren sie. Er war es. Michael war der Mann mit der Romney-Maske – mein Angreifer von gestern Morgen. Ich starrte ihn an und versuchte, aus seinem Blick schlau zu werden.

Jetzt war ich an der Reihe, mich verletzt zu fühlen. Ich spürte die Wut von gestern wieder in mir aufflammen. Alison mochte einen Einbrecher gehabt haben, aber ich war auf der Straße überfallen worden. Aber wieso hatte er es getan? Das Ganze ergab keinen Sinn.

Ich schob meine rechte Hand in die Tasche der Trainingsjacke, die ich gestern getragen hatte. Für gewöhnlich lag mein iPod darin, sonst nichts. Ich wollte nicht, dass sich das Kabel in den Schlüsseln oder im Wechselgeld verfing. Der Lautstärkeregler war am Kabel, sodass ich meine Hand selten in diese Tasche steckte. Dieser Umschlag war bestimmt nicht von mir da hinein gesteckt worden.

„Was ist das?" Auf der Vorderseite stand in Michaels Handschrift geschrieben: *Kollateralschaden*.

„Du scheinst was dagegen zu haben, Dinge, die von mir kommen, zu öffnen."

„Woher kommt das? Wie kommt das in meine …?"

Plötzlich ging mir ein Licht auf: Deshalb hat mich Michael angerempelt. Er hatte gar nichts geklaut. Der übliche Trick von Taschendieben ist es, dich abzulenken, indem sie dich anrempeln oder ihren Drink auf dir verschütten, um sich dann deine Brieftasche, dein Handy oder sonstige Beute zu grapschen. Michael hatte denselben Trick angewandt, nur war es sein Ziel gewesen, mir den Umschlag einzustecken.

„Kramst du nie in deinen Taschen? Das ist 'ne Einladung, mehr nicht." Er schien sich mehr darüber zu ärgern, dass ich seine Einladung nicht gefunden hatte, als über sein schmerzendes Knie.

„Wofür?"

„Zu 'ner Party. Was denn sonst? Ein Wiedersehen mit den Ehemaligen."

„Wieso überfällt er dich in aller Öffentlichkeit, um dich zu seiner Party einzuladen?", sagte Alison. „Und das mit einer Maske. Hatte jeder das Vergnügen, auf diese Weise eingeladen zu werden, oder nur meine Schwester?"

Michael hat schon immer gern Leute auf den Arm genommen. Daran musste ich jetzt unweigerlich denken – Erinnerungen, die ich schon längst begraben hatte. Mich auf der Straße anzurempeln, eine Verletzung bei ihm und mir zu riskieren, ein Geheimnis um Dinge zu machen, das war typisch Michael. Aber wie er es gemacht hatte, war nicht die entscheidende Frage. Die entscheidende Frage war, wieso gerade jetzt? Wieso diese leidige Sache wieder hervorkramen?

Während meine Schwester weitermeckerte, öffnete ich den Umschlag. Die Party war am Sonntag, in vier Tagen also. In Tampa. Aus der Einladung las ich, dass Michael mit seinem alten Kumpel Husker zusammenlebte.

„Wieso nennt ihr die Party ‚Kollateralschaden'?", fragte ich.

„Es drückt aus, wer wir sind. Was wir sind. Sie hatten ihren Krieg, sie bekamen, was sie wollten. Wir sind die Geschädigten."

„Ich bin nicht geschädigt. Sprich für dich selbst."

„Bist du dir da sicher, Annie?"

Alison verwarf die Hände. Sie hatte die Nase voll, ignoriert zu werden. „Ich mache uns Tee. Wer welchen möchte, muss kurz warten." Mit dieser Ankündigung verließ sie das Zimmer.

Wir sahen einander nur an. Er war derselbe Mensch, den ich im Irak kennengelernt hatte, derselbe Michael. Ich sah die Verletzlichkeit in seinen Augen. Alles andere an ihm strahlte Machogehabe und Selbstvertrauen aus. Seine Augen flehten mich förmlich an.

„Ich komm nicht zu deiner Party, Michael."

„Aber du musst kommen."

„Da sind bestimmt all die Kerle, die mich ausgelacht haben, als wir uns getrennt haben. Glaubst du, ich kann das einfach so vergessen?"

Seine Miene war ernst. „Das ist lange her, Annie."

„Fünfhundertdreiundzwanzig Tage, um genau zu sein."
Er lächelte. „Siehst du, sag ich doch."

„Es kommt mir vor wie gestern."

„Du sagst, du warst verletzt. Ich versteh dich gut. Aber ich war auch verletzt, Annie. Du hast mich auch verletzt."

„Wie habe ich dich je verletzt?"

Michael sah mich ungläubig an. Für mich war es immer noch ungewohnt, ihn mit Bart und Schnurrbart und mit diesen strähnigen Haaren zu sehen. Seine Augen suchten meine, suchten nach Ironie. Aber ich hatte es nicht ironisch gemeint.

Ich atmete tief ein und erwiderte seinen Blick. Hier waren wir, im selben Zimmer, saßen nebeneinander und redeten, zum ersten Mal seit fast zwei Jahren. Auch das hatte ich als selbstverständlich hingenommen. Ich hatte ihn als selbstverständlich hingenommen und ihn dann verloren, so plötzlich und endgültig, dass bis heute Narben zurückgeblieben sind. Er saß lächelnd da, als könnten wir einfach dort weitermachen, wo wir aufgehört hatten, aber ich hatte Narben. Harte Stellen tief in meinem Innern, Stellen, an denen ich keine Empfindung, kein Gefühl mehr hatte.

„Du hast vergessen, wie das Problem angefangen hat."

„Ach?"

„Zum Beispiel, als ich dich gefragt hab, ob du meine Frau werden willst, und du Nein gesagt hast."

„Ich hab nicht Nein gesagt."

„Doch, Annie. Aber hör zu, wir sind jetzt aus dem Krieg zurück. Wieder zu Hause. Wir sind nicht tot. Lass uns nicht mit diesem ganzen ‚Du hast gesagt, und ich hab gesagt'-Kram nicht anfangen."

Er benutzte häufiger dieses doppelt gemoppelte *Nicht*. Ich bekam weiche Knie, wenn ich mich daran erinnerte. Salvatore hatte kein doppeltes *Nicht* in seinem Wortschatz. Ich liebte es, konnte mir aber nicht verkneifen, anzufügen: „Okay, aber ich hab nicht Nein gesagt. Ich sagte, lass uns darüber reden."

Er grinste. „Komm mit zur Party. Ich bezahl dir den Flug."

„Du brichst in die Wohnung meiner Schwester ein, du trittst wieder in mein Leben, und du denkst, bloß weil du eine Schickimicki-Party schmeißt, werde ich all den Schmerz vergessen, mit dem ich in den letzten zwei Jahren fertig werden musste? Hast du sie nicht mehr alle?"

Da war es wieder, sein hämisches Grinsen. „Ich hab dich anständig gefragt. Ich hab dich auf kreative Art gefragt. Und für all den Aufwand bekam ich eine geschmiert und ein schmerzendes Knie."

„Du kannst von Glück reden, dass du davongekommen bist. Ich hätte dir den Hals umgedreht."

„Was ist mit dir los, Annie?"

„Was mit mir los ist? Was ist mit dir los, mich auf der Straße anzurempeln, mit einer Maske auf, während ich jogge?"

„Du hättest dein Gesicht sehen sollen. Zum Brüllen."

Alison kam mit drei dampfenden Tassen Tee aus der Küche zurück. Sie starrte uns misstrauisch an. Den letzten Teil unseres Gesprächs hatte sie mitbekommen.

„Du bist genauso mies wie mein Mann, der sich monatelang nicht blicken lässt."

„Darf ich vorstellen: Mein Angreifer. In Fleisch und Blut", sagte ich. Alison stand mit den Tassen vor ihm, hielt wie eine erfahrene Kellnerin zwei in der einen Hand und eine in der anderen, und sie sah aus, als spielte sie ernsthaft mit dem Gedanken, das kochende Wasser auf Michael zu kippen. Mit seinem schlimmen Knie würde er nicht schnell genug ausweichen können.

„Was bin ich, euer Sklave? Räumt das Zeug hier weg!"

Ich legte einen Stapel Zeitschriften auf den Boden. Michael schnappte sich den Umschlag vom Salontisch.

„Ich kam nicht umhin, mitzuhören." Er wedelte damit vor meiner Nase herum. „Du wolltest das in den Müll werfen?"

„Ich wusste nicht, von wem er war." Seine Miene verriet mir, was er von meinem neuesten Schwindel hielt. Er drehte ihn langsam um und deutete auf meinen Namen in seiner Handschrift. Ich stand auf und wurde laut. „Wenn ich sicher gewesen wäre, hätte ich ihr gesagt, sie soll ihn zerreißen. Zerreißen und die Papierfetzen verbrennen."

„Beruhige dich, beruhige dich."

„Ich hatte schon den Verdacht, dass der von dir ist." Mit meinem Nachdruck versuchte ich, meine Schwindelei etwas zu verharmlosen. „Und dann dachte ich, nein. Er hätte nicht den Mut. Ich hab nie und nimmer damit gerechnet, dass du mich je wieder kontaktierst. Und wenn doch, dann nicht mit einem anonymen Brief im Briefkasten meiner Schwester. Es hat überhaupt keinen Sinn ergeben. Verstehst du meine Überlegungen?"

„Dann ist ja gut, haben wir das jetzt geklärt." Michael grinste. „Er ist tatsächlich von mir. Ich bin tatsächlich hier."

„Auch wenn du eigentlich tot sein müsstest", sagte Alison.

Michaels Blick haftete die ganze Zeit wie fixiert an mir. „Du kannst wählen. Ich lese ihn laut vor, oder du kannst ihn selber lesen."

Regungslos saß ich da. Meine Muskeln zeigten keine Reaktion. Er hatte mich zu seiner Party eingeladen. Er war mir durch die Stadt gefolgt, hatte mich überfallen und sich in der Wohnung meiner Schwester verschanzt. Er wusste, dass ich mit Salvatore zusammen war, und dennoch blieb er hartnäckig. Was zum Teufel könnte in diesem Umschlag stecken?

„Mein Gott, Annie. Wie kannst du bloß vier Jahre in der Army verbracht haben und so ein Weichei sein?" Alison riss Michael den Umschlag aus der Hand.

Ich beobachtete, wie sich die Lippen meiner Schwester bewegten, als sie die Worte vorlas. Ich sah, wie ihr die Röte ins Gesicht schoss. Ich hörte nur einzelne Wortfetzen wie „Kugeln" und „Blut". Doch ich erkannte einen Rhythmus. Ich sah Michael an.

„Du hast ein Gedicht geschrieben?"

„Hör ihr zu."

Schließlich blickte meine Schwester auf. Zunächst sah sie mich an, dann Michael. Sie schüttelte den Kopf.

„Wie konntest du nur, Annie. Ich meine, unterm Strich spielt es ja überhaupt keine Rolle, aber allen zu erzählen, er sei tot, war wirklich, wirklich falsch, meinst du nicht auch?"

„Zeigst du mir endlich, was das ist?"

31

„Es ist wunderschön." Mit ernster Miene – und Michael ignorierend – reichte mir Alison das Blatt Papier über den Tisch.

annie

hab deinen namen mit kugeln
in die luft gefeuert
deine stimme gesehn, dein gesicht gehört
& dein haar einatmen wollen
leuchtspuren entflammten die n8 über uns
xplosionen überall
hielt dich fest, doch in nem Atemzug
verpufftest du zu luft

in meine haut dein name geritzt
mit meinem blut geschrieben
hab dich gespritzt, gesnifft, am Stück verschluckt
dich an meine eingeweide genäht
an mein herz genagelt, festgeklebt
das weltmeer dazwischen, verscholln in der zeit
mond & sterne am himmel so leer
du bist alles, was ich begehr

Meine Augen füllten sich mit Tränen, die ich nicht kontrollieren konnte. Das Blatt fiel zu Boden. Ich konnte es nicht fassen.

KOLLATERALSCHADEN

Michael hatte mich hier gefunden. Er war nach Chicago gekommen und hatte die ganze Nacht lang gewartet. Er lud mich nicht nur zu seiner blöden Party ein. Michael wollte mich zurückhaben. Mit dem Gedicht wurde alles klar.

Ich hatte während der ganzen 523 mühevollen Tage, seitdem er mich verlassen hatte, nie den Gedanken zugelassen, dass dieser Augenblick möglich wäre. Ich hatte es nie gewagt. Ich bin auch nur ein Mensch. Eiserne Selbstdisziplin war nötig, um diese Sehnsucht zu unterdrücken, doch ich hatte alle Zeit der Welt gehabt, um mich zu heilen. Ich war wieder stark geworden.

Und nun das.

Die seltsamsten Emotionen durchströmten mich. Ich fühlte mich so lebendig wie nie. Meine Gefühle, die mein Herz fast zum Bersten brachten, ließen mich gleichzeitig lachen und weinen.

du bist alles, was ich begehr

Das hatte Michael geschrieben. Darüber stand mein Name.

Ich.

KAPITEL 5 - ANNIE

—————◆∞◆—————

„Sehr speziell und intensiv und voller Leidenschaft", sagte meine Schwester. Alisons Hauptfach war Kunstgeschichte gewesen, aber am College hatte sie auch an verschiedenen Englischseminaren teilgenommen. Sie konnte sich prächtig damit amüsieren, über Gedichte zu labern. „Ich mag die Art, wie er den Netzjargon verwendet, zum Beispiel ‚n8' für ‚Nacht'. Das gibt dem Ganzen mehr Pepp."

„Schon gut, schon gut."

„Lass mich das Gedicht analysieren, Annie. Mich beeindrucken die Bilder von Körperteilen. Viele davon so selbstzerstörerisch, wie zum Beispiel deinen Namen mit Blut schreiben, sich etwas an die Eingeweide nähen oder ans Herz nageln. Schmerzhafte Bilder. Als hätte er sich selbst Schmerz zugefügt."

Ich sah Michael an. Die Vorstellung, dass er sich Schmerz zufügte, tat weh. Mein Blick trübte sich. Und wie von alleine kamen meine Arme hoch und fanden ihren alten Platz um seinen Hals. Michael umarmte mich zurück, umarmte mich fest, genauso wie damals. Er roch anders, weniger verraucht, und ich fragte mich, ob er aufgehört hatte. Wir blieben in der Umarmung, und alles, was ich denken konnte, war: *Michael liebt mich immer noch.*

Meine Schwester stieß einen tiefen Seufzer aus. „Männer tun verrückte Dinge, um Aufmerksamkeit zu erlangen, Annie. Das weißt du genauso gut wie ich."

Als keiner von uns antwortete, fuhr Alison fort: „Michael, hast du dich nicht mal vor einen Zug gestellt und bis zur letzten Sekunde gewartet, während all deine Freunde zusahen? Und bist dann dem hupenden Zug vor der Nase ausgewichen, und alle Mädchen haben geschrien und geweint?"

Michael löste sich langsam aus der Umarmung. „Annie hat dir davon erzählt?"

„Sie hat mir viele Geschichten erzählt. Klaust du immer noch Autos, oder hat die Armee das aus deinem Schädel gehämmert?"

Meine Schwester konnte sich sehr prägnant ausdrücken.

„Dürfte ich vielleicht deine Dusche benutzen?", sagte er. „Ist schon ein paar Tage her." Alison sah überrascht aus, stand jedoch wortlos auf und bedeutete ihm, ihr zu folgen. Als sie zurückkam, schüttelte sie ihren Kopf. Sie beugte sich vor und sah mir in die Augen. Von nebenan hörte ich die Dusche rauschen. Einen Moment lang erlaubte ich mir die Vorstellung, wie das Wasser über Michaels Körper floss. Seine Arme waren dünner, aber trotzdem … all die gemeinsamen Duschen …

„Ich hoffe, du wirst deinen Teddybären nicht verlassen, bloß weil ein Vollidiot auftaucht, den du mal gekannt hast."

„Nicht in einer Million Jahren", sagte ich.

„Du schuldest ihm gar nichts", sagte Alison.

„Ich weiß. Mach dir keine Sorgen."

„Versprochen?", fragte meine Schwester mit ihren berühmten hochgezogenen Augenbrauen.

„Natürlich. Denkst du, ich bin blöd?"

„Diese Umarmung hat mir gar nicht gefallen."

„Das hatte nichts zu bedeuten", sagte ich. Gleichzeitig spürte ich, wie in mir wieder die Wut hochkam. Mich bei meinem morgendlichen Joggen anzurempeln … in die Wohnung meiner Schwester einzubrechen … die Dinge, die vor fast zwei Jahren geschehen waren. „Glaub mir, es war nichts. Bloß eine spontane Reaktion auf sein Gedicht."

„Was wirst du Salvatore sagen?" Alison war entschlossen, Michaels Abwesenheit so gut wie möglich zu nutzen.

„Was ist schon dabei? Mein Ex taucht auf. Er geht wieder nach Hause, Ende der Geschichte. Salvatore hat auch seine Leichen im Keller, weißt du? Wer hat das nicht?"

„Mach es bloß nicht kaputt, Annie. Er behandelt dich besser, als du verdienst."

„Das sagt gerade die Richtige."

„Autsch."

Wir umarmten uns.

„Das hab ich dir noch nie erzählt", sagte Alison dann. Sie zögerte und suchte nach den richtigen Worten. „Weißt du, dieses Ganze: Michael ist tot oder nicht tot … Das hat mich an etwas erinnert. Ich hatte mir eingeredet, du würdest dort drüben sterben."

„Was meinst du?" Alisons Miene war seltsam. Sie sah ruhig und gelassen aus, während die Umrisse ihres Mundes fast ganz verschwanden.

„Ich hab oft mit mir selbst geredet, als wollte ich mich überzeugen. Ich sagte Dinge wie: ‚Vermutlich ist sie schon längst tot. Du hast nur noch nichts davon gehört.' Ich hielt oft lange Selbstgespräche."

„Aber wieso? Das versteh ich nicht." Es klang ein wenig seltsam.

„Ich war mir so sicher, dass dir was zustoßen würde, dass ich es immer wieder durchgehen musste, um mit meiner Angst zu leben."

„Du meinst, nur einmal?"

„Eigentlich jede Nacht vor dem Einschlafen, Annie. Nur so fand ich Schlaf. Todd hielt mich für verrückt."

„Ich hatte ja keine Ahnung."

„Na ja, es hat funktioniert, nicht wahr?"

„Du meinst, weil ich überlebt hab?"

„Ich hatte meine Methode." Alisons Augen wurden wässerig. Sie beugte sich vor, und wir umarmten uns erneut. „Annie, ich hatte solche Angst, als du gegangen bist. Die ganze Zeit, als du weg warst."

Mir fehlten ausnahmsweise einmal komplett die Worte. Ich hatte keine Ahnung, dass meine Schwester aus Angst um mich so viel durchgemacht hatte. Das hatte sie mir nie erzählt. Es war eine völlig neue Seite an ihr, die ich gar nicht gekannt hatte. Ich hielt sie in meinen Armen, während sie schluchzte.

Als wir klein waren, ich glaube, ich war sieben und sie neun, hat Alison einmal im Laden eine Packung Kaugummi geklaut. Wir standen an der Kasse. Beim Einpacken fiel ihr die Packung aus der Tasche, und unsere Mutter sah sie. Unsere Mutter kaufte uns nie Kaugummi oder Süßigkeiten.

Nach drei oder vier Nachfragen konnte sie Alison, deren Gesicht ganz rot geworden war, ein Geständnis entlocken. Unsere Mutter sagte, sie würde unserem Vater den Vorfall berichten müssen, und dann würde er Alison am Samstag mit in den Laden nehmen, um mit dem Besitzer zu sprechen.

Ich erinnerte mich an das Gefühl der Angst, das ich damals den ganzen Abend lang gehabt hatte. Ich war mir sicher gewesen, dass Alison ins Gefängnis wandern würde, und dann wäre sie für immer weg, und dann wäre ich ganz alleine. Die Angst davor, sie würde weggehen, hatte jeden Muskel meines siebenjährigen Körpers durchdrungen und mich gelähmt.

„Es war mir nie bewusst, was du durchgemacht hast. Obwohl, das war schon ein bisschen verrückt", sagte ich, nachdem sie sich erholt hatte.

„Es ist nicht verrückt, wenn dort drüben Soldaten getötet und verstümmelt werden. Das ist ein gefährlicher Ort, Annie. Ich habe mich psychologisch darauf vorbereitet, ein Einzelkind zu sein. Bin ich froh, dass du heil nach Hause gekommen bist."

„Ich auch."

Wir hielten uns an den Händen und schnieften immer noch, als Michael erschien, in denselben Klamotten wie zuvor, aber frisch duftend. Er hatte sich die Haare gewaschen. Eine Hand hatte er auf seinen Bauch gelegt, wie ein Bettler, der zu verstehen gibt, dass er hungrig ist. Wenn er dachte, er könne zum Essen bleiben, hatte er sich geschnitten.

„Michael, ich bin in einer Beziehung. Das weißt du doch."

„Na ja, klar", sagte er.

„Es ist schön, dich wiederzusehen, aber ich kann nicht zu deiner Party kommen. Grüß alle von mir, okay?"

Wir standen auf. Michael starrte mich aus rund zwanzig Zentimetern Entfernung an. Seine Haare waren nass, seine Augen leuchteten. Er freute sich nicht, er ärgerte sich nicht, er dachte nur nach. Vielleicht über den Irak. Vielleicht hatte er zum ersten Mal meine Sicht der Dinge gesehen. Meine Schwester unterbrach das Schweigen.

„Eben hatten wir von dir gesprochen", sagte Alison. „Bis vor einer halben Stunde glaubten alle außer Annie, du seist tot. Annie hat nie daran geglaubt, dass du zurückkehrst, weißt du."

„Du kannst mich nicht einfach auf der Straße anrempeln, mich durch die ganze Stadt verfolgen und dann von mir erwarten, dass ich mit dir durchbrenne."

Ein paar Sekunden lang sah er mich an und brach dann in Gelächter aus. „Ich kann's immer noch nicht glauben, dass du den Leuten erzählt hast, ich sei tot."

„Ich wollte mich selbst schützen. Ich dachte nicht, es würde jemanden verletzen, okay?"

„Wem hast du's erzählt?"

Darüber hatte ich bereits mit Alison geredet. Für Michaels Reaktion fehlte mir die Geduld.

„Zu deiner Information: Ich habe meinem Verlobten von deinem Überfall erzählt. Er wollte damit zur Polizei gehen. Nun muss ich ihm sagen, dass du das warst. Er wird ziemlich angepisst sein, wenn er sieht, dass du mich so behandelst. Er ist ein Ex-Cop, musst du wissen."

„Zeig ihm das Gedicht", sagte Michael. „Ich möchte wissen, was er davon hält."

„Bist du blind, Michael?" Ich hielt ihm den Ring vor die Nase. Nun sah ich, wie rot die Stelle um seine Nase war, an der ich ihn getroffen hatte. Ein Anflug von Mitleid erfasste mich. Wo kam das denn her? Er hat *mich* angerempelt. Er hätte mich verletzen können.

„Das ist nur ein Gegenstand", sagte Michael. Er legte sich die Hand aufs Herz. „Ich rede von dem, was hier drin ist."

Ich stieß ihn in Richtung Tür. „Ich bin in einer festen Beziehung. Ich bin verlobt."

„Seit gestern? Was heißt fest? Deine Umarmung sagte was anderes."

„Ich bin keine Maschine, Michael. Auch ich habe Gefühle. Ich hab mich gefreut, dich nach so langer Zeit wiederzusehen. Und ich war überrascht."

„Du gehörst zu mir."

„Michael, das bringt nichts. Das hat doch keinen Sinn."

„Ich warte auf dich", sagte er. „Ich hab schon so lange gewartet, da kann ich auch noch ein Jahr warten. Ich warte, bis ihr euch scheiden lasst. Ich könnte ewig warten."

Wir standen vor der Tür und sahen uns an. Wir redeten tatsächlich miteinander. Alles, was ich wollte, als Michael weggegangen war, war reden. Und jetzt sprach er von ewig. Er warf mit solchen Worten um sich, als wären es Dinge, die die Leute jeden Tag sagten. *Ich könnte ewig warten.* Wunderschöne Worte, die mir im Herzen wehtaten. Ich wusste gar nicht, dass er ein Dichter war. Es fühlte sich wunderschön an, das Objekt der Begierde zu sein. Doch ich hatte mir geschworen, mich nicht mehr von ihm verzaubern zu lassen. Nie wieder.

„Du wartest keinen einzigen Tag, du Blödmann", sagte ich. „Einmal reicht. Ich bin mit dir durch die Hölle gegangen."

„Du übertreibst."

„Die reinste Hölle."

„Na gut, aber davor war der Himmel, lange Zeit, dann vielleicht ein bisschen Hölle." Michael hatte immer eine Antwort parat.

„Bitte geh." Ich drehte mich um und kehrte zu meinem Sessel zurück. Als ich sah, dass er sich nicht bewegt hatte, änderte ich meinen Plan und ging zurück. Jemand musste ihn hinauswerfen. Ich drohte mit dem Finger. „Michael, du wirst mich nicht noch mal auf der Straße verfolgen oder anmachen. Ich werde eine einstweilige Verfügung beantragen. Ich werde zur Polizei gehen. Ist das klar?"

Blitzschnell wie ein Straßenräuber, der sein Messer zückt, ergriff er meine Hand, zog mich zu sich heran und küsste mich. Ich wehrte mich, aber er hatte mich fest im Griff. Ich spürte, wie seine Elektrizität mich durchfloss, lähmte und zum Schmelzen brachte. Seine Zunge bewegte sich suchend, und ich ließ ihn rein, einen winzigen Augenblick nur. Ich wollte es gar nicht. In Gedanken sah ich Salvatore mit schmerzverzerrtem und traurigem Gesicht. Aber ich war machtlos. Ich gab die Kontrolle auf. Michaels Zunge fand meine. Es war wie eine alte Sprache, an die ich mich immer noch erinnern konnte. Seine Augen bohrten sich in meine Seele, er sah mich an, flehte mich an und brachte meinen Vorsatz zum Schmelzen. Ich stieß mich von ihm ab und schnappte nach Luft.

„Michael Garcia, hau sofort ab. Ich will dich nie wieder sehen."

„Klar, ist gebongt." Aufgedreht und übermütig, ganz der Macho-König mit geschwellter Brust, schritt Michael zur Tür. „Du musst zur Party kommen, Annie. Alle wären begeistert. Nicht nur ich. Es wird toll."

„Ich hab's dir gesagt. Ich komme nicht." Vorsichtig schloss ich die Tür vor seiner Nase, vorsichtig, aber bestimmt, und drehte das Schloss um. Das Schloss, das er nach Lust und Laune öffnen könnte. Ich lauschte, ob er auch wirklich ging, bis ich die Stufen knarren hörte. Ich wartete, bis er einen Stock weiter unten war, lehnte mich dann gegen die Tür und rutschte wie eine weichgekochte Nudel zu Boden.

Fünfhundertdreiundzwanzig Tage, dachte ich, was hat es bloß mit dieser Zahl auf sich? Ich hatte zu viele Matheseminare besucht. Mein Gehirn knüpfte automatisch solche Verbindungen, ich konnte nichts dagegen tun. Sie kamen in den unmöglichsten Augenblicken. Plötzlich, wie eine E-Mail, die im Posteingang erscheint, erkannte ich die Bedeutung. Primzahlen. Die hundertste Primzahl war 523. An sich bedeutungslos, und doch … ein solcher Zufall, eine so überwältigend schöne Zahl unter all den Zahlen, Primzahlen, an sich schon von exquisiter Schönheit, und dass heute die hundertste Primzahl war, etwas exponentiell Schöneres als jede gewöhnliche Primzahl, und dass dies genau der Tag war, den Michael gewählt hatte, um wieder in mein Leben zu treten und ein Liebesgedicht mitzubringen, nach all meinem verzweifelten Schmachten und Sehnen und Weigern, die Hoffnung aufzugeben. Konnte das wirklich, wahrhaftig bedeutungslos sein?

Meine Schwester stand mit verschränkten Armen am anderen Ende des Zimmers.

„Du hast dich verändert, Annie. Manchmal bringst du mich echt zum Staunen."

„Meinst du?"

„Komm, ich spendiere dir was zu essen. Du warst so stark. Das war so schwierig. Ich hab alles gesehen. Du verdienst mehr als eine Auszeichnung. Du solltest heiliggesprochen werden."

Sie nahm mich mit zum Essen, und danach spazierten wir die Michigan Avenue hinunter, und den ganzen Nachmittag kostete es mich Mühe, mich zusammenzureißen, obwohl wir die nächsten vier Stunden nicht darüber sprachen. Es fühlte sich unglaublich gut an, am Leben zu sein. Ich fühlte mich in Sonnenschein gebadet, obwohl der Tag kalt und grau war.

Es war später Nachmittag, als ich wieder allein war, noch immer benommen, und als Salvatore anrief.

KAPITEL 6 - SALVATORE

Ich traf mich mit Annie im Restaurant. Beim Italiener in der Innenstadt, zu dem wir ab und zu gingen – schummriges Licht, rotzfreche Kellner, aber der Wein im Glas war erstaunlich günstig. Sie hatte bereits reserviert. Ich hatte nichts dagegen, am Abend essen zu gehen, zumal ich mich den Tag über ziemlich einsam gefühlt hatte. Sie hatte geplant, den Morgen bei ihrer Schwester zu verbringen und war schließlich den ganzen Tag lang dort, während ich wartete. Was soll ich sagen? Diese Frau hatte mich an der Angel.

Wir saßen da und nippten an unserem Wein. Es war noch früh, und das Lokal war halbleer.

„Also, wie geht's deiner Schwester?", fragte ich. Ich mochte Alison nicht und machte keinen Hehl daraus. Dass Todd sie verlassen hatte, das hatte sie schwer getroffen, aber sie war fünf Jahre lang mit diesem Kerl verheiratet gewesen. Dass sie mit einem solchen Versager zusammen gewesen war, sagte einiges über Alison aus. Ich musste aufpassen, was ich sagte, denn sie und Annie standen sich sehr nahe. Sie waren sich schon immer nahegestanden. Annies lange Abwesenheit, ihre heile Rückkehr, dann der ganze Schlamassel, den Alison durchgemacht hatte, als Todd sie sitzen lassen hatte, das alles hatte sie in den vergangenen Monaten noch näher zusammengeschweißt.

„Sie war ziemlich schockiert."

„Du meinst, als du ihr von uns erzählt hast?"

„Das auch. Und wegen des Überfalls gestern Morgen. Aber es ist noch was anderes passiert." Normalerweise war Annie nicht so zögerlich. Ich bemerkte, wie sie schon zum hundertsten Mal den Ring betrachtete. Sie hatte noch nie einen Ring getragen. Nun hatte sie diesen Klunker, und sie musste sich erst noch daran gewöhnen.

„Der Angreifer war ein Ex von mir. Kam sich besonders witzig vor."

„Ein Ex?" Wenn sie mir mehr erzählen wollte, dann gut. Wenn nicht, war es auch okay.

„Michael. Aus der Army."

Ich kramte in meiner Erinnerung. „Der einzige Michael, von dem du je erzählt hast, wurde von einem Heckenschützen getötet."

Sie nickte. „Das ist er."

„Der Tote."

„Der Teil mit seinem Tod war erfunden."

Ich wartete, bis sie mir in die Augen sah. Es wurde immer seltsamer. „Er ist nicht tot, und er taucht hier in Chicago auf und überfällt dich? Mit einer Maske? Dem du ins Gesicht geschlagen hast?"

„Er war schon immer ein Possenreißer."

„Versteh ich nicht. Aber, Annie, wie auch immer. Ich meine, er ist dein Ex und alles. Wieso hast du mir erzählt, er sei tot?"

Sie zögerte immer noch. Noch nie hatte ich sie so nervös erlebt. „Er hat mich verletzt. Das ist die einzige Erklärung. Ich weiß, das ist keine Entschuldigung. Mit Alison hat es angefangen. Nachdem er mich verlassen hatte, habe ich ihr erzählt, er sei getötet worden. Es kam einfach aus mir raus. Dann ließ ich es so stehen, denn für mich war er sowieso tot.“

„Und dann hast du's allen erzählt.“

Sie wich meinem Blick aus. „Tut mir leid.“

Als ich Annie das erste Mal getroffen hatte, da hatte sie mir nicht einmal ihre Adresse mitteilen können. Sie stand im Büro meiner Detektivschule. Ihre Mundwinkel begannen zu zucken. Ich sah, dass sie etwas sagen wollte, aber es kamen keine Worte heraus. Ich habe schon verschiedene Arten von posttraumatischer Belastungsstörung gesehen, aber ich habe noch nie jemanden getroffen, der seine Adresse nicht ausspucken konnte. Ich fragte sie, ob sie sie aufschreiben wolle. Es stellte sich heraus, dass es gar kein Sprachproblem war. Das Problem war, dass der Ort, den sie ihr Zuhause nannte, gar keine Adresse hatte.

Dass dies wiederum auf ein anderes Problem hindeutete, hätte ich vielleicht ahnen müssen, aber damals war ich so verknallt in sie, dass es mich nicht kümmerte. Es gibt Leute, die glauben nicht an Liebe auf den ersten Blick. Ich hatte geglaubt, ich gehörte auch dazu.

Sie nahm mich mit in ihr spezielles Zuhause. Wenn ich speziell sage, meine ich echt schräg. Sie hatte eine Hütte im Waldschutzgebiet östlich des Flughafens O'Hare in Besitz genommen. Dieses Waldstück trennte den Des Plaines River von der umliegenden Betonüberbauung. Diese kahlen Bäume sind so ziemlich das Letzte, was man beim Landeanflug auf Chicago sieht, bevor das Fahrwerk die Piste berührt.

KOLLATERALSCHADEN

Annies Hütte war eine alte, unbenutzte Ranger-Station. Budgetkürzungen. Sie hatte das Türschloss gewechselt, die Wände gestrichen und eine Fahne aufgehängt. Der zuständige Parkwächter, ein alter Vietnamveteran, erlaubte ihr, zu bleiben, solange keiner seiner Vorgesetzten Wind davon bekam. Mitten im Wald zu wohnen, fünfzehn Minuten bis zu ihrem Auto zu gehen und noch weiter, um Hilfe zu holen, flößte ihr keine Angst ein, sondern beruhigte sie.

„Du hast einen komischen Geschmack in Sachen Wohngegend", sagte ich.

„Es gab entweder das oder das Haus meiner Eltern in der Vorstadt", sagte Annie. „Viel zu ruhig dort draußen. Da hab ich Panikattacken bekommen." Sie erzählte, wie laut es in Camp Liberty war, wie Flugzeuge und Hubschrauber und Lastwagen vierundzwanzig Stunden am Tag vorbei donnerten, ganz zu schweigen von den Granaten und Raketen und Kugeln, die immer in der Nähe zu hören waren. Das Dröhnen der Düsenjets in diesem Wald half ihr angeblich, sich zu entspannen.

Im Minutentakt donnerte ein Flugzeug mit ausgefahrenen Landeklappen über unsere Köpfe und streifte praktisch die Baumwipfel. Annies Hütte stand in der Anflugschneise auf eine vier Kilometer lange Piste. Wir standen in der Lichtung vor ihrer Hütte, und ich sah auf das Wasser des Flusses, der fünfzehn Meter weiter unten am Hang vorbeifloss. Ein paar Libellen huschten übers Wasser. Ich sah Enten in der schlammigen Strömung treiben. Die waren vielleicht schon taub.

Ich erinnerte mich an diese Szene, als ich im Restaurant saß und mich fragte: Wieso erzählte sie mir von ihrem Ex? Ausgerechnet derjenige Ex, mit dem es ihr am ernsten gewesen war. Er war gar nicht tot. Er lebte und war hier. Wieso hatte er sie wieder kontaktiert?

„Ist okay, Annie." Ich schob die Kerze und Blumenvase beiseite und nahm ihre Hände in meine. Es war nicht wirklich okay, aber ich redete es mir ein. „Es spielt keine Rolle, was mit deinem Ex ist. Fühlst du dich besser?"

„Ich glaub schon."

„Er war es also, der dich überfallen hat? Du hast gesagt, er sei weggerannt. Wie hast du rausgefunden, dass er es war?"

„Das wollte ich dir gerade erzählen, im Zusammenhang mit Alison. Der andere Schock. Wir saßen in ihrem Wohnzimmer und redeten, als Michael aus dem Nichts auftauchte. Einfach so."

„In ihrer Wohnung?"

„Er ist gestern eingebrochen, während sie im Restaurant war."

„Du meinst gestern Abend?", sagte ich.

„Er hatte sich in ihrem Garderobenschrank versteckt. Verbrachte die ganze Nacht dort drin. Er kam raus, als er unsere Stimmen hörte."

Annie erzählte mir von der Einladung, die Michael in die Tasche ihres Jogginganzugs geschmuggelt hatte, und dem Gedicht, das er in Alisons Briefkasten geworfen hatte. Offenbar war die Situation ernster, als ich zunächst gedacht hatte. Annie wurde von einem Exfreund mit Stalker-Tendenzen belästigt. Als ehemaliger Cop hatte ich Erfahrung mit Stalkern. Nach außen hin sehen sie nett und freundlich aus, aber in Wahrheit sind sie gar nicht verliebt, sondern gefährlich narzisstisch.

„Der Kerl hat's drauf", sagte ich. „Sag mal, soll ich auch mit dem Gedichteschreiben anfangen?"

„Ich hab ihn rausgeworfen", sagte Annie. „Alison kann's bezeugen. Ich hielt ihm das hier vor die Nase." Sie hob ihren glitzernden Klunker. „Ich sagte ihm klar und deutlich, ich bin mit dir zusammen, und wir sind verlobt."

KOLLATERALSCHADEN

„Und du glaubst, damit hat sich's?"

Annies Ja war etwas zu nachdrücklich, aber wir sahen in die Karte, bestellten unser Essen und begannen, über andere Dinge zu plaudern.

Den ganzen Abend hinweg ging mir dieser Kerl, Garcia, einfach nicht aus dem Kopf, und es gab einige Details, die mich beschäftigten. Wieso der Überfall während ihres Morgenjoggings? Wieso die Maske? Wieso rief er sie nicht einfach an? Welcher Mann bricht in die Wohnung der Schwester ein und verlässt sich auf die geringe Wahrscheinlichkeit, dass Annie dort aufkreuzt? Wie lange hatte er vorgehabt, zu warten? Was hätte er getan, wäre sie nicht gekommen?

Wir hatten es mit einem Psychopathen zu tun. Wer weiß, vielleicht hatte der Krieg seine Hirnwindungen verdreht. Er lebte in Florida. Er war den ganzen Weg von Florida bis hierhergekommen, überfiel Annie auf der Straße und brach dann in die Wohnung ihrer Schwester ein.

Was hatte es mit dieser Wiedersehensparty auf sich? Ich zog den Schluss, dass Annie entweder naiv war oder etwas verschwieg. Ich war mir nicht sicher, was von beidem schlimmer war.

Ich war vierzig, zehn Jahre älter als Annie. Manchmal dachte ich, ich war zu verdammt alt, um mich zu verlieben. Ich hatte es bestimmt nicht darauf abgesehen, als sie in meiner Detektivschule aufgetaucht war. Sie hatte ihr Haar zu einem Pferdeschwanz gebunden, kein Make-up, kein Lächeln, überhaupt kaum einen Ausdruck im Gesicht. Sie war kühl und distanziert gewesen, ein klarer Fall von posttraumatischer Belastungsstörung, wie viele von ihnen. Aber von Anfang an hatte ich in diesen hellblauen Augen etwas gesehen, das mir gefiel.

Nun wurde mir bewusst, dass zumindest ein Teil ihrer Belastungsstörung darin bestand, über jemanden hinwegzukommen. Von außen sieht man einem Menschen nie alles an. Wie konnte ich nur annehmen, eine junge Frau wie Annie käme ohne Gepäck daher. Scheint so, als wäre ich hier der Naive.

Die meisten meiner Schüler sind männliche, grobschlächtige Muskelprotze, die gerade aus dem Wehrdienst kommen. Sie kehren zurück und suchen eine neue Richtung. Ich war nie im Militär, aber ich habe sieben Jahre bei einer Polizeitruppe verbracht und ich verstehe diese Jungs ziemlich gut.

Ich eröffnete meine Schule in dem Wissen, dass die Leute, die vom Aktivdienst kamen, Fähigkeiten mitbrachten, die sich gut für die Detektivarbeit eigneten. Das Geschäft lief gut. Jeder der sechs oder sieben Kurse, die ich im Jahr gebe, dauert einen Monat, und im Kurs sind jeweils zwischen drei und zehn Schüler. Ich zeige ihnen, wie man Computer bedient, Menschen überwacht, ihnen zu Fuß oder im Auto folgt und wie man Recherchen zu Finanzen betreibt. Ich weiß, wie man das Zeug interessant rüberbringt.

Ich leite auch ein eigenes Detektivbüro, und für einzelne Projekte heuere ich oft ehemalige Schüler an, wenn ich den Job nicht allein machen kann, oder wenn diese mir einen Auftrag mitbringen. Annie Ogden war im vergangenen Sommer die logische Wahl gewesen, vor allem, weil sie mir einen fetten Auftrag eingebracht hatte. Wir hatten nicht schlecht daran verdient, und es war sogar eine Reise nach Italien dabei gewesen.

Vielleicht lag es an der toskanischen Luft. Sie kam aus sich heraus. Der Fall war fast abgeschlossen, und unser Rückflug ging erst in einigen Tagen. Wir verbrachten einen Tag in

Siena, sahen uns alte, verfallene Kirchen an, aßen Eis auf der Piazza und hatten ein Dinner, das sich als romantisch erweisen sollte. Zufällig besuchte der Filmstar Russell Crowe ebenfalls dieses schicke Restaurant. Annie war es extrem peinlich, als ich mit meinem Handy ein Foto von ihm schoss. Ich dachte, das sieht ja keiner, doch dann kam ein Bodyguard herüber, riss mir das Handy aus der Hand und löschte das Foto. Er benahm sich, als täte er die ganze Zeit nichts anderes. Alle im Restaurant starrten uns an. Bald darauf ging die Filmstartruppe wieder.

Auf einmal brachen Annie und ich gleichzeitig in Lachen aus. Das war, denke ich, der Moment, in dem sie sich verliebte. Der ganze Stress der vergangenen drei Wochen war auf einmal weg, und hier war sie, in Siena, Italien, mit mir. Es trifft einen, wenn man es am wenigsten erwartet. An dem Spruch ist was dran. Und wenn es dich trifft, kannst du rein gar nichts dagegen tun.

Wieder zurück aus Italien war Annie bereit, mit mir zusammenzuziehen. Jemand musste sie schließlich aus dieser Hütte im Wald herausholen. Das war im Juli. Die letzten sechs Monate waren die glücklichsten meines Lebens, so glücklich war ich noch nie.

„Wenn du zu dieser Wiedersehensparty gehen willst, will ich dich nicht aufhalten", sagte ich, als unsere Teller kamen und wir zu essen begannen.

„Ich geh nicht, und ich will nicht darüber reden."

„Ich meine ja nur." Ich versuchte, ihr mitzuteilen, dass ich ihr vertraute. Ich traute diesem Garcia nicht, aber ich wusste, ich konnte Annie vertrauen.

„Ich hab ihm gesagt, wenn er mich weiterhin verfolgt oder belästigt, geh ich zur Polizei und hol mir eine einstweilige Verfügung."

„Das könnte schwierig werden."

„Wieso?"

„Wenn er dir keinen Schaden zugefügt hat. Du musst beweisen, dass eine Gefahr besteht, das heißt, etwas, das bereits passiert ist. Zum Beispiel, wenn eine Frau geschlagen wurde und ein Polizeibericht vorliegt. Dann kannst du eine einstweilige Verfügung beantragen."

„Dann krieg ich gar keine?"

„Nur wegen eines schlechten Gefühls? Nein. Wie könnte die Polizei das umsetzen, wenn man so einfach eine kriegen könnte? Jeder würde sich für jeden, mit dem er Streit hat, eine einstweilige Verfügung zulegen."

Sie zuckte mit den Schultern. „Er hasst die Polizei. Ich hab's bloß gesagt, um ihn abzuschrecken."

„Du glaubst also auch, dass er nicht so leicht aufgibt."

„Das hab ich nicht gesagt."

Wenn sie es für nötig hielt, Garcia einzuschüchtern, dann wusste sie genauso gut wie ich, dass er nicht aufgeben würde. Ich wollte sie nicht in die Ecke drängen. Ich wollte sie unterstützen. Ich wollte es ihr erleichtern, die richtige Entscheidung zu treffen. Ich wollte ihr helfen, stark zu sein.

Dass ihr die ganze Sache so unangenehm war, beunruhigte mich. Klarer Fall, es war an der Zeit, ein paar Nachforschungen über diesen Ex anzustellen.

KAPITEL 7 - ANNIE

Drei Tage, nachdem Michael aus dem Nichts erschienen war, rief mich mein Versager-Schwager Todd an. Ich hatte ihn noch immer in meinen Kontakten gespeichert, aber als sein Foto auf meinem Handy erschien, war ich überrascht. Seit Anfang September, als er meine Schwester verlassen hatte, hatte ich nicht mehr mit ihm geredet. Ich tippte auf den Bildschirm und stellte die Verbindung her.

„Hallo Todd, was gibt's?"

„Annie, lange nicht gehört. Hör zu, ich muss was mit dir besprechen."

„Nein, musst du nicht, Todd. Ich spiele nicht die Vermittlerin."

„Das hat nichts mit ihr zu tun. Es geht ums Geschäft. Sie wollen, dass ich eine Story über heimgekehrte Kriegsveteranen schreibe."

„Wenn das so ist, habe ich definitiv keine Zeit."

Todd war Reporter für den *Chicago Tribune*. Seinen Namen sah ich kaum je abgedruckt, sodass ich mich manchmal fragte, wie er über die Runden kommt. Überall, wo man hinsah, schienen die Zeitungen auszusterben.

„Komm schon, Annie. Gib mir nur ein bisschen Hintergrund. Irgendwas, womit ich was anfangen kann."

„Häng dich an die Veteranengruppen", sagte ich. Eigentlich hätte er selbst wissen müssen, wie er seinen Job zu tun hatte.

„Die sind auf meiner Liste. Aber ich will mit jemandem anfangen, den ich kenne. Komm schon, ich spendiere dir 'nen Kaffee."

Er nannte ein Lokal, und ich beschloss, dass es einfacher war, hinzugehen und eine Dreiviertelstunde zu verschwenden, als in den nächsten fünf Stunden sechzehn Anrufe von ihm entgegenzunehmen. Todd war der Typ, der niemals aufgab, wenn er sich etwas in den Kopf gesetzt hatte. Vermutlich machte ihn das zu einem guten Reporter, aber es machte ihn ebenfalls zu einer verfluchten Nervensäge.

Ich traf Todd im Starbucks an der Clark Street. Er sah komplett anders aus als damals, als ich ihn das letzte Mal gesehen hatte. Sein Haar war viel länger und nach hinten zu einem Pferdeschwanz zusammengebunden. Er hatte sich Bart und Schnauzer wachsen lassen. Wieso ließ sich jeder einen Bart wachsen? Sein Haar schien dunkler und schmieriger, als benutzte er eine Pflegespülung. Die Brille war verschwunden. Er war ziemlich schlank, und ich hatte ihn größer in Erinnerung. Wie kann jemand in der Größe schrumpfen? Als er mit meiner hochgewachsenen Schwester umhergezogen war, hatte er da Schuhe mit Absätzen getragen? Sein Kuss auf meine Wange dauerte eine Sekunde zu lang.

„Was gibt's Neues, Annie? Hey, schön dich zu sehen."

Wir saßen in weichen Sesseln, unsere Kaffees standen auf dem Tisch zwischen uns. Es gab nichts Neues. Zumindest nichts, was ich Todd Paine erzählen wollte. Früher oder später würde er meinen Ring bemerken. Ich wusste nicht, was ich zu seinem Bericht beizutragen hatte. Ich wartete ab, ob er nach Alison fragte. Ich hatte nicht vor, irgendwas preiszugeben.

„Gut siehst du aus, Annie. Wirklich gut."

„Komm auf den Punkt, Todd." Ich wusste, es würde so kommen. Er wollte mich über Alison ausquetschen. Bestimmt wollte er für sich einen Vorteil in ihrem Schiedsverfahren herausschlagen. Ich hielt ihm mein Handy hin und zeigte ihm sein Foto mit kurzem, gewöhnlichem Haar und der eckigen Brille. „Bin nicht sicher, ob du die Person bist, die ich treffen sollte."

Er lachte. „Höchste Zeit für 'ne kleine Veränderung, meinst du nicht auch?"

„Höchste Zeit für Vieles", sagte ich. Damit meinte ich Entschuldigungen, Kriegsentschädigungen, solche Dinge, aber Todd ignorierte den Kommentar.

„Okay, also wie war das? Ich meine, als du zum ersten Mal zurückkamst? Was war das Schwierigste?"

Einen Moment lang dachte ich nach, während ich mich im Starbucks umsah. Leute hämmerten auf ihre Laptops ein, zückten ihre Handys. Sie lebten vor sich hin, als gäbe es überhaupt keinen Krieg. Es kümmerte sie nicht die Bohne. Amerikaner, die in einem staubigen Land Arme, Beine oder ihr Leben verloren. Viele Leute hier waren vermutlich zu jung, um zu wissen, warum es Krieg gab.

„Es war schwer, mich anzupassen. Man kommt aus einem extrem geregelten Leben, wo man dir sagt, was du zu tun hast, was du zu essen hast und wohin du zu gehen hast, in ein Leben, in dem es keine Struktur gibt, niemanden, der dir sagt, was du tun sollst."

„Und wie bist du mit dieser Veränderung umgegangen?"

„Du meinst, ich persönlich?"

„Klar. Oder andere, die du kennst."

„Du kennst meine Geschichte, Todd. Deshalb hab ich nicht eingesehen, warum wir uns treffen sollten. Ich sah die Anzeige der Detektivschule. Ich dachte, das wäre vielleicht was. Ich machte den Kurs und suchte mir dann einen Job. Färbst du dir die Haare?"

„Das hier?" Er deutete auf seinen schmierigen kleinen Pferdeschwanz. „Das ist nicht gefärbt. Ich hab meine Haare noch nie gefärbt, Annie. Willst du mich beleidigen?"

Es war mir scheißegal, wenn ich ihn beleidigte. Bei der Art, wie er meine Schwester behandelte, ging ich ihm mit Vergnügen auf die Nerven. „Sieht unnatürlich aus."

„Dein Haar hingegen sieht … fantastisch aus, wie immer."

Sein unverhülltes Kompliment überraschte mich. Der Typ war immer noch mit meiner Schwester verheiratet. Es durfte nicht sein, dass Todd mich ansah und an fantastisch dachte, geschweige denn, es auszusprechen. Aus seinem Zögern schloss ich, dass er wusste, dass es ein Tabu war. Dennoch erlaubte er sich den Flirt. Ich wurde nicht schlau aus ihm.

Die meisten Leute hier waren allein. Genau wie meine Schwester. Wie konnte ich bloß Kaffee trinken mit diesem Schleimer, der sie sitzen lassen hat?

„Übrigens, einer deiner Freunde hat mich angerufen. Michael Garcia? Sagt dir das was?"

Ich schluckte und griff nach meinem Kaffee. Wieso zum Teufel kontaktierte Michael alle meine Bekannten? Hatte er vor, als Nächstes bei meinen Eltern anzuklopfen? Todd sah mich neugierig an.

„Klar, ich erinnere mich an ihn", sagte ich.

„Er erinnert sich definitiv an dich. Hat mir ein paar Geschichten erzählt."

„Was für Geschichten?"

„Ach, es ging vor allem um den Kampf gegen Aufständische. Technische Dinge über Waffen und Ausrüstung. Ach ja, und er sagte, dass ihr euch dort drüben gedatet habt. Klang nach 'ner ziemlich ernsten Sache."

„Sag mir eins: Wie ist er an deine Nummer gekommen?"

„Willst du darüber reden, Annie?" Todd griff in die Innentasche seiner Lederjacke und zog eine Packung Zigaretten heraus. Er klopfte eine heraus, schob sie sich unangezündet in den Mund und sah mich an.

„Todd, wieso sollte ich so was mit jemandem teilen wollen, und erst recht mit dir? Seit wann rauchst du?"

„Dann muss ich mich eben mit seiner Version der Geschichte zufriedengeben."

„Moment mal, du hast gesagt, ich würde nicht erwähnt werden. Ich will nicht, dass mein Name in der Zeitung steht. Was hat das überhaupt mit deinem Bericht zu tun? Wie hat er dich gefunden?"

„Ich vermute, über Alison, indirekt. Er kannte ihren Namen. Er schrieb mir eine E-Mail an den *Tribune*. Was ist schon dran, Annie? Menschen haben Beziehungen. Beziehungen enden. Sieh mich an." Er drehte die unangezündete Zigarette wie einen Kugelschreiber in seinen Fingern. Es nervte mich zu Tode. Ich sah, wie eine der Starbucks-Kellnerinnen die Zigarette ebenfalls beäugte.

„Wie kannst du das, was zwischen mir und Michael passiert ist, mit dem vergleichen, was du Alison angetan hast? Das ist doch krank."

Todd lachte so laut, dass die Leute aufsahen. „Der Vergleich war allgemein. Ihr habt nie geheiratet, stimmt's?"

„Wir hatten keine Kinder, im Gegensatz zu dir und Al."

„Na ja, nicht wirklich", sagte Todd.

„Was redest du für widerliches Zeug. Es hat ja fast geklappt."

„Wieso erzählst du mir nicht, was passiert ist, Annie? Du hast mich neugierig gemacht. Ich will deine Version der Geschichte hören."

„Ich mag's nicht, wenn andere Leute ihre Nase in meine Angelegenheiten stecken."

„Du bist mir wichtig, Annie. Ich würde dich nie verletzen." Er klopfte mit der Zigarette fünfmal auf den Tisch, um seine Aussage zu unterstreichen oder um mich zu nerven.

„Das soll wohl ein Witz sein. Du hast mich verletzt, als du meine Schwester sitzen lassen hast. Kapierst du das nicht? Sie ist meine Schwester. Sie ist mir wichtig. Du hast sie am Boden zerstört sitzen lassen. Wieso glaubst du, du kannst mit mir einen auf dicke Kumpels machen?"

Die Leute starrten herüber. Unser kleiner Disput war interessanter als die Webseiten, die sie sich gerade ansahen. Es war mir egal. Ich wollte, dass jeder in diesem Starbucks wusste, was für eine Ratte er war. Todd schien es ebenfalls egal zu sein.

„Ach, komm schon. Das war zwischen mir und deiner Schwester. Wenn es dir wehtut, Al mit einem Schnitt im Finger zu sehen, ist das dein Problem, oder?"

„Eine Fehlgeburt ist nicht gerade ein Schnitt im Finger. Du hast *mich* verletzt, als du meine Schwester drei Wochen nach ihrer Fehlgeburt sitzen lassen hast." Zwei oder drei der Leute stöhnten. Ein Punkt für mich.

„Du hast keine Ahnung, was zwischen mir und ihr los war. Vielleicht liegst du völlig falsch, Annie. Vielleicht solltest du dich für sie freuen."

„Jetzt, da ich weiß, was für ein Vollidiot du bist, freue ich mich. Sie hat an dich geglaubt. Sie ist besser dran ohne dich. Nur dein Timing war verdammt mies."

„Was soll der Ärger, Annie?"

„Ich hab's dir gesagt. Wenn du das nicht in deinen Schädel kriegst, kann ich dir nicht helfen. Du verschwendest deine Zeit und meine."

„Nur noch eine Frage. Etwas verstehe ich echt nicht. Wieso hast du allen erzählt, Michael Garcia sei tot?" Er musste schnell sprechen, weil ich bereits aufgestanden war. Ich hatte genug.

„Das hat er dir erzählt?"

„Ich erinnere mich, dass Alison es mir erzählt hat. Und dann erfuhr ich, dass er gesund und munter ist. Die Frage ist, wieso?"

„Geht dich nichts an, Todd."

„Du hast uns erzählt, er sei tot. Ich könnte das persönlich nehmen, weißt du, dass du uns angelogen hast. Aber als Journalist, der an einem Bericht über Irak-Veteranen schreibt, finde ich es eigentlich noch ganz interessant."

„Das gehört in keinen Bericht. Wenn ich es darin lese, werde ich deinen Arsch verklagen." Ich versuchte, das Gleichgewicht zu halten. „Was soll das überhaupt für ein Bericht sein? Macht man als Reporter so seine Arbeit?"

Er spielte schon wieder mit der Zigarette. Nun, da ich aufgestanden war, griff ich hinüber und schnappte sie mit einer schnellen Bewegung. Ich zerdrückte sie in meiner Hand und ließ die Stücke auf den Boden fallen.

„Was zum Teufel, Annie? Ich hab dir nur erzählt, was Garcia mir gesagt hat. Mir ist eingefallen, dass Al von deinem Freund erzählt hat. Sie nannte ihn nie beim Namen. Aber ich hab mich erinnert, dass sie mir erzählt hat, du hattest drüben einen Freund, der getötet worden war."

„Stimmt."

„Nun ist er hier und redet mit mir, so lebendig wie du und ich."

„Tut mir leid, okay?"

„Du musst dich nicht bei mir entschuldigen, Annie. Entschuldige dich bei ihm. Na ja, er lachte zwar darüber, als wäre das alles ein Riesenwitz."

„Ja, er lachte."

„Weißt du was?"

„Was?"

„Ich weiß nicht, warum, aber ich hab den Eindruck, er mag dich immer noch."

Ich spürte, wie mir die Röte ins Gesicht schoss. Ich sah, wie Todd grinste. Dieser manipulative Mistkerl. „Was für ein Schwachsinn", sagte ich.

„Oh, und er sagte, dass ihr alle dieses Wochenende zu einer Wiedersehensparty geht."

„Na und?", sagte ich.

„Für zurückgekehrte Veteranen muss das wichtig sein, miteinander in Kontakt zu bleiben. E-Mails und SMS schreiben, na ja, das ist nicht wirklich dasselbe, wie zusammen Party feiern, stimmt's?"

„Ich werd's nie erfahren."

„Gehst du denn nicht hin?"

„Nein."

„Echt? Wieso nicht?"

„Zunächst mal ist es in Florida."

„Garcia zählt total auf dich. Er hat's mir gesagt."

„Todd, hör auf, deine Nase da reinzustecken. Er bedeutet mir gar nichts."

„Schade, ich dachte, na ja, vielleicht könnten wir zusammen hinfahren."

Er sah tatsächlich so aus, als meinte er es ernst. Der Mann, der meine Schwester zum denkbar schlechtesten Zeitpunkt ihres Lebens sitzen lassen hat, wollte mich anmachen. Eine

Autofahrt, eine Party, was auch immer, es war ihm egal. Ich stand auf und verließ das Starbucks, ohne ein weiteres Wort zu sagen. Ansonsten wäre es eine weitere Stunde so weitergegangen, wie immer mit Todd. Hin und her, hin und her.

Todd hatte noch nicht mal meinen Ring bemerkt. Oder er hatte ihn einfach nicht erwähnt. Er war Journalist, bestimmt hatte er ihn bemerkt. Wieso hatte er nichts gesagt? Mir fiel auf, dass er sich gar keine Notizen gemacht hatte. Und auch keine Tonaufnahmen. Ich war schon fast zur Tür hinaus, als er mir hinterherrief.

„Bis bald, hoffentlich."

KAPITEL 8 - ANNIE

Das Treffen mit Todd war so schrecklich gewesen, dass ich erst mal Zeit für mich brauchte. Irgendetwas an diesem Gespräch war verdächtig, irgendetwas an Todd schleimiger als sonst, aber ich konnte nicht sagen, was mich am meisten beunruhigte. Wieso hatte Michael meinen zerstrittenen Schwager kontaktiert? Wieso war Todd daran interessiert, was zwischen mir und Michael vorgefallen war?

Ich konnte nicht zu Salvatore nach Hause gehen. Es war zu konfus und chaotisch, und ich musste allein nach einer Erklärung suchen. Ich wollte auch nicht zurück zu meiner Schwester. Michael könnte ja wieder auftauchen.

Ich fuhr zu meinem Waldrefugium in der Nähe des Flughafens und parkte auf dem Ostparkplatz. Von da aus nahm ich den Fußpfad zu meiner Hütte. Zu dieser Jahreszeit war der Wald ein Durcheinander aus kahlen Ästen, nassen Blättern und umgekippten Bäumen. Nur noch drei Monate, dann wäre meine ehrenhafte Entlassung ein ganzes Jahr her.

KOLLATERALSCHADEN

Ehrenhaft war so ziemlich das einzig Positive daran. In Wahrheit war ich völlig verkrampft und vor Trauer gelähmt nach Hause getaumelt. Damals, zum Zeitpunkt meiner Rückkehr, war ich seit dreizehn Monaten nicht mehr mit Michael zusammen gewesen, aber als ich noch im Irak war, hatte ich ihn die ganze Zeit gesehen, von Weitem. Durch meine Abreise aus dem Irak hatte ich nicht einmal mehr die Möglichkeit gehabt, sein Gesicht auch nur von weitem zu sehen. Unsere Trennung schien nun definitiv und endgültig zu sein. Wieder zu Hause, sah ich Michael nur noch an einem Ort: in den dunklen Ecken meiner eigenen Erinnerung.

Nach zehn Tagen wussten meine Eltern weder ein noch aus. Ich lag die ganze Zeit im Bett. Das Fenster ließ ich immer offen stehen, denn in meinen nächtlichen Fantasien stellte ich mir vor, wie Michael mich finden würde. Er würde den Irak verlassen und zu einer heldenhaften Odyssee um die Welt aufbrechen, die ihn zuerst nach Chicago führte, und dann, mit Hilfe eines inneren Radars, das wir durch unsere Leidenschaft aufeinander ausgerichtet hatten, würde er den direkten Weg in dieses verschlafene Nest finden, vierzig Kilometer außerhalb der Stadt, eine von mehr als zweihundert Vorstädten rund um die Stadt. Er würde zielstrebig auf mich zusteuern, nirgends falsch abbiegen und schließlich in der halbversteckten Sackgasse ankommen, in der meine Eltern wohnten. Er würde die Hauswand hochklettern, in mein Bett schlüpfen und mich die nächsten elf Jahre ununterbrochen in Ekstase versetzen.

Der Geist lässt wilde Szenarien entstehen und schafft Träume und Fantasien. Spät nachts erschien das alles plausibel, solange ich im Bett lag. Solange ich das Fenster offen stehen ließ. Der einzige Teil, der fehlte, war die Szene, als er mit mir Schluss gemacht hatte, und dann natürlich der

Vorfall danach, als er mich so sehr verletzt und schließlich vor all seinen Freunden darüber gelacht hatte, als wäre es nichts weiter gewesen als irgendeine Varietévorstellung für die Soldaten.

Ich sehnte mich nach dem Lärm der Lastwagen, Flugzeuge, Konvois, das alles erinnerte mich an Michael, aber das hier war eine Schlafstadt. Der Verkehrslärm in der Straße meiner Eltern war nie lauter als der UPS-Lieferwagen. Wenn ich manchmal nachmittags aufstand und meine besorgte Mutter am Küchentisch die Rechnungen zahlen sah, verbrachte ich Stunden weinend auf dem Wohnzimmersofa. Ich konnte ihr nicht sagen, was mich so traurig stimmte. Sie hielt mich einfach nur in den Armen und stellte keine Fragen.

So ging es zwei Wochen weiter, bevor ich in mein Auto stieg und tagelang durch die Stadt fuhr, zunächst nur im Fluchtrausch, später auf der Suche nach einer Bleibe, in der ich meinen Frieden fand. Die Ruhe der Vorstadt brachte mich um. Michael würde nie zurückkommen. Mein Verstand hatte über die nächtlichen Fantasien gesiegt, aber es war ein erbitterter Kampf gewesen, und manchmal fragte ich mich, ob es jemals wirklich vorbei wäre.

Manchmal war ich stundenlang umhergefahren, durch Stadt und Vorstädte, und hatte nie gewusst, wohin ich fuhr oder was ich suchte, wie ein Waisenkind, das sein Gedächtnis verloren hat. Eines Tages winkte mir das Glück. Ich fuhr die River Road in der Nähe des Flughafens entlang und staunte, eine Straße ohne Restaurantketten gefunden zu haben. Auf der rechten Seite lag kilometerweit nur Wald. Links, hinter einer Reihe gigantischer Hotels, lag der Flughafen. Als ich auf der Karte nachsah, fand ich heraus, dass Chicago ein Waldschutzgebiet hatte.

KOLLATERALSCHADEN

Am südlichen Ende des Waldes war ich auf eine alte Hütte gestoßen. Das Schloss war kaputt. Unter dem Jahrzehnte alten Lack schienen die nackten Holzplanken durch. Alison und Todd hielten mich für verrückt. Ich fühlte mich dort zuhause. Drei Tage lang versuchte ich, jemanden zu finden, der zuständig war. Dann sagte ich mir, zum Teufel damit, und begann, die Hütte auszumisten. Auch wenn man mich hinauswarf, harte Arbeit war immer noch besser, als im Haus meiner Eltern im Bett zu liegen. Bierdosen, Kondome, Verpackungen von Süßigkeiten, Zeitschriften und anderer Müll wanderte in Säcke. Ich schrubbte und desinfizierte den Boden, die Wände und alle anderen Oberflächen, baute ein neues Türschloss ein, ersetzte kaputte Scheiben, legte eine neue Schicht dunkelgrüner Farbe auf die Außenwand und hing die amerikanische Flagge an den Fahnenmast über der Tür. Es war die Flagge, die mir mein vorgesetzter Offizier bei der Entlassung überreicht hatte.

Jetzt trat ich in meine Hütte und schloss die Tür hinter mir. Das hier war ein guter Ort zum Nachdenken. Mittlerweile ging ich alle paar Wochen oder so vorbei, nur um sicherzustellen, dass alles noch da war. Ein verlassenes Haus kann Ärger geben, erst recht an einem verlassenen Ort wie diesem.

Mein Bett war immer noch tipptopp, und der Teekessel stand immer noch auf dem Herd, wo ich ihn hingestellt hatte. Ich setzte Wasser für einen Tee auf. Niemand hatte sich hier zu schaffen gemacht. Ich setzte mich auf einen meiner beiden Stühle und stützte die Ellenbogen auf den Tisch.

Todd war schon immer mehr als nur ein wenig sonderbar gewesen, was einer der Gründe war, weshalb er und meine Schwester sich immer gestritten hatten. Er hatte eine Sammlung alter, staubiger Handys, und um diese auszustellen, wollte er unbedingt Wandregale einbauen, welche die ganze Länge des Wohnzimmers einnahmen. Andere hatten ein Sofa und einen Sessel, einen Salontisch und einen Fernseher. Bei Todd stand der Fernseher zusammen mit ein paar Sesseln in der letzten Ecke. Für ein Sofa gab es keinen Platz mehr. Er hatte die Regale eingebaut, ohne Alison zu fragen. Trotz ihrer Proteste hatte er mit dem Einbau einfach weitergemacht.

Es ist falsch, wenn ein Mann seine Frau nach einer Fehlgeburt sitzen lässt. Egal was sonst zwischen zwei Menschen schiefgelaufen war, dies war der falsche Zeitpunkt für solch ein Verhalten. Er hätte einige Monate warten können. Alison würde ihm das nie verzeihen, und ich sah nicht ein, weshalb ich es tun sollte.

Sein heutiges Benehmen war seltsamer als sonst. Lag es nur daran, dass er so anders aussah? Oder war es bloß mein Ärger darüber, dass er Alison auf diese Weise verlassen hatte? Ich hatte das komische Gefühl, dass da mehr dahintersteckte. Irgendwas an der Art, wie er mich ansah, wie er sprach.

Es ärgerte mich, dass Michael Todd getroffen hatte. Todd war, was mich angeht, nicht wirklich eine vertrauenswürdige Informationsquelle. Ich hatte mich noch gar nicht an den Gedanken gewöhnt, dass Michael existierte, und schon hatte er sich mit Todd angefreundet. Zwei Männer, die überhaupt keinen Grund hatten, sich zu treffen. Und ich konnte es nicht fassen, was Michael ihm alles erzählt hatte.

Ein Teil von mir fühlte sich geschmeichelt. Hier in der Abgeschiedenheit dieser Hütte gestand ich es mir ein. Niemand sonst brauchte es zu wissen. Ich konnte es einfach nicht glauben, dass Michael Garcia mich zurückhaben wollte. Die längste Zeit war es mein einziger Wunsch gewesen, wieder mit ihm zusammen zu sein. Jede Zelle in meinem

Körper, jeder Nerv, jeder Teil meines Seins strebte nach einem Happy End mit Michael.

Michael selbst hatte mir keinen Grund zur Hoffnung gegeben. Mit der Zeit, als aus Monaten Jahre wurden, hatte ich die Hoffnung aufgeben. Nachdem ich dreizehn Monate ohne ihn überstanden hatte, war ich aus dem Irak abgereist und nach Hause zurückgekehrt und hatte einen großen Schritt in Richtung Akzeptanz des Verlustes gemacht.

Als vor einem halben Jahr unerwartet die Sache mit Salvatore zu blühen begann, war ich bereit, Michael für immer in der Vergangenheit zu versenken. Salvatore war komplett in mich verknallt. Ich wusste, er wollte mich heiraten, und er gab mir Zeit, mich an den Gedanken zu gewöhnen.

Und nun war Michael mit diesem Gedicht aufgetaucht, dieser Liebeserklärung.

Ich erschrak, als es an der Tür klopfte. Normalerweise hatte ich nicht viel Besuch.

„Wer ist da?", rief ich, ohne aufzuschließen.

„Halleluja, du bist da."

Ich öffnete und blickte in das lächelnde Gesicht meiner Schwester. Sie trug ihre Designerjeans, die schwarze North Face-Jacke und Ray-Ban-Sonnenbrille. Sie war erst zweimal hier gewesen. Ich war so überrascht, dass ich sie nur anstarrte. Ein Wunder, dass sie den Ort überhaupt gefunden hatte.

KAPITEL 9 - ANNIE

„Was machst du denn hier? Woher wusstest du das?"

„Gar nicht. Salvatore hat mir erzählt, mit wem du dich heute Morgen getroffen hast. Ich dachte, du müsstest dich danach vielleicht erholen. Ich selbst hab meinen Mann ewig nicht mehr gesehen. Ich dachte, vielleicht kannst du mir sagen, was mit ihm los ist. Ich bin aus einer Laune heraus hergefahren und hab deinen Wagen auf dem Parkplatz gesehen."

„Komm rein. Das Wasser kocht schon. Ich hab Grüntee, Schwarztee oder löslichen Kaffee."

„Grüntee", sagte Alison. „Findest du es nicht unheimlich, ganz allein in diesem Wald? Ich glaub's nicht, dass du früher hier schlafen konntest und auf diesen Pfaden joggen gegangen bist. Ich bin so froh, dass Salvatore dich hier rausgeholt hat."

Meine Schwester und ich haben uns auf verschiedene Weise mit dem Überfall in unserer Kindheit auseinandergesetzt. Wir waren im Wald überfallen worden. Ein Mann hatte am Straßenrand angehalten und war uns hinterher gelaufen. Er hatte mich eingeholt und wollte mich vergewaltigen, während Alison mit einem Stock auf ihn einschlug. Ich war acht, sie war zehn. Ein Polizeiwagen hatte gehalten, um das Auto des Mannes zu untersuchen, weshalb er den Übergriff abbrach.

Seitdem hatte Alison Angst vor dem Wald. Ich wurde damit fertig, indem ich im Wald lebte, allerdings in Gesellschaft von einer Menge Fluglärm.

„Ich war vier Jahre in der Army, Al. Ich hab gelernt, mich zu verteidigen."

„Du forderst das Schicksal raus."

„Ich wohne ja gar nicht mehr hier. Und außerdem habe ich Salvatore als Beschützer."

Alison sah unglücklich aus. Vielleicht dachte sie, dass ich vor ihr angeben würde, als ich das mit Salvatore erwähnte. Keine von uns wollte näher auf den Überfall im Wald eingehen. Der Täter hatte mit der Polizei geplaudert, war weggefahren und wurde nie gefasst.

„Also, wie geht's meinem Mann?", wollte sie wissen.

Ich erzählte ihr von Todds Zeitungsbericht über Irak-Veteranen. Ich erzählte ihr von seinem Pferdeschwanz und der nicht mehr vorhandenen Brille. „Ist er kleiner als du?", fragte ich.

„Um zwei Zentimeter. Trug immer Schuhe mit Absatz."

„Er raucht."

„Wieder die Glimmstängel", doppelte Alison nach. „Fünf Jahre lang hab ich versucht, ihn von Kontaktlinsen zu überzeugen, aber er hing so sehr an dieser Brille."

„Es hat mich tierisch genervt, dass Michael Todd kontaktiert hat", sagte ich. „Was gibt ihm das Recht dazu?"

„Was gibt ihm das Recht, in meine Wohnung einzubrechen? Glaubst du echt, Männer warten, bis jemand ihnen die Erlaubnis erteilt, Annie? Sei realistisch. Männer sind nicht so. Zumindest nicht die, die ich kenne."

Ich wusste, dass sie recht hatte, aber das machte es nicht besser. Ich mochte es nicht, dass Todd seine Nase in die Sache mit Michael und mir steckte, und ich mochte es nicht, dass Michael mit ihm darüber sprach.

„Annie, ich bin immer noch völlig baff, dass dein alter Freund am Leben ist. Es raubt mir den Schlaf. Du musst mir helfen. Was zum Teufel ist dort drüben zwischen dir und ihm passiert? Wie kamst du dazu, so was ... Ausgeflipptes zu tun?"

Ich seufzte. Alison war meine einzige Schwester. Meine Lüge hatte sie verletzt. Ich verstand, wieso sie es so genau wissen wollte. Sie versuchte, die Fakten in ihrem Kopf neu zu ordnen, damit sie zu dem passten, was Michael enthüllt hatte. Und das konnte sie nicht ohne mehr Informationen.

„Versprichst du mir, es nicht weiterzuerzählen?"

„Wem sollte ich es erzählen? Oh, du meinst Todd? Na klar versprech ich's, Annie. Denk doch nur an all die Geheimnisse, die wir über die Jahre für uns behalten haben. Wie kannst du so was sagen?"

„Es ist bloß, weil ... Na ja, als Michael auftauchte, wurde mir etwas bewusst. Es tut mir immer noch ziemlich weh, die ganze Sache."

„Also, du hast gesagt, er hat dich sitzen lassen?"

Ich ging zum Herd und goss Wasser in die Tassen. Ich beobachtete, wie der Tee aus den Beuteln ins Wasser strömte. Nach einer Minute nahm ich Alisons Beutel heraus und warf ihn weg. Ich mag den Tee stark, also ließ ich meinen noch eine Weile ziehen, wickelte dann die Schnur um den Beutel, um die letzten Tropfen herauszuquetschen. Ich zog immer stärker, um das Letzte herauszuholen. Plötzlich riss die Schnur mit einem Knall, und der Beutel fiel auf den Boden, wo ein großer nasser Fleck entstand. Meine Schwester verzog das Gesicht.

KOLLATERALSCHADEN

„Ich hätte da einen Vorschlaghammer, den du für die Teebeutel benutzen könntest."

„Du magst ihn nicht so stark, stimmt's?"

„Genau wie meine Männer", sagte sie.

„Michael trägt sein Haar jetzt auch so lang." Ich erinnerte mich, wie er im Irak ausgesehen hatte.

„Wie auch immer, ich konnte ihn nie dazu bringen, es sich noch mal zu überlegen, und … na ja, die Art, wie er vorgegangen ist, hat mich echt verletzt."

„Für gewöhnlich wird immer einer verletzt, wenn zwei Leute sich trennen, Annie."

Meine Schwester musste mir immer erklären, wie die Dinge funktionierten. Ich wusste, sie konnte nicht anders. Genauso wenig wie ich, als meine große Lüge zum ersten Mal aus mir heraus gekommen war.

„Vor der Army war Michael ein Autodieb in Buffalo."

„Das hast du mir schon vor Jahren erzählt", sagte Alison.

„Bevor er zur Army ging, war er zehn oder zwölf Mal verhaftet worden, vor allem wegen Drogenbesitz. Nie wegen Gewalt oder Mord oder Diebstahl."

„Da wäre bei dir Schluss gewesen."

Ich erzählte meiner Schwester nichts von den großen, dunklen Augen, die mich erforschten und mein Innerstes aufdeckten, bis alles offenlag und ich von meinen Ketten, meinen Hemmungen befreit war. Oder von der langen, geraden Adlernase und dem unbekümmerten, fast schelmischen Lachen. Das alles hatte sie vor zwei Tagen selbst gesehen. Michael war immer zum Lachen bereit.

„In seiner Freizeit las er Bücher", sagte ich, „wenn er nicht trainierte. Die meisten lasen Zeitschriften oder surften im Internet. Michael las Bücher. Sogar Gedichte."

„Jetzt schreibt er solches Zeug."

„Ich hatte keine Ahnung, dass er Gedichte schreibt", sagte ich.

„Wie man weiß, kann man nie alles über jemanden wissen", sagte sie.

Meine Schwester saß zur Abwechslung mal einfach da, sah mich an und ließ mich nachdenken. Es fiel mir schwer, zu begreifen, dass Michael wieder in mich verliebt war, nach so langer Zeit ohne Kontakt. Und dann zieht er durch die ganze Stadt, trifft sich mit meinen Leuten und erzählt ihnen von mir. Ich konnte die Kraft förmlich spüren, die mich in seinen Bann zog.

„Er wusste alles über mich, wirklich alles. Es gab nichts, was er mir nicht entlocken konnte. Ich habe ihm sogar von unserem Überfall erzählt. Das erzähle ich sonst nie jemandem."

„Hat er dich deshalb auf der Straße überfallen?"

Ich musste darüber nachdenken. „Das könnte sein Beweggrund gewesen sein, auf eine ziemlich schräge Art."

Alison nickte. „Ich hab Todd davon erzählt. Ich weiß noch, was er sagte. Willst du's wissen?" Ich wollte es nicht wissen, aber ich merkte, dass sie es mir erzählen wollte.

„Er sagte: ,Passiert vielen Mädchen.' Das war alles. Kaltherzige Journalisten-Kacke. Keine tröstenden Worte, keine Sympathie, kein Mitgefühl. Das sagt viel über Todd aus."

„Wart ihr da schon verheiratet?"

„Na klar", sagte Alison.

Wir nahmen einen Schluck Tee, dann sagte ich: „Michaels Augen, wie er mich ansah. Seine Augen wurden jedes Mal glasig, als wäre er betrunken."

„Nicht jede hat blondes Haar und blaue Augen wie du", sagte meine Schwester. Sie strich sich mit den Fingern durch ihre geraden braunen Haare und rückte ihren Pferdeschwanz zurecht.

„Jedes Mal, wenn er auf Patrouille ging und vier Tage nicht zurückkam, wurde ich fast verrückt. Es gab keine Möglichkeit, wie wir in Kontakt bleiben konnten, man musste einfach warten."

„Hattet ihr keinen Funk oder so?"

Ich schüttelte den Kopf. „Das ist kein Einkaufsbummel im Supermarkt. Manchmal war ich mit meiner Einheit schon auf einer anderen Patrouille, als er zurückkam, so konnte eine ganze Woche vergehen, bis wir uns wiedersahen. Er sagte mir, es würde ihn auch verrückt machen."

„Ihr hattet Glück, am selben Ort stationiert zu sein", sagte sie.

Ich blickte meine Schwester an. Es war ziemlich untypisch für sie, positive Kommentare abzugeben.

„Er ließ mich nicht mal duschen, wenn ich zurückkam. Stell dir vor, vier Tage ohne Dusche, ohne frische Klamotten, und er wollte Körperkontakt. Das nenn ich Liebe. Wenn ich jetzt daran zurückdenke, weiß ich, das war wahre Liebe."

„Oder vielleicht nur eine hohe Toleranz für übelriechende Frauen."

„Sehr lustig."

„Nein, im Ernst, Annie, das ist genau, was mich beunruhigt", sagte Alison.

„Vielleicht rührte mein Mangel an Hemmungen daher, dass wir in einem Kriegsgebiet waren. Wir gingen auf Patrouille. Wir wurden beschossen. Leute wurden getötet oder verletzt. Man war umgeben vom Tod. Ich machte mir pausenlos Sorgen, er könne getötet werden. Die Idee, irgendwas vorauszuplanen, war völlig absurd. Vielleicht trug das zu den tollen Orgasmen bei, ich weiß es nicht. Oder vielleicht waren es einfach Michaels Berührungen."

„Von deinen Orgasmen will ich gar nichts wissen. Du bist meine kleine Schwester."

„Hätte nie gedacht, dass ich dich jemals in Verlegenheit bringen könnte." Wir umarmten uns. Plötzlich war ich verlegen, weil ich ununterbrochen von Michael gesprochen hatte, während es in ihrem Leben eben gerade keine Liebe gab. „Wir müssen nicht die ganze Zeit über mich reden. Das muss schrecklich für dich sein."

Alison drückte meine Hand. „Nein, ich will die ganze Geschichte hören. Erzähl weiter."

„Er gab mir das Gefühl, das Einzige auf der Welt zu sein, was zählte. Ich glaube, damals war ich das Einzige, was für ihn zählte. Michael ist sehr willensstark. Wenn er ein Ziel vor Augen hat, kann ihn nichts davon abbringen. Eine gute Eigenschaft für einen Soldaten. Vermutlich für jeden Menschen. Aber bei einem Liebhaber hat man das Gefühl, als wäre man der absolute Mittelpunkt des Universums, zumindest für diese eine Person. Man fühlt sich geliebt. Man bekommt Liebe, man schenkt seine Liebe, und es fließt in beide Richtungen. So war es bei uns."

„Weißt du was, Annie? Du machst mich gerade ungeheuer neidisch. Ich war bei unserer Hochzeit zwei Jahre mit Todd zusammen, und unsere Ehe dauerte weitere fünf Jahre. Nicht mal am Tag unserer verfluchten Hochzeit gab er mir das Gefühl, ich sei der Mittelpunkt des Universums."

„Es gibt keinen Grund, neidisch zu werden. Das ist alles Vergangenheit. Ich erzähle dir von Dingen, die ich verloren habe. Zum hässlichen Teil bin ich noch gar nicht gekommen."

„Du scheinst den netten Teil sehr zu genießen. Sieh dich vor, Mädchen."

„Wie ich sagte, es ist vergangen und vorbei."

„Zumindest hast du es einmal in deinem Leben erlebt", sagte sie.

„Weißt du, was mir heute klar geworden ist? Todd hat dich nicht verdient."

„Da hast du verflucht recht. Dieser Idiot verdient nicht mal Hundefutter. Aber ich will nicht über ihn reden. Dein Michael ist auch ein bisschen komisch, nicht? Ist er manisch? Würdest du das nicht als manisches Verhalten bezeichnen?"

Ich dachte darüber nach, bevor ich antwortete. Dann beschloss ich, dass ich Michael nicht in eine Schublade stecken wollte.

„Einer unserer Übersetzer lud uns ins Haus seiner Familie in Bagdad zum Essen ein. An diesem Festmahl saßen wir mit sechzehn Leuten sechs Stunden lang am Tisch und aßen und redeten mit ihnen. Wir waren ihre Ehrengäste. Wenn wir keine Uniformen getragen hätten, hätte man gar nicht bemerkt, dass draußen Krieg herrschte."

„War das das beste Essen, das du in der Zeit dort gehabt hast?", fragte Alison. Ich nickte. Aber das Essen war nicht das, worüber ich sprechen wollte.

„An diesem Tag machte er mir den Antrag. Wir kehrten im Jeep zur Basis zurück. Es war noch hell. Michael und ich saßen in voller Montur hinten, während einer seiner Kumpels am Steuer saß und sein Beifahrer mit dem Gewehr am Anschlag aufpasste. Michael überrumpelte mich. Als er im fahrenden Jeep auf die Knie sank, dachte ich zunächst, er sei getroffen worden. Er beugte sich vornüber, als hätte er Schmerzen. Ich denke, er nahm all seinen Mut zusammen oder versuchte, sich an die Worte zu erinnern."

„Er hat dir im fahrenden Jeep einen Antrag gemacht? Mein Gott, ich glaube, wir waren im Red Lobster, als Todd mit der Frage kam", sagte Alison.

„Er sagte, ich sei die Richtige. Er wolle den Rest seines Lebens mit mir verbringen."

„Hatte er einen Ring?"

In Gedanken sah ich den Ring, als wäre es gestern gewesen. Ein kleiner, in Gold gefasster Diamant. Ein bescheidenes Ding im Vergleich zu meinem jetzigen.

„Er warf seine Handschuhe auf den Boden des Jeeps. Er zog mir meinen linken von der Hand und steckte den Ring an meinen Finger."

„So macht man das normalerweise", sagte Alison. „Todd hat es natürlich vermasselt. Bis er von mir nicht das Jawort hatte, wollte er auch keinem Ring hinterher rennen."

„Du meinst, er hat dir einen Antrag gemacht und hatte nicht mal einen Ring?"

„Typisch Todd. Ich glaube, ich musste an diesem Abend sogar das Trinkgeld spendieren."

„Michael sagte, wir könnten die Trauung in den nächsten paar Tagen gleich hier in der Basis vollziehen, oder wir könnten sie bei unserem nächsten Urlaub zuhause machen. Er wollte auf der Stelle eine Antwort von mir."

„Klar wollte er das, Annie. Ist normal für einen echten Kerl. Da es nun aber offensichtlich nicht geklappt hat, nehme ich an, du hast gesagt, danke, aber nein danke."

„Nein, ich sagte Ja."

„Ja? Aber dann versteh ich nicht ..."

„Lass mich ausreden. Weißt du, Michael hatte alles durchgeplant. Er hatte sich den Ring besorgt, hatte die Fahrt zum Festmahl organisiert, und er hatte viel Zeit gehabt, darüber nachzudenken. Während des ganzen Jahres, in dem wir zusammen waren, hatte ich nicht einmal übers Heiraten nachgedacht."

„Du bist ein komplizierter kleiner Dummkopf, weißt du das?"

„Ich weiß, ich weiß. Also, hör zu. Wir saßen also hinten auf diesem Jeep, dicht gedrängt, wir hatten kaum Platz, unsere Kampfanzüge knirschten, die Helme schepperten. Ich sagte Ja, Ja, Ja, das war alles, was ich wollte, alles, was ich je gewollt hatte."

„Das sagtest du ihm?"

„Ja. Als wir zurück zur Basis kamen, trug mich Michael hinein, begleitet von den Zurufen und dem Applaus seiner Marine-Kumpels. Die Leute standen um uns herum, all seine Freunde. Sie alle wussten, dass Michael mir einen Antrag machen würde. Das war der Moment, an dem mir erste Zweifel kamen. Wie kann man an einem Ort wie Camp Liberty eine solche Entscheidung treffen, eine Entscheidung fürs Leben? Ich hätte ja sagen und am nächsten Tag mein Leben verlieren können. Oder er. Beide von uns. Unter solchen Umständen kann man einfach nicht heiraten."

„Wieso denn nicht? Wenn du der Mittelpunkt des Universums bist und alles", sagte Alison.

„Du hast nicht dieselben Überlegungen gemacht wie ich."

„Niemand kann unmöglich dieselben Überlegungen machen wie du, Annie. Du bist einzigartig."

„Vielen Dank", sagte ich. Es war klar, dass sie dies nicht als Kompliment meinte.

„Ich versteh immer noch nicht, wieso du ja gesagt hast, wenn du gar nicht heiraten wolltest."

„Es war nicht so, dass ich nicht wollte. Aber ich konnte einfach nicht. Nicht dort. Nicht bei all dem Chaos und Tod um uns herum."

„Du Dummerchen. Für andere wäre das der perfekte Grund, um alle Ängste über Bord zu werfen und sich Kopf voran reinzustürzen. Für ihn war es offenbar der Grund, den Sack sofort zuzumachen und nicht länger zu warten."

„Ich dachte immer wieder: Er ist ein Autodieb. Er mag Drogen. Du, die du noch nie in deinem Leben einen Joint geraucht hast, und er, der schon mehrmals verhaftet wurde. Wie würden wir miteinander auskommen?"

„Todd hat sich als ziemlicher Kiffer rausgestellt, weißt du."

Ich sah meine Schwester an. Ich hatte genug von ihrem schwachköpfigen Ehemann gehört. Man hätte glauben können, sie vermisse ihn. Todd verschwand immer wieder für mehrere Wochen, tauchte dann plötzlich wieder auf und wollte etwas. Ein Buch, das er vergessen hatte. Informationen dazu, wann jemand Geburtstag hatte. Vielleicht war alles, was ihr in ihrer Beziehung fehlte, die Vorhersehbarkeit.

„Ich hab die ganze Zeit darüber nachgegrübelt, was Michael nach dem Krieg tun würde. Ich fragte mich: Was für eine Karriere kann ein Typ wie er haben?"

„Du bist so 'ne Memme. Wie kannst du vier Jahre in der Army verbringen und nicht einmal einen Joint rauchen?"

„Ich hatte es damals noch nie getan. Ich hab nicht gesagt, dass ich es inzwischen nicht getan hab."

„Da bin ich aber beruhigt. Meine Güte, Annie."

„Jetzt kommt der lustige Teil. Keine vierundzwanzig Stunden nach meinem Jawort, kurz bevor ich auf eine viertägige Patrouille ging, hatte ich mich dazu gebracht, ihm den Ring zurückzugeben. Er war gerade mit seinen Kumpels am Feiern. Er hatte keine Ahnung, dass das passieren würde. Nach all meinen Jas am Tag zuvor sah er mich an, als wäre ich ein doppelzüngiges Monster. Wir standen in der Ecke der Cafeteria. Da waren all die Geschirrwagen voller dreckiger Tabletts. Ich werde diesen Ketchupgestank nie vergessen. Michael wollte ihn nicht zurücknehmen. Der Ring fiel zwischen uns auf den Boden."

„Meine arme kleine Schwester", sagte Alison.

„Ich sagte ihm, ich könne mich hier und jetzt noch nicht entscheiden. Nicht im Irak. Er sagte, ich würde ihn nicht lieben. Immer wieder fragte er mich, ob ich ihn nicht liebte. Ich sagte, ich liebte ihn. Natürlich liebte ich ihn. Ich wollte ihn umarmen, er stieß mich weg. Der Ring blieb auf dem Boden liegen. Wir sahen uns in die Augen. Er sagte, wenn ich ihn wirklich liebte, müsse ich ihn jetzt heiraten, hier im Irak, sobald ich von meiner Patrouille zurückkehrte. Er wusste, dass ich in vierzig Minuten losfuhr. Er sagte, wenn ich ihn wirklich liebte, gäbe es keinen Grund, zu warten."

„Du bist so ein Dickschädel", sagte Alison. „Wenn ich mir vorstelle, dass du deswegen zwei Jahre lang in Selbstmitleid ertrunken bist … nicht, weil er gestorben ist, sondern wegen dieses kapitalen Missverständnisses. Du wünschst dir bestimmt, dass du nochmal von vorne anfangen könntest, nicht wahr? Wenn du das könntest, wärst du jetzt schon seit zwei Jahren verheiratet, und wer weiß, in welchem Ärger du stecken würdest. Verstehst du, Annie? Es tat weh, verdammt weh. Aber es war vermutlich das Beste."

Ich seufzte. „Du hast recht. Ich würde es anders machen, wenn ich noch mal anfangen müsste. Ich denke, ich hätte es durchgezogen. Wenn ich daran denke, wie viel Zeit wir verloren haben. Wieso musste ich mich in einer dummen philosophischen Frage festfahren?"

„Keine Ahnung, aber er hat's dir nicht abgekauft", sagte Alison. „Ich glaub, ich hätte es auch nicht."

„Wir alle machen Dummheiten."

Meine Schwester seufzte. „Ich verfluche den Tag, an dem ich mich in Todd verliebt hab. Kannst du dir vorstellen, wie gern ich da noch mal von vorn anfangen würde?"

Die Fehlgeburt wäre ihr erspart geblieben. Ich wünschte mir so sehr, sie hätte diesen Schmerz nie erlitten. Oder dass sie sitzen gelassen wurde. Ich konnte ihr ihre zynische Haltung nicht vorwerfen.

„Jetzt kommt's. Du wolltest wissen, wieso ich allen erzählt hab, er sei tot?"

„Ja, stimmt."

„Also, vier Tage später, als ich zurückkam, war Michael seinerseits auf Patrouille. Alles, was ich wollte, war, mit ihm zu reden. Na ja, ich wollte ihn auch in meinen Armen halten, aber was ich am meisten wollte, war, die Antwort zu bekommen, die wir nicht hatten finden können, als ich ihm den Ring zurückgegeben hatte. Es verging mehr als eine Woche, bis ich ihn wiedersah.

Aber als er von seiner Patrouille zurückkehrte, hatte er keine Zeit für mich. Nie in den nächsten Wochen. Er wollte nicht mit mir essen, mich nicht sehen, nicht mit mir reden. Eines Abends sah ich ihn beim Essen in der Cafeteria. Er saß mit ein paar Jungs zusammen, und er warf mir ein schreckliches falsches Lächeln zu. Ich ärgerte mich zu Tode. Ich tat etwas, das die ehemalige Lehrerin Annie nie getan hätte. Ich ging schnurstracks zu ihnen hin und wartete, bis einer von ihnen Platz machte, damit ich mich setzen konnte. Einer der Jungs rückte auch zur Seite, aber Michael blockte mich mit seinem Arm ab. Er sagte mir vor allen Jungs, er habe den Ring bei einem Pokerspiel verloren. Du hättest ihr Gelächter hören sollen."

„Gar nicht nett", sagte Alison.

„Damit nicht genug. Ich wartete auf ihn, als er aus der Cafeteria kam, und ich stieß ihn in eine Ecke. Den anderen Jungs warf ich böse Blicke zu, damit sie uns alleine ließen. Ich warf ihm vor, mir auszuweichen. Ich sagte ihm, dass es mir leidtat. Ich sagte ihm, ich wolle nicht, dass es vorbei war. Weißt du, was er darauf sagte?"

„Soll ich raten?"

„Er fragte mich, ob ich bereit sei, mich zu entscheiden. Er war freundlich, nicht hart und aggressiv, wie ich erwartet hatte. Ich sagte ihm, dass ich nicht konnte. Ich sagte, dass wir darüber reden konnten. Ich sagte, dass ich das erwarten durfte. Ich sagte, dass wir Pläne machen mussten für die Zeit, wenn wir wieder zurück wären. Er musste mir aufzeigen, wie unsere Zukunft aussehen würde. Ich wollte, dass er mich verstand."

„Und er ging weg", sagte Alison mit fragender Stimme. Meine Miene bestätigte es. „Das ist der Mann, der erst gestern in meiner Wohnung stand?"

„Er ließ mich weinend und jammernd stehen. Ich wusste, es war aus. Später in dieser Nacht kam das Erbrechen. Zwischen den Weinkrämpfen. Ich dachte, ich müsste sterben. Ich wollte sterben. Ich wollte, dass meine nächste Patrouille die letzte war, damit ich diesen Schmerz nicht länger ertragen musste. Ich war das Objekt seiner Liebe, weißt du? Wie eine Blume in der Sonne, und er nahm das Licht weg. Er nahm es mir so plötzlich, aus keinem Grund, oder zumindest keinem, den ich verstehen konnte, dass ich mich in einem Strudel aus Wut und Ärger gefangen fühlte. In der Nähe von Waffen zu sein, war in meinem Zustand nicht so gut, aber ich kam nie auf die Idee, mir etwas anzutun. Für mich gab es nur einen Ausweg. Irgendein irakischer Heckenschütze musste Glück haben und es für mich erledigen."

Alison starrte mich mit weit aufgerissenen Augen an.

„Meine nächsten Patrouillen waren ein Albtraum, in dem sich diese beiden Impulse in meinem Innern bekämpften: der eine, der inständig hofft, dass eine feindliche Kugel meinen

Schmerz beenden würde, und der andere, den dir die Army eintrichtert und der dich jede mögliche Vorsichtsmaßnahme ergreifen lässt, um deinen Arsch nicht in Gefahr zu bringen. Es war logisch, dass ich mich nicht in Gefahr begeben konnte, ohne das Leben der anderen zu riskieren. Es wäre ihre Pflicht gewesen, mich aus dem Schlamassel rauszuziehen, in den ich geraten war, und sie hätten auch getötet werden können."

„Mein Gott, was musstet ihr für Entscheidungen treffen."

„Ein weiterer Monat verging. Eines Tages kam Michaels Truppe von einer Patrouille zurück. Ich sah seine Freunde, aber er war nirgends zu sehen. Ich hatte immer ein Auge auf ihn, auch wenn er nicht mit mir redete. Dann kam einer der Jungs, ein Kerl namens Husker, zu mir und fragte, ob ich ihn ein Stück begleiten würde. Wir gingen raus auf den Paradeplatz. Er hielt seinen Arm um meinen Rücken. Das war Michaels bester Freund."

„Mit dem er jetzt zusammenlebt, in Florida."

„Genau. Er ging an die Universität von Nebraska und spielte im Footballteam, bei den Corn Huskers, daher sein Spitzname. Ob du's glaubst oder nicht, sein Onkel ist dieser Senator aus Florida, Manning Mathers. Husker wollte das für sich behalten, deshalb wusste kaum jemand Bescheid. Wie auch immer, für mich war er einfach Michaels bester Freund. Er nahm mich mit auf den Paradeplatz und sagte mir, Michael sei getötet worden."

„Moment. Er hat dir erzählt, Michael sei im Krieg gefallen?"

„Er sagte, Michael sei letzte Nacht schwer verletzt zurückgeflogen worden. Die anderen seien gerade zurückgekommen, und Husker habe erfahren, dass Michael in der Nacht gestorben war. Der Gedanke, dass Michael dort auf einem Operationstisch gelegen hatte und gestorben war, ohne dass mich jemand informiert hatte, raubte mir fast den Verstand."

„Aber er ist nicht tot", sagte Alison. „Ich versuche nur, es zu verstehen."

„Geduld, ich bin fast fertig. Husker begleitete mich vom Paradeplatz zurück zu den Hauptbaracken. Ich war völlig gelähmt. Ich spürte, wie meine Stiefel den Boden berührten, aber es war, als wären meine Füße nicht mit meinen Beinen verbunden, oder meine Beine nicht mit mir. Ich war ein Roboter, der von A nach B ging.

Michael war tot. Niemand hatte mich informiert. Er war in einem Hubschrauber zurückgekommen. Er war in einem dreckigen Operationssaal gestorben, und niemand war da, der seine Hand hielt. Er war bewusstlos gewesen. Er konnte nicht nach mir fragen. Niemand dort wusste über mich Bescheid. Nun gab es keine Möglichkeit mehr, uns zu versöhnen. Das war alles, was ich denken konnte. Seine Überreste waren auch schon verschifft worden. Ich konnte niemanden finden, der auch nur irgendwas wusste. Mein Sonnenschein war für immer weg.

Diese Nacht war ein einziger Albtraum. Ich konnte nicht aus dem Bett steigen. Es war, als hätte ein enormes Gewicht von oben auf meine Brust gedrückt und mich festgehalten. Ich weinte nicht mehr. Ich hatte alle Tränen vergossen, und außerdem weinen Soldaten nicht. Schon gar nicht Frauen. Aber ich lag die ganze Nacht wach und dachte daran, was ich alles mit Michael erlebt hatte. Das Picknick, das wir einmal in der Basis abgehalten hatten; das Festmahl im Haus des Übersetzers in Bagdad; wie Michael auf die Knie gefallen und meinen Handschuh ausgezogen und ich Ja, Ja, Ja gesagt hatte. Die vielen verschiedenen Orte, an denen wir Liebe gemacht hatten, einige klassisch, andere eher improvisiert. Die Art, wie sein schelmisches Lächeln alles in mir zum Strahlen brachte und mich innerlich erwärmte, sodass ich mich lebendig fühlte.

Am nächsten Tag war ich für die Nachmittagspatrouille eingeteilt. Nach einer schlaflosen Nacht riss ich mich am Morgen zusammen. Am Mittag ging ich in die Cafeteria und sah zuerst gar nicht in die Richtung, in der Michaels Truppe normalerweise saß. Sie hatten keine Geheimnisse untereinander. Sie wussten alles über uns. Ich war für sie nichts weiter als Dreck. Aber ich hatte ein komisches Gefühl, als wäre es in einem Teil der Cafeteria völlig still geworden. Als ich hinübersah, schlangen sie nicht wie gewöhnlich ihr Essen hinunter, sondern sahen mich regungslos an."

„Oh mein Gott, ich kann mir denken, was jetzt kommt."

Ich nickte. „Dann sah ich Michael. Er saß an seinem üblichen Platz in der Mitte und sah mich ebenfalls an. Er hatte dieses hämische Grinsen im Gesicht und wartete auf meine Reaktion. Ein paar von den Jungs begannen, zu lachen, und dann lachten alle, eine Lawine aus Gelächter. Jeder von ihnen lachte mich aus. Sie lachten und lachten und lachten, mit ihren abstoßenden tiefen Stimmen, wie eine Lawine aus Steinen und Felsen und Geröll, die den Berg hinunter donnert. Sie lachten mich aus."

„Ach, wie grausam", sagte meine Schwester. „Das gibt's doch nicht. Wie konnten sie dir das antun, Annie?"

„Ein guter Witz, dachte ich. Ein toller Streich. Annie ist reingefallen. Ich musste nicht lachen. Ich fiel zu Boden und schrie. Ich konnte nichts mehr sehen. Konnte nichts mehr denken. Ich flippte total aus, direkt vor dreihundert Leuten. Sie mussten mir eine Spritze geben. Mussten mich auf einer Bahre hinaustragen. Ich verbrachte eine ganze Woche in der psychiatrischen Abteilung."

Alison schüttelte den Kopf. „Wir haben nichts davon gewusst."

„Von dem Tag an, an dem ich da rauskam, war er für mich tot."

„Jetzt versteh ich", sagte sie. „Das ergibt irgendwie Sinn."

„Daraufhin hab ich dir geschrieben."

„Du hast geschrieben, ein Heckenschütze habe ihn getroffen, als er unter Beschuss einen verletzten Soldaten retten wollte. Er war ein Held."

„Ich wusste, du würdest es Mom und Dad erzählen. Ich konnte dir nicht einfach sagen, er hat mich sitzen lassen. Ich weiß nicht, wieso ich das tat."

„Du glaubst nicht, wie sehr Mom weinte", sagte Alison.

„Im Irak, als ich wieder gesund war, gingen wir uns aus dem Weg. Kannst du glauben, dass er sich nie entschuldigt hat? Als meine zweite Dienstzeit zu Ende ging, war zwischen uns immer noch nichts entschieden. Deshalb ging ich noch ein drittes Mal rüber. Sein gelegentlicher Anblick, die Bilder in meinen Kopf, die Erinnerungen, all das hielt das bisschen Hoffnung in mir lebendig. Eine innere Stimme sagte mir, es musste einen Weg geben, wie wir wieder zusammenkommen können, aber es änderte sich nichts. Ich versuchte tausendmal, mit ihm zu reden."

Einige Minuten saßen wir einfach da, tranken unseren Tee und schwiegen. Es war eine traurige Geschichte, aber es war nichts Einmaliges oder gar Ungewöhnliches daran.

„Wie dein Versager von Ehemann heute zu mir sagte: Beziehungen enden. So ist das Leben."

„Und dieser Clown, der seinen eigenen Tod vorgibt, taucht wieder auf, hier in Chicago." Ich seufzte. „Jetzt verstehst du, wieso ich nie damit gerechnet hab, ihn wiederzusehen."

„Er taucht nicht nur auf, sondern schreibt dir auch noch Liebesgedichte."

„Ein einziges Gedicht."

„Kein Wunder, dass du verwirrt bist, Mädchen."

Ich konnte mich glücklich schätzen, eine solch verständnisvolle Schwester zu haben. Es war nicht einfach, so unterschiedlich, wie wir waren. Ich konnte nichts dafür, dass ich das blonde Haar und die blauen Augen hatte, während sie spindeldürr war und braunes Haar hatte. Heute hatte sie es mit einem weißen Haarband hochgesteckt. Mit der Ray-Ban-Brille sah es schick aus.

„Ich bin nicht verwirrt. Michael hatte mich bis jetzt kein einziges Mal kontaktiert. Sogar im Irak hat er mich ignoriert. Von einem Tag auf den anderen existierte ich nicht mehr."

„Aber jetzt hat er dich kontaktiert. Wenn man dich so ansieht, hat sich was verändert. Besser, du nimmst dich in acht. Was du mir da erzählt hast, bestätigt, was für ein Mistkerl er ist."

„Was regst du dich so auf? Nichts hat sich verändert."

„Als du ihn geküsst hast", sagte meine Schwester. „Als ihr nebeneinander gesessen seid. Denkst du, ich bin blind, Annie? Ich bin deine Schwester."

„Ich werde Salvatore nicht betrügen. Ich werde ihn nicht so behandeln, wie Michael mich behandelt hat."

„Michael hat dein Herz schon einmal gebrochen, und er wird es wieder tun. Wieso sollst du ihm die Gelegenheit bieten?"

„Wir sind auf derselben Seite, okay? Du musst mich nicht überzeugen."

„Ich hab eine gravierende Schwäche in dir gesehen, Annie. Ich will bloß nicht, dass du verletzt wirst."

KAPITEL 10 - SALVATORE

Autodiebstahl und Drogenbesitz in Buffalo. Mit Alisons Information konnte ich etwas anfangen. Als Erstes versuchte ich, *Michael Garcia Marihuana Buffalo* zu googeln. Einigen Zeitungsartikeln der *Buffalo News* konnte ich entnehmen, dass Garcia festgenommen und wieder freigelassen worden war.

Nachdem ich eine halbe Stunde lang Artikel von abnehmender Relevanz durchkämmt hatte, brach ich ab. Was zum Teufel suchte ich eigentlich?

Einen grundlegenden Schwachpunkt im Charakter dieses Mannes. Etwas so Extremes, so Abstoßendes, dass Annie sich von ihm abwenden würde.

Wenn man so lange allein gelebt hat wie ich, werden Selbstgespräche normal.

Das Problem war: Es gab nichts Schockierendes. Nichts Abstoßendes. Nur gewöhnliche Straßenkriminalität, wie sie jede Nacht in jeder amerikanischen Stadt vorkam. Kleine Deals über 50 oder 100 Dollar, ein bisschen Gras in einer Tüte.

Er mochte kein Harvard-Absolvent sein, wie ihn sich Annies Mutter wünschte, aber er war auch kein Axtmörder.

Ich klappte meinen Laptop zu und ging raus. Annie hatte sich mit ihrem Schwager getroffen und mir dann am Telefon mitgeteilt, sie würde einige Zeit in ihrer Hütte verbringen. Entweder konnte ich spazieren gehen und warten, bis sie zurückkam, oder ich konnte sie in ihrer Hütte besuchen.

Als ich aus der Tür trat, hielt ich inne. Am anderen Ende des Weges, der zu meinem Haus führte, stand niemand anderes als der Mann, den ich eben gegoogelt hatte. Ziemlich unheimlich, wenn man bedenkt. Er sah aus, als würde er herumlungern und auf Annie warten. Eine neue schwarze Corvette stand direkt vor dem Hydranten vor meinem Gebäude, mitten in der Halteverbotszone.

„Du musst dieser Salvatore sein." Er kam auf mich zu und streckte die Hand aus.

„Dein Wagen?"

„Genau."

Ich hatte nicht vor, ihn zu ermahnen. „Du bist der Kerl, der sich 'ne Maske überzieht und Frauen zu Tode erschreckt."

Er lachte. „Der war gut. Ja, das war vielleicht etwas übertrieben. Ist Annie hier?"

„Lass uns eine Sache klarstellen, Garcia", sagte ich. Ich war rund zehn Zentimeter größer, und ich wollte ihn mir jetzt vorknöpfen. „Du bist mit einigen Erwartungen in diese Stadt gekommen. Annie hat lange gebraucht, um sich aufzurappeln. Es gefällt mir nicht, wenn du die Dinge wieder aufmischst."

„Ich verstehe", sagte er. „Hab auch 'ne Weile gebraucht, um selbst einen klaren Kopf zu kriegen. Bin nicht mal sicher, ob ich schon damit fertig bin."

„Dann solltest du erst mal in deinem eigenen Kopf aufräumen, bevor du Ansprüche an andere stellst."

„Nein, jetzt hörst du mir mal zu." Garcia stellte sich auf die Zehenspitzen. Sein hämisches Grinsen war verschwunden. Ich fragte mich, ob er so dämlich war, hier direkt auf meiner Türschwelle ein Messer zu zücken. „Was zwischen mir und Annie passiert ist, geht niemanden was an. Wenn sie Probleme hat, dann bin ich es, der ihr hilft, nicht du. Schon mal darüber nachgedacht, du Genie?"

Er kam einen halben Schritt näher, wie ein Schlägertyp, der seine Unerschrockenheit beweisen will. Noch näher, und wir hätten uns küssen können. Ich hätte seine Angeberei belächelt, wären da nicht die Ereignisse der beiden vergangenen Tage gewesen. Offenbar wusste er nichts von meinem Hintergrund als Gesetzeshüter. Annie war nicht da, also dachte ich, was soll's. Ohne Vorwarnung schnellte mein rechtes Knie nach oben. Ich war größer als er, meine Beine waren länger, und mein Knie nahm Kontakt mit seinen Kronjuwelen auf.

Stöhnend vor Schmerz stolperte Garcia rückwärts, ging aber nicht zu Boden. Der Bastard war schnell. Er war gerade noch rechtzeitig zur Seite gewichen, um dem Volltreffer, der ihn niedergestreckt hätte, zu entgehen. Ich sah, wie er erneut ansetzte, aber er war blitzschnell. Ich erwartete einen Schlag ins Gesicht. Bevor ich mich versah, ließ mich ein stechender Schmerz in meiner rechten Niere nach Luft schnappen. Dann ein weiterer Blitz, als seine Rechte gegen mein Gesicht flog. Eine geschickte Abfolge, da man sich durch den ersten Schlag automatisch nach vorn beugt. Der Schlag an meinen Kiefer fühlte sich wie ein Backstein an. Als ich in die Knie sank, ging mir etwas durch den Kopf. Ich dachte: *Ich werde langsam alt.*

Ich musste ein paar Tritte in die Rippen einstecken. Dank meiner Pölsterchen richteten diese aber nicht viel aus, und ich wartete auf meine nächste Chance. In dem Moment, als Garcia alle Kraft in seinen nächsten Tritt legte und sein ganzes Gewicht auf einen Fuß stützte, holte ich ihn mit einem Seitenhieb von den Beinen. Er fiel ins Gras. Aber der Kerl war wie aus Gummi. Er sprang wieder auf, noch schneller, und bevor ich bereit war, schlug er mit der Handkante gegen meinen Hals und trat gegen mein rechtes Knie. Ich atmete krächzend.

„Willst du noch mehr? Na?" Er spuckte mich an. Ich lag zusammengekrümmt am Boden, bereit, noch mehr Tritte einzustecken. „Fetter alter Mistkerl, halt dich da raus! Vergiss Annie! Vergiss, dass du sie jemals kennengelernt hast, verstanden?"

Wir hatten es mit einem Psychopathen zu tun. Ich wünschte, ich hätte einen Schlagstock, Taser, Pfefferspray, irgendwas. Aber ich hatte den Eindruck, dass Garcia ebenfalls ein paar Tricks auf Lager hatte, und er wäre auch mit einer richtigen Abreibung fertig geworden. Er war zwar kleiner, aber allein und unbewaffnet hatte ich gegen ihn null Chance.

Das war der Gedichteschreiber. Sie hatten sich im Irak geliebt. Nun sagte er, ich solle vergessen, dass ich sie jemals kennengelernt hatte. Meinte er, ich würde einfach so zur Seite treten? Er war verrückt. Annie tat mir leid, weil sie mittendrin stand. Ich musste sie warnen.

Ich blieb am Boden, bis er weg war, ging dann ins Haus und betrachtete den Schaden im Spiegel. Die Wunde an meinem rechten Kiefer sah böse aus, musste aber nicht genäht werden. Ich drückte einen kalten Waschlappen darauf. Mein rechtes Auge war geschwollen. Es würde bald die Farbe wechseln. Seit Jahren hatte ich kein blaues Auge mehr gehabt. Drei oder vier Stellen an meinem Brustkorb schmerzten, machten mir aber keine Sorgen. Mein rechtes Knie bereitete mir auch dann noch stechende Schmerzen, als ich es dick eingebunden hatte. Wenn etwas gerissen war, würde ich es Garcia heimzahlen. Ich nahm drei Schmerztabletten und ließ mich aufs Sofa fallen.

Garcia war schlechtes Karma, schlechte Medizin. Um mich machte ich mir keine Sorgen. Mein geschundener Körper würde sich erholen. Ich sorgte mich um Annie. Wenn sie immer noch in diesen Kerl verliebt war, dann standen ihr üble Zeiten bevor.

Ich drückte die Kurzwahltaste, ließ es sechsmal klingeln, keine Annie. Ich sprach auf ihren Anrufbeantworter und teilte ihr mit, dass ich zur Hütte fahren würde. Auf dem Weg dorthin dachte ich die ganze Zeit: Wieso geschieht das alles? Wieso gerade jetzt? Gestern war es so schön, und am Tag zuvor. Bei all unseren Gesprächen über den Halbjahrestag, bei all den Plänen, den Träumen. Sie trug meinen Ring. Letzte Nacht hatten wir uns wie wild geliebt, wieder und wieder, so wie nie zuvor, Annie war wie ausgetauscht gewesen. Hatte sie dabei an ihn gedacht? Das war unfair. Manchmal hasste ich meine Gedankengänge.

Wir hatten unsere Beziehung auf eine höhere Ebene gebracht, und plötzlich kommt dieser Wichser Garcia daher. Ein Mann aus Annies Vergangenheit. Ein schlimmer Finger, der eigentlich tot sein müsste. Er kommt in die Stadt, und bevor ich mich versehe, prügelt er mich halb tot. Und sagt mir, ich solle mich von meiner eigenen Verlobten fernhalten.

Nach einer halben Stunde rasanter Fahrt, in der ich hin und her grübelte und immer wieder dieselben paranoiden Gedanken umherwälzte, erreichte ich das Waldschutzgebiet. Als ich in den Kiesweg zum Ostparkplatz bog, wo Annie parkte, brach mein Heck aus. Eine schwarze Corvette neueren Modells mit außerstaatlichem Kennzeichen kam mir entgegen und fuhr an mir vorbei. Ich bemerkte den Wagen, weil sonst kaum jemand hier hinein- oder hinausfährt. Ich hatte das unangenehme Gefühl, dass es Garcia war. Er war wohl hergefahren, als ich meine Wunden versorgt hatte. Aber woher kannte er diesen Ort? Ich fuhr weiter und hielt Ausschau nach Annies Wagen. Gleich darauf erblickte ich ihren silbernen Honda, der am gewohnten Platz stand. Was bedeutete, dass sie immer noch in der Hütte oder vielleicht joggen gegangen war. Wenn sie am Joggen war, hatte sie meine Nachricht noch nicht abgehört.

Ich stieg aus und nahm den Pfad in Richtung Hütte. Ich versuchte erneut, sie anzurufen, aber wieder kam nur der Anrufbeantworter. Diesmal hinterließ ich keine Nachricht.

KAPITEL 11 - ANNIE

Michael stand da und wartete, als Alison und ich zu unseren Autos auf dem Parkplatz zurückgingen. Michael, hier in meinem Wald. Er hatte ein unglaubliches Talent, mich durch die Stadt zu verfolgen. Aus hundert Metern Entfernung, kurz bevor wir aus dem Schutz der Bäume traten, sah ich ihn neben einem glänzenden schwarzen Sportwagen stehen. Ich wusste, es war Michael. Ich erblickte ihn noch vor meiner Schwester.

„Ich dachte, ich hätte dir gesagt, du sollst mich nicht mehr verfolgen", sagte ich.

„Konnte nicht widerstehen." Das hämische Grinsen.

„Du brichst bei meiner Schwester ein. Du versteckst dich bei ihr. Du triffst dich mit meinem schleimigen Schwager."

„Ich hatte gerade eine Auseinandersetzung mit deinem Verlobten", unterbrach mich Michael.

Ich sah auf die Stelle, wo er sich berührte. Ein fieser roter Fleck deutete auf einen Schlag hin. Ich trat näher heran, um ihn mir anzusehen. Einige Schichten Haut waren abgerieben.

Ich stellte mir vor, wie Salvatores Faust sein Kinn traf, beide mit Wut in den Augen, wie Michael den Schlag einsteckte …

„Was ist passiert?"

„Kleine Meinungsverschiedenheit."

„Salvatore hat dich geschlagen? Michael, bist du okay? Ich hab dir doch gesagt, er war mal Polizist."

„Alles in Ordnung. Es geht mir gut. Wieso steigst du nicht in den Wagen?"

„Du steigst nicht in seinen Wagen, Annie", sagte meine Schwester. Bis dahin hatte sie den Mund gehalten. Die drei Autos waren nebeneinander geparkt, Alisons, Michaels und meines, wie Rennwagen auf der Startlinie.

Ich sah Michaels Karre an. Ich war nicht sicher, wie viel eine Corvette kostete, aber es war ein schnittiger Wagen, tiefliegend, getönte Scheiben und Florida-Kennzeichen.

Dass Salvatore Michael geschlagen hatte, machte mich stocksauer. Es brachte mich total auf die Palme. Salvatore wusste, dass Michael mir ein Gedicht geschrieben hatte, aber er hatte es nicht gelesen. Und er würde es auch nicht lesen. Offensichtlich fühlte er sich bedroht. Was ich angesichts der Umstände auch verstehen konnte. Als ich ihm die Lüge über Michaels Tod gebeichtet hatte, war seine Laune gesunken. Irgendwann hatte die Wahrheit ja ans Licht kommen müssen. Trotzdem hätte ich nicht von ihm erwartet, dass er die Probleme wie ein Schuljunge löst, mit Fausthieben. Das war eine völlig neue Seite an Salvatore. Ich war überrascht.

„Gehört dieser Wagen dir, oder ist er ausgeliehen?", sagte ich. Ich legte die Betonung auf *ausgeliehen*, falls er die Andeutung nicht verstand.

„Sieh ins Handschuhfach. Meine Zulassung", sagte Michael.

„Ich glaub's nicht", schäumte Alison. Sie stieg in ihr Auto. „Ruf mich an, Annie. Ich muss später mit dir reden."

„Danke für den Besuch", rief ich ihr zu.

Alison knallte die Tür zu und raste mit einer Staubwolke im Schlepptau davon. Einen Moment lang konnte ich nicht verstehen, wieso sie so eingeschnappt war. Dann fiel es mir ein. Sie hatte es selbst gesagt: Sie war neidisch. Beim Gedanken daran wurde mir flau im Magen, aber so war es nun mal. Alison war allein, und ich hatte plötzlich zwei Männer, die um mich kämpften – nicht, dass ich darum gebeten hätte.

Ich stieg ins Auto. Beim Gedanken, dass Michael und Salvatore um mich kämpften, hatte ich weiche Beine gekriegt. Ich musste mich setzen. Es war nicht so, dass ich mich vor einer Konfrontation fürchtete, im Gegenteil. Es gefiel mir einfach, dass Michael wieder in mein Leben getreten war, wenn auch nur für ein paar kurze Momente. Es war wie ein Traum, aus dem ich nicht aufwachen wollte. Ich blätterte die Dokumente im Handschuhfach durch und fand die Zulassung aus Florida mit Michaels Namen darauf.

„Hast was aus dir gemacht."

„Dachtest du echt, er sei geklaut? Dachtest du, ich würde dich in einem von der Polizei gesuchten Wagen mitnehmen?" Er hatte denselben Ton wie zuvor bei seiner Frage, ob ich den anderen wirklich erzählt hätte, er sei tot.

Ich zog die Tür zu und schwieg. Ich hatte ihn als Autodieb kennengelernt, jetzt besaß er selbst eine Luxuskarre. Er startete den Motor, und wir fuhren los. Er gab Vollgas, sodass ich beim Beschleunigen richtig in den ledernen Rennsitz gepresst wurde.

„Was dagegen, wenn ich mich anschnalle?"

„Dann beeil dich."

Bei der Ausfahrt aus dem Parkplatz hatte er bestimmt über sechzig drauf. Wir warfen eine Staubwolke auf, als uns ein anderes Auto entgegenkam. Ich stopfte die Dokumente zurück und knallte das Handschuhfach zu. Dann waren wir auf der Hauptstraße und fuhren in Richtung Süden. Ich beschloss, nicht darüber nachzudenken, wohin er mich brachte. Ich konnte noch immer nicht glauben, dass Salvatore ihn verprügelt hatte. Ich beschloss, diese ein oder zwei Stunden mit Michael einfach zu genießen.

„Etwas auf die einfache Art zu machen, ist nicht so dein Ding."

Michael seufzte und gestikulierte mit seiner rechten Hand, während er mit seiner linken lenkte.

„Weißt du, es sind die kleinen Dinge, die mich an den Irak erinnern. Wie zum Beispiel, neun Stunden regungslos im Schrank deiner Schwester zu verbringen."

„In diesen Dingen haben wir Übung", sagte ich. Michael bog auf den Highway ein. Es war die Schnellstraße in Richtung Süden. „Aber jetzt sind wir wieder zu Hause, Michael. Du kannst nicht einfach eine Maske aufsetzen und Leute anrempeln. Du kannst nicht einfach in die Wohnung anderer Leute einbrechen und dich Tag und Nacht dort verstecken. Wir sind Zivilisten."

„Oder deinen Anblick genießen." Sein Blick ruhte so lange auf mir, dass ich befürchtete, er würde von der Straße abkommen.

„Halt den Mund, Michael."

„Weißt du, weshalb ich dort eingebrochen bin?"

„Nicht wirklich."

„Ich hab's dir gesagt. Ich wollte warten, bis du kommst."

„Wie lange hattest du vor, zu warten?"

„Ich hab ihren Anruf mitgehört. Ich wusste, du würdest kommen."

Mit der einen Hand hielt er das Steuer, die andere benutzte er zum Gestikulieren. Wir bogen auf die I-90/94 in

Richtung Süden ein. Es war ein strahlend schöner Tag, und er setzte die Sonnenbrille auf. Bei diesen getönten Scheiben, fand ich, brauchte ich meine nicht.

„Also, was hast du dort unten gemacht? Seit deiner Rückkehr, meine ich. Du lebst mit Husker zusammen?"

Michael nickte. „Wir teilen uns ein Haus, ja. Ein bisschen klein, aber mit Klimaanlage." Er lächelte. „Muss man dort unten in Florida einfach haben."

„Hast du einen Job?"

„Ich und Husker, wir sind zusammen im Geschäft."

„Welche Art von Geschäft?"

Michael winkte. „Hat sein Bruder uns besorgt. Husker ging direkt zu seinem Bruder. Mit dem Rest seiner Familie kommt er nicht aus, aber er und sein Bruder halten zusammen."

„Du hast mir nie erzählt, weshalb er Probleme mit seiner Familie hat."

„Er wurde ihren Erwartungen nie gerecht", sagte Michael. „Es begann an der Highschool. Husker fing an, zu rauchen. Nur Camels, weißt du, aber sein Daddy ist fast so schlimm wie sein berühmter Onkel. Christlich-konservativ, solcher Kram. Hände weg vom Alkohol, kein Tabak, kein Glücksspiel. So sauber, dass nicht mal ihre Scheiße stinkt, wie Husker sagt. Sein älterer Bruder passte sich an. Stieg ins Familiengeschäft ein, zwei Kinder, ein schönes Haus mit Hund und ein Sitz im Vorstand des besten Golfclubs von Tampa."

„Hat Husker Ärger bekommen?", fragte ich.

Michael lächelte. „Nicht so viel wie ich. Ich glaube, er wurde nur einmal verhaftet. Eine Party geriet aus dem Ruder, Alkohol, Ruhestörung, etwas in der Richtung. Aber für seinen Daddy war das zu viel. Er wurde verstoßen, noch bevor er die Highschool beendet hatte."

„Also ging er nach Nebraska."

„Genau, du erinnerst dich. Bekam sogar ein volles Stipendium. Spielte Football an der Uni."

„Wieso ging er zur Army? Das hast du mir nie erzählt."

„Eine weitere Möglichkeit, seinem Onkel, und somit auch seinem Dad, den Stinkefinger zu zeigen", sagte Michael. „Ungefähr drei Jahre nach Kriegsbeginn trat der Senator als Kriegsgegner an die Öffentlichkeit. Er war einer der wenigen Republikaner, die sich gegen den Krieg aussprachen. Das war etwa zu der Zeit, als Husker sich auf seinen Abschluss vorbereitete. Er hätte auch ein ranghoher Offizier werden können. Aber er ging zum örtlichen Army-Büro in Nebraska und verpflichtete sich. Er wollte keinen hohen Rang. Er wollte auch nicht mehr in die Schule gehen."

„Also, was ist das für ein Geschäft, das ihr Jungs dort in Tampa betreibt?" Ich war neugierig, woher Michael das Geld für diese Luxuskarre hatte.

„Wieso all die Fragen übers Geschäft?", fragte Michael. „Ist doch langweilig."

„Nun ja, ich bin Privatdetektiv. Das ist mein Geschäft. War früher Lehrerin, aber die Zeiten sind vorbei."

„Ich erinnere mich, dass du Lehrerin warst. Und nun also ein Schnüffler?"

„Reicht für die Miete."

Michael lachte. „Als hättest du je Probleme gehabt, die Miete zu zahlen. Hey, die Party steigt morgen Abend. Wenn wir durchfahren, schaffen wir's locker."

„Wie bitte?" Ich war nicht sicher, ob ich ihn richtig verstanden hatte.

„Ich fahr dich nach Florida, Annie. Du kommst doch mit, oder?"

„Ich hab dir gesagt, ich komm nicht."

„Aber wir sind schon unterwegs."

„Moment, du bist im Auto nach Chicago gefahren? Von Florida bis hierher?"

Er sah mich an, als machte ich mir zu viele Sorgen. „Sind ja bloß sechzehn Stunden. Glaub mir, in diesem Auto sind wir sogar ein oder zwei Stunden schneller."

In diesem Moment passierten wir ein Schild, das in fünf Meilen die Staatsgrenze von Indiana ankündigte. Wir waren kurz hinter der Stadtgrenze von Chicago. Ich lehnte mich in meinen Sitz zurück und atmete tief durch. Typisch Michael, dieser verrückte Kerl. Er wollte, dass ich ohne Pause durchfuhr und zu seiner Party kam. Was auch bedeutete, die nächsten sechzehn Stunden mit ihm zu verbringen.

Ich betrachtete den Verlobungsring an meinem Finger. Ich dachte an meine Schwester. *Er hat dein Herz schon einmal gebrochen, und er wird es wieder tun*. Das Problem war, dass Michael mein Herz erfüllte, und er füllte es mit Sehnsucht. Ich wollte noch ein paar weitere Stunden mit ihm verbringen. So lange hatte ich auf diese Gelegenheit warten müssen, und sie würde bestimmt nie mehr wiederkehren. Es war Schicksal, bis hin zur Anzahl Tage, die wir getrennt gewesen waren. Es war vorbestimmt in der unaufhaltsamen Folge von Primzahlen bis hin zur hundertsten. Was gab mir das Recht, mich über mein eigenes, mathematisch vorbestimmtes Schicksal hinwegzusetzen?

In Gedanken sah ich ein Bild von Salvatore, wie er ausholte und Michael eine ins Gesicht knallte. Er war so viel größer und schwerer. Es konnte kein fairer Kampf gewesen sein. Wie konnte er sich nur zu einem Faustkampf herablassen?

Ich rieb den Diamanten mit meinem Finger, als hätte ich dadurch einen Wunsch frei. Salvatore war gut zu mir. Er war so nett, er liebte mich, und er wusste, sich um mich zu kümmern. Michael war die Leidenschaft in Person. Mit einem einzigen Blick aus seinen dunklen Augen konnte Michael in mir ein loderndes Feuer entfachen. Ich wollte dieses Feuer noch einmal spüren. Seit fast zwei Jahren hatte ich mich danach gesehnt und nie auch nur im Traum daran gedacht, dass mein Wunsch in Erfüllung gehen könnte. Jetzt saß ich in seinem Wagen. Mit ihm in diesem Wagen zu sitzen, machte mich kribbelig, hungrig.

„Ich komm zu deiner Party, aber nur unter gewissen Bedingungen", sagte ich.

„Schieß los." Michael grinste, als hätte er einen Preis gewonnen.

„Du lässt die Hände von mir."

„Bist du dir da sicher?"

„Michael, ich bin verlobt. Ich werde das nicht einfach wegwerfen. Du kannst denken, was du willst, so ist es nun mal."

„Machte gestern aber nicht den Eindruck", sagte er.

„Das ist meine erste Bedingung. Wenn du nicht einverstanden bist, dann bring mich sofort nach Hause."

„Also gut", sagte er. „Von jetzt an bin ich ein katholischer Priester, okay?"

„Und ich bin Schwester Maria", sagte ich. „Meine zweite Bedingung: Ich ruf Salvatore an. Ich sag ihm, dass ich zur Party geh, und ich werd ihn auch einladen."

„Kein Problem", sagte Michael.

„Ich bin nicht so erfreut, dass ihr Jungs euch geprügelt habt. Ich werde ihm das sagen. Aber dir sag ich's auch. Wenn ihr beide zur Party kommt, müsst ihr erwachsen werden und euch vertragen."

„Du kennst mich doch. Ich vertrage mich mit jedem", sagte Michael.

„Das tut Salvatore auch. Deshalb weiß ich nicht, woher dieses aggressive Reviergehabe kommt. Aber das ist meine zweite Bedingung."

„Hast du noch mehr Bedingungen, Annie?"

Ich wollte nicht, dass Michael mein Gespräch mit Salvatore mithörte. Aber ich wollte auch nicht am Straßenrand stehen und telefonieren, während Lastwagen vorbeidonnerten.

Salvatore antwortete nach dem ersten Klingeln.

„Ich hab versucht, dich zu erreichen. Wo bist du?" Seine Stimme war von Sorge und Angst erfüllt.

„Ich hätte wohl einen Blick auf mein Handy werfen sollen. Hatte es auf stumm geschaltet."

„Bist du okay? Wo bist du? Ich bin bei deiner Hütte."

„Dort war ich auch."

„Dein Wagen steht auf dem Parkplatz. Bist du am Joggen?"

„Hör zu, erinnerst du dich, als du sagtest, du hättest nichts dagegen, wenn ich zu dieser Party in Florida ginge?"

Ich wartete, während sein Hirn arbeitete. „Die Wiedersehensparty. Garcia."

„Ja, genau. Ich geh nun doch hin. Da sind viele, die ich ganz gern wiedersehen würde."

„Ich muss dir unbedingt was sagen, Annie. Er ist verrückt, dein Ex. Er könnte gefährlich sein. Ich weiß, wovon ich rede."

Ich traute meinen Ohren nicht. Das war derart kindisch. Ich spürte wieder die Wut in mir hochkommen. Diese Männer und ihr Testosteron. Es machte mich rasend, dass Salvatore dachte, er könne Michael verprügeln und mir dann auch noch sagen, er sei gefährlich.

„Ich kenne ihn besser als du. Ich denke, das kann ich besser beurteilen", sagte ich mit möglichst neutraler Stimme.

„Was? Was hat er über mich gesagt?", fragte Michael. Er machte keine Anstalten, leise zu sprechen. Zu spät.

„Ist er das? Wo bist du?" Salvatore wurde laut.

„Die Party ist morgen Abend, und Michael hat mir angeboten, mich hinzufahren, und, na ja …" Jetzt kam der heikle Teil.

„Du fährst nach Florida? Bist du wahnsinnig, Annie?"

„Ich bin nicht wahnsinnig. Wir fahren durch", sagte ich. Ich mochte es nicht, wenn er mich wahnsinnig nannte. Wer immer mich bisher so genannt hatte, ich nahm es persönlich. Aber ich wusste, was er meinte. Außerdem hatte ich die Absicht, ihn wissen zu lassen, dass ich ihm treu bleiben würde.

„Wir werden nirgends übernachten. Es sind sechzehn Stunden. Zum Frühstück sind wir da, und ich gebe dir dann den Namen meines Motels durch."

Ich hoffte, er würde antworten, doch wir sagten beide nichts, jeder wartete, dass der andere sprach. Michael hielt gelassen eine Hand am Steuer.

„Vor drei Tagen haben wir uns verlobt. Du gehst nach Florida, und ich krieg nicht mal einen Abschiedskuss", sagte Salvatore schließlich.

Er hatte recht, aber deswegen musste er nicht jammern. „Hör zu, da wäre noch etwas. Die Party ist morgen Abend. Wieso fliegst du morgen früh nicht her und wir treffen uns? Du und ich, wir bleiben einige Tage und machen daraus einen Urlaub. Du lernst all die Jungs kennen, mit denen ich in der Army war."

„Ich weiß nicht", sagte Salvatore. Ich war überrascht. Alles, nur um mit mir zusammen zu sein, dachte ich.

„Na komm, du könntest auch heute Abend herfliegen, noch vor mir dort sein. Uns ein Motel mit Pool suchen. Gemeinsam zur Party gehen."

„Es gefällt mir nicht, dass du mit ihm fährst", sagte Salvatore. „Wenn du's genau wissen willst."

„Mach dir keine Sorgen. Ich hab doch diesen großen Klunker am Finger, der mich daran erinnert, wo meine Zukunft liegt." Ich betrachtete ihn, während ich mit meiner anderen Hand das Handy hielt. Ich sah, wie Michael mir einen kurzen Blick zuwarf. „Michael und ich, wir wollen nur in alten Zeiten schwelgen."

„Er ist gefährlich, Annie. Ich hab eine große Platzwunde im Gesicht, die stammt von ihm."

„Ich glaub's nicht, dass ihr euch geprügelt habt. Wenn du zur Party kommst, dann kann ich mich hoffentlich darauf verlassen, dass ihr miteinander klarkommt. Das hab ich Michael auch gesagt."

„Ich werde nicht kommen", sagte Salvatore.

„Denk drüber nach", sagte ich. „Ich wollte zuerst auch nicht. Ich vermisse dich schon jetzt, weißt du?"

„Ich vermisse dich auch."

Wir legten auf. Danach blieb es im Auto still. Ich musste lächeln. Ich fand, dass ich diese Gratwanderung alles in allem ziemlich gut gemeistert hatte. Ich wusste, Salvatore musste verärgert sein, aber während die Corvette Kilometer für Kilometer abspulte, sagte ich mir immer wieder, er würde es verkraften.

KAPITEL 12 - ANNIE

Stundenlang sprachen wir über diese oder jene Soldaten, die wir gekannt hatten. In unserer weitschweifigen Unterhaltung kamen all die komischen und bedauernswerten Typen vor, an deren Seite wir gekämpft hatten. Einige von ihnen waren tot, aber die meisten waren zurückgekehrt und irgendwo ins zivile Leben abgetaucht.

Ab und zu sagte Michael: „Der kommt auch." Oder: „Der ist auch auf der Party morgen Abend." Über unsere eigene Beziehung und darüber, was schiefgelaufen war, sprachen wir nicht. Michael schien zu akzeptieren, dass dies für mich kein Thema war.

Wir waren um die Mittagszeit losgefahren und ernährten uns den ganzen Nachmittag und Abend von Kartoffelchips, Keksen, Limonade und Kaffee. Alle zwei oder drei Stunden machten wir Pinkelpause und holten frischen Kaffee. Kurz vor elf erreichten wir Atlanta. Michaels Augen fielen fast zu, und ich brauchte dringend mal mehr als nur zehn Minuten, um mir die Beine zu vertreten. Auf dem Beifahrersitz der

KOLLATERALSCHADEN

Corvette hat man nicht viel Beinfreiheit. Nur zu gerne wäre ich ein paar Kilometer gelaufen, aber das Essen hatte oberste Priorität.

„Ich weiß, wo's leckere Hamburger gibt. War auf dem Weg nach Norden dort", sagte Michael. Nach wenigen Minuten bog er in den Parkplatz eines großen Hamburgerrestaurants ein, das nicht zu den Megaketten gehörte. Das Lokal hatte die Ausmaße eines Flugzeughangars, aber wir mussten nicht lange anstehen. Nach zehn Minuten saßen wir an einem langen Tisch mit rot-weiß kariertem Tischtuch und mampften unsere Burger und Fritten.

Als wir nach zwanzig Minuten wieder herauskamen, lehnten wir uns erst einmal eine Weile an den Wagen und genossen die warme Brise. Wir waren bereits im Süden und brauchten keine Jacken mehr, auch nicht zu dieser späten Stunde.

„Lass mich fahren. Du fährst schon seit elf Stunden", sagte ich.

Ohne ein Wort zu sagen, warf Michael mir die Schlüssel zu und ging um den Wagen auf die Beifahrerseite.

„Ich weiß nicht, wie's dir geht, aber dieses pausenlose Fahren bringt's echt nicht", sagte er, als ich den Zündschlüssel drehte. Mein Sitz vibrierte im Gleichklang mit dem schnurrenden Motor. Mein Magen fühlte sich angenehm gefüllt an, nicht zu vollgestopft. Ich fühlte mich frisch gestärkt.

„Das kommt davon, wenn du mich nie fahren lässt, du Dummerchen."

„Nicht, dass ich müde bin. Ich würde mich nur gerne strecken." Er kippte seinen Sitz bis zu einem 135-Grad-Winkel nach hinten. Während er mit dem Sitz spielte, fuhr ich los. Er testete verschiedene Positionen, lag auf dem Rücken, dann auf der Seite. „Verdammt, ist das unbequem. So kann ich mich einfach nicht entspannen."

Ich fuhr durch die Stadt und folgte den grünen Schildern, die uns zurück auf die I-75 brachten. Das war der direkte Weg nach Tampa. Wir hatten immer noch den größten Teil des Staates Georgia und halb Florida vor uns. Ich genoss die Handschaltung und ließ Michael vor sich hin jammern.

„Schließ einfach die Augen und entspann dich. In zwei Minuten bist du eingeschlafen."

„So kann ich nicht schlafen, Annie. Hier wirst du mehr durchgeschüttelt als in einem Schützenpanzer." Die Truppentransporter im Irak waren in Sachen Stoßdämpfer ziemlich schlecht ausgestattet. Sie waren berüchtigt für die blauen Flecken, die sie hinterließen.

„Hättest dir einen Lexus zulegen sollen", sagte ich.

„Ich fahr sonst nie im Beifahrersitz. Das ist unbequem."

„Leg dich schlafen, Michael." Es war, als redete ich mit einem Kind. Ich behielt meine Augen auf der Straße. Obwohl es auf Mitternacht zuging, war der Verkehr dicht. Ich sah nicht, wie Michael nach mir griff. Ich spürte nur etwas auf meinem Schenkel, blickte hinunter und sah Michaels Hand. Mein Fuß drückte das Gaspedal durch.

„Ich weiß, was mir beim Einschlafen helfen würde", sagte er. Seine Finger strichen über den Stoff meiner Jeans in der Mitte meines Oberschenkels. Ich nahm den Fuß vom Gaspedal und ließ den Wagen rollen.

„Michael, meine Bedingungen. Hände weg!"

„Was? Ich tu doch gar nichts."

Er war immer noch ganz nach hinten gelehnt, und sein Kopf lag außerhalb meines Sichtfeldes. Ich konnte ihm nicht in die Augen sehen, ohne meinen Kopf zu drehen. Wir waren auf einer vierspurigen Straße in Richtung Highway-Auffahrt, je zwei Spuren mit Gegenverkehr, und ich musste nach vorn sehen. Er stöhnte wiederholt meinen Namen, wie ein sexgeiler Schuljunge.

„Nimm sofort die Hand von meinem Bein."

Er legte seine Hand auf meinen Bauch. „Na gut, wenn du drauf bestehst." Ich konnte die Wärme der Hand durch mein T-Shirt spüren. Ich versuchte, mich herauszuwinden, aber es gab kein Entkommen. Ich nahm eine Hand von Steuer und riss seine Hand weg, aber er legte sie gleich wieder zurück.

Wir fuhren mehr als sechzig im dichten Verkehr. Der Vorteil lag auf Michaels Seite. Er konnte sehen, wo ich hinschlug und den Schlägen ausweichen. Rechts fuhren die Autos lückenlos hintereinander, sodass ich die Spur nicht wechseln konnte. Ich wollte runter von dieser Straße und ihm die Leviten lesen.

Er massierte meinen Bauch mit kleinen, kreisförmigen Bewegungen. „Du bist so gut in Form, Annie. Diese Muskeln. Echt gut in Form."

„Es waren nur zwei Bedingungen." Ich schlug immer noch um mich. Ab und zu traf ich auch, aber seine Hand kam immer wieder zurück. Für Michael war das Ganze zu einem Spiel geworden.

„Hätte dich schon vor Stunden ans Steuer lassen sollen", sagte er.

Seine Hand bewegte sich in Richtung meiner Brust. Ich wusste es. Dieser Mann hatte keine Hemmungen. Er fummelte an meiner rechten Brust herum und strich dann sanft über beide Brüste, hin und her. In jeder Zelle meines Körpers begannen die Elektronen schneller zu kreisen, und von jedem Punkt, an dem er mich berührte, strahlte es aus. Ich konnte nicht anhalten, aber ich musste etwas unternehmen. Ich klammerte mit einer Hand das Steuer fest und hielt die

Augen auf den Wagen vor uns gerichtet. Mit der Faust der anderen Hand schlug ich senkrecht nach unten. Ich traf ihn mitten auf den Oberschenkel. Voll daneben.

Er lag immer noch ganz zurückgelehnt im Sitz. Er zuckte, dann lachte er. Es war ihm egal, wenn ich ihn schlug, solange er eine Titte zum Spielen hatte. Ein entgegenkommender Wagen hupte lang und laut und blendete mich. Ich war weit über die Mittellinie in den Gegenverkehr geraten.

Mit beiden Händen am Steuer schwenkte ich zurück auf meine Spur und schrie Michael an. Seine Finger streichelten meine rechte Brust und versuchten, durch das T-Shirt und den BH meine Brustwarze zu ertasten und mich in Erregung zu bringen. Wenn ich ihn noch länger gewähren ließ, würde er es schaffen. Über seinen Arm hinweg schlug ich noch einmal fest zu. Diesmal traf ich ihn voll in die Nüsse. Er schrie vor Schmerzen. Echte Schmerzen, wie ich mit einem kurzen Seitenblick feststellen konnte. Er hielt beide Hände schützend vor seine Kronjuwelen, als würde der Schmerz so verschwinden.

Während er fluchte und schimpfte, konnte ich endlich auf die rechte Spur wechseln und die Ausfahrt in eine Einkaufsstraße mit 7-Eleven, Wäscherei und anderen Geschäften nehmen. Ich parkte unter einem mächtigen Baum. Der 7-Eleven-Shop lag drei Läden weiter unten, alle anderen waren geschlossen. Dieser Teil des Parkplatzes war verlassen.

Michael stellte seinen Sitz wieder hoch und sah mich an. Er hatte Tränen in den Augen.

„Du hast mir wehgetan, Annie. Das hat echt wehgetan."

„Ich hab's dir gesagt, als wir Chicago verlassen haben, Michael. Du musst meine Wünsche respektieren. Kein Grapschen!"

„Ich weiß, aber ich bin einfach … Ich bin so verdammt maßlos verliebt in dich. Ich hab so lang auf die Möglichkeit gewartet, einfach nur zu reden. Es ist so schön, einfach nur mit dir in diesem Auto zu sitzen. Seit elf Stunden hab ich meinen Drang unterdrückt, aus Respekt vor deiner Schwester Maria. Ich konnte mich einfach nicht mehr zurückhalten. Das musst du verstehen."

An der Stelle, wo er meine Brust berührt hatte, kribbelte es immer noch. Mein Volltreffer ließ ihn schwer atmen. Wir sahen uns im dunklen Innenraum des Wagens in die Augen. Wir waren weniger als zwanzig Zentimeter voneinander entfernt.

„Wegen dir hätte ich fast einen Unfall verursacht, ist dir das klar?"

„Kollateralschaden", sagte er abwinkend. „Annie, mir ist egal, was die anderen denken. Du bist die schönste Frau, die ich kenne. Innen und außen. Du bist die einzige Frau auf der Welt, die ich will."

„Unsinn", sagte ich.

„Ich weiß, ich weiß. Du willst diesen molligen alten Schnüffler heiraten. Wart's ab, in zehn Jahren wiegt er zwanzig Kilo mehr. Ich will gar nicht daran denken, was für 'ne Last dann auf dir im Bett liegen wird."

„Ist gar nicht wahr. Er achtet sehr auf sein Gewicht."

„Begreifst du nicht, Annie? Ich akzeptiere es. Ich akzeptiere, dass du diesen fetten Penner heiraten willst."

„Hör auf, ihn so zu nennen. Er ist nicht fett."

„Nur noch einmal, das ist alles, was ich mir wünsche."

„Noch einmal was?" Doch ich war mir ziemlich sicher, was er meinte. So hungrig, wie er mich ansah. Man hätte glauben können, er war am Verhungern.

„Ich brauche dich, Annie. Ich will dich in meinen Armen spüren. Einmal noch, bevor du … du weißt schon."

Unsere Lippen berührten sich sanft, aber das war nur, um uns gegenseitig zu finden. Dann fielen wir übereinander her und küssten uns stürmisch, und ich musste weinen. Meine Tränen benetzten Michaels Gesicht. Ich stieß mich halb aus meinem Sitz und drückte ihn in seinen. Obwohl ich schluchzte, waren meine Augen geschlossen. Und noch immer sah ich Michael, sah ihn mit kurzem Haar, sah seine leuchtenden Augen. Den Michael, den ich im Irak kennengelernt hatte. Seine Hände umklammerten mich und zogen mich fest an ihn heran. Unsere Zungen lieferten sich einen Ringkampf, wir waren fast gewalttätig, und ich spürte, wie ich unter seinen Küssen und Berührungen dahinschmolz. Es war wie die alte Liebe, die wir einst gehabt hatten. Wir standen in Flammen.

Wir machten eine Weile so weiter. Er hatte seine Hände auf meinen nackten Rücken gelegt und meinen BH geöffnet, und wir rieben uns in einem schönen Rhythmus aneinander, als er sagte: „Annie, warte, stopp, wir sollten echt irgendwo hingehen, wo's bequemer ist."

Ich löste mich von ihm und sah ihn an. Er hatte den Sitz wieder nach hinten geklappt, aber er hatte recht. Es war unbequem. Man las immer wieder Geschichten über Leute, die Sex im Auto hatten. Soweit ich das beurteilen konnte, war es unmöglich. Außerdem könnte ja eine Polizeistreife vorbeifahren. Es gab Gesetze dagegen, in der Öffentlichkeit das zu tun, vor dem wir gerade standen.

Ich setzte mich wieder hinters Steuer und startete den Motor, während Michael sich am Navigationsgerät zu schaffen machte. Ich sah nicht, was er eingab. Ich konzentrierte mich darauf, den rauschhaften Hormonfluss zu unterdrücken, der in diesem Moment in mein Blut strömte, und sah zu, dass ich wieder auf die Hauptstraße kam, ohne von einem Vierzigtonner gestreift zu werden.

KOLLATERALSCHADEN

„Zweieinhalb Kilometer voraus auf der rechten Seite", sagte Michael.

Ich beschleunigte auf sechzig, zehn unter dem erlaubten Maximum. In meinem von Hormonen aufgeputschten, nervösen Zustand fiel es mir schwer, auf die Straße zu achten. Ich war dabei, etwas zu tun, von dem ich nie gedacht hätte, dass ich es tun würde. Aber ich hätte auch nicht gedacht, dass Michael zurückkehren würde. Michael war vom Himmel gefallen und direkt vor meinen Füßen gelandet. Er hatte mich gesucht, mich allein, mich begehrt, mich geliebt, niemand anderen als mich. Er akzeptierte, dass ich Salvatore zum Mann nehmen wollte. Also … einmal noch, nur einmal, der guten alten Zeiten willen. Wenn es nicht Michael gewesen wäre, wenn es irgendein Mann gewesen wäre, den ich irgendwo an einer Party attraktiv gefunden hätte … Nie im Leben hätte ich mit jemand anderem geschlafen. Ich war mit Salvatore zusammen. Nur – es war Michael. Mein Michael, nach dem ich mich so lange gesehnt und geschmachtet hatte, dem ich so lange nachgetrauert hatte.

Ich zweifelte keinen Augenblick. Ich wusste, würde Salvatore es herausfinden, wäre er verletzt. Aber er musste es verstehen. Wir waren noch nicht verheiratet, und Michael war ganz einfach ein spezieller Mensch in meinem Leben. Er war für mich tot gewesen. Jetzt, nur diese eine Nacht, wollte ich ihn noch einmal mit Leib und Seele für mich haben. Ich wollte, dass er mich festhielt. Ich wollte ihn in mir. Ich wollte spüren, wie er mich festhielt, und ich wollte mich um ihn schlingen.

Das Motel gehörte zu jenen Ketten, die man hierzulande in jeder Stadt sieht – zwei Doppelbetten in jedem Zimmer, dünner Teppich, feuchte und muffige Luft, ratternde Klimaanlage. Wir hatten uns schon an schlimmeren Orten geliebt. Michael zog die Decke von dem Bett, das dem Fenster am nächsten stand, während ich die Vorhänge zuzog. Wir gingen nicht einmal pinkeln.

Nackt sah er aus, als hätte er zehn Kilo abgenommen. Jede Rippe war sichtbar. „Du musst mehr essen, Soldat", flüsterte ich. Ich war nicht sicher, ob er mich beim Lärm der Klimaanlage gehört hatte. Auf dem Bett kniend streichelten wir uns. Er zog mich an sich, und wir küssten uns erneut, langsamer als bei der wilden Fummelei im Auto.

„Wäre nicht schlecht, wenn ich jemanden hätte, der für mich kocht", sagte Michael.

„Bei meinen Kochkünsten? Da bist du bei mir aber an der falschen Adresse."

„Jede Wette, du kochst besser als Husker."

In diesem Moment musste ich aufhören, zu sprechen, da Michaels Finger eine neue Beschäftigung zwischen meinen Beinen gefunden hatten. Ich ließ ihn mich streicheln, und es war fast so, als wären wir wieder im Irak. Er wusste ganz genau, auf vollkommene, göttliche Weise, wie ich berührt werden wollte. Michael ging so langsam vor, als hätte er alle Zeit der Welt, anstatt nur die zwei kostbaren Stunden, die wir nach gemeinsamer Absprache hier verbringen wollten. Unsere Küsse wurden inniger. Mein Atem wurde kurz. Meine Schenkel bebten vor Elektrizität, die von dem Punkt ausstrahlte, an dem er mich berührte.

Ich zog ihn mit mir hinunter, und wir fielen auf das Bett, ich auf dem Rücken und er immer noch auf den Knien. Er beugte sich vor, küsste meinen Bauch und bewegte sich abwärts. Eine Hand ließ er auf meiner Brust, während er mit seiner Zunge noch mehr Elektrizität erzeugte.

„Stopp", hauchte ich. „Komm. Ich will dich jetzt."

Das musste ich ihm nicht zweimal sagen. Als er in mich ging, küsste er mich wieder auf den Hals, und ich fühlte mich so vollkommen. Ich fühlte mich vollständig. Mein Michael war wieder da, er war am Leben, wir waren zusammen, wenn auch nur diese eine Nacht. Ich strich meine Hände über seinen Rücken, während er sich ganz sanft, ganz langsam mit mir bewegte. Michael kannte mich so gut. Ich war so sehr in Ekstase, dass ich erneut weinen musste.

Er hielt inne, berührte mein Haar und studierte meine Augen. Dann erkannte er, es war nichts, es war nur ich, nur seine Annie. Manchmal weinte ich grundlos. Das kannte er von mir. Er kannte mich wie kein anderer. Als ich meine Augen öffnete, hatte Michael ebenfalls Tränen in den Augen. Wir lachten beide. Ich spürte, wie ich mich dem Höhepunkt näherte, bereit war, abzuheben, bereit, mit großen, kräftigen Flügeln zu fliegen, eine Löwin, die von einer hohen Klippe sprang. Michael schrie etwas Unverständliches, und ich wusste, er hatte den Rand der Klippe ebenfalls erreicht. Wir sprangen zusammen über die Kante, und wir weinten und lachten beide gleichzeitig.

KAPITEL 13 - SALVATORE

An diesem Abend kurz nach acht rief Annies Schwester an. Ich hatte mich ins Fitnessstudio geschleppt, um zu trainieren, und war gerade aus der Dusche gekommen. Mit einem Handtuch um die Hüften stand ich im Umkleideraum. Mein blaues Auge starrte mich aus dem Spiegel an, ein Symbol meiner Dummheit, der Dummheit aller Männer, die dem Charme einer Frau erlagen. Annies Schwester machte sich Sorgen.

„Sie hat weder Kleider noch Zahnbürste noch irgendetwas eingepackt", sagte Alison.

„Mir gefällt das genauso wenig wie dir", erwiderte ich. Die Frau klang nahezu hysterisch. Ich wollte Alison nicht noch weiter beunruhigen, indem ich ihr meinen Eindruck von Garcia schilderte. Aber es war gut, dass sie sich bei mir meldete. Annie verhielt sich wirklich merkwürdig.

Die Jungs im Umkleideraum starrten mich an. Handys waren hier verpönt. Die Leute wollten keine Fotos von ihren nassen Hintern auf Facebook wiederfinden.

Ich sagte Alison nichts, aber ich vermutete, dass Annie deshalb nicht zum Packen nach Hause gekommen war, weil sie Angst gehabt hatte, ich würde sie zur Rede stellen. Wir hatten uns vor drei Tagen verlobt, und schon jetzt konnte sie mir nicht mehr unter die Augen treten. Das war echt zum Heulen.

Ich wollte nicht, dass dieser Haufen Sportskanonen mein Gespräch weiter mit anhörte, also schlug ich vor, zu Alisons Wohnung zu fahren. Ich hatte ja sonst nichts Besseres zu tun.

Auf der Fahrt zu Alison sah ich in Gedanken Annies Gesicht vor mir. Ich habe eine Menge Bilder von Annie auf meiner Hirnplatte gespeichert, und die rufe ich oft ab, um sie frisch zu halten. Das Gedächtnis ist schon eine tolle Sache. Zum Beispiel die Erinnerung an Annie in ihrem roten Trägershirt, als wir im Sommer am Oak Street Beach spazieren gegangen waren. Es hatte was, dieses rote Trägershirt, und wie die Seebrise ihr hellblondes Haar von den Schultern hob. Ihre lachenden blauen Augen und die vereinzelten Sommersprossen, die sie auf keinen Fall mit Make-up überdecken wollte. Ich konnte Annie immer zum Lachen bringen.

Warum bist du mit diesem Versager losgezogen?

Das wollte ich sie fragen, ich wusste nur nicht wie. Unser kurzes Telefongespräch hatte mir keine Antwort geliefert. Annie war so anders gewesen. Ich denke, sie traute sich nicht, etwas zu sagen, weil sie wusste, dass etwas tief in ihrem Inneren verletzlich war. Sie hatte mir ein Versprechen gegeben, Garcia war aufgetaucht, und plötzlich wusste sie nicht mehr weiter.

Es war schwer, aber ich musste ihr vertrauen. Wenn wir wirklich füreinander bestimmt waren, musste sie ihre eigenen Entscheidungen treffen. Offenbar mochte sie Garcia, oder liebte ihn, aber das musste nicht bedeuten, dass sie mir deswegen den Laufpass geben musste. Es war eine Prüfung.

Ich musste es geschehen lassen. Sie musste frei sein. Sonst wäre die Verbindung zwischen uns bedeutungslos.

Es machte mich krank, dass ich diese Situation überhaupt nicht kontrollieren konnte. Annie ihren freien Willen zuzugestehen, war die eine Sache, aber daran zu denken, dass Garcia andere Menschen verletzen und manipulieren konnte, war etwas ganz anderes. Annie war vor einigen Tagen zu seinem Opfer geworden, als sie beim Joggen gewesen war. Wieso sah sie die Anzeichen nicht? Ich grübelte immer noch über ihre Urteilskraft nach, als ich die lange Treppe zu Alisons Wohnung im ersten Stock hochstieg.

„Bekommt ihr in diesem Haus irgendwann mal einen Aufzug?"

„Danke, dass du gekommen bist. Mein Gott, was ist mit deinem Gesicht passiert?", fragte Alison, als sie von der Tür zurücktrat, um mich hereinzulassen.

„So viele Stufen. Das ist echt 'ne Zumutung."

„Bis jetzt hat noch niemand ein blaues Auge vom Treppensteigen bekommen."

Der Unterschied zwischen Annie und ihrer Schwester verblüffte mich immer wieder. Alison war zehn Zentimeter größer und spindeldürr, hatte schulterlanges, dunkelbraunes Haar, eine spitze Nase und hohe Wangenknochen. Sie konnte jemanden mit ihren braunen Augen durchbohren, wenn sie auf etwas bestand, was so gut wie immer der Fall war. Ihre Streitereien mit Todd hatten mir gezeigt, wie zynisch sie war. Dieser Kerl musste einiges von dieser Frau einstecken. Andererseits war sein mies getimter Abgang der Beweis dafür, was für ein Arschloch er war.

Mit einer älteren Schwester wie dieser war es nicht verwunderlich, dass Annie die Stille und Introvertierte war. Ich konnte mir gut vorstellen, wie Alison sie während ihrer ganzen Kindheit herumkommandiert hatte. Annie hatte mir einige Geschichten erzählt, aber ich bin sicher, dass dies noch nicht einmal die Hälfte war.

„Was hat sie dir erzählt?", fragte ich, als ich Alison ins Wohnzimmer folgte. Hinter ihrem Wohnzimmerfenster breiteten sich die Lichter der Stadt vor uns aus. Meist Wohnungen und Hochhäuser der North Side, dennoch ein netter Ausblick.

„Sie war in seinem Auto. Du musst ihnen hinterherfahren. Sie sagte nicht viel. Bloß, dass sie auf die große Party geht, die er organisiert."

„Es ist ein Wiedersehen."

„Eine Art Wiedersehen", wiederholte Alison. Sie schüttelte den Kopf, als wollte sie dieses Bild loswerden. „In Florida. Sie ist unterwegs nach Florida, in seinem Auto. Ich dachte, sie hätte sich selbst im Griff. Weit gefehlt! Unternimmst du was? Fliegst du hin oder fährst du?"

„Weder noch. Wieso sollte ich?"

Sie blickte mich an, als hätte ich angeboten, den Familienhund einzuschläfern.

„Mann, er war hier! Er hat sich in meinem Schrank versteckt. Annie und ich saßen genau hier und unterhielten uns, und plötzlich stand er da, einfach so, mir nichts, dir nichts, als wäre es das Selbstverständlichste auf der Welt. Er ist verrückt, siehst du das denn nicht? Sie sitzt im Auto mit einem komplett Irren."

„Annie übt ihren freien Willen aus", sagte ich. „Das ist ihr gutes Recht. Es wäre dasselbe, würde ich ein paar Tage nach Las Vegas zocken gehen. Klar würde ihr das nicht gefallen, aber soll sie es mir deswegen verbieten?"

„Nein, es wäre dasselbe, wenn du mit deiner Exfrau hingehen würdest", sagte Alison. „Salvatore, was hast du mit deinem Gesicht gemacht? Was für eine hässliche Wunde. Hast du dich geprügelt?"

„Der andere hat mehr abgekriegt als ich", sagte ich. Ich erzählte ihr nicht, dass es Garcia gewesen war, sonst wäre sie vermutlich noch selbst in ein Flugzeug gestiegen. Ja, ich fühlte mich nicht wohl bei dem Gedanken, dass Annie mit Garcia durchbrannte. Aber ich wollte sie auch nicht wie ein Kind behandeln.

Alison reichte mir ein Blatt Papier rüber. „Er hat ein Gedicht geschrieben. Hast du's schon gesehen? Hat sie's dir gezeigt?"

Ich las das vielbesagte Gedicht. Garcias Handschrift war voller femininer Schnörkel, wie eine Unterschrift auf der Unabhängigkeitserklärung. Annies Name war oben hingekritzelt. Garcia hatte das ganze Gedicht in Kleinbuchstaben geschrieben.

Als ich dieses Pseudomeisterwerk las, beschlich mich ein seltsames Gefühl. Ich spürte ein Brennen in meiner Brust. Ich spürte seine Leidenschaft. Sie strömte aus den Worten heraus. Dann überkam mich ein Gefühl von Hilflosigkeit. Das war alles? Diese Nomen und Verben, diese krakelige Handschrift? Diese gequirlte Scheiße hatte einen solchen Einfluss auf Annie gehabt? Einfach nur Worte. Leute gibt's, die hören Worte, und schon werden ihre Beine zu Gummi. Annie war ein Mathefan. Hätte nicht von ihr gedacht, dass sie etwas für Gedichte übrig hat.

„Starke Worte, findest du nicht?", sagte Alison. „Garcia, der romantische Poet. Sie nahmen Opium, weißt du? Sie dachten, das würde ihre Sicht verstärken. Tja, jetzt hat er sie im Sack, und ich glaub's nicht, dass du immer noch hier rumsitzt. Du musst hingehen."

„Du findest das gut? Das ist Scheiße", sagte ich.

KOLLATERALSCHADEN

Alison lachte, nicht auf die nette Art. Annies Lachen war viel sanfter und höher, wenn man sie in Fahrt brachte. Das Schönste an Annies Lachen war, dass es immer echt war.

„Was weißt du schon von Poesie", sagte Alison.

Ich ließ das Papier auf den Tisch gleiten. „Ich geh nicht nach Florida. Annie kann für sich selbst entscheiden. Ich bin nicht da, um ihr die Flügel zu stutzen."

Alison sah mich lange und intensiv an. Bei ihrem Idioten von Ehemann und vermutlich auch bei Annie war sie es gewohnt, sich durchzusetzen. Vermutlich bei jedem. „An deiner Stelle wäre ich auch eifersüchtig", sagte sie.

„Ich bin nicht eifersüchtig. Ich mag diesen Garcia kein bisschen mehr als du. Ich persönlich halte ihn nicht für einen anständigen Kerl. Aber ich werde nicht versuchen, Annie davon zu überzeugen. Sie glaubt es nur, wenn sie's selbst herausfindet."

„Er hätte mich im Schlaf ermorden können. Aber für dich ist das kein Grund, dir wegen Annie Sorgen zu machen. Du willst einfach nur abwarten und Tee trinken."

„Ja."

„Es sah verdammt danach aus, als wären sie verliebt", sagte Alison. „Ich bin nicht sicher, wie gut ich das beurteilen kann, aber so wie sie sich benahmen, als er hier war ... Verdammt!" Sie ballte ihre Fäuste und schlug sie gegeneinander, wie zwei kollidierende Planeten. Sie versuchte bei mir eine andere Taktik. „Sie hatten sich fast eineinhalb Jahre lang nicht gesehen, weißt du?"

Ich stand auf. „Schick mir 'ne SMS, wenn sie anruft. Hab nichts dagegen, zu erfahren, wie's ihr geht."

„Ich hab gedacht, es schert dich einen Dreck", sagte Alison.

„Bist du immer so 'ne Zicke?" Wir tauschten böse Blicke. Vor einigen Tagen hatte ich Annie meinen Ring geschenkt.

Ihre Schwester behauptete, es würde mich einen Dreck scheren. Ich wusste, dass sie nicht dumm war, umso mehr hielt ich sie für eine Zicke. Annie hatte definitiv die besseren Gene geerbt, und ich spreche nicht von ihrer Haar- oder Augenfarbe. Es ist die innere Schönheit, die zählt. „Du redest von meiner Verlobten. Sie mag deine kleine Schwester sein, aber behandle sie endlich wie eine Erwachsene!"

„Vielleicht muss ich selbst hinfahren."

Ich ging zur Tür. „Tu, was du nicht lassen kannst."

„Du bist Privatdetektiv. Du warst mal ein Cop. Du solltest eigentlich von Natur aus misstrauisch sein."

„Da kennst du mich schlecht", erwiderte ich. Ich blieb dabei. Ich war nun einmal der Meinung, dass Misstrauen schlecht für eine Beziehung war. Ich hoffte nur, dass ich recht hatte.

„Er hat viele Vorstrafen", sagte Alison. „Bist du glücklich darüber, dass Annie mit einem Ex-Knacki nach Florida fährt?"

„Ich nehme einfach mal an, dass die Army ihn geläutert hat", sagte ich auf halbem Weg zur Tür hinaus. Obwohl dieser Kerl mich vor ein paar Stunden windelweich geprügelt hatte. Geläutert, von wegen. In Wahrheit stimmte ich Alison zu, aber ich sollte verflucht sein, wenn ich mir von ihr sagen ließe, was ich zu tun hatte. Und ich war entschlossen, Annie den gleichen Respekt entgegenzubringen.

„Wie du schon sagtest, sie ist deine Verlobte", merkte Annies Schwester an. Sie sagte es im selben Ton, in dem man *Es ist deine Beerdigung* sagen würde.

Ich fuhr mit einem schlechteren Gefühl weg als bei meiner Ankunft. Alison hatte recht: Garcia war gefährlich. Aber wenn er wirklich in Annie verknallt war, würde er sie wohl kaum verletzen. Wovor wir uns am meisten fürchten mussten, war, dass er eine Dummheit beging. Aber man kann sich schließlich nicht die ganze Zeit um jede Dummheit sorgen, die andere Leute tun könnten.

Die Art, wie Garcia sie kontaktiert hatte, roch mehr nach Besessenheit als nach Liebe. Anstatt sie einfach anzurufen wie jeder normale Ex, hatte er sie bei ihrem Morgenlauf überfallen. Er ging hohe Risiken ein. Dann brach er bei ihrer Schwester ein und verbrachte die Nacht in einem Garderobenschrank. Noch mehr Risiken. Verhielt sich so jemand, der verliebt war? Eher jemand, der von seiner eigenen Risikobereitschaft fasziniert ist.

Dann war da dieses schwachsinnige Gedicht. Auch wenn er es selbst geschrieben hatte, es sagte mir überhaupt nichts. Meiner Meinung nach nur ein Haufen Worte voller Gefühlsduselei, Herzschmerz und Manipulation. Aber es hat funktioniert.

In den Jahren als Privatdetektiv habe ich oft über Besessenheit nachgedacht. Sie steht am Anfang so manch schlechter Entscheidung. Offenbar stillt sie irgendwelche primitiven Bedürfnisse. Man sehe sich Garcia an. Er kehrt aus dem Irak zurück, er lässt sich zusammen mit seinem Freund in Florida nieder. Nach einer Weile merkt er, dass ihm etwas fehlt. Er erinnert sich an seine alte Liebe Annie. Er denkt immer öfter an sie. Eines Tages beschließt er, sie aufzusuchen.

Nach so langer Zeit musste Garcias Vorstellung von Annie von der wirklichen Annie abweichen. Das Bild in seinem Kopf war lediglich ein Objekt – ein Abbild der Annie von einst, in der Situation vor zwei Jahren, eine vergangene Realität. Nicht nur physisch. Annie hatte sich seit ihrer Rückkehr gefühlsmäßig sehr verändert. Also konnte sie für Garcia nichts weiter als eine Vorstellung sein. Garcia musste das Bild von ihr so geformt haben, wie es seinen Wünschen entsprach. Das war es, was ihn all die Monate angetrieben hatte. Das war es, was ihn dazu brachte, Annie zu suchen.

Nun war er also mit ihr zusammen, und sie mussten zusehen, wie sie miteinander auskamen. Auch Garcia hatte sich in der Zeit zweifellos verändert. Und Annie hatte sicher andere Erwartungen als zu jener Zeit, als sie sich zum ersten Mal begegnet waren. Ich hoffte, irgendetwas an Garcia wäre Annie unangenehm, nun, da sie sich verändert hatte. Der neue Garcia. Oder vielleicht erkannte Garcia selbst, dass Annie so anders war als in seiner Vorstellung, sodass es zum Bruch kam. Ich sah vieles, das schiefgehen konnte.

Garcia konnte Annie unmöglich wirklich lieben, nach so langer Zeit, aus dem einfachen Grund, dass er sie gar nicht richtig kannte. Wenn dem so wäre, wieso hatte er dann nicht schon bei seiner Rückkehr mit ihr Kontakt aufgenommen? Und wieso hatte er sie auf eine solch bizarre Art und Weise kontaktiert?

Annie hatte allen erzählt, er sei tot. Schon längst hatte sie Garcia aus ihrem Herzen ausgeschlossen. Das zeigte, wie tief ihr Schmerz lag. Sie musste das alles überwunden haben, um ihre Liebe zu mir zu finden. Sie trug meinen Ring.

Ich beschloss, Annie vor dem Schlafengehen eine SMS zu schicken. Ich wollte, dass das endlose Hin und Her der Gedanken in meinem Kopf endlich aufhörte. Ich versuchte, meine Nachricht möglichst harmlos zu formulieren. Ich konnte mir vorstellen, was für Botschaften sie von ihrer Schwester bekam.

Wollte dir nur sagen, dass ich dich liebe. Ich hoffe, du hast Spaß auf der Party. Pass auf dich auf. Lass mich wissen, wie's dir geht, wann immer dir danach ist

KAPITEL 14 - ANNIE

Ich fuhr die ganze Nacht von Atlanta nach Tampa durch, während Michael schlief. Der Gedanke, dass Michael und ich gerade Liebe gemacht hatten, wirkte besser gegen den Schlaf als jedes andere Aufputschmittel. Ein natürliches High.

Ich wusste, was Alison sagen würde. Zuerst würde sie sagen, ich sei verrückt. Nein, das war zu oberflächlich, zu nett. Sie würde sagen, dass sie mich nicht mehr wiedererkenne. Dann würde sie sagen, ich mache einen selbstmörderischen, halsbrecherischen, unfassbar dämlichen Fehler. Sie würde sagen, meine Lebenserwartung habe sich gerade um Jahre verkürzt.

Meine Schwester konnte mich leicht herum-kommandieren, aber was hätte sie an meiner Stelle getan? Das fragte ich mich. Dies war eine einmalige Situation. Wenn man so tief gesunken war wie ich, nachdem ich Michael verloren hatte, wenn man über ein Jahr mit Depressionen und Sehnsucht und Trauer leben musste, und er dann zurückkam und einen immer noch liebte, wie konnte man da widerstehen?

Auf jeden Fall sah ich keinen Grund, meiner Schwester von dem kurzen Flirt mit der süßen Verrücktheit zu erzählen. Ich wollte nicht, dass sie mir noch mehr im Nacken saß, als sie es ohnehin schon tat.

Salvatore war ein anderer Fall. Während die Corvette im Süden von Georgia und Norden von Florida Kilometer um Kilometer hinter sich brachte und die ersten grauen Streifen am Himmel erschienen, überlegte ich hin und her, was ich Salvatore sagen würde. Keine Frage, dass ich es ihm sagen musste. Wenn ich es nicht täte, würde ich verrückt werden. Es wäre ein riesiges, schmerzhaftes Geheimnis zwischen uns. Wenn etwas Riesiges, Schmerzhaftes zwischen uns stehen musste, dann wollte ich, dass wir beide es wussten und es kein Geheimnis war. Ich hatte mir fest vorgenommen, es ihm zu sagen. Die Frage war, wie.

Ich hatte ihn gebeten, mir zu vertrauen, wenn ich mit Michael hierher fuhr. Ich hatte wiederholt meine Treue zu ihm betont. Es würde ihn so sehr verletzen, zu erfahren, was wir getan hatten. Salvatore hatte mir vertraut. Er würde es als Vertrauensbruch betrachten.

Salvatore hatte mir nach Mitternacht eine SMS geschickt. Ich sah sie erst, als wir nach zwei Uhr früh weiterfuhren. Die Nachricht war so süß, so typisch. Ich wollte ihn anrufen und ihm sagen, dass ich ihn liebte, aber ich war mir in diesem Moment nicht sicher, wie ich reagieren würde. Ich fürchtete, ich würde ausplaudern, wie unglaublich wundervoll der Sex mit Michael gewesen war. Nicht gerade das, was man bei einem Gutenachtgespräch zu hören hofft. Aber es war schon so spät. Ich war ziemlich sicher, er hätte nichts dagegen, würde ich ihn aufwecken, aber die späte Stunde reichte mir als Entschuldigung, nicht anzurufen. Stundenlang gingen mir immer wieder alle möglichen Abläufe meines Gesprächs mit Salvatore durch den Kopf.

KOLLATERALSCHADEN

Mit dem Sonnenaufgang über der Tampa Bay stieg auch meine Stimmung. Es sah aus, als brannte eine ganze Hälfte des Himmels in rot, orange und pink. Der Highway machte eine Kurve, und der farbenfrohe Reigen spielte sich in meinem Seitenfenster ab.

Michael war zurück in meinem Leben. Er war nicht mehr tot. Er hatte mir ein Liebesgedicht geschrieben, wir hatten wunderschönen Sex gehabt, und wir waren in Florida und gingen auf seine Party. Salvatore wartete zu Hause auf mich. Zum ersten Mal seit Langem hatte ich das Gefühl, dass alles, wirklich alles, so lief, wie ich es mir wünschte.

Michael und ich, wir würden nie wieder Liebe machen. Das war etwas Einmaliges gewesen, um der guten alten Zeiten willen. Wir hatten uns die Hand darauf gegeben. Aber diese Nacht würde ich mein ganzes Leben lang in wunderschöner Erinnerung behalten.

Obwohl es schon nach neun war, als wir uns Michaels Haus näherten, hielt er es für zu früh, um Husker zu wecken. Wir fuhren zu einem Restaurant, das ein paar Minuten vom Haus entfernt lag und Frühstück anbot. Ich glaube, Michael war selbst noch nicht ganz wach. Seit Atlanta hatten wir nichts gegessen. Dieser Teil der Reise hatte nur sieben Stunden gedauert, mit einem einzigen kurzen Halt, um zu tanken und Kaffee zu holen. Neben der Corvette stehend streckte ich meine Glieder. Meine Beine und mein Rücken knirschten und knackten wie ein altes Möbelstück.

Die Luft hier war erstaunlich feucht, wie ein Dampfbad ohne Dampf. Es war nicht heiß, es war kühl, aber sobald man aus dem Auto stieg, begann man, zu schwitzen. Der Parkplatz war von Palmen umringt, und rosa Hibiskusblumen blühten an Büschen, die mir bis über den Kopf reichten. Eine kühle Brise strich mir über das Gesicht, auf dem ein Schweißfilm lag. Als wir ins Restaurant traten, traf uns ein Schwall kalter Luft aus der Klimaanlage.

Wir ließen uns an einen Tisch in der Ecke fallen und tauschten die Rennsitze der Corvette gegen breite Sitzbänke ohne Rückenlehne. Das Restaurant war laut und voller Leute, die die unterschiedlichsten Dinge frühstückten, und Kellnerinnen, die mit Kaffeekannen in der Hand hin und her sausten. Unsere Fenster führten nach Süden und Westen, und hinter dem Parkplatz erstreckte sich die ganze Weite der Tampa Bay.

„Gut hab ich euch den Tisch hier frei gehalten, Leute", sagte die Kellnerin. Sie zwinkerte Michael an, der verständnislos dreinblickte. „Das war 'n Witz, Schätzchen. Seit wann bist du zurück?"

„Gerade eben. Bin direkt aus Chicago hierher gefahren", sagte er. „Für mich das Übliche, bitte."

„Kleine Portion Pfannkuchen mit gut gebratenem Speck und zwei gewendeten Spiegeleiern?", fragte die Kellnerin.

„Und einen großen Orangensaft."

„Ist das da drüben die Eglin Air Force Base?", fragte ich.

„Der beste Ort, um sie starten zu sehen, wenn überhaupt", sagte die Kellnerin, während sie Michaels Bestellung aufnahm. „Was darf's für dich sein, Schätzchen?"

Ich bestellte mein Essen und legte dann den Kopf in meine auf dem Tisch verschränkten Arme. Michael saß mir gegenüber. Ich wollte nur ein bisschen die Augen zumachen. Doch bevor ich mich versah, tippte mir jemand auf die Schulter. Mein Schinken-Käse-Omelett war gekommen. Michael lachte.

„Seit zwei Tagen war ich nicht mehr joggen", sagte ich, benebelt vor Müdigkeit. „Ihr Jungs wohnt nicht zufällig am Strand oder so?"

KOLLATERALSCHADEN

Aber Michael sah bereits mit zusammengekniffenen Augen aus dem Fenster. Ich folgte seinem Blick. Aus dem Auto neben unserer Corvette stieg eine Person, die mir vertraut schien. Zu sagen, ich sei schockiert, wäre untertrieben. Ich war komplett sprachlos.

„Das darf doch nicht wahr sein", sagte Michael.

Todd Paine, der zerstrittene Ehemann meiner Schwester, stand da, streckte sich und sah uns durch seine Ray-Ban an. Ich legte Messer und Gabel nieder und versuchte, das Ganze zu begreifen. Eben waren wir rund achtzehn Stunden ununterbrochen gefahren – mit Ausnahme des zweistündigen Aufenthalts in Atlanta – und fanden uns jetzt in einem Restaurant in Michaels Nachbarschaft mitten im Industrieviertel von Tampa wieder. Und Todd hatte uns hier aufgespürt, war wie eine Brieftaube exakt zu unserem Aufenthaltsort geflogen.

„Alles okay mit deinem Omelett?" Die Kellnerin goss Kaffee nach. Sie folgte unseren Blicken aus dem Fenster. „Jemand, den ihr kennt?"

„Was zum Teufel macht der hier? Hast du ihn eingeladen?"

„Hat sich irgendwie selbst eingeladen, denke ich. Wegen so 'nem Zeitungsartikel", sagte Michael.

„Musstest du ihm alles erzählen?"

„Ich hab ihm gar nichts erzählt." Michael sah unschuldig aus. „Was soll ich ihm erzählt haben? Was meinst du?"

„Wie hat er dieses Restaurant gefunden?", wunderte ich mich. Todd kam über den Parkplatz in unsere Richtung.

„Von allen verdammten Restaurants in Tampa. Woher soll ich das wissen?" Als ich darüber nachdachte, wurde mir bewusst, dass Michael ihm unmöglich gesagt haben konnte, wo wir essen gehen würden. Er hatte es schließlich selbst nicht gewusst.

Todd kam durch den Speisesaal auf uns zu. Er grinste über meinen verblüfften Ausdruck.

„Hey, Annie. Lange nicht gesehen. Was dagegen, wenn ich mich zu euch setze, Leute?" Ohne auf eine Antwort zu warten, ließ er sich hinplumpsen. Michael rutschte näher zum Fenster, um Platz zu machen.

„Was machst du in Florida? Woher wusstest du, dass wir hier sind?"

„Kaffee, Sir?" Die Kellnerin goss bereits ein.

Todd wandte den Blick von mir ab, um der Kellnerin zu sagen: „Ich nehm dasselbe wie sie." Als die Kellnerin gegangen war, beugte er sich vor. Er sah aus, als wollte er meine Hand ergreifen, aber ich behielt die Hände in meinem Schoss. In seinen Augen lag ein seltsames Leuchten.

„Ich war am Parkplatz beim Wald. Vielleicht hast meinen Wagen nicht bemerkt. Ich dachte, du hast mich im Restaurant in Atlanta gesehen."

„Ich hab den weißen Mustang gesehen", sagte Michael. „Wusste nicht, dass du das warst."

„Atlanta?", fragte ich. Ich war müde und erschöpft von der Fahrt. Mein Hirn hatte Mühe, zu begreifen, dass Todd uns den ganzen Weg von Chicago bis hierher gefolgt war. Hilfesuchend sah ich Michael an. Er war beim Essen und schien sich nicht zu kümmern.

„Hey, wo ist dein Ring?" Todd deutete auf meine Hand.

Ich blickte auf meinen Ringfinger. Mein Magen drehte sich. Mein Mund wurde trocken. Wie konnte das sein? Mein Ring war verschwunden. Letzte Nacht war er noch da gewesen. Wann hatte ich ihn verloren? Ich blickte die beiden Männer an, und Panik stieg in mir hoch. Ich traute meinen Augen nicht. Ich hatte ihn nicht abgenommen. Ich hatte ihn nirgends hingelegt. Konnte er einfach so herunterfallen?

KOLLATERALSCHADEN

„Du hast ihn verloren?", fragte Todd unverhüllt amüsiert.

„Es muss eine Erklärung geben. Du musst ihn ausgezogen haben", bemerkte Michael.

„War ja auch ein Riesenklunker", sagte Todd.

„Wann hast du ihn das letzte Mal gesehen?", fragte Michael.

„Ich trug ihn, als wir in Atlanta essen waren", antwortete ich. „Ich hab ihn nie ausgezogen."

„Auch nicht beim Händewaschen oder so?", sagte Michael.

„Vielleicht im Edgerton Motel?", fragte Todd. Ich spürte, wie mir die Röte ins Gesicht stieg. Er war uns in Atlanta hinterhergegangen. Dieser Schleimbeutel musste die ganzen zwei Stunden auf dem Parkplatz gewartet und unsere Tür beobachtet haben.

„Du dreckiger, hinterhältiger Bastard", schimpfte ich.

„Ich werd's nicht weitersagen." Er hob unschuldig seine Hände.

„Du weißt noch, wie das Motel hieß?", fragte Michael.

„Ich bin Journalist. Kann nichts dafür."

Ich konnte nicht länger dasitzen und mir Todds arrogante Miene ansehen. Ich konnte nicht glauben, was hier geschah. Mein Ring war verschwunden. Was zum Teufel sollte ich Salvatore sagen? Mit Michael ein letztes Mal Liebe zu machen, war herrlich gewesen, wunderschön. Es fühlte sich richtig an, auch wenn Salvatores Nachsicht dadurch überstrapaziert würde. Schlussendlich würde er es verstehen.

Aber wegen des verschwundenen Rings fühlte ich mich minderwertig, dreckig, ausgelaugt. Zum zehnten Mal in den letzten drei Minuten untersuchte ich meinen Ringfinger. Wie konnte er bloß verschwinden? Ringe fallen nicht einfach so vom Finger.

Ich hatte Salvatore schon genug zu sagen. Ich wollte ihm nicht auch noch sagen, dass der Ring weg war.

Ich ging auf den Parkplatz hinaus, um nachzudenken. Mein Idiot von Schwager besaß vermutlich Fotos von Michael und mir, wie wir ins Motelzimmer gingen. Er dachte vermutlich, er hätte einen echten Knüller an der Angel. Doch er wusste nicht, dass ich sowieso vorhatte, Salvatore die Wahrheit zu sagen. Ein Erpresser kann nur jemanden verletzen, der Angst hat, dass sein Geheimnis ans Licht kommt. Ich hatte niemanden ermordet. Ich hatte nichts verbrochen. Todd konnte mir eigentlich gar nichts vorwerfen. Das beruhigte mich. Wenn nur dieser verdammte Diamant nicht wäre.

Die Corvette funkelte im frühen Sonnenschein. Der Wagen! Vielleicht war der Ring bei unserem kleinen Techtelmechtel beim 7-Eleven runtergefallen. Ich öffnete die Tür und suchte auf allen Vieren unter der Fußmatte, in den Türfächern, sogar im Handschuhfach, und dann auf der Beifahrerseite. Kein Ring.

Wenn ich ihn im Motel verloren hatte, dann hatte ihn bestimmt jemand eingesteckt. Die Wahrscheinlichkeit, dass er immer noch dort war, war gleich null. Trotzdem wollte ich anrufen und einen Finderlohn aussetzen. Wenn der Finderlohn hoch genug war, würde vielleicht jemand lieber das Geld nehmen, anstatt sich die Mühe machen, mit einem Pfandleiher zu verhandeln.

Ich kehrte ins Restaurant zurück.

„Weiß Alison eigentlich, dass du uns gefolgt bist?"

„Ist mir scheißegal, Annie. Wir sind in der Trennung, schon vergessen?"

Ich stocherte in meinem Omelett herum und pickte den Schinken heraus. Etwas war faul. „Du schreibst eine Reportage, stimmt's? Bist du deswegen hier?"

„Das ist doch heute Abend, oder?" Todd wandte sich an Michael. Michael nickte. „Wie viele Leute erwartest du?"

Michael schluckte ein Stück Pfannkuchen runter. „So zwischen fünfzig und zweihundert. Könnten auch mehr sein, je nach Facebook-Effekt. Zum Glück haben wir eine große Terrasse. Wirst sehen."

„Ich werde jeden interviewen, der dazu bereit ist", sagte Todd. „Ich werde Notizen und Fotos machen. Heute Abend krieg ich meine Story. Das hab ich im Gefühl."

Während sie sich unterhielten und den Bauch vollstopften, rief ich beim Motel in Atlanta an. Ich wartete, während die Empfangsdame die Fundsachen durchsuchte und mit den Zimmermädchen sprach. Kein Ring. Ich gab ihr meine Nummer durch, ließ sie sie wiederholen und versprach, dem Finder fünfhundert Dollar zu zahlen. Tief in meinem Innersten wusste ich jedoch, dass ich den Ring nie mehr wiedersehen würde.

Als wir hier angekommen waren, war ich extrem hungrig gewesen. Jetzt war mir der Appetit vergangen. Es gefiel mir nicht, dass Todd uns einfach so gefolgt war, und ich hasste es, dass er von unserem Zwischenhalt in Atlanta wusste.

Aber was mich am meisten nervte, war mein dämlicher nackter Finger.

KAPITEL 15 - ANNIE

Während ich auf dem Klo saß, besprachen die beiden Männer etwas miteinander. Michael befürchtete, dass es in dem kleinen Haus, das er mit Husker teilte, keinen Platz gab, an dem ich unterkommen könnte. Bei all den Leuten, die den Tag hinweg mit Vorräten kommen und gehen und den Freunden, die von überall her strömen würden, würde im Haus pures Chaos herrschen.

So landete ich schließlich, nachdem wir das Restaurant verlassen hatten, in Todds Mustang. Meine Reise mit Michael war offiziell zu Ende. Todd fuhr uns in ein Motel, an dem wir einige Kilometer zuvor vorbeigekommen waren. Auf der kurzen Fahrt sah ich ihn kaum an. Wir buchten getrennte Zimmer, jeder von uns bezahlte mit der eigenen Kreditkarte, und ich ging ohne ein Wort des Abschieds in mein Zimmer.

Ich war so erschöpft, dass ich mich angezogen auf mein Bett legte, um ein Nickerchen zu machen. Eine Weile lag ich da, sah die Sonnenstrahlen, die durch die Vorhangspalten fielen, hörte den Lärm der Klimaanlage und wälzte die Sorgen in meinem Kopf umher. Der Albtraum mit dem verlorenen

Ring hatte sich tief in mein Innerstes gegraben. Ich stellte mir Salvatores Wut vor, seine Enttäuschung, sein Mitleid.

Als ich aufwachte, zeigte mein Handy vier Uhr nachmittags. Mein Schädel brummte. Mein Mund schmeckte salzig. Ich ging ins Bad, spülte mir den Mund und bemerkte, dass ich gar keine Zahncreme dabei hatte. Mein Haar war ein einziges Durcheinander, meine Augen aufgedunsen. Ich steckte die Schlüsselkarte in die Tasche meiner Jeans und ging hinaus in Richtung Eingangshalle.

Der ältere Herr am Empfang zeigte mir den Weg zum Wal-Mart auf der anderen Straßenseite. Der Spaziergang dahin weckte meine Lebensenergie. Die Luft war kühl, aber die Sonne so intensiv, dass ich schwitze, als ich in den eiskalten Wal-Mart trat.

Während ich durch die endlosen Gänge schritt, warf ich verschiedene Dinge in meinen Einkaufswagen. Ein neues paar Shorts und ein Paar Tops, Unterwäsche und einen BH, ein Paar Sandalen, Sonnencreme, ein Badeanzug und ein kompletter Satz Toilettenartikel fanden den Weg in meinen Wagen. In meiner Brieftasche hatte ich zwei Kreditkarten, einige Hundert Dollar in bar und zwei Blankoschecks für den Notfall. Mit meiner neuen Garderobe ausgerüstet, spazierte ich zurück über die Straße zum Motel. Eine lange Dusche und eine Haarwäsche später fühlte ich mich besser und ging hinaus.

Kaum hatte ich die Tür hinter mir geschlossen, vibrierte mein Handy. Am anderen Ende der Halle sah ich Todd warten. Auf dem Bildschirm meines Handys erschien Salvatore.

„Hey, wie geht's dir?", begrüßte ich ihn.

„Gut", sagte Salvatore. „Ich vermisse dich ein bisschen."

„Nur ein bisschen?"

„Na ja", antwortete er.

„Ich vermiss dich auch", sagte ich, um die Lücke zu füllen. „Bin eben erst aufgewacht. Wir sind die ganze Nacht gefahren, ohne Halt, da hab ich den ganzen Tag geschlafen. Tut mir leid, dass ich dich heute Morgen nicht angerufen hab."

„Mach dir keine Gedanken deswegen", sagte er. „Also, heut Abend steigt die große Party?"

„Ja. Keine Ahnung, wen ich alles wiedersehen werde. Ich wünschte wirklich, du wärst hier bei mir."

„Echt?"

„Ja", sagte ich. „Sie werden mich alle ansehen. Ich werde sagen, wisst ihr, ich bin mit diesem Typen verlobt, hab ihn zu Hause in Chicago gelassen. Er hat gedacht, er sei schwul, aber wegen mir wurde er wieder hetero."

„Du wirst heute Abend alle zum Lachen bringen", sagte Salvatore.

„Und was hast du vor?"

„Geh vielleicht ins Kino." Es gab eine kleine Pause. Es klang so, als hätte er sich das gerade eben ausgedacht. Ich wollte ihn nicht in Verlegenheit bringen und fragen, in welchen Film er gehe. „Hey, hast du mit deiner Schwester geredet? Ich hab gestern mit ihr gesprochen. Sie war außer sich."

„Wieso? Ja, ich hab gesehen, dass sie mir ein paar Nachrichten hinterlassen hat, aber weißt du was?"

„Lass mich raten. Du hast die Nase voll, von Alison SMS zu bekommen?"

„Du hast's erraten. Wieso war sie außer sich?"

„Keine Ahnung. Irgendwas wegen Garcia, der ohne Klopfen reingekommen ist. Sie schien sich ziemlich darüber aufzuregen."

„Er macht ständig verrückte Dinge", sagte ich.

„Na dann, grüß all deine Freunde von mir", sagte Salvatore. „Ich sehe sie ein andermal."

„Klar."

„Sie werden bestimmt deinen Ring bemerken", sagte er, „und sehen, dass du verlobt bist. Kannst ihnen ja von meinem Waschbrettbauch erzählen."

Sein Kommentar über den Ring versetzte mich in Panik. Ich stand da, im Gang des Motels, und mein echtes Lächeln verwandelte sich in ein gequältes. Todd kam ungeduldig auf mich zu.

„Klar", sagte ich. „Rat mal, wer sonst noch den ganzen Weg aus Chicago hergekommen ist."

„Wer?"

„Der nichtsnutzige Mann meiner Schwester, Todd", sagte ich. Ich sprach besonders laut und deutlich, obwohl Todd nahe genug war, um jedes Wort mitzubekommen. Sein arroganter Ausdruck blieb jedoch unverändert.

„Wer ist dran?", wollte Todd wissen.

„Was macht der denn da?", fragte Salvatore.

„Er behauptet, er schreibe einen Artikel für den *Tribune*", sagte ich, „Michael war so dämlich und hat ihn eingeladen."

Ich hatte keine Lust, das Gespräch fortzusetzen, wenn Todd alles mithören konnte, also sagte ich Salvatore, ich würde später zurückrufen. Todd sah aus, als hätte er sich ebenfalls ausgeruht und eine Dusche genommen.

„Michael hat mir die Adresse gegeben", sagte er. „Wir können gleich hinfahren. Es ist in der Nähe des Restaurants, wo wir unser Frühstück hatten. Hey, Annie."

Ich blickte auf. Todd deutete auf meine Hand, während wir durch die Eingangshalle gingen und zur Tür hinaustraten.

„Immer noch kein Ring? Was meint Salvatore dazu?"

In seinem Ton lag eine gehörige Portion Sarkasmus. Auf meine Beleidigungen hin hatte er noch keine Reaktion gezeigt. Doch nun wollte er es mir heimzahlen.

„Wieso steckst du ständig deine Nase in die Angelegenheiten anderer Leute? Macht es dir Spaß?"

„Genauso ist es", erwiderte er. „Hey, entspann dich."

Als wir aus dem Motel traten, wollte er mir die Tür aufhalten. Ich blieb zurück und öffnete sie selbst. Wenn man mir sagt, ich solle mich entspannen, dann kann es sehr ungemütlich werden. Schlimm genug, dass ich mit dem Mann herumfahren musste, der meine Schwester sitzen lassen hat. Als ich in seinen Wagen stieg, spürte ich erneut mein vibrierendes Handy. Passenderweise war es Alison.

„Hey, Al", sagte ich.

„Endlich nimmst du ab. Was ist los, Mädchen? Meidest du mich? Weißt du denn nicht, dass ich mir extreme Sorgen mache? Wo bist du?"

„Du würdest es mir nicht glauben."

Todd grinste, als wir vom Motelparkplatz wegfuhren. Alisons Stimme war vermutlich durch die Autoscheiben bis zu den orange gekleideten Straßenarbeitern zu hören, die uns weiterwinkten. Ich war sicher, dass Todd jedes Wort verstand. „Du bist in Tampa, hab ich recht? Bist du heil angekommen mit diesem Irren?"

„Wir sind durchgefahren. Hab mir ein Motelzimmer genommen und den ganzen Tag geschlafen. Jetzt sind wir auf dem Weg zur Party."

„Du und Michael? Er war auch im Motel?"

„Er ist bei sich zu Hause."

„Wen meinst du dann mit wir?"

Ich sah Todd an. Was zum Teufel sollte ich sagen? „Ich bin gerade im Auto deines Mannes."

„Todd? Todd ist bei euch?" Alisons Lautstärke stieg parallel zu ihrer Verblüffung. „Was macht dieser Clown in Florida?"

„Er glaubt, die Party gibt eine Titelstory her. Michael hat ihm davon erzählt."

„Wieso hab ich das Gefühl, dass da was nicht stimmt?", sagte Alison. „Seit wann heuert der *Tribune* Paparazzi an, die nach Florida reisen, um eine Reportage zu schreiben, die nie veröffentlicht wird?"

„Ich bin kein Paparazzo", sagte Todd. „Miststück."

Alisons Stimme war so schrill, dass Todd vom Fahrersitz aus jedes Wort mitbekam. „Genau das hab ich mich auch gefragt. Er ist uns gefolgt."

„Er ist euch nach Florida gefolgt?"

„Die ganze Nacht durch."

„Er hatte schon immer einen an der Rübe", sagte meine Schwester. „Versteh ich das richtig? Du und Todd, ihr fahrt zur Party. Das heißt, ihr seid im selben Motel? Als Nächstes erzählst du mir, dass ihr euch ein Zimmer teilt?"

„Ja, klar", sagte ich.

„Schön wär's", sagte Todd.

„Was hat er gesagt?", rief Alison. Ich starrte ihn an und konnte nicht glauben, was er soeben gesagt hatte.

„Nicht so wichtig", sagte ich. „Sagen wir einfach, er hat sich verändert."

„Aber nicht zum Besseren", sagte Alison. „Er ist ein hoffnungsloser Fall. Dann bin ich ja beruhigt, dass du in einem Stück angekommen bist."

Nachdem wir aufgelegt hatten, starrte ich den Rest der Fahrt aus dem Fenster auf meiner Seite. Ich konnte Todds Anspielung nicht fassen. Er war noch nicht einmal betrunken. Sie war meine Schwester, um Himmels Willen. Hatte er keinen Anstand? Kein Taktgefühl?

Als Todd zu sprechen begann, hielt ich mir die Ohren zu. Er wollte etwas sagen, aber ich weigerte mich, zuzuhören. Schließlich hielt er an und verlangte von mir, dass ich zuhörte. Stattdessen öffnete ich die Tür.

„Ich steig aus und geh zu Fuß", sagte ich. „Das wäre mir echt viel lieber als der Müll, der aus deiner Klappe kommt."

Todd biss die Zähne zusammen. „Schließ die Tür."

Den Rest des Weges brachten wir schweigend hinter uns. Als wir ankamen, sprang ich hinaus und ließ ihn stehen. Auf der ganzen Straßenlänge vor Michaels und Huskers Haus standen Autos. Todd fuhr weiter und suchte nach einem freien Parkplatz für seinen Mustang. Ich hoffte, dass ich ihn an diesem Abend zum letzten Mal gesehen hatte.

Das Haus sah beeindruckend aus. Der ganze blinkende Krimskrams der alten Weihnachtsbeleuchtung strahlte so hell, dass einem die Augen schmerzten. Acht grell leuchtende Rentiere tummelten sich auf dem Dach, hinter ihnen der Schlitten mit dem Weihnachtsmann. *Gesegnete Festtage* konnte man hier lesen, anderswo *Frohe Weihnachten*, und alles blinkte. Beim Anblick der Glühbirnen begann mein Kopf, zu rechnen. Sagen wir fünfzig Lämpchen pro Tier, und weitere 250 für den Weihnachtsmann, den Schlitten und die Zügel, das macht 650 Glühbirnen allein für dieses Teil.

Zusätzliche Lämpchen schmückten die Tannenbäume, die auf dem Dach neben grün gekleideten Elfen und einem Lebkuchenhaus standen. Beim Dekorieren war nichts ausgelassen worden. Diese Beleuchtung fraß mehr Strom als der ganze Rest der Nachbarschaft zusammen.

Als ich mich dem Haus näherte, sah ich etwa drei Meter über dem Schlitten des Weihnachtsmanns etwas hängen, das aussah wie eine AGM 45 A Shrike Luft-Boden-Rakete. Eine Shrike erkennt man an ihren auffälligen Stabilisatorflossen, die in der Mitte des drei Meter langen Rumpfes angebracht sind. Sie war schräg nach unten gerichtet. Es sah aus, als stünden die ganze Weihnachtsbeleuchtung sowie das Haus darunter kurz davor, ausgelöscht zu werden. Ich sah, dass die Rakete an einer Aufhängung aus dünnen Rohren hing, die am Haus befestigt war. Ein bemaltes Plakat erstreckte sich über die ganze Hausfront und bedeckte einen Teil des Schlittens. In roten und blauen Buchstaben stand darauf geschrieben:

8UNG KOLLATERALSCHADEN.

KAPITEL 16 - ANNIE

Laute Musik drang aus dem kleinen Haus. Ich schlängelte mich durch die Menschengruppen, die im Vorgarten standen. Niemand beachtete mich. Mit einem Auge hielt ich die blinkende Weihnachtsbeleuchtung und die Rakete im Blick. Ich hatte solche Raketen auf Flugplätzen gesehen, aber an Orten wie hier noch nie. Ich fragte mich, woher sie sie hatten. Ich hoffte, sie hatten die Schrauben fest angezogen und die Spanndrähte gesichert, damit sich durch Erschütterungen nichts lösen konnte. Eine solche Rakete wog auch ohne Sprengkopf gute hundert Kilo.

Hinter dem Haus standen fünfzig Leute und weitere fünfzig auf der Terrasse, die meisten mit einer Dose Bier in der Hand. Die Musik war so laut, dass die Leute schreien mussten. Keine Spur von Michael und Husker. Die Leute standen herum, unterhielten sich und genossen den Sonnenuntergang und die Brise, die ab und zu auffrischte. Von hier hinten konnte ich die Vorrichtung sehen, an der die Shrike hing. Sechs Spanndrähte führten von der Spitze des

Gerüsts zum Dach, an dem sie mit Bolzen befestigt waren. Das sollte halten.

Ich sah ein paar bekannte Gesichter, aber niemanden, den ich näher kannte. Ich drängte mich durch die Menschenmenge auf der Terrasse und ging durch die Glasschiebetür in die Küche. Todd würde bestimmt gleich aufkreuzen, und ich wollte so weit von ihm weg sein wie möglich. Ich griff nach einer Flasche aus der Kühlbox, als ich jemanden meinen Namen rufen hörte.

„Annie, Annie!"

Das Gesicht, das sich aus einer Gruppe auf der anderen Seite des Tisches löste, gehörte niemand anderem als June Sanderson. Endlich jemand, den ich kannte.

June war Scharfschützin gewesen. Auf unseren Patrouillen hatte sie sich mehrmals bewährt, indem sie vierzig Kilo Material geschleppt und drei Tage ohne Schlaf durchgehalten hatte. Während ihrer beiden Dienstzeiten im Irak konnte sie mehr als dreißig bestätigte Abschüsse verzeichnen, bevor sie selbst eine Kugel abbekommen hatte. Man hatte mir von diesem Vorfall berichtet. Ihr rechtes Ohr war glatt abgetrennt worden. Kurz bevor sie zur Patrouille aufgebrochen war, bei der sie verletzt wurde, hatte ich sie zum letzten Mal gesehen. Eine entstellende Verletzung führte dazu, dass sie einen nach Hause schickten.

„Hey, schön, dich zu sehen", freute sie sich, als wir uns umarmten. Ihr Ohr, das zwischen ihren kurzen braunen Haaren hervorspitzte, sah völlig natürlich und symmetrisch aus. Ich nahm an, es war eine Silikonprothese. „Husker hat gesagt, du würdest kommen. Wie geht's dir so?"

„Echt gut. Hab nicht mal gepackt. Michael wollte unbedingt, dass ich komme. Kam einfach vorbei und hat mich mitgenommen. Ich brauchte mal Urlaub. Wo wohnst du?"

141

„Hier", sagte June. „Drüben in St. Pete. Hab meine eigene Bäckerei. Spezialitätenbackstube."

„Echt?"

„Ich hab drei Bäcker und vier Verkäuferinnen plus zwei Jungs, die Lieferungen machen. Ich musste bereits Räume dazumieten. Aber das war kein Problem. Mein Geschäft ist das einzige in unserem Einkaufszentrum, das nicht Pleite geht. Es läuft ziemlich gut."

„Wie bist du auf die Idee mit der Bäckerei gekommen?"

„Wollen wir spazieren gehen? Hier ist's zu laut."

Wir hatten uns bisher nur angeschrien. Ich folgte ihr zur Glasschiebetür hinaus und weg von all dem Lärm. Noch mehr Gäste kamen an, und mehr Leute wollten rein als raus. Auf der Terrasse ging ich an Todd vorbei. Er trug als einziger unter all den anderen ein Sakko und sah völlig bekloppt aus. Er sprach mit ein paar Jungs, die ich nicht kannte.

June und ich gingen hinunter zu den Docks, wo sich über gestapelten Containern mächtige Kräne türmten und drei oder vier riesige Containerschiffe vor Anker lagen. Arbeiter mit Helmen gingen am Zaun zwischen uns und dem Dock auf und ab, und Autos und Lastwägen fuhren vorbei. Trotz all der Geschäftigkeit war es hier viel ruhiger als auf der Party. Die Meeresbrise fühlte sich gut an auf meinem Gesicht.

„Erinnerst du dich an unsere Soldatentaufe?", fragte ich.

June musste lachen. „Die hatten von Frauen keine Ahnung, stimmt's?"

„Damals hab ich so viel getrunken wie nie zuvor und nie mehr danach."

„Ich weiß noch, deine Haare", sagte June. Die Erinnerung daran ließ mich aufstöhnen. Ich hatte sie schon längst verdrängt. „Zuerst haben sie sie rot gefärbt. Sie wurden orange. Dann haben sie dich gequält, indem sie mit Scheren rumschnippten, als wollten sie sie abschneiden."

„Mein Haar war sowieso viel kürzer. Ich weiß noch, wie ich gefesselt wurde. Und dann mussten wir Drinks runterkippen."

„Tequila", bestätigte June. „Anstatt es zu schneiden, schmierten sie Haargel rein und formten zwei Hörner daraus."

„Ich meine, mich zu erinnern, dass wir nicht viel anhatten."

„Es ist aber nie aus dem Ruder gelaufen. Sie haben sich anständig benommen", sagte June. „Wir trugen BHs und Unterwäsche. Sie rannten in den Unterhosen rum. Alle waren völlig durchgeknallt."

„Deine Haare waren so kurz, dass sie nichts damit anzufangen wussten."

„Jemand hatte einen Biberschwanz von zu Hause mitgebracht. Den steckten sie mir an, und wir mussten herumstolzieren, bis wir gekotzt haben."

„Ich hab nicht gekotzt", sagte ich.

„Machst du Witze? Du hast so lange gekotzt, dass ich dachte, man müsste dich ins Krankenhaus bringen. Ich hab noch nie jemanden so reihern gesehen. Hast bestimmt 'ne Niere verloren. Dann bist du weggetreten."

„Was nehmen wir doch für schöne Erinnerungen mit nach Hause!"

Ich fragte mich, welche Erinnerungen ich seit meiner Rückkehr sonst noch so ausgeblendet hatte. Das menschliche Hirn enthält ein Programm, das unangenehme Erinnerungen löscht, wie zum Beispiel den Anblick von Menschen, deren Beine weggesprengt werden, oder der Freund, der einen auslacht, wenn man dringend eine Umarmung nötig hätte.

Leider werden diese Erinnerungen nicht vollständig gelöscht, sondern sie werden archiviert, um just im dümmsten Moment wieder aufzutauchen.

June knuffte mich in den Arm. „Du bist auch nur ein Mensch, oder?"

Wir spazierten die Docks entlang, und ich erzählte ihr von Salvatore – wie wir uns kennengelernt hatten, welche Detektivarbeit wir machten. Ich erzählte ihr, dass ich mich vor weniger als einer Woche verlobt hatte. Und dass ich den Ring verloren hatte.

„Mir geht auf Reisen auch immer was verloren", sagte June. „Als ich fünfzehn war, hab ich bei einem Familienausflug in den Westen meine schönste Sonnenbrille verloren. Auf einer Autofahrt nach Georgia hab ich meine Unschuld verloren. Mann, war ich blöd, mit diesen Jungs mitzugehen!"

„Kann ich mir vorstellen", sagte ich.

„Kurz bevor ich zur Army ging, hab ich auf einer Autofahrt nach South Carolina meine beste Freundin verloren."

„Was ist passiert?"

June seufzte. „Autounfall. Ich saß am Steuer. Strömender Regen, der Wagen kam ins Schleudern. Es geschah auf einer zweispurigen Straße. Ich bin nicht zu schnell gefahren, aber der andere Wagen schon. Wir streiften ihn und endeten an einem Baum. Mein Airbag hat funktioniert, aber Lauras nicht. Sie starb auf dem Weg ins Krankenhaus. Ich kam mit einem gebrochenen Handgelenk und ein paar Schnitten davon. Drei Jungs auf einer Spritztour mit Tempo hundertsechzig. Zwei starben, der dritte verlor ein Bein."

„Das muss hart für dich gewesen sein."

„Das war der Grund, weshalb ich zur Army gegangen bin. Laura und ich, wir waren ... na ja, du weißt schon, fast wie Schwestern. Wir kannten uns schon seit dem Kindergarten. Die ganze Schulzeit über blieben wir beste Freundinnen. Unsere Freundschaft überstand jede Hürde – Jungs, Eltern, Drogen. Wir machten diese Autofahrt, und peng, war's vorbei. Alles weg in einem Augenblick."

„Wie hat dich das zur Army gebracht?"

„Ich wollte sterben, Annie. Ich fühlte mich so verloren und einsam. Es war mein Fehler. Ihr Verlust hat ein Loch in mein Herz gerissen. Ein Teil von mir war weg. Aber anstatt mich umzubringen, gab mir die Army einen Plan und eine Struktur, und ich wusste jeden Tag, wo ich hingehörte. Was ich zu tun hatte. Ich brauchte das, um zu überleben."

Ich dachte darüber nach, wie jeder Mensch seine eigene Geschichte hatte. So wie die von Husker, die Michael mir auf der Hinfahrt erzählt hatte. Oder auch meine eigene. Und wie unsere Geschichten sich überschnitten, wie wir alle jetzt auf dieser Party waren. Mir wurde klar, dass ich keine andere Wahl gehabt hatte, als zu dieser Party zu gehen. Es war, als wäre ich Teil eines Algorithmus, der auf einer anderen Ebene lag. Ich konnte es nicht verstehen, ich konnte es nur erleben.

„Ich glaub's nicht, dass du deinen Ring verloren hast", sagte June und betrachtete meine Hand, als würde der Ring auf magische Weise erscheinen.

„Vermutlich hat ihn jemand gestohlen."

„Warum sollte ihn jemand stehlen?"

Ich zuckte mit den Schultern und sagte nichts. Ich würde es nie herausfinden. Ich wollte June nichts davon erzählen, was mit Michael in Atlanta passiert war.

„Hey, erzähl mir von deiner Bäckerei. Du hast mir noch nicht gesagt, wie du auf die Idee gekommen bist."

Wir bogen in eine Straße, die uns zurückführte. Es war stockdunkel. Wir waren schon über eine Stunde unterwegs.

„Mein eigener Zustand war der Auslöser", sagte June. „Im Irak hatte ich Probleme mit Durchfall und Krämpfen. Ich ließ mich testen, und es stellte sich heraus, dass es eine Gluten-Intoleranz ist. Ich habe Zöliakie. Ich kann kein normales Brot essen, ohne dass mir übel wird."

„Davon hab ich gehört. Du meinst Erbrechen?"

„Krämpfe, Magenverstimmung, Durchfall. Es gibt viele Leute, die ohne Diagnose herumlaufen. Das hast du bestimmt auch gelesen."

„Ich dachte, das sei eine Einstellungssache. Wie Vegetarier."

„Für einige schon. Leute wie ich haben keine Wahl. Wir müssen einen festen Speiseplan befolgen, sonst geht der Dünndarm kaputt."

„Autsch! Aber wie machst du Brot und Kuchen und so ohne Mehl?"

„Ein weitverbreitetes glutenfreies Mehl ist ein Mix aus Reis- und Kartoffelmehl. Reis ist okay, Kartoffeln sind okay. Wir haben extrem saubere, sterile Bedingungen. Alles zertifiziert glutenfrei und so. Hey, Annie, vielleicht kann ich dir morgen meine Bäckerei zeigen."

Ich dachte an mein Vorhaben, nach Chicago zurückzufliegen. Ich hatte noch keinen Flug gebucht. Allein deshalb saß ich vorerst also hier fest.

„Wie weit ist es von hier?"

„Zwanzig Minuten. Ist kein Problem. Wir könnten gleich nach der Party hingehen, wenn du Lust hast."

„Glaubst du, es dauert die ganze Nacht?"

„Ganz bestimmt. Die Leute hier kommen von überall her, so wie du. Viele, die einander seit dem Irak zum ersten Mal wiedersehen. Man hat sich 'ne Menge zu erzählen, weißt du? Annie, ich bin so froh, dich zu sehen."

KOLLATERALSCHADEN

Wir umarmten uns. Ich war auch froh, June zu sehen. Mit June hatte man schon immer gut reden können, sie war irgendwie unkompliziert. Alison hatte recht. Ich sah die Dinge zu kompliziert.

Wir standen wieder hinter dem Haus und schrien gegen die Musik und den Lärm der Menschenmenge an, die sich scheinbar verdoppelt hatte. Sowohl vor als auch hinter dem Haus standen die Leute jetzt dicht gedrängt beieinander. Sie standen auf der Straße mit einem Sechserpack in der einen Hand und einem Drink in der anderen. Hinten auf der Terrasse war das Gedränge so groß, dass ein Hineinkommen unmöglich schien. Ich war ganz froh, mit June auf dem Rasen zu stehen, ohne Drink in der Hand, einfach nur mit der kühlen Brise im Gesicht.

Plötzlich bemerkte ich eine andere Art von Schwingung. Zu unserer Rechten schrien sich zwei Jungs an und verwarfen die Hände.

„Hey, worüber der sich wohl aufregt?"

„Keine Ahnung", sagte June.

Der große Blondschopf hatte die Augen weit aufgerissen. Auf seiner Stirn stand eine Ader hervor, so aufgeregt war er. Der dunkelhaarige, kräftiger gebaute Typ hörte nicht zu, sondern warf dem anderen noch lauter eine Reihe von Beleidigungen an den Kopf. Sie standen Kopf an Kopf und steigerten sich in Kampflaune. Die Leute traten zurück und machten ihnen Platz.

„Da ist Husker." Ich sah, wie Husker sich den Weg durch die Menschenmenge bahnte. Aber er kam zu spät.

Der Kleinere mit dunklem Haar schlug zuerst zu. Der blonde Typ hatte längere Arme und platzierte seine Faust im Gesicht des anderen Kerls. Dann legte der Kurze los und bearbeitete den Blonden mit beiden Fäusten. Er sah aus wie einer, der fünfmal pro Woche zum Boxtraining ging. Seine Muskeln spielten, während er den blonden Kerl verprügelte. Blut spritzte aus den Wunden in seinem Gesicht.

„Hey, unternehmt doch was", schrie June ein paar Männern zu, die neben ihr standen. Sie schienen den Kampf toll zu finden.

Die Menschen versammelten sich. Der blonde Kerl trat dem dunkelhaarigen in die Leisten, aber das stachelte diesen nur noch mehr an. Der Dunkelhaarige schlug mit der offenen Hand gegen den Hals des Blonden. Der Blonde ging zu Boden und blutete aus seinen Gesichtswunden. Er spuckte zwei oder drei Zähne aus und fluchte vor sich hin.

„Was ist hier los? Jonas, was soll der Streit?" Husker legte dem Dunkelhaarigen die Hand auf die Schulter.

„Der Typ lässt nicht mit sich reden", sagte Jonas. Er rieb sich die Knöchel seiner Hand. Er schwitzte, war aber sonst unverletzt.

„Ja, aber wir feiern hier 'ne Party."

Jonas deutete auf die Rakete, die über dem Haus hing. „Wollte ihm erklären, dass es eine Shrike ist. Er meinte, es sei was anderes – eine Sidewinder, Sparrow."

„Natürlich ist es 'ne Shrike", sagte Husker. „Aber deswegen müsst ihr euch doch nicht streiten. Er hat dich nur provoziert."

June kniete neben dem blonden Mann nieder, der immer noch flach im Gras lag. „Er muss ärztlich versorgt werden. Das muss genäht werden."

„Verdammte Scheiße", rief Husker aus.

KAPITEL 17 - ANNIE

Die Musik dröhnte, und die Party ging weiter, doch mit dem Verletzten, der da am Boden lag, war die Stimmung umgeschlagen. Ich hatte alles mit angesehen, wusste aber nicht, wie schwer seine Verletzungen waren. Der Blonde lag regungslos da.

Husker organisierte Hilfe. Niemand schien den blonden Kerl zu kennen. Schließlich halfen ihm zwei andere Jungs wieder auf die Beine. June hatte ihm das Blut aus dem Gesicht gewischt und einen Eisbeutel bereitgestellt, den sich der Typ auf die größte seiner Wunden hielt. Die Jungs wollten ihn zu ihrem Auto führen und ins Krankenhaus bringen. Als sie gingen, schritt sein Gegner Jonas zur Seite.

„Ich komm wieder und bring dich um, du Wichser", sagte der Blonde beim Vorbeigehen.

„Ich freu mich jetzt schon drauf", erwiderte Jonas und hob seine Flasche.

Mindestens zehn von uns hörten diesen verbalen Austausch mit. Das Gras war immer noch voller Blutflecken.

Vor meinen Augen traten ein paar Jungs unachtsam hinein. Ich sah kleine Blutspritzer auf den Turnschuhen eines Kerls, der gerade seine Flasche hob und über etwas lachte. June kam zurück. Sie hatte sich das Gesicht gewaschen. Auf ihrem T-Shirt waren Blutflecken zu sehen.

„Egal. Das geht raus", meinte sie.

„Sieht so aus, als hätte er etwa drei Zähne verloren", sagte ich. „Wieso mussten sie sich auch so streiten?"

„Es gibt Jungs, die einfach gern streiten."

„Annie, da bist du ja."

Michael bahnte sich seinen Weg zu mir, gefolgt von etwa zehn anderen Jungs. Einige ihrer Gesichter schienen mir vertraut. Direkt hinter ihm tauchte Husker auf. Alle Jungs hatten normale Haarschnitte, und keiner trug eine Uniform mit Namensschild, sodass ich nicht sagen konnte, wer sie waren. Ich fand mich Arm in Arm mit June mitten unter den Jungs wieder, die einen Kreis um uns gebildet hatten. Ich wäre nervös geworden, hätte Michael nicht seine Hand auf meinen Arm gelegt.

„Schon wieder 'ne Soldatentaufe?", fragte June.

„Nur über meine Leiche", sagte ich.

Als Michael zu sprechen begann, sah ich, wie Todd sich zu uns durchschlängelte, um auch wirklich nichts zu verpassen. Er hatte sich umgezogen und trug ein rotes T-Shirt unter seinem Sakko. Michael hob die Hand und bat um Ruhe.

„Hört mal", rief er mit seinem hämischen Grinsen. „Wir haben nicht viele Frauen hier. Also wie wär's mit einem speziellen Dankeschön für June und Annie?"

Überall kam lauter Beifall auf. Es war wie auf einem Wikingergelage, jeder trank sein Met Marke Budweiser. Michael wollte die Stimmung wieder heben. Todd machte mit seinem iPhone Fotos. Ich wünschte mir, jemand würde darauf treten und es in Stücke zermalmen. Leider trug niemand Kampfstiefel.

„Wie ihr wisst, ist Annie den ganzen weiten Weg aus Chicago hergekommen", sagte Michael laut. „Was ihr aber vermutlich nicht wisst, ist, dass wir was Spezielles anzukündigen haben. Stimmt's, Annie?"

„Du hast mir gar nichts gesagt", sagte June in mein Ohr.

„Haben wir das?", fragte ich. Meine Stimme ging im Lärm unter. Michael bat mit erhobenen Händen um Aufmerksamkeit, wie ein Dirigent vor seinem Orchester.

„Einige von euch erinnern sich, dass Annie und ich was miteinander hatten", fuhr Michael fort. Ich verdrehte die Augen. Ich hatte keine Ahnung, worauf er hinauswollte. Die Sache wurde mir langsam peinlich. Die Augen von zwanzig Ex-Soldaten wanderten von Michael zu mir und wieder zurück zu Michael.

„Du hast schon immer zu viel geredet", rief ich. Dies wurde von den Anwesenden offenbar als Aufmunterung interpretiert. Zumindest Michael fasste es so auf.

Er drehte sich um, legte seine Arme um mich, als täten wir das tagtäglich, und begann, zu tanzen. Der alte 80er-Hit „YMCA" plärrte aus der Stereoanlage. Es war ein schneller Tanz. Mit übertriebenen Bewegungen zog Michael meine Arme nach links und rechts, nach oben und unten, beugte mich nach hinten und richtete mich wieder auf. Noch bevor der Song zu Ende war, wandte er sich wieder an seine glotzenden Kumpels. Meine linke Hand hielt er immer noch fest. Jemand drehte die Musik leiser. Als sie aus war, hob Michael mir wie einem Boxkampfsieger die linke Hand in die Höhe.

„Wie ihr sehen könnt, sind Annie und ich nun offiziell verlobt", rief er. Jeder in der Menge um uns herum holte gleichzeitig Luft. Ich hörte Beifall und Jubel. Alle starrten uns an. June wich zurück, als hätte ich die Pest. Ich zog meine Hand weg und schrie, aber Michael hörte nicht zu. Er johlte mit seinen Freunden. Todd machte weiterhin Schnappschüsse. Michael ergriff wieder meine Hand und hielt sie erneut hoch, damit sie alle sehen konnten.

Mein Diamantring steckte wieder an meinem Finger.

„Du dreckige Ratte", schrie ich. Ich stampfte hin und her und kämpfte um ein bisschen Freiraum und um die Aufmerksamkeit der anderen. „Hey, ich bin mit Salvatore verlobt! Hey, ihr, ich bin nicht mit diesem Verrückten hier verlobt. Salvatore D'Angelo, aus Chicago. Dieser Ring ist von ihm!"

Niemand hörte mir zu. Alle klopften Michael auf die Schulter, hoben ihre Biere und stießen mit ihren Gläsern an, aus denen der Schaum spritzte, und jubelten und grölten. Ich sah, wie Todd mit ein paar Soldaten lachte. Als er meinen wütenden Blick sah, zückte er mit einer Hand sein iPhone und schoss ein weiteres Foto.

Ich sah den Ring an meinem Finger an und konnte kaum glauben, dass er wieder da war. Es war mein Ring. Immerhin. Immerhin musste ich bei Salvatore jetzt nicht mehr um Gnade winseln.

Also hatte ihn Michael gestohlen. Er musste es getan haben, als wir Liebe gemacht hatten. Allein beim Gedanken daran wurde mir übel. Oder als wir im Auto rumgemacht hatten. Eins von beiden. Rückblickend erkannte ich, wie einfach es für ihn gewesen sein musste, ihn von meinem Finger zu nehmen, indem er die Momente genutzt hatte, als mich die Lust übermannt hatte. Er hatte es ausgenutzt. Er war ein geschickter Taschendieb, auch wenn wir nackt waren und gar keine Taschen hatten. Zudem hatte er ihn auch wieder zurück an meinen Finger gesteckt, ohne dass ich es gemerkt hatte.

KOLLATERALSCHADEN

Wie konnte er mir das antun? Wie konnte er zulassen, dass ich mir solche Sorgen machte? Wie konnte er beim Frühstück heute Morgen nur den Kopf schütteln und mich fragen, wo ich ihn das letzte Mal gesehen hatte?

June stand einen Meter neben mir und starrte mich an. Sie sah völlig orientierungslos aus, und ich konnte es ihr nicht übel nehmen. Ich ergriff ihre Hand und zog June aus der Menschenmenge.

„Komm, ich brauch deine Hilfe."

KAPITEL 18 - ANNIE

„Ich versteh nicht, was das eben sollte", sagte June. Wir bahnten uns den Weg durch die dichter werdende Menge und gingen ums Haus herum. Sogar die Straße war jetzt überfüllt von Menschen. Musik wummerte aus dem Haus. Ich ging weiter. Ich wollte nur weg von hier. „Was sollte das eben?", beharrte June, während sie mir hinterher rannte.

„Ich kann's dir nicht übel nehmen, wenn du verwirrt bist", sagte ich. „Mein verrückter Ex hat mir letzte Nacht den Verlobungsring vom Finger geklaut. Dann hat er ihn mir, ohne dass ich es bemerkt hab, vor dreihundert Leuten wieder angesteckt. Vermutlich hat er's getan, als wir diesen schnellen Tanz aufgeführt haben. Er will, dass alle glauben, wir wären wieder zusammen."

„Du hast gesagt, du wärst mit einem aus Chicago verlobt." Ich drehte mich um. „Das bin ich auch."

„Aber wieso dann …?"

„Michael ist besessen von mir." Wir liefen wieder schneller und entfernten uns von der Party. In einem

Redeschwall erzählte ich ihr von all den verrückten Dingen, die Michael in Chicago getan hatte – von der Romney-Maske, seinem Einbruch in die Wohnung meiner Schwester, der Prügelei mit Salvatore. Was in Atlanta geschehen war, verschwieg ich ihr weiterhin. Sie war schon verwirrt genug. Ich war nicht sicher, ob sie es verstehen würde. „Ich war so froh, ihn wiederzusehen. Ich bin glücklich, dass ich ihn wieder in meinem Leben habe, auch wenn er verrückt ist. Ich bin aber mit Salvatore zusammen. Denkst du, Michael wird das je akzeptieren können?"

June atmete schwer. Ich erkannte, dass unser Tempo zu hoch war und verlangsamte. Sie war nicht so fit wie ich. Wenn ich in einer Bäckerei arbeiten würde, hätte ich vermutlich auch einige Pfunde zugelegt. „Danke", sagte sie. „Ich kenne Michael nicht so gut wie du. War er schon immer so besessen?"

Ich musste nicht lange nachdenken. „Wer Liebesgedichte schreibt, ist doch besessen, denkst du nicht auch?"

Wir blickten uns an. „Annie, in meinem ganzen Leben hat noch nie jemand ein Gedicht über mich geschrieben. Nicht mal ein schlechtes Gedicht."

Ich legte meinen Arm um ihre Schulter, und wir gingen langsam weiter. Sie hatte mir bereits gesagt, dass sie zurzeit niemanden in ihrem Leben hatte. Für die Bäckerei opferte sie siebzig oder achtzig Stunden pro Woche. Die Tatsache, dass ihr Wecker um vier Uhr früh klingelte, hätte so manche Beziehung auf die Probe gestellt.

„Macht es dir was aus, wenn wir nicht gleich wieder zurückgehen? Ich hab mehr als genug von Michaels Hinterhältigkeit."

„Es ist einfach schön, mit dir zusammen zu sein, Annie. Hey, weißt du was? Lass uns mein Auto nehmen, und ich zeig dir meine Bäckerei."

Als wir in Junes Auto losfuhren, nutzte ich die Gelegenheit, Salvatore anzurufen. Ich hatte es ihm versprochen, und es war mir egal, wenn June mithörte.

„Wie geht's dir?", fragte mein Verlobter.

„Die Party ist nicht so toll. Viel zu viel Leute."

„Wolltest du nicht deine alten Freunde wiedersehen?"

„Es ist so überfüllt, das kannst du dir gar nicht vorstellen. Es war auf Facebook angekündigt, und halb Tampa ist gekommen. Viele Leute, die niemand kennt. Sie haben ein kleines Haus, Küche und Esszimmer, Wohnzimmer und zwei Schlafzimmer, alles auf einer Etage. Es gibt ein einziges Klo für Hunderte von Menschen. Die Musik ist echt laut, und alle benehmen sich völlig verrückt."

„Und dafür bist du so weit gereist", bemerkte Salvatore. „Was haben sie zu deinem Ring gesagt?"

Über das perfekte Timing seiner Frage musste ich innerlich lachen. „Alle sind ausgerastet."

„Vielleicht solltest du diesen auffälligen Diamanten nicht die ganze Zeit tragen", sagte Salvatore. „Wieso legst du ihn nicht in ein Bankschließfach, wenn du zurückkommst?"

Ich sah meinen Ring an. Wie leicht Michael ihn abnehmen und dann wieder anstecken konnte, und wie dumm ich gewesen war, nicht daran zu denken, nach seinem Trick mit dem Umschlag, den er in meine Jackentasche gesteckt hatte. Warum musste ich mir deswegen überhaupt Gedanken machen? Wieso benahm er sich so? Ich erkannte, dass ich ihm nicht trauen konnte. Ich konnte ihm nicht einmal als Freund trauen, wenn er mich auf diese Weise bloßstellte. Letzte Nacht hatte ich alles andere ausgeblendet, nur, um ihn ein letztes Mal zu genießen. Michael dagegen hatte nur meinen Ring gewollt. Es war deprimierend.

„Das wirklich Schöne daran ist, dass ich meine alte Freundin June getroffen hab." Sie lächelte in die

Windschutzscheibe. Ich erzählte Salvatore ein bisschen von June und sagte ihm, dass wir die Party vorübergehend verlassen hatten und unterwegs zu ihrer Bäckerei waren.

„Wann kommst du zurück?", fragte Salvatore. „Du nimmst doch 'nen Flug, nicht den Wagen, oder?"

„Das hab ich vor", sagte ich. „Vermutlich morgen Abend. Ich hab heute den ganzen Tag geschlafen, und danach waren wir schon unterwegs zur Party, und ich hab's verpasst, einen Rückflug zu buchen. Ich muss morgen früh anrufen."

„Ich hab auch nicht so gut geschlafen", sagte Salvatore. „Weißt du, ich kann besser schlafen, wenn du neben mir liegst."

„Du machst mich aber nicht für die Qualität deines Schlafs verantwortlich."

„Das hab ich nicht gesagt."

„Du hast gesagt, du schläfst besser, wenn ich da bin."

„Hast du mit deiner Schwester geredet?" Salvatore wollte nicht streiten.

„Mann, war sie überrascht, als ich ihr sagte, dass Todd uns bis hierher gefolgt ist."

„Wie konnte er euch denn über fast zweitausend Kilometer folgen?"

„Die Frage ist nicht wie, sondern weshalb? Wieso macht jemand so was Hirnverbranntes."

„Hast du mit ihm gesprochen? Was hat er gesagt?"

„Er tauchte im Restaurant auf, als Michael und ich beim Frühstück saßen. Das war heute Morgen. Er schreibt an einer Story für den *Tribune*. Jetzt gerade ist er auf der Party und interviewt Green Berets und Army Rangers. Wir sind im selben Motel."

„Klingt, als hättest du viel Spaß", sagte Salvatore. Ich hörte ihn seufzen. Er war es satt, zu hören, wer alles nach

Tampa gekommen war und was sie taten. Den wichtigsten Teil hatte ich noch nicht einmal erwähnt.

„Kann ich dich morgen früh anrufen?"

„Das würde mir den Tag retten", antwortete Salvatore.

KAPITEL 19 - ANNIE

„Das Café ist nur ein kleiner Teil des Geschäfts, aber einer, der wächst", sagte June. „Die Leute kommen rein und wollen was Glutenfreies kosten. Willst du wissen, wie man zufriedene Kunden gewinnt?" Sie blinzelte dreimal abwartend. „Spendier ihnen 'nen Kaffee umsonst. Für ihren Keks oder Muffin müssen sie bezahlen, aber den Kaffee schenken wir ihnen."

Wir standen im Café der Bäckerei. Acht kleine Glastische mit originellen Korbsesseln und weichen Kissen standen im Raum verteilt. Schaukästen auf beiden Seiten enthielten Kuchen, Brote und Muffins sowie Backmischungen für Kekse, Torten, Kuchen und Scones. Alles glutenfrei.

„Überall sonst wollen sie den letzten Dollar aus dir rauspressen", sagte ich.

„Die Bohnen sind teuer. Die Maschinen sind teuer. Aber Kaffee ist eine Sucht, das kann ich dir sagen. Ich trinke sechs bis acht pro Tag. Auf Wein könnte ich für den Rest meines

Lebens verzichten, Annie. Aber wehe, wenn man mir meinen Kaffee nimmt."

„Alles klar."

„Mein Problem ist das Personal", sagte June. „Kurzfristig finde ich einfach keine Leute für die Lieferungen."

„Wohin gehen all die Lieferungen?" Ich stellte mir eine alte Lady vor, die irgendwo in einer alten Wohnung steckte und mit ihrer Gehhilfe nicht mehr die Treppe hinunterkam.

„Annie, das ist der am schnellsten wachsende Teil unseres Geschäfts. Wir beliefern Restaurants in ganz Tampa und St. Pete, Lebensmittelläden, die großen Ketten und Tante-Emma-Läden, 24- Stunden-Shops, Hotels, Motels. Die haben zum Teil Gäste in ihren Speisesälen, die ihre Hamburger mit glutenfreien Brötchen wollen, und dann sind sie aufgeschmissen, weißt du? Sie haben nicht die nötigen Einrichtungen, und sie wollen nicht, dass jemand in ihrem Speisesaal umkippt. Die Nachfrage steigt rasant. Jeden Tag kommen mehr Geschäftskunden dazu. Vor zwei Monaten musste ich einen dritten Bäcker einstellen. Wir kommen kaum noch nach."

„Das wusste ich gar nicht."

Wir saßen einen Moment lang schweigend da, als June sagte: „Was denkst du, wieso sie die Party ‚Kollateralschaden' genannt haben? Ich meine, der Krieg ist doch vorbei."

„Michael hat's mir erklärt. Sie sind der Ansicht, der wahre Kollateralschaden seien wir. Wir Soldaten. Die Heimkehrer."

June wischte sich den Schweiß von der Augenbraue. „Ich hab Stress, Annie. Der Tag hat einfach zu wenig Stunden. Nächsten Donnerstag findet das Wohltätigkeitsbankett statt. Ich brauche Leute, auf die ich zählen kann. Die Bestellung ist neunundzwanzig Seiten lang. Keine Ahnung, wie wir das alles schaffen sollen. Der Ball findet im Four Seasons statt, für tausend Leute. Es gibt einen Bereich mit glutenfreiem Essen. Das ist der größte Auftrag, den wir je an Land ziehen konnten. Die haben einfach angerufen und gesagt: Wir wollen nicht wissen, wie viel es kostet, nur, ob ihr es machen könnt."

„Was für eine Gelegenheit!"

„Die ganze Lokalprominenz wird da sein, Smoking, Abendkleider, Musik, Tanz. Wir kommen vielleicht sogar ins Fernsehen."

Junes Bäckerei schien interessanter als die Untersuchungen von Versicherungsbetrug und Hintergrundüberprüfungen für Unternehmen, die Salvatore und ich durchführten.

„Ich weiß nicht, ob wir rechtzeitig alles backen können. Ich hab nicht genug Leute, um das normale Geschäft weiterzuführen und uns gleichzeitig auf diesen riesigen Cateringauftrag vorzubereiten."

Sie zeigte mir die großen Backöfen, die rings um die Küche standen, und die sechs gigantischen Arbeitstische aus Edelstahl. In ihre Öfen konnten ganze Wagen mit zwanzig Blechen geschoben werden, und alle Kekse oder Muffins oder Brötchen auf jedem Blech waren gleichzeitig exakt derselben Temperatur ausgesetzt.

Von Junes drei Bäckern waren zwei Irak-Veteranen wie wir. Einer war schon vor seinem Dienst bei der Army Bäcker gewesen, während der andere hier ausgebildet worden war.

„Ist dir eigentlich klar, wie schwer es für Veteranen ist, einen anständigen Job zu finden?", sagte June. „Über dieses Problem spricht man kaum."

Ich wollte nicht zugeben, dass ich bisher nur selten über andere Veteranen nachgedacht hatte. In Wahrheit dachte ich nicht viel über andere nach, außer vielleicht über Alison. Seit meiner Rückkehr hatte ich die meiste Zeit nur über mich nachgedacht. Salvatore erzählte viel von den Veteranen in seinen Kursen, von all den Problemen, die sie hatten. Sie waren ihm wichtig. Er hätte sich gut mit June verstanden.

June schaltete eine riesige Kaffeemaschine ein. „Setz dich, Annie. Wir machen hier unsere eigene Party, bevor wir zurückgehen."

Sie brachte zwei Tassen Cappuccino und zwei Brownies, und eine halbe Stunde später saßen wir immer noch an unserem kleinen Tisch im Café. Die Klimaanlage war angenehm kühl, nicht Gefrierschrank-kühl, wie an so manchen Orten in Florida. Der Brownie war außen mit einer Glasur überzogen, innen weich und feucht und sündhaft schokoladig. Dazu gab es für beide ein Glas Wasser. Es erinnerte mich an Italien.

„Wie kann denn das hier ganz ohne Mehl sein?", fragte ich. „Das ist der beste Brownie, den ich je gegessen hab."

„Da ist schon Mehl drin, einfach kein Weizenmehl", erklärte June. „Weißt du, worüber ich gerade nachdenke, Annie?"

„Worüber denn?"

„Wenn du einen Monat hier bleiben würdest, könntest du als eine meiner Kellnerinnen tätig sein und den Leuten Kaffee und Muffins servieren. Du könntest mir beim Organisieren helfen. Mensch, wär das nicht toll?"

„Ja, schon. Aber ich vermisse Salvatore, weißt du? Diese ganze verrückte Sache mit Michael hat mir gezeigt, was für ein guter, solider Mann er ist. Was für ein Glück ich hab. Ich muss wieder nach Hause gehen."

„Ich wünschte, du könntest hier bleiben."

„Du solltest dir einen guten Mann suchen", sagte ich.

„Ach, das eilt nicht." June senkte ihren Blick. Sie konnte miserabel lügen.

„Hast du jemanden im Visier?"

June musste über meine Scharfschützen-Anspielung lachen, wurde dann aber ernst. „Du wirst ausflippen, wenn du das hörst, Annie. Es war damals im Irak. Der Mann, in den ich mich verliebt habe, war bereits vergeben."

„Nein", staunte ich. Ich ahnte, was nun folgen sollte.

„Ich habe mich in Michael verliebt."

KAPITEL 20 - ANNIE

Wir lagen uns lange in den Armen. Ich dachte, was für ein Pech June hatte, und sie war doch so ein nettes Mädchen, viel netter, als ich es je gewesen war. Als wir uns voneinander lösten, mussten wir uns beide die Tränen wegwischen. Ich hatte keine Ahnung gehabt.

„Ich bin schon lange darüber hinweg, wirklich. Das musst du mir glauben, Annie. Nur deshalb konnte ich es dir jetzt gestehen. Alle wussten, dass er und du … na ja, ihr wart dort drüben wie Romeo und Julia. Ihr wart legendär. Ich habe mich für dich gefreut, aber manchmal war ich auch ein bisschen eifersüchtig. Michael ist … na ja, er ist ein Traumtyp. Aber du bist auch so wunderschön, und du warst immer so nett, ich meine, es war, als gehörtet ihr beide zusammen. Ich hab nie was zu ihm gesagt. Michael wusste nichts davon. Auch jetzt nicht. Und er wird es auch nicht erfahren. Ich erkenne jetzt, dass er für mich der völlig Falsche gewesen wäre, und dass ich für ihn die Falsche gewesen wäre. Das hab

KOLLATERALSCHADEN

ich schon lange erkannt. Ich erzähl dir das nur, weil ich irgendwie eine … Seelenverwandtschaft mit dir spüre."

Ich wusste, was sie meinte. „Das kommt daher, dass ich auch über ihn hinweggekommen bin. Wir sind beide über diese Sucht hinweggekommen."

„Ich hab noch nie jemanden gesehen, der so manipulativ ist", sagte June. „Zum Beispiel dieser Trick mit deinem Ring. Du musst unglaublich gelitten haben, Annie. Hat er ihn die ganze Zeit in seiner Tasche gehabt? Liebt er dich eigentlich, oder hasst er dich, bei so 'nem fiesen Trick?"

„Er spielt mit den Gefühlen anderer Leute." Ich dachte an letzte Nacht, als wir uns geliebt hatten. Oder als er in Alisons Wohnung gesagt hatte: *Ich könnte ewig warten.*

„Denkst du, er verletzt andere mit Absicht?"

Er hatte mir von seiner vernachlässigten Kindheit erzählt, seinem Leben auf den Straßen Buffalos, seinen Problemen mit dem Gesetz. All dies beeinflusste Michael Garcias Psyche. Er hatte jede Entschuldigung der Welt, weshalb er ein Gauner war, andere verletzte. Aber mit Absicht?

„So ist es nicht", sagte ich.

„Aber er hat dich verletzt, als er vor allen Leuten diese Show abzog", sagte June. „Jetzt denken alle, du wärst mit ihm verlobt."

„Er liebt es eben, andere zu veräppeln."

Ich verteidigte Michael weiterhin, doch June hatte mich zum Nachdenken gebracht. Wir waren auf dem Weg zurück zur Party. Sie hatte recht damit, dass Michael das Ganze geplant haben musste. Sogar, als er mit mir Liebe gemacht hatte, musste er im Sinn gehabt haben, den Ring zu stehlen. Meinte er wirklich, er könne die Wahrheit verdrehen, indem er allen erzählte, wir wären verlobt?

„Wie oft hast du Michael und Husker in den letzten sechs Monaten gesehen?"

165

„Jetzt zum ersten Mal", sagte June. „Ich bin nicht sehr gesellig."

Während sie einparkte, betrachtete ich meinen Ring. Ich war froh, dass ich Salvatore angerufen hatte. Er wartete auf mich. Er hatte mich sogar dazu ermutigt, diese Reise zu unternehmen. Junes Worte gingen mir durch den Kopf. *Mir geht auf Reisen auch immer etwas verloren.* Ich hatte meinen Ring verloren, ihn dann aber wiedergefunden, entgegen allen Erwartungen. Ich hoffte, dass ich Salvatore nicht verloren hatte.

„Mit deiner Bäckerei hast du echt was erreicht", sagte ich, als wir in Richtung Party gingen.

„Das ist erst der Anfang."

„Vielleicht können Salvatore und ich mal zusammen vorbeikommen, und ich könnte für dich arbeiten, während er sich ausspannt."

Sie küsste mich im Gehen auf die Wange. „Wann immer du willst, Annie. Ich kann's kaum erwarten, ihn kennenzulernen."

Mittlerweile standen die meisten Gäste hinter dem Haus. Es war ein Uhr nachts, und die Menschenmenge hatte sich weitgehend aufgelöst. Auf der Terrasse spielte eine Band laute Musik. Ich erkannte Michael, der mit einer elektrischen Gitarre vor seinem Bauch über die Bühne hüpfte und „Satisfaction" von den Rolling Stones zum Besten gab. Er war tropfnass vor Schweiß, der jedes Mal, wenn er den Kopf schüttelte, in alle Richtungen spritzte. Drei weitere Jungs begleiteten ihn. Ich sah Husker am Schlagzeug, ein anderer, der mir irgendwie bekannt vorkam, am Keyboard und ein Unbekannter am Bass.

„Viel besser als die Musik aus der Konserve, die wir vorher hatten", sagte June.

KOLLATERALSCHADEN

Ich sah zu spät, wie Todd durch einen Menschenhaufen auf mich zueilte. Er hielt sein iPhone in der Hand.

„Michael fragt schon lange nach dir", rief Todd.

„Ich kann gut auf mich selbst aufpassen", erwiderte ich.

„Die Getränke sind alle", sagte Todd. Das erklärte, weshalb die Leute gingen.

„Die sind gar nicht mal so schlecht", stellte June fest.

„Sie spielen schon 'ne ganze Stunde. Hallo, ich bin Todd." Ich stellte sie einander vor.

„Du bist der Mann von Annies Schwester?", fragte June. Sie wusste, dass ich eine Schwester hatte.

„Nur noch auf dem Papier", sagte er. „Du bist nach Annie erst die zweite Frau, mit der ich hier das Vergnügen hatte."

„Wir waren da drüben über viertausend", sagte June.

Der Song ging zu Ende. Michael verlangte nach Aufmerksamkeit. Er nahm einen langen Schluck aus seiner Bierdose, wischte sich mit dem kurzen Ärmel seines T-Shirts den Schweiß von der Stirn und blickte mit Feuer in den Augen in die Runde.

„Aha, wie ich sehe, ist meine Verlobte wieder da", sagte er. „Annie, komm hoch. Der nächste Song ist für dich."

„Ich bin nicht deine Verlobte", rief ich mit möglichst lauter Stimme. Diesmal hörten mich alle hinter dem Haus. Viele lachten. Ich warf ihm böse Blicke zu. „Ich mein's ernst. Ich denk nicht dran, hochzukommen."

Michael hatte mich vielleicht nicht gehört, aber er verstand meine Körpersprache. Hinaufzerren wollte er mich nicht. Er nutzte das Mikrophon zu seinem Vorteil.

„Diese Frau hat ihren eigenen Kopf. Genau das liebe ich an dir, Annie. Na gut, der nächste Song ist von mir. Für dich, Annie Ogden."

Husker machte den Auftakt mit dem Schlagzeug, Gitarre und Bass schlugen zusammen einen Akkord, und der Song begann. Während die Musik aus den Verstärkern dröhnte, blickte ich zu June hinüber. Wir verdrehten beide die Augen, als Michael seine Jagger-Imitation zum Besten gab. Ein paar Jungs verteilten Zettel an die Leute auf dem Rasen. Als ich meinen bekam, sah ich, dass Michael den Songtext darauf gedruckt hatte. Eine weitere Ode an Annie Ogden.

„Was Salvatore wohl dazu sagen wird?" Todd schrie gegen die Musik an. Michael hatte die Lautstärke aufgedreht. Vielleicht glaubte er, dass ich seine Botschaft so besser mitbekam.

„Ich fliege morgen nach Hause", schrie ich zurück.

„Welcher Flug?", fragte Todd.

Ich zuckte mit den Schultern. Auch wenn ich es gewusst hätte, ich hätte es ihm bestimmt nicht gesagt. Im selben Flugzeug wie dieser Trottel zu sitzen, war das Letzte, was ich wollte.

Michaels Song war langsam und bluesig, und wer einen Partner hatte, tanzte auf dem Rasen. Ich versuchte, den Songtext zu ignorieren. Immer wieder kam mein Name darin vor. Ich wich seinem Blick aus. Die Leute starrten mich an und beobachteten meine Reaktion. Alison hatte recht. Er war ernsthaft besessen. Vermutlich hatte er mich nur wegen dieses Moments hier auf der Party dabei haben wollen. Er wusste, dass ich mit Salvatore zusammen war, und die einzige Möglichkeit, in meiner Nähe zu sein, bestand darin, mich anzurempeln oder irgendwo hin zu locken. Die einzige Art, auf die er seine Gefühle ausdrücken konnte, war mit einer öffentlichen Bloßstellung. Das musste sich ändern. Keine öffentlichen Bloßstellungen mehr.

Auf einmal hatte ich den Drang, zu gehen. Ich könnte zurück zum Motel fahren, ein paar Stunden schlafen, morgen zum Flughafen fahren und auf einen Flug warten. Nun, da der Song zu Ende war, sah ich mich nach Todd um und erblickte ihn auf der Bühne. Michael reichte ihm gerade seine Gitarre. Ein paar Leute gingen ins Haus hinein, andere kamen heraus. Ich sah Michael mit ausgezogenem T- Shirt hineingehen. June stand vor dem Klo Schlange.

Ich stand immer noch allein auf dem Rasen, von Menschen umgeben, als Michael hinter einer Gruppe Jungs auftauchte und meine Hand ergriff. Anscheinend hatte er das T-Shirt gewechselt. Ich zog meine Hand weg und prüfte sie, um sicherzugehen, dass der Diamant noch da war.

„Fass mich nicht an", sagte ich. „Ich will ihn nicht schon wieder verlieren."

„Hat dir dein Song gefallen?" Seine Augen flehten um Anerkennung. Es war derselbe Ausdruck wie letzte Nacht in der Corvette, als wir angehalten hatten. Er hielt eine Hand auf meiner Schulter und schob mich an.

„Wohin gehen wir?"

„Ich brauch 'ne Pause. Ich hab eineinhalb Stunden nonstop gespielt und davor Party gefeiert. Lass uns was essen gehen."

„Michael, wach endlich auf", sagte ich. „Ich geh uns was zu essen holen, wenn du schwörst, zu akzeptieren, dass ich mit Salvatore verlobt bin."

„Das weiß ich", sagte er. „Deswegen der Ring."

„Also, dann sag das auch vor den Leuten. Und da wären noch andere Dinge, über die wir reden müssen."

„Klingt vielversprechend."

„Mach dir keine großen Hoffnungen."

Wir waren bei seiner Corvette angelangt. Ich stieg auf den Beifahrersitz. Einen Augenblick lang zögerte ich. Ich hatte mich nicht von June verabschiedet.

„Wohin fahren wir?"

Er fuhr rückwärts aus dem Parkplatz und dann langsam die ruhige Straße hinunter. „Lass mich nachdenken."

„Wir könnten dorthin gehen, wo wir gefrühstückt haben. Die haben rund um die Uhr geöffnet", sagte ich.

„Das wär 'ne Variante, aber ich kenne einen anderen Ort. Muss nur noch abklären, ob er geöffnet hat." Während er fuhr, wählte er mit einer Hand eine Nummer auf dem Handy.

„Bitte nichts Ausgefallenes. Pizza reicht völlig. Mein Hunger ist nicht so groß." Er sprach in den Hörer. „Ja, ist offen? Klasse. Wir sind in zwanzig Minuten da."

Er klappte das Handy zu und lächelte mich im schummrigen Licht des Autos an. Allein schon dieser Blick sandte einen Stromschlag durch mein Nervensystem. Ich war immer noch wütend auf ihn wegen seines hinterlistigen Tricks mit dem Ring, und daran würde sich auch nichts ändern. Doch die vergangene Nacht würde ich für immer in Erinnerung behalten.

KAPITEL 21 - ANNIE

Als ich in der Innenstadt von Tampa aus der Corvette stieg, huschte eine Ratte hinter einen Müllcontainer. Obwohl es bereits zwei Uhr morgens war, gingen eine Menge Leute den Gehsteig auf und ab.

Papaya leuchtete in Pink auf dem Neonschild. Darunter stand ein muskelbepackter Türsteher mit rotem Haarbusch und einem bis zur Brust geöffneten Blümchenhemd. Er und ein anderer Mann, der zum Rauchen rausgekommen war, lachten über etwas. Er beachtete uns nicht, als wir hineingingen.

„Sind wir hier auch passend angezogen?"

„Kein Problem", sagte Michael.

Drinnen war es sehr dunkel, und die Musik hämmerte sich mir bis unter den Brustkorb. Zahllose Leute tanzten und bewegten sich zu den Stroboskoplichtern. Ohne langsamer zu werden, führte mich Michael entlang der ganzen Theke auf die andere Seite des Raumes. Er hielt mir eine Tür auf. „Hier entlang."

„Hier gibt's 'nen Speisesaal?"

Hinter der geschlossenen Tür hörte man die Musik nur noch als dumpfes Schlagen. Er führte mich durch einen an beiden Enden schwach beleuchteten Korridor. Michael klopfte an die dritte Tür rechts. Als ich eintrat, bot sich mir ein erstaunlicher Anblick.

Der Tisch war mit weißem Tischtuch, Porzellantellern und Silberbesteck gedeckt. Kerzenlicht, Weingläser und rote Rosen in einer Vase vervollständigten das Bild. An der Wand war ein Plakat aufgehängt, auf dem „Michael + Annie" stand, und das mit Hunderten kleiner roter Herzen verziert war, die wie Küsse aussahen. Am Tischrand stand eine Flasche Champagner in einem Kühlbehälter.

„Privater Speisesaal", sagte Michael. „Die zweite Party, die ich heute organisiert hab. Das Essen kommt gleich, aber zuerst ein Glas hiervon."

„Michael, du spinnst."

„Sag das doch nicht immer!"

Ich deutete auf das Plakat. „Das ist genau das, was ich meinte. Du machst dir doch nur was vor. Michael, du hast's versprochen."

„Ich weiß, ich hab's versprochen. Aber lass uns zuerst essen, und dann reden wir, okay?"

„Ich will wieder zurück."

„Ich muss was essen. Komm schon, Annie, nur 'ne Stunde."

„Fährst du mich zurück?"

„Natürlich, nach dem Essen."

Wir standen immer noch vor dem Tisch. Die Kerzen flackerten in einem kaum wahrnehmbaren Lufthauch, und ich starrte darauf, als könnten sie mir die Zukunft voraussagen. Sollte ich einfach rausmarschieren und mir ein Taxi nehmen? Er würde den ganzen Rückweg mit mir streiten.

KOLLATERALSCHADEN

„Die Party des Jahres, und du gehst einfach weg und lässt deine Gäste im Stich?"

„Wir hatten sowieso fast nichts mehr zu Trinken da", sagte er. „Ein guter Trick, damit die Gäste gehen und zu 'ner anderen Party weiterziehen. Den ganzen Tag über sind 'ne Menge Leute gekommen. Na, komm schon, Annie. Du sagst immer, mein Problem sei, dass ich nicht reden will. Jetzt bist du es, die nicht reden will."

„Na gut, reden wir. Ich hab da 'ne Frage."

Er rückte mir den Stuhl zurecht, und ich setzte mich, dann goss er Champagner ein. Das Kerzenlicht brach sich im geritzten Kristall. Champagnerblasen platzten über meinem Glas wie Feuerwerk. Michael hob sein Glas an meines.

„Auf uns." Er nahm einen Schluck.

„Ich trinke nicht auf uns, nicht so, wie du es meinst." Ich stellte mein Glas hin. „Ich bin glücklich, dass du zurück in mein Leben gekommen bist, Michael. Bin ich wirklich. Wir können Freunde sein – ich meine, wenn du damit umgehen kannst. Mehr aber nicht. Ich hab mich da klar ausgedrückt."

„Das Problem ist, deine Worte und deine Taten sagen manchmal zwei verschiedene Dinge." Es klopfte an der Tür, und ein Kellner schob einen Servierwagen hinein.

„Sieh an, sieh an, was haben wir denn da?", sagte Michael. Als wüsste er es nicht. Langsam wurde mir klar, wie er tickte. Er hatte nie daran gezweifelt, wohin er mit mir gehen wollte, sondern hatte das alles bereits arrangiert. Sein Überlegen, als wir über mögliche Restaurants diskutiert hatten, war nur gespielt gewesen.

Der Kellner füllte unsere Teller.

„Filet vom mit Mais gefütterten Angusrind an einer Pfefferkornsoße. Gratin dauphinois, grüne Bohnen. Salat mit jungen grünen Endivien und Rucola, frischem einheimischem

Krabbenfleisch und einer Himbeervinaigrette." Er reichte uns je einen Salat. Dann deutete er auf das untere Tablett des Wagens. „Damit Sie später nicht gestört werden, Sir, eine Auswahl von Kuchen und Überraschungen zum Dessert. Bedienen Sie sich. Hier sind die Teller und das Besteck. Bon appétit."

Der Kellner verbeugte sich leicht und verließ dann den Raum. Michael hielt seinen Blick auf mich gerichtet und beobachtete, wie ich reagierte.

„Ich hab eigentlich gehofft, es gibt Pizza", sagte ich.

„Wir können später Pizza bestellen, wenn du dann immer noch hungrig bist, ich versprech's."

Ich ließ ihm das letzte Wort, denn mein Magen gab unfreundliche Laute von sich. Ich schnitt mir ein Stück Fleisch ab. Es war zart, nicht zu fest durch, nicht zu blutig und mit viel leckerer Soße.

Wir aßen still vor uns hin. Michael hatte heute vermutlich auch nicht viel gegessen. Alles, was ich seit dem Frühstück gehabt hatte, war ein Brownie in Junes Bäckerei. Als ich wieder aufblickte, fiel mein Blick auf das Plakat mit all den kleinen Herzen. Michael + Annie. Der Typ hatte Nerven, mir seine Fantasien aufzudrängen! Nach unserer Liebesnacht im Motel hatten wir gesagt, dass dies eine einmalige Sache gewesen war. Das Essen gab mir neue Kraft. Oder vielleicht gab mir der Champagner Mut. Ich hatte ein halbes Steak und ein paar Kartoffeln gegessen, als ich ohne ein Wort aufstand, zum Plakat ging und es von der Wand riss.

„Annie, nicht!" Michaels Ausdruck veränderte sich in Gekränktheit und Entsetzen, während ich das Plakat wie riesiges dreckiges Papierhandtuch in meinen Händen zerknüllte und zu Boden warf.

„Vor langer Zeit hab ich gelernt, dass Taten mehr als Worte sagen", betonte ich. Ich schnitt mir eine weitere Scheibe vom Steak ab. „Das ist der Grund, weshalb wir in der Army Gewehre benutzen."

„Du willst bloß nicht zugeben, dass es wahr ist", sagte Michael.

Ich war froh, dass ich hiergeblieben war. Vor diesem Problem konnte ich nicht davonlaufen. Ich musste mich ihm stellen. Ich musste Michael davon überzeugen, meine Wünsche zu respektieren.

„Von welcher Wahrheit sprichst du?"

„Gibt es etwa mehrere, aus denen man wählen kann, Annie?"

„Nur weil du dieses pseudoromantische Dinner für zwei am frühen Morgen in irgend so 'nem Club arrangiert hast, glaubst du im Ernst, ich würde dir wieder verfallen? Nur weil du 'nen Song geschrieben hast, in dem mein Name vorkommt?"

„Du benimmst dich, als wäre das Ganze 'ne Art Schauspiel oder so. Das ist echt."

„Wo warst du vor neun Monaten, als ich zurückgekommen bin?"

„Ich bin zwei Wochen nach dir zurückgekommen", sagte er.

„Wo warst du? Ich hätte ein bisschen … Gesellschaft brauchen können. Ich kannte Salvatore noch nicht. Ich war einsam. Ich vermisste dich wie verrückt. Aber jetzt bin ich darüber hinweg." Ich nahm einen ungewollt großen Schluck Champagner.

„Ich bin hier gewesen, mit Husker."

„Wenn du so von mir besessen warst, wieso bist du dann erst vor einer Woche gekommen? Wieso nicht vor neun Monaten? Und übrigens, ist dir klar, wie sehr ich gelitten habe, als mein Ring weg war? Du hattest ihn die ganze Zeit in deiner Tasche, nicht wahr?"

„Tut mir leid, okay?"

„Das reicht nicht, Michael. Ich will eine Erklärung. Wie kannst du sagen, du liebst mich und mich gleichzeitig mit dieser Ring-Geschichte so sehr verletzen?"

Für einmal machte Michael ein ernstes Gesicht. „Huskers Bruder hat uns beiden 'nen Job in seinem Autohaus verschafft. Ich hab von einem seiner Standorte aus Gebrauchtwagen verkauft. Husker saß im Büro und machte irgend so 'nen Ausbildungs- und Manager-Mist."

„Beantworte meine Frage!"

„Das ist die Antwort, Annie."

„Das klang aber nicht danach."

„Es ist nicht so einfach." Er wartete, um zu sehen, ob ich damit zufrieden war. Ich beschloss, ihn weitersprechen zu lassen, um zu erfahren, worauf er hinaus wollte. „Also, er gab uns diese Jobs als Autoverkäufer."

„Was Autos betrifft, kennst du dich aus wie kein anderer."

Er nahm das Kompliment lächelnd entgegen. „Huskers Bruder ist Vertreter von Lexus und Chevrolet und importiert Maseratis und Bentleys. Was immer der Typ anfasst, wird zu Gold. Es war ein einfacher Job. Er ließ uns in einer Wohnung in der Innenstadt hausen, ganz in der Nähe dieses Lokals hier. Wir haben den ganzen Tag über gearbeitet und abends Party gemacht. Drei oder vier Monate lang machten wir pausenlos Party. Ich weiß nicht, wie's dir ergangen ist, aber ich war einfach nur froh, am Leben zu sein, nach dem, was wir dort drüben durchgemacht hatten. Wir verdienten unser Geld, wir hatten Spaß, und wir waren am Leben. Grund genug für 'ne Party."

„Du wolltest mir doch sagen, wieso du mich verletzt hast", sagte ich. „Obwohl du behauptest, dass ich dir wichtig sei."

Er zuckte zusammen, als hätte ich ihn geschlagen. „Du bist 'ne richtige Nervensäge geworden, weißt du das?"

„Du hast dich auch verändert, Michael. Glaubst du, es gefällt mir, was ich wegen dir und diesem Ring durchgemacht hab? Ich kapier's immer noch nicht."

„Wir haben 'ne Menge Gras geraucht und viel getrunken, musst du wissen. Aber da war was in diesem Gras, das das Ganze ein bisschen aufgepeppt hat. Wir kamen irgendwie nicht mehr davon los."

„Was denn?"

„Man nennt es Meth. Echt fieser Stoff, macht verdammt süchtig."

„Hab davon gehört."

Irgendwo im Internet hatte ich Vorher-Nachher-Bilder von Meth-Abhängigen gesehen. Sie waren nur noch Haut und Knochen. Ihre Zähne waren braun und marode. Die Haare fielen ihnen aus. Der Gedanke, dass Michael seinem Körper so etwas antat, schmerzte mich tief im Innern. Ich spürte, wie meine Augen wässrig wurden, und wandte meinen Blick ab.

„Also, hier die kurze Version, Annie. Nachdem wir am Anfang ein bisschen davon mit unserem Gras geraucht hatten, zogen wir es schließlich pur. Als Huskers Bruder das erfuhr, war er mächtig angepisst. Er flippte richtig aus und wurde ein komplett anderer Mensch. Wie Dr. Jekyll und Mr. Hyde, so was in der Art, weißt du? An einem Wochenende waren wir so zugedröhnt, dass man uns für tot hielt. Ich war komplett zugedröhnt. Ich schlief nicht, musst du wissen, sondern hatte Visionen und solche Scheiße. Wenn man diesen Stoff intus hat, kann man gar nicht schlafen. Es zerfrisst dein ganzes Hirn und Nervensystem. Als wir dann irgendwann wieder zu uns kamen, fanden wir uns in einer Entzugsklinik in Jacksonville am anderen Ende des Staates wieder. Wir waren eingesperrt. Huskers Bruder hatte uns eingeliefert."

„Klingt, als hätte er euch das Leben gerettet."

„Ich denke schon. Aber es wurde schlimmer. Ich geh jetzt mal nicht so sehr ins Detail. Husker fand raus, dass sein Bruder in diesen ganzen Meth-Handel verstrickt war. Deshalb war sein Bruder so wütend geworden, als wir mit dem Stoff anfingen. Er fühlte sich dafür verantwortlich, seinen eigenen Bruder verdorben zu haben, verstehst du?"

„Und der Senator? Du behauptest, der Neffe von Senator Manning Mathers betreibt einen Meth- Ring? Was für ein Skandal!"

„Niemand weiß davon. Russ hält sich komplett auf Distanz. Er hat sein Geschäftsimperium in Tampa, seine Familie, all den Mist."

„Wie hat Husker das rausgefunden?"

„Keine Ahnung. Sie sind Brüder. Aber er hat's rausgefunden, und seitdem ist alles anders."

„Warum, was ist passiert?"

„Na ja, er bezahlte den Entzug in der Klinik und alles. Aber dann warf er uns beide aus dem Autojob raus, und auch aus der Wohnung. Überließ uns einfach uns selbst. Wir fanden dieses kleine Haus in der Hafengegend. In den letzten vier Monaten waren wir auf der Suche nach einem Job und leben vom Ersparten."

„Was hat das alles mit uns zu tun, Michael? Ich will nicht unsensibel sein. Tut mir leid, dass du fast gestorben wärst und so. Das wäre ziemlich dumm gewesen, nach all den gefährlichen Situationen, die wir im Irak überstanden hatten, und dann kommst du nach Hause und stirbst an einer Überdosis. Aber trotzdem, du sagtest, du hättest 'ne Erklärung, wieso du meinen Ring geklaut hast, und die will ich jetzt hören."

Er nickte. „Ich hoffe echt, ich werde diese Scheiße nie wieder nehmen. Wir waren in so 'nem miesen Zustand, als er unsere Ärsche eingeliefert hat. Damals traf ich eine Entscheidung, Annie. Ich beschloss, dass ich leben will. Ich wollte nicht sterben. Du hast recht, es wäre dumm gewesen."

„War der Entzug hart?"

„Ich begann, darüber nachzudenken, was meinem Leben einen Sinn gab. Man hat uns diese Übungen empfohlen, weißt du? Wir mussten Dinge aufschreiben. Damals begann ich, Gedichte zu schreiben. Wo ich auch hinsah, alles, was ich sah, warst du. Du und ich. Ich erkannte, was für einen Riesenfehler ich im Irak gemacht hatte."

„Was für einen Fehler?"

„Dich gehen zu lassen. Dich fortgehen zu lassen."

„Das heißt also im Klartext: Du willst mich jetzt zurückhaben, weil du mich als Mittel betrachtest, um dein Leben zu retten."

„Nein, überhaupt nicht. Hör mir zu. Die ließen uns tief in unser Inneres blicken. Ich musste rausfinden, was meinem Leben einen Sinn gab. Man musste alles aufschreiben. Job, Familie, Gesundheit, Hobbys, Fähigkeiten, die Army. Ich schrieb alles auf, was ich wusste. Dann musste ich irgendwie Ordnung reinbringen. Jeden Punkt, den wir aufgeschrieben hatten, mussten wir benoten, mit eins für unwichtig und zehn für sehr wichtig. Du warst also einer der Punkte auf meiner Liste. Ich hatte viele Einsen und Zweien, weißt du, zum Beispiel für die Army oder meine früheren Jobs. Gras schaffte es glaub ich zu 'ner Fünf. Meine Mutter schaffte es zu 'ner Sieben, ebenso Husker."

„Ich kann mir denken, was jetzt kommt."

„Na ja, du warst eine der Einsen, Annie."

„Was?" Ich wartete ab, ob er mir sagen würde, das sei ein Scherz. Ich dachte, er hätte mir eine Zehn oder zumindest eine Neun gegeben.

„Nein, im Ernst. Du warst 'ne Eins. Du warst, na ja, irgendwie da, aber nicht Teil meines Lebens. Du warst für mich gestrichen. So wie ich für dich gestrichen war. Hast du nicht allen erzählt, ich sei tot?" Ich betrachtete einen Fleck auf meiner Serviette und vermied so den direkten Augenkontakt. Michael fuhr fort: „Ich hab mit Husker über meine Liste gesprochen, wir waren immer noch in Jacksonville, und weißt du, was er sagte?"

„Was?"

„Zuerst warf er mir ein paar echt fiese Schimpfworte ins Gesicht. Dann sagte er, wenn ich dir 'ne Eins gäbe, dann sei er mein Freund gewesen. Er sagte, dann würde er selbst mit dir ausgehen. Er meinte es tatsächlich ernst. Ich denke nicht, dass er es getan hätte, aber das brachte mich zum Nachdenken."

So sehr ich es auch versuchte, ich konnte mir das Gespräch zwischen ihnen nicht vorstellen. Ich war erstaunt, zu erfahren, dass ich mit einer Eins bewertet worden war, vermutlich gemeinsam mit dem Gemüse, das er hasste, dem Toilettenputzen und dem Zahnarztbesuch.

„Ich hatte in der Klinik alle Zeit der Welt, um noch mal über alles nachzudenken, was wir uns gesagt hatten, als wir damals auseinandergegangen sind. Und ich war clean. Das machte 'nen Unterschied. Zum ersten Mal seit Langem funktionierte mein Hirn so, wie es sollte. Die einzigen Suchtmittel, die wir zu uns nehmen durften, waren Kaffee und Zigaretten. Ich schwör dir, mein Hirn war wie ein neues Auto, alles lief perfekt. Ich erkannte, wie einfach es war, eine Null an die Eins zu hängen, und plötzlich warst du eine Zehn. In diesem Moment beschloss ich, dich suchen zu gehen."

KOLLATERALSCHADEN

In diesem Punkt hatte er einen gravierenden Fehler gemacht. Eins plus null ergibt immer noch eins. Aber ich wollte ihn nicht durcheinanderbringen und vom Thema ablenken. Lächelnd streckte ich meine Hand aus und hielt sie auf seine. Ich denke, der Grund, weshalb ich das tat, war, weil Michael Meth-abhängig gewesen und auf Entzug gegangen war. Ein schmerzlicher Gedanke.

„Also fing ich an, dich zu suchen."

„Du hast rausgefunden, dass ich nicht mehr Single bin."

„Genau."

„Und dann hast du diesen Plan mit der Party, den Gedichten und dem Ringklau ausgeheckt."

„Nicht alles war geplant, Annie. Manchmal hab ich improvisiert. Aber du sagst immer, ich sei verrückt, und ich bin nicht verrückt. Ich wollte nur die Zeit zurückdrehen. Das wollen wir doch alle mal in unserem Leben, meinst du nicht? Ich will dort weitermachen, wo wir aufgehört haben. Ich will genau zu diesem Zeitpunkt zurück, an dem du dich nicht entscheiden wolltest, weil wir in einem Kriegsgebiet waren, und an dem ich nicht mehr weiterreden wollte. Genau dorthin, genau *dorthin* müssen wir wieder zurück, zu diesem Zeitpunkt. Dann wird die Welt wieder in Ordnung sein."

Als er beim Wort *dorthin* seine Faust auf den Tisch schlug, war ich bereits am Weinen. Ich hielt mir die Serviette vors Gesicht, und meine Schultern bebten. Michael seufzte, aber er kam nicht rüber und umarmte mich. Ich hätte das nicht gewollt, und das wusste er. Wieso zum Teufel war das nicht vor neun Monaten passiert? Er konnte vielleicht die Zeit zurückdrehen, aber ich konnte es ganz bestimmt nicht.

Ich konnte Salvatore nicht betrügen. Er machte mich glücklich. Ich trug seinen Ring. Salvatore war auch nicht drogenabhängig, Michael schon. Es lag nicht in meiner

Verantwortung, Michael Garcia weg von den Drogen zu halten. Diese Last konnte er mir nicht aufbürden.

Ich stand auf.

„Ich will zur Party zurück. Fahr mich zurück."

„Annie, wieso hast du geweint?"

„Bring mich sofort zurück zur Party."

„Sobald du mir gesagt hast, wieso du so reagiert hast. Setz dich." Manchmal bin ich so schwach, es ist zum Verrücktwerden. Als ich mich wieder setzte, fügte er an: „Wir hatten noch nicht mal unseren Nachtisch."

„Und du hast mir noch nicht gesagt, wieso es dir so leicht fällt, mich zu verletzen."

„Annie, sieh dir die Chemie zwischen uns an. Wieso musstest du weinen? Wie kannst du es bloß leugnen?"

Ich fühlte mich mies. Ich wollte ihm nicht antworten. Ich wagte es nicht. Das Schlimmste – und das Schönste – daran war, zu wissen, dass etwas Wahres dahintersteckte.

„Ich weiß nicht wirklich, wie man sich in solchen Situationen benimmt", sagte ich vorsichtig. „Aber ich möchte, dass du weißt, dass zwischen Salvatore und mir auch eine Chemie besteht. Glaub ja nicht, du hast meine Chemie für dich alleine gepachtet."

„Er ist bestimmt ein guter Kerl."

„Er ist mehr als nur ein guter Kerl. Er ist ein toller Kerl. Ich bin in ihn verliebt. Er ist total süchtig nach mir. Ich werde ihn nicht verlassen."

„Also, wenn du die Chemie zu ihm und zu mir bewerten müsstest, auf einer Skala von eins bis zehn … Komm schon, Annie, ich will's wissen."

Ich schüttelte den Kopf. Darauf wollte ich mich nicht einlassen.

„Du schuldest mir eine Antwort", sagte Michael.

„Ich schulde dir gar nichts. Sag mir, wieso du mich so sehr verletzt hast. Du behauptest, dass du mich liebst, und dann verletzt du mich."

„Womit hab ich dich verletzt?"

„Du greifst mich an, lügst mich an, beklaust mich."

„Du hast Angst vor der Wahrheit."

„Ich bin doch hier, oder etwa nicht? Seit wann bist du so arrogant? Woher weißt du, wovor ich Angst hab?"

„Na dann, wovor hast du Angst?"

„Du willst wissen, wovor ich Angst hab."

„Ja."

„Hörst du mir auch wirklich zu?"

„Ich hör zu, Annie. Spuck's aus."

„Ich hab Angst, verlassen zu werden."

„Verlassen?" Michael lächelte. „Na, perfekt! Ich werde dich nie verlassen. Ganz einfach. Das hab ich mir gründlich überlegt. Das ist kein Problem."

„Das schließt Sitzenlassen mit ein, so wie mein Schwager meine Schwester sitzen lassen hat. Es schließt aber auch Dinge wie Sterben mit ein, Michael. Du gehst zu viele verdammte Risiken ein. Vor ein paar Tagen wärst du fast von einem Bus überfahren worden. Begreifst du jetzt, warum es für mich so schwer war, im Irak Ja zu sagen?"

Er senkte den Blick. „Ich hab's schon lange begriffen."

„Es schließt auch die Flucht vor der Realität durch Drogen und Alkohol mit ein. Ich will nicht mit jemandem zusammen sein, der sich die Birne zudröhnt, nur, um mich auszublenden, wenn ich zickig werde."

„Vom zickig Werden hast du doch gar keine Ahnung." Wieder dieses hämische Grinsen. „Da kannst du Unterricht bei deiner Schwester nehmen."

„Du kennst mich nicht mehr. Ich hab mich verändert."

„Ich mag es, wie du dich veränderst. Mach weiter so. Du bist so unglaublich scharf, Annie, ich will mich mit dir zusammen verändern, jeden einzelnen Schritt auf unserem Weg."

Es war schwer, mit einem Dichter zu debattieren. Jedes Mal, wenn ich mit einem vernünftigen Argument kam, hatte er eine Antwort parat, die mir direkt ins Herz stach. Er gab mir keine Schuldgefühle. Er gab mir Liebesgefühle. June hatte gefragt, ob er andere mit Absicht verletzte. Ich wusste es jetzt. Ich hatte recht. Michael hatte nie jemanden verletzen wollen. Er hatte raue Kanten, ein schlechtes Urteilsvermögen und war suchtgefährdet, doch die Person, die er in seinem ganzen Leben am meisten verletzt hatte, war er selbst.

Abgesehen von mir natürlich.

„Du hast immer 'ne Antwort parat. Also, wie lautet die Antwort jetzt?"

„Ich weiß die Antwort nicht, Annie. Ich weiß nur, dass ich alles tu, um dich zurückzugewinnen. Das ist alles, was ich weiß."

Ich sah ihn an. „Ich will wieder zur Party zurück. Entweder das, oder du bringst mich direkt in mein Motel. Ich bin müde."

Michael starrte auf sein Handy. Den ganzen Abend lang hatte er es nicht angerührt, doch jetzt wollte er einen kurzen Blick darauf werfen. Auf seinem Gesicht bildeten sich Sorgenfalten. Er sah mich mit einem Ausdruck an, den ich bei ihm noch nie gesehen hatte. Ich dachte, so, damit hätte ich alle Gesichtsausdrücke gesehen, die er machen konnte. Er sah zutiefst verängstigt aus. Sein Atem beschleunigte sich, und er hauchte: „Das musst du dir ansehen. Glaubst du, er meint es ernst? Ich denk schon. Ist von deinem Schwager."

Michael hielt mir das Handy entgegen und zeigte mir ein Foto mit mehreren Polizeiautos und roten und blauen

Lichtern, die die Nacht erhellten. Im ersten Moment fragte ich mich, ob das wieder eine von Michaels inszenierten Aufführungen war.

„Was ist los? Was ist passiert?"

„Er sagt, Husker sei tot."

KAPITEL 22 - ANNIE

Die Lichter von sechs Polizeiautos tauchten Michaels
Haus in rotes und blaues Licht, als wir kurz vor vier Uhr dort
eintrafen. Das Polizeilicht stand im krassen Kontrast zur
blinkenden Weihnachtsdekoration auf dem Dach. Die Rakete
hing immer noch da, ebenso das Partyplakat. Wir liefen über
den Vorgarten zur Vordertür, die offen stand, aber ein Cop
stellte sich uns in den Weg.

„Ich wohne hier", sagte Michael. „Was ist passiert?"

„Sie sind Garcia?" Der Polizist sah Michael nicken und
rief ins Wohnzimmer: „Hey, Lieutenant. Soll Garcia nach
hinten kommen?" Als Michael an ihm vorbeischlüpfen wollte,
hielt ihn der Cop am Arm fest. „Hey, hier können Sie nicht
durch." Es gab ein Handgemenge, Arme und Hände flogen
durch die Luft.

„Michael, tu, was er sagt", rief ich. Ich wusste von all
seinen früheren Geschichten, wie sehr er die Polizei hasste.

Zwei weitere Cops eilten zu Hilfe. Innerhalb von dreißig
Sekunden hatten sie Michaels Arme hinter seinen Rücken

gezogen und drückten ihn gegen den Türrahmen. Außer Atem schlug der erste Cop Michael die Beine auseinander.

„Willst du's auf die harte Tour, Garcia?", fragte der Cop. Mit einer einzigen Bewegung legte er Michael ein Paar Handschellen an. „Ziemlich dumm, sich an einem Tatort mit der Polizei anzulegen. Ziemlich dumm, genau das bist du. Nun gehen wir schön brav und ruhig nach hinten und machen deine Freundin ganz stolz, verstanden?"

Michael presste seine Lippen zusammen Dann sah der Cop mich an. „Sie warten hier, bis ich wieder da bin. Wenn jemand durch diese Tür will, geben Sie Bescheid."

„Ja, Sir", sagte ich.

„Hast du gehört, Garcia? So gefällt's mir. Sie sagt bestimmt die ganze Zeit ‚Ja, Sir' zu dir, was, Garcia?"

Mein Blick folgte ihnen. Der Cop versuchte, Michael zu provozieren. Ich fasste es nicht, dass sie ihn in Handschellen gelegt hatten, nur weil er ins Haus wollte. Michael sah aus, als wäre er in eine andere Welt abgedriftet, in der ihn niemand erreichen konnte. Er ließ sich von den Cops nicht provozieren.

Durch die offene Tür sah ich noch mehr Cops, die sich im Wohnzimmer unterhielten. Ein Mann in einem gelben Schutzanzug kam aus einem Raum am anderen Ende. Husker und Michael hatten ihre eigenen Schlafzimmer. Der Mann im Schutzanzug trug zwei große Koffer, einen in jeder Hand. Ich hörte, wie er zu einem der Polizisten sagte: „Das war's", und dann kamen zwei weitere Leute in gelben Schutzanzügen aus dem Schlafzimmer.

„Entschuldigen Sie", sagte ich zum Cop, der mir am nächsten stand. Es war ein älterer Polizist mit grauem Haar. Er stand mit den Händen in den Hüften da und sah mich an. „Ich war seit drei Stunden nicht mehr hier. Können Sie mir sagen, was hier geschehen ist?"

„Ein Mord", sagte der Polizist. „Waren Sie auf der Party?"

„Ja."

„Hey, Lloyd, hier ist noch eine", rief der grauhaarige Polizist. Ein hochgewachsener, junger Polizist, der mit einem Mann im braunen Sakko und einem anderen Polizisten sprach, blickte über seine Schulter. Er hatte eine breite Knollennase und kleine Augen. Seine Mundwinkel waren nach unten gezogen. „Sie war auf der Party."

Der große Polizist mit der dicken Nase musterte mich. „Sie waren auf dieser Party?", rief er herüber. Ich nickte. „Von wann bis wann? Genaue Zeit."

„Ich war ungefähr die letzten drei Stunden weg. Ich war mit Michael Garcia zusammen, der hier wohnt. Von ein Uhr bis jetzt."

Der große Polizist verließ seine Gesprächspartner und kam zu mir herüber. Michaels Name ließ ihn aufhorchen. Er nahm einen Notizblock hervor.

„Wohin sind Sie und Garcia gegangen?"

„In einen Club namens Papaya. In der Stadt. Wir hatten ein spätes Dinner."

„Ich kenne dieses Lokal", sagte der Cop. „Die servieren da nicht mal Kartoffelchips, geschweige denn ein Dinner. Fünf Kröten für 'ne Schale Erdnüsse. Acht für 'nen Drink."

„Wir waren in einem privaten Hinterzimmer. Michael hatte das organisiert. Die hatten das Essen besorgt."

„Sie sagen also, Garcia war von ein Uhr bis jetzt mit Ihnen zusammen?"

„Genau."

„Im Papaya in Tampa."

„Ja, Sir. Was ist hier passiert? Stimmt es, dass Husker tot ist?"

Der große Cop nickte. „Es gibt ein Opfer. Sein Name ist Owen Mathers. Noch eine Frage, Miss …"

„Mein Name ist Annie Ogden. Ich komme aus Chicago."

Er machte Notizen. „Miss Ogden, haben Sie auf der Party irgendwas bemerkt, das danach aussah, als könnte es zu Gewalt führen?"

„Auf keinen Fall. Alle waren gut drauf und amüsierten sich. Moment, es gab einen Streit, ist 'ne Weile her. Einer musste ins Krankenhaus. Aber sonst war es ruhig. Deshalb bin ich auch so schockiert. Als Michael und ich gingen, war die Band gerade mit ihrem Auftritt fertig. Husker spielte Schlagzeug."

„Das war um eins?", fragte der große Cop. Ich nickte. „Wir haben einige Aussagen, die bestätigen, dass die Band gespielt hatte. Garcia als Sänger, Mathers am Schlagzeug und zwei weitere Bandmitglieder, äh, Jim Lyons und Douglas Waters. Haben Sie die auch gesehen?"

„Ich kannte nur Husker und Michael. Wie ist Husker gestorben?"

Der große Cop sah mich an, als scheute er die Antwort. Er schrieb erneut etwas in sein Notizbuch und machte dann einen i-Punkt mit besonderem Nachdruck. „Jemand stieß ihm ein zwölf Zentimeter langes Bajonett in die Brust", sagte er. „Scheint, als wäre er schon voll auf Meth gewesen. War vielleicht bewusstlos, als er erstochen wurde. Kannten Sie ihn gut?"

Ich musste mich an den Türrahmen lehnen. Mir wurde speiübel bei dem Gedanken, dass jemand Husker erstochen hatte, während dieser völlig wehrlos war. Husker war so ein toller Kerl gewesen, damals. Klar hatten wir unsere Dispute gehabt, besonders nach seiner Beteiligung an diesem makabren Streich, bei dem Michael seinen Tod vorgetäuscht hatte. Aber wir hatten auch viel Spaß miteinander gehabt.

„Ich kannte ihn gut", sagte ich. „Er war Michaels bester Freund. Michael Garcia war im Irak mein Freund."

„Garcia war Ihr Freund", wiederholte der große Cop eher bestätigend als fragend und machte sich eine Notiz, während ich nickte. „Kennen Sie jemanden, der etwas gegen Mathers hatte oder mit dem er in den letzten Tagen Streit hatte?"

Ich schüttelte den Kopf. „Ich kam gestern früh hier an. Ist inzwischen fast vierundzwanzig Stunden her. Ich bin wegen dieser Party nach Tampa gekommen."

„Kollateralschaden", sagte der Cop und zeigte nach oben. Das Plakat hing direkt über unseren Köpfen.

„Das war ein Facebook-Event", sagte der andere Cop.

„War Mathers an dem Streit, den Sie erwähnt haben, beteiligt?"

„Nein. Er kannte die Jungs und trieb sie auseinander."

Ich erblickte Todd in der Küche. Er sah mich im selben Moment. „Da bist du ja", sagte Todd. Sie ließen ihn nicht durch das Wohnzimmer gehen. Todd signalisierte, dass er ums Haus käme und verschwand aus der Küche.

„In welchem Hotel übernachten Sie?" Der Cop schrieb sich die Adresse in Tampa sowie meine Kontaktinformationen in Chicago auf. Ich gab ihm Salvatores Adresse und meine Handynummer.

Der Cop, der Michael die Handschellen angelegt hatte, kam zurück an seinen Posten, noch bevor Todd da war.

„Wo bringen Sie Michael Garcia hin?", fragte ich ihn.

„Er wird ins Stadtzentrum mitgenommen", antwortete der Cop. „Er wird vorläufig nicht in seinem eigenen Bett schlafen."

„Wieso nicht? Was soll das heißen?"

Der Cop beugte sich so nah zu mir, dass ich das ausgelutschte Pfefferminzbonbon in seinem Atem riechen konnte. „Es war sein Bajonett, kleine Lady. Übersät mit seinen Fingerabdrücken."

„Das ist lächerlich", sagte ich. „Ich war die letzten drei Stunden mit ihm zusammen."

Der Cop zuckte unbekümmert mit den Schultern. „Solche Typen gehören eingesperrt. Neffe eines US-Senators. Dümmer geht's nicht. Man wird ihn schütteln, bis sein beknacktes Hirn raus fällt. Dann wird er schon reden."

Ich zog Todd hinaus in den Vorgarten und dann ums Haus herum nach hinten.

„Du warst die ganze Zeit hier. Was ist passiert?", wollte ich von ihm wissen.

„Wo zum Teufel hast du gesteckt? Seit Stunden such ich nach dir."

„Ich bin mit Michael weggegangen, wir gingen was essen." Todd blickte mich zweifelnd an. „Ja, klar. Drei Stunden lang?"

„Hör zu, sagst du mir jetzt endlich, was hier passiert ist? Jemand, den ich kenne, ist tot. Dieser Cop sagte, sie glauben, Michael sei der Täter. Wie können sie so was nur denken?"

„Ich weiß auch nicht mehr als du", sagte Todd und wechselte in den Journalistenmodus. „Was ich gesehen habe, ist Folgendes: Nachdem die Band zu spielen aufgehört hatte, verließen viele die Party. Es gab kein Bier mehr, keinen Wein, nichts. Das war etwa gegen ein Uhr. Von da an habe ich dich nicht mehr gesehen. Ich habe mit June geredet, 'ne ganze Weile lang."

„Ist sie noch hier?"

„Klar, sie ist hier irgendwo. Dort drüben, siehst du?" Todd zeigte über den Rasen. Ich sah June auf der anderen Seite stehen und mit ein paar Jungs diskutieren, die ich nicht kannte.

„Okay, also, was ist dann passiert? Wer hat die Polizei gerufen?"

„Ich stand hier draußen. Plötzlich schrie jemand. Die Leute rannten aus dem Haus. Jemand sagte, da wäre 'ne Leiche, und dann sagten alle, es sei Husker. Offenbar wurde er niedergestochen. Jemand sagte, dass nicht viel Blut geflossen war. Ich ging da nicht rein. Dann sagte dein Polizeifreund an der Vordertür, dass die Mordwaffe ein Bajonett sei."

„Ich will das morgen nicht im *Tribune* lesen", sagte ich.

„Dann kauf sie dir halt nicht", sagte Todd. „Annie, sei realistisch. Klar werde ich darüber berichten. Ich hab meiner Redakteurin schon 'ne SMS geschickt. Sie hatte fast 'nen Orgasmus, als sie mir zurückschrieb. Es geht um den Neffen eines US-Senators, Annie. Ich bin überrascht, dass noch keine Übertragungswagen aufgetaucht sind. Ist ja voll der Knüller, wenn man sich das mal überlegt."

Ich warf meinem Schwager einen verstohlenen Blick zu und hoffte, er meinte es nicht ernst. „Du widerst mich echt an, weißt du das?"

„Das ist mein Job, Annie. Das ist keine Story mehr über ein stinknormales Veteranentreffen, sondern über eine Party, die voll in die Hosen gegangen ist. Das wird tagelang für deftige Schlagzeilen sorgen. Wer weiß, vielleicht ist für mich ein Pulitzerpreis drin."

Ohne ein weiteres Wort an meinen schleimigen Schwager zu verlieren, ging ich über den Rasen und stand hinter June an. Die Shrike-Rakete hing immer noch über dem Dach, und rote und blaue Lichter spiegelten sich in ihrem schlanken weißen Rumpf. Während ich auf June wartete, bemerkte ich auf der anderen Seite der Glasschiebetür meinen Ex am Küchentisch, zusammen mit zwei Polizisten und dem Typen im braunen Sakko. Das musste der Detective sein. Durch die Tür konnte ich nichts hören, aber ihr Gestikulieren und die verzogenen Mienen ließen erahnen, dass sie mit Michael bald die Geduld verlieren würden.

„Annie, du bist wieder da." June umarmte mich. „Ich hab mir solche Sorgen gemacht. Ich konnte dich nirgends finden. Dann fing dieser Albtraum an, und er hört einfach nicht mehr auf."

„Sie glauben, Michael sei der Täter."

June hielt sich beide Hände ans Gesicht. „Ich dachte, ein Feuer sei ausgebrochen, Annie. Ich schwör bei Gott, bei all diesen Leuten, ich habe das Schlimmste angenommen. Ich stand hier draußen, und alle kamen rausgerannt. Dann hörte ich jemanden was von einer Leiche sagen, und es war Husker. Ich konnte es nicht fassen. Wer würde denn Husker umbringen wollen?"

„Jemand hat's getan", sagte ich.

„Niemand denkt je daran, wer sein Onkel ist. Deshalb wimmelt es hier auch so von Polizisten. Der arme Kerl, der Senator Mathers mitteilen muss, dass sein Neffe ermordet wurde."

„Sieh sie dir an, da drin." Ich deutete auf die vier Männer am Küchentisch. Michael trug immer noch Handschellen. „Wie können die bloß so begriffsstutzig sein?"

„Er war sein bester Freund", sagte June.

„Und zudem war er die ganze Zeit mit mir zusammen." Ich erzählte ihr von unserem privaten Dinner bei Kerzenlicht im Papaya-Club. Ich erzählte ihr von dem Plakat, auf dem unsere Namen standen, umringt von dreihundert kleinen Herzen.

„Mann, ist der auf dich fixiert, Annie! Da hast du ein echtes Problem am Hals."

„Das Problem liegt einzig und allein in Michaels Kopf", sagte ich. „Aber im Moment hat er größere Probleme als ich.

193

FREDERICK LEE BROOKE

Dass sie ihn so verhören, gefällt mir gar nicht. Denkst du, ich sollte ihnen sagen, dass er ein Alibi hat, wenn sie so schwer von Begriff sind?"

„Kann nicht schaden."

June wartete, während ich auf die Terrasse trat. Ein Polizist stand vor der Glasschiebetür Wache.

„Ich denke, sie sollten wissen, dass ich die ganze Zeit mit ihm zusammen war", teilte ich dem Cop mit. Er war jung, kaum größer und kaum älter als ich, hatte weit auseinanderliegende Augen und einen mürrischen Blick. „Kann ich mal rein und es denen da mitteilen?"

„Was, glauben Sie, wird meine Antwort sein?", sagte der Cop. Er hatte einen kräftigen Akzent.

„Meine Antwort" klang eher wie *meene Aantwoat*.

„Also, kann ich rein?"

„Wenn Sie's versuchen, muss ich Sie leider festnehmen", sagte der Cop.

Der Cop sah aus, als würde er die Herausforderung freudig annehmen. „Er hat ein Alibi. Ich will euch Jungs doch bloß 'ne Peinlichkeit ersparen, aber ich nehme an, dazu wird es nicht kommen." Ich ging über die Terrasse zu June zurück.

„Annie, sieh mal", sagte June. Ich drehte mich um und sah, wie zwei Polizisten Michael auf beiden Seiten an den Armen packten, während der Detective im braunen Sakko die Glasschiebetür öffnete.

„Machen Sie Platz", sagte der Detective.

Ich rief ihm von der Rasenkante aus zu: „Sir, ich war die letzten drei Stunden mit Michael Garcia im Papaya-Club. Viele Leute haben uns gesehen." Damit konnte ich dem Detective einen Blick abgewinnen, er blieb aber nicht stehen. Die beiden Polizisten mit Michael in ihrer Mitte folgten ihm.

„Jemand soll ihre Aussage aufnehmen", rief der Detective. Der Polizist zu Michaels Rechten meldete sich.

„Ist bereits geschehen, Lieutenant."

„Wohin bringen Sie ihn?" Ich richtete mich an den Cop, der soeben gesprochen hatte. Ich ging hinter ihnen her. Der Cop ignorierte mich.

„Ich fass es nicht, dass Husker tot ist", sagte Michael mit Tränen in den Augen. Schlimm genug, dass man ihn in Handschellen abführte, aber dass er auch noch seinen besten Freund verloren hatte …

„Sei tapfer", sagte ich. Unsere Hände berührten sich kurz, dann war er außer Reichweite. Er blickte zurück, und wir sahen uns in die Augen.

„Die glauben, dass ich es war, nur weil das mein beschissenes Bajonett ist." Er streckte mir die Hand entgegen, und für einen kurzen Moment konnte ich sie erneut halten. Als wir auseinandergezogen wurden, schloss ich meine Finger um etwas, das er mir gegeben hatte. Es waren die Schlüssel zu seiner Corvette. Ich starrte sie an und versuchte, daraus schlau zu werden.

Todd trabte auf der anderen Seite der Kolonne nebenher. Todd und seine lausige Story. Er notierte jedes Wort und schoss Fotos.

„Das ist doch idiotisch", sagte ich. „Ein halbes Dutzend Leute kann bestätigen, dass wir im Papaya waren."

„Besorg mir 'nen Anwalt."

„Mach ich", rief ich. Michael hatte recht. Was er jetzt brauchte, war ein guter Anwalt. Wenn ich eine Karte besaß, mit der ich stechen konnte, dann war das mein Geldbeutel. Ich war mit so viel Geld aus dem Irak zurückgekehrt, dass ich mir den besten leisten konnte. Michael wurde auf den Rücksitz eines Streifenwagens gedrückt. Ich wusste, dass er mich gehört hatte, aber er blickte nicht mehr zurück. Auf keinen Fall würde er für ein Verbrechen eingesperrt werden, das er nicht begangen hatte, dafür würde ich sorgen.

KAPITEL 23 - ANNIE

„Vor zwei Stunden waren wir in einem privaten Speisesaal", erzählte ich June. „Kerzenlicht. Champagner. Filet Mignon. Er stand kurz davor, mir einen Heiratsantrag zu machen. Nicht dass ich mich auf so 'nen Quatsch eingelassen hätte."

Wir saßen in Junes Auto und ließen die Türen offen, um von der kühlen, feuchten Nachtluft umströmt zu werden. Ich musste an den Himmel über dem Nordirak denken, weit weg von den Lichtern der Stadt. Es war der Moment, kurz bevor der Himmel erste Anzeichen von Grau zeigte. Die Polizei hatte Michael mitgenommen. Der Krankenwagen hatte Huskers Leiche mitgenommen. Die meisten Cops waren gegangen, bis auf zwei, die das Gelände ums Haus mit gelbem Band absperrten, sowie zwei weitere, die mit Donuts und Kaffee in ihrem Streifenwagen saßen. Die Polizei würde vermutlich noch einen weiteren Tag rund um die Uhr hier sein.

„Ich fass es nicht, dass sie glauben, Michael könnte so was tun. Ich fass es nicht, dass Husker ermordet wurde", sagte June.

„Ich muss ihm 'nen Anwalt besorgen. Wie finde ich nur 'nen guten Anwalt?"

„Gute Anwälte gibt's überall. Die Frage ist, wie willst du ihn bezahlen?"

„Michael ist unschuldig. Er kriegt 'nen guten Anwalt, auch wenn es mich den letzten Cent kostet."

„Husker war der Neffe von Senator Mathers. Nicht jeder Anwalt will in einen solchen Fall verwickelt werden. Hör zu, ich frag meinen Dad. Er ist im Rotary-Club. Ich schick dir dann 'ne SMS."

Ich erblickte Todd, der über den Rasen kam. „Oh nein, nicht der schon wieder!"

„Was soll das heißen? Er hat tolle Beine", sagte June. Ich ließ das ohne weiteren Kommentar stehen, zumal Todd sich bereits an meine Tür lehnte.

„Wie wär's mit 'nem Tänzchen?" Keine von uns musste lachen. Unser alter Army-Freund war erstochen worden. Todd wechselte zu einem neutralen Tonfall. „Annie, ich fahr zurück, um ein bisschen zu schlafen. Ich kann dich mitnehmen."

Ich sah June an. „Fährst du zur Bäckerei?"

Sie nickte. „Geh mit ihm. Ich fahr in die andere Richtung. Wir reden später, nachdem ich mit meinem Dad gesprochen habe. Vielleicht kann ich dich zur Anwaltskanzlei ins Stadtzentrum fahren."

„Was für ein Anwalt?", fragte Todd.

„Gar kein Anwalt", sagte ich.

„Eben sagte sie, du willst zu 'nem Anwalt. Ist das für deinen Liebhaber?"

„Er ist nicht mein Liebhaber, du Arschloch."

„Er will dich bloß aufziehen, Annie. Nimm's locker", sagte June.

„Schon gut", sagte Todd. „Sie ist müde. Sind wir doch alle. Dann sehe ich dich morgen?" Ich sah, wie June ihn anlächelte.

Todds Gefühllosigkeit widerte mich an. Er war immer noch mit meiner Schwester verheiratet. Ich fragte mich, wie viel June davon schon mitgekriegt hatte. War es meine Pflicht, sie zu warnen?

Als wir beim Motel ankamen, fiel ich beim Aussteigen fast hin. Ich war vor Erschöpfung ganz schwach auf den Beinen. Ich brauchte Schlaf. Ausgestreckt lag ich auf dem Bett, nur mit dem Bettlaken zugedeckt, die Vorhänge zugezogen, damit kein Sonnenlicht hereinkam. Die ratternde Klimaanlage wirkte einschläfernd, und plötzlich war ich in einem verregneten Dorf im Irak und lag hinter einer alten, brüchigen Steinmauer in Deckung. Auf der Straße, die 250 Meter von uns entfernt war, rollten Lastwagen vorbei. Mit ächzenden Motoren krochen sie die langgezogene Steigung hinauf.

Mauern wie diese schützten zwar vor Kugeln, aber die Splitter aus Stein oder Mörtel konnten genauso tödlich sein. Wir waren zu acht über einen Abschnitt von zweihundert Metern entlang der Mauer verteilt, die in einer Kurve entlang der hinteren Grenze eines Bauernhofgrundstückes führte. Unsere Mission bestand darin, den Bauernhof zu sichern. Von unserer Position aus gesehen lag die Straße, die nach Norden und Süden führte, fünfzig Meter jenseits des Bauernhofs. In den letzten beiden Tagen hatte irgendein Mistkerl vom Haus aus mit Pistolen auf die Fahrzeuge geschossen.

Plötzlich wurden wir von hinten beschossen. Hinter uns lagen das Feld, das wir in der Nacht bei strömendem Regen durchquert hatten, eine felsige Anhöhe auf der einen Seite, zwei Kilometer dahinter das nächste Dorf. Jemand saß da oben in den Felsen und hatte uns im Visier. Er war kein guter Schütze, denn bis wir unsere Ärsche über die Mauer geschwungen hatten und das Feuer erwiderten, war keiner von uns getroffen worden. Die eine Hälfte von uns zielte nun auf den Schützen in den Felsen, während die andere Hälfte das Haus im Auge behielt.

Es stellte sich heraus, dass niemand im Haus war. Als wir es später durchsuchten, fanden wir einen Tunnel, der nach hinten verlief und genau unter unserer Stellung an der Mauer hindurch führte. Der Aufständische hatte sich hinter unserer Position aus dem Tunnel geschlichen, sich in den Felsen verschanzt und versucht, uns abzuknallen. Als wir die Leiche bargen, mussten wir feststellen, dass es ein sechzig Jahre alter Mann gewesen war.

Als mein Handyalarm losging, wusste ich im ersten Moment nicht, wo ich war. Ich lag schweißgebadet auf dem Rücken unter einem Leintuch, immer noch im selben BH und derselben Unterwäsche wie letzte Nacht. Ich starrte an die weiße Stuckdecke … dann fiel es mir wieder ein.

Husker war tot.

Michael war im Gefängnis.

Ich musste ihm einen Anwalt besorgen.

Als ich aus der Dusche kam, blickte ich auf mein Handy. Tatsächlich war eine SMS von June gekommen, mit dem Namen eines Anwalts und dem Vorschlag, dass sie mich um elf abholen käme. Das war in zwanzig Minuten.

KAPITEL 24 - ANNIE

Wenn der Mahagonitisch und die Ledersessel ein Indiz für Erfolg waren, dann schien diese Anwaltsfirma eine gute Wahl zu sein. June hatte mich am Eingang abgesetzt und war zur Bäckerei gefahren. Die Empfangsdame kam mit einem Haselnuss-Latte und einem Stück Schweizer Schokolade zurück. Jemand klopfte diskret an die Tür, und gleich darauf kam ein junger, dunkelhaariger Mann im blauen Anzug auf mich zu und streckte die Hand aus.

„Jack Koshgarian. Sie können mich Kosh nennen." Er ging um den Tisch herum. Beim Gehen schien er fast zu hüpfen – vielleicht, weil er so klein war, genau wie ich. Er öffnete seine Ledermappe und nahm einen gelben Notizblock und zwei teuer aussehende Kugelschreiber raus. „Wir beginnen mit einem Vorschuss von zehntausend Dollar. Das dürfte alles abdecken, oder es ist eine Anzahlung. Kommt darauf an. Sobald das geregelt ist, können wir anfangen. Akzeptabel für Sie?"

„Mein Ziel ist, Michael aus dem Gefängnis zu holen. Er ist unschuldig."

Kosh klopfte mit seinem Kugelschreiber zweimal auf den Notizblock. „Okay, was haben wir? Lassen Sie nichts aus."

Ich redete ganze sechzig Minuten. Kosh schrieb acht Seiten voller Notizen auf, während ich sprach. Er schien eine Art Kurzschrift zu benutzen und schrieb nicht auf den Linien. Ich erzählte ihm, wie Michael und ich uns im Irak verliebt hatten, wie wir Schluss gemacht hatten und welche Rolle Husker bei diesem Streich gespielt hatte. Ich erzählte ihm, was ich über Michaels Teenagerjahre in Buffalo wusste. Ich erzählte ihm von der Freundschaft zwischen Michael und Husker.

Mir wurde bewusst, dass ich Husker eigentlich gar nicht so gut kannte. Als Kosh wissen wollte, ob er neben dem Bruder, der ihm und Michael geholfen hatte, noch andere Brüder hatte, oder ob Husker zuvor bereits einmal festgenommen worden war, wusste ich keine Antwort.

„Er war der Neffe eines Senators und hat sich als einfacher Soldat gemeldet, anstatt den leichten Weg zu nehmen", sagte ich. „Er hätte sich ganz aus der Gefahrenzone raushalten können, aber er riskierte sein Leben wie alle anderen auch. Er wollte nicht, dass die Leute das mit seinem Onkel wussten. Ich wusste nicht mal, dass er einen Bruder hat, bis Michael es mir vor zwei Tagen erzählt hat." Den Teil mit dem Meth-Handel und Huskers Bruder ließ ich aus. Ich wollte nicht unbedingt, dass Michael noch mehr Schwierigkeiten bekam, als er bereits hatte.

„Wenn ich Sie richtig verstanden habe, hat Ihr Ex eine Pechsträhne. Kann man das so sagen?", fragte der Anwalt.

„Das macht ihn aber nicht zum Mörder."

„Man hat auf der mutmaßlichen Tatwaffe Michael Garcias Fingerabdrücke gefunden."

„Das ist bestätigt? Woher wissen Sie das?"

Kosh winkte ab. „Beziehungen. Hab ein paar Anrufe gemacht. Das ist der Hauptgrund für seine Inhaftierung."

„Aber er war mit mir zusammen. Er hat ein Alibi. Die Polizei weiß das."

„Das hatten Sie erwähnt."

„An Michael war auch nirgends Blut zu finden."

Kosh klopfte mit seinem Kugelschreiber auf den Notizblock. „Denken wir mal wie Anwälte und Richter, okay? Drei Dinge sind nötig, um ihn zu verurteilen: eine Leiche, eine Tatwaffe und ein Motiv. Man kann ihn auch nur mit zwei davon verurteilen. Aber wenn eines fehlt, dann wird's schwierig."

„Man hat die Leiche und die Tatwaffe."

„Korrekt."

„Aber wenn er ein Alibi hat?"

„Das wird untersucht", sagte Kosh. „Aber bedenken Sie, mit wem wir es zu tun haben. Der Neffe des Senators. Dem Polizeipräsidenten wird gehörig Dampf unter dem Hintern gemacht werden, damit er Garcia festnimmt. Er wird versuchen, Beweismaterial zusammenzutragen, damit es zu einer Verurteilung kommt. Sobald er glaubt, er hätte genügend Beweise, wird man den Hauptverdächtigen unter Druck setzen, damit er gesteht."

„Er wird niemals was gestehen, was er nicht getan hat."

„Sonst würden Sie Ihr Geld nicht investieren." Kosh lächelte, doch für mich war er ein typischer Geschäftemacher. Ich mochte ihn überhaupt nicht. „Also, wir können annehmen, dass nach dem Motiv gesucht wird, denn das ist das Einzige, was noch fehlt. Ich nehme an, man wird auch versuchen, Garcias Alibi anzufechten."

„Was soll das heißen?"

„Sie sind ins Papaya gegangen, korrekt? Man hat Sie gesehen?"

„So ist es."

„Okay, dieser Club hat einen gewissen Ruf." Kosh faltete nachdenklich die Hände auf dem Tisch.

„In den letzten Jahren gab es dort eine Menge Drogenrazzien. Ich vermute, man wird den Hintergrund jedes Zeugen, der Garcias Alibi unterstützt, prüfen. Sie eingeschlossen, natürlich. Man wird nach allem suchen, was deren Glaubwürdigkeit mindert."

„Was zum Beispiel?" Ich fragte mich, was sie gegen mich anführen könnten.

Kosh zuckte mit der Schulter. „Verbrechen. Lügen. Persönlichkeitsstörungen, die den Zeugen zweifelhaft oder unaufrichtig erscheinen lassen."

Ich stellte mir vor, wie ein Anwalt der Anklage mich fragte, wieso ich allen erzählt hatte, Michael sei tot. Ich würde anfangen zu erklären, und dann würde der Anwalt mich unterbrechen und sagen: „Beantworten Sie einfach die Frage!" Ich wäre eine lausige Zeugin, und ich war sein wichtigstes Alibi.

„Sie meinen, das ist ein politischer Fall", sagte ich.

„Insofern, als dass das Opfer der Neffe eines Politikers auf nationaler Ebene ist, ja. Meine Spekulationen über die möglichen Entwicklungen des Falls basieren auf dem, was bisher geschehen ist. Wie gesagt, die Polizei wird unter Druck geraten, um zu einem Resultat zu gelangen."

Ein Gefühl der Furcht erfasste mich. Michael musste sich einem Gegner stellen, der viel mächtiger war als wir beide zusammen.

„Wollen Sie damit sagen, es hat keinen Sinn? Ist das hier nur Zeitverschwendung?"

„Es heißt nicht, dass wir die Fahnen strecken. Es heißt lediglich, dass wir uns eine Strategie ausdenken müssen."

„Was können wir tun?"

„Geben Sie mir ein paar Tage, um darüber nachzudenken und Nachforschungen durchzuführen." Wenn ich Michael aus dem Gefängnis holen wollte, musste ich sein Geheimnis lüften.

„Gib es zwischen uns eine Art Vertraulichkeitsvereinbarung?"

„Nichts, was Sie geheim halten möchten, verlässt diesen Raum", sagte Kosh, ohne den Blick abzuwenden. „Ansonsten könnte man mir die Lizenz entziehen. Nicht gerade das, was ich möchte."

Ich wusste nicht, wo ich anfangen sollte, zumal der Fall politisch so heikel war. „Michael hat mir ein paar Dinge erzählt, die mir Angst machen. Er sagte, als er und Husker vor neun Monaten aus dem Irak zurückkehrten, gingen sie zu Huskers Bruder Russ."

„Russell Mathers, ja", warf Kosh ein.

„Er verschaffte ihnen Jobs in seinem Autohaus, und er überließ ihnen seine Wohnung in der Innenstadt. Sie feierten oft Partys, und dann begannen sie, Meth zu nehmen."

Kosh kniff die Augen zusammen. „Okay."

„Sie streckten die Joints, die sie rauchten, mit Meth. Aber dann nahmen sie immer mehr davon, reines Meth. Einmal, nach einem sehr schlimmen Trip, kam Russ und fand die beiden halbtot vor. Er steckte sie für einen Monat in eine Entzugsklinik. Als sie rauskamen, feuerte er sie und warf sie aus der Wohnung."

„Wieso haben Sie mir das nicht schon früher gesagt?"

„Ich wusste nicht, ob es wichtig war. Ich weiß es auch jetzt nicht."

Kosh sah aus dem dunkel getönten Fenster. „Die Drogenszene kann gefährlich sein. Manchmal werden User zu Dealern, und es gibt eine Menge Verbrechen im Zusammenhang mit Drogen. Das wäre eine Untersuchung wert.

„Michael sagte, Husker habe ihm erzählt, dass Russell Mathers einen Meth-Ring betreibe."

„Wie bitte?"

„Russell Mathers hat seinen eigenen Meth-Handel, sagt sein Bruder."

„Russ betreibt einen Meth-Ring? Das kann nicht sein. Russell Mathers? Das glaube ich nicht. Sind Sie sicher, dass Ihr Freund das so gemeint hat? Das ist eine sehr gravierende Anschuldigung."

„Michael sagte, Husker habe ihm das erzählt."

Kosh klopfte ein einige Male mit seinem Kugelschreiber. „Ich will aufrichtig zu Ihnen sein. Ich glaube Ihrem Freund kein Wort. Kann es nicht sein, dass er gelogen hat?"

„Wieso sollte er?"

Kosh zuckte mit den Achseln „Sind Sie sicher, dass er keine Drogen mehr nimmt?"

„Ich bin mir bei gar nichts sicher. Aber wieso sind Sie so sicher, dass Huskers Bruder keinen Meth-Ring betreibt?"

Kosh beugte sich vor. „Er ist Familienvater. Zwei Kinder. Ich war schon auf seiner Yacht. Wir haben uns zusammen für wohltätige Zwecke eingesetzt, Spendengelder gesammelt. Unvorstellbar, dass jemand wie er in den illegalen Drogenhandel verwickelt sein soll."

„Sind Sie sein Anwalt?"

„Er ist noch nie zu uns gekommen. Aber wir sind zusammen im Vorstand des Wohltätigkeitsbanketts. Er gilt hierzulande als wahrer Wohltäter. Sein Onkel ist der Senator.

Sie wissen ja, für welche Werte er steht. Klar, Russ ist nicht wie sein Onkel, er genehmigt sich ab und zu mal einen trockenen Martini, aber ehrlich gesagt kann ich ihn mir nicht als Verbrecher vorstellen."

„Sie glauben Michael also nicht."

„Nein, in diesem Punkt glaube ich ihm nicht. Tut mir leid."

„Sind hier eigentlich alle so politisch verstrickt? Wie kann man so nur seine Arbeit erledigen?"

„Leute zu kennen, ist etwas wert. Man kennt jemanden über längere Zeit, man entwickelt gegenseitiges Vertrauen."

„Genau deshalb vertraue ich Michael Garcia." Zumindest hielt ich ihn nicht für einen Mörder. Von meinem Verlobungsring brauchte dieser Anwalt nichts zu erfahren.

Kosh lächelte. „Konzentrieren wir uns auf die Hauptfiguren. Michael, der festgenommen wurde. Ihr Freund Husker, der ermordet wurde. Es muss jemand gewesen sein, der auf der Party war oder der uneingeladen gekommen war, korrekt?"

„Vielleicht ist ein Dealer zur Party gekommen und hat ihn umgebracht. Vielleicht jemand, den Husker hintergangen hatte.

Kosh nickte. „Absolut plausibel."

„Können Sie Michael aus dem Gefängnis holen, während die Untersuchung läuft?"

„Wir arbeiten daran, aber ich bin nicht sehr zuversichtlich. Zu viele Vorstrafen. Michael hat ein langes Register. Die Anklageerhebung und der Haftprüfungstermin sind morgen.

„Er ist ein Kriegsheld."

Koshs Blick flößte mir kein gutes Gefühl ein. Aber ich konnte mir nicht einfach so einen anderen Anwalt suchen. „Haben Sie Geduld! Das ist ein interessanter Fall. Da steckt bestimmt mehr dahinter, als man auf den ersten Blick sieht. Übrigens danke, dass Sie sich für uns entschieden haben. Wir holen ihn raus. Nur nicht heute."

Ich schrieb einen Scheck über zehntausend Dollar aus und übergab ihn dem Anwalt. Das war der größte Scheck, den ich je ausgestellt hatte.

KAPITEL 25 - ANNIE

Während ich darauf wartete, dass June mich abholte, rief ich Salvatore an.

„Bist du am Flughafen?", fragte er gleich zu Beginn.

„Es gibt Neuigkeiten", sagte ich. Ich starrte meinen Ring an, während ich ihm von Michaels Festnahme und dem Mordverdacht berichtete. Dass Michael den Rest meines Lebens mit mir verbringen wollte und ein Plakat mit dreihundert Herzen aufgehängt hatte, verschwieg ich.

„Hey, du solltest echt mal deine Schwester anrufen. Sie treibt mich in den Wahnsinn", sagte Salvatore, als ich fertig war.

„Hast du mir zugehört? Michael ist im Gefängnis. Husker ist tot."

„Ich sage nur, dass deine Schwester mich pausenlos nervt."

„Ich versuche hier, Prioritäten zu setzen, weißt du?"

„Sie glaubt, wir beide sollten nach Florida gehen und dich babysitten."

„Sie behandelt mich wie ein Kind", sagte ich. „Kommt sich dabei wichtig vor oder so. Wie auch immer."

„Ja, wie auch immer."

„Eigentlich hab ich mich gefragt, ob du nicht herkommen und mir bei der Untersuchung helfen willst."

„Was für 'ne Untersuchung?"

„Der Polizei reichte ein Blick auf Michaels Vorstrafen, um ihn ins Kittchen zu werfen. Zudem sind seine Fingerabdrücke auf der Tatwaffe."

„Lass mich raten. Du denkst, er sei unschuldig?"

„Ich weiß, dass er unschuldig ist."

„Woher willst du das wissen?"

„Ich war mit ihm zusammen, als der Mord geschah. Wir hatten die Party verlassen, um was essen zu gehen. Husker war noch am Leben, als wir gingen. Es gibt Leute, die uns gesehen haben." Ich konnte mir vorstellen, wie Salvatore die Augen verdrehte. Es war mir egal. Ich kannte Michael. Er konnte Husker unmöglich umgebracht haben. „Ich weiß es. Es gibt noch mehr Beweise", betonte ich in der Annahme, dass dem wirklich so war.

„Eine Frage: Wenn du dir so sicher bist, dass er unschuldig ist, wieso hält die Polizei ihn dann fest?"

„Sie denken, der Fall sei klar. Nur das Motiv fehlt ihnen noch. Das andere Problem ist, dass die Sache politisches Gewicht hat, wegen des Senators. Es gibt noch mehr, das ich dir aber nicht am Telefon sagen kann. Ich wünschte, du würdest herkommen und mir helfen, Salvatore."

Ich hörte ihn seufzen.

„Weil es Michael ist, stimmt's?"

„Nein, das spielt keine Rolle. Es ist nur, weil ..."

Salvatore brach mitten im Satz ab. Das war es also. Er war froh, wenn Michael hinter Gittern saß. Gefahr gebannt.

„Ich dachte, du hättest ein größeres Herz. Ich bin mit dir zusammen. Ich sagte doch, dass ich mit dir zusammen bin. Ich will doch nur einem Freund helfen und zusehen, dass die Gerechtigkeit siegt." Es war mir unangenehm, so betteln zu müssen. Aber welche Wahl hatte ich? Dieses Mal musste ich nicht lange auf seine Antwort warten.

„Was macht dich so gottverdammt sicher, dass er unschuldig ist, Annie? Das ist es, was mich so stört. Nicht die Tatsache, dass ihr euch mal geliebt habt. Da liegst du falsch."

„Es gibt Dinge, die ich nicht am Telefon sagen kann", erklärte ich. „Ich bin an einem öffentlichen Ort. Das ist politisch ein heißes Eisen. Mein Anwalt sagte, es könnte gefährlich werden. Es gibt gewisse Vermutungen, denen wir nachgehen könnten, aber ich kann das nicht alleine tun. Es ist zu viel für mich."

„Dann such dir einen privateren Ort und ruf mich zurück."

In diesem Moment kam June angefahren. Ich trat aus der Eingangshalle und stieg zu ihr ins Auto. Was für eine ärgerliche Pattsituation! Er war verärgert, weil ich nicht nach Hause kam, und ich war verärgert, weil er nicht herkommen wollte. Wir hatten hier einen Fall zu lösen. Ich konnte nicht glauben, dass er nicht dazu bereit war, mir zu helfen, den wahren Mörder zu finden. Es war mir nie bewusst gewesen, wie stur er sein konnte.

Salvatore hatte genau die richtige Kombination aus Köpfchen, Hartnäckigkeit und technischem Geschick, die nötig war, um Michael herauszuboxen. Die Tatsache, dass er früher mal ein Cop war, beeinflusste vermutlich seine Gefühle gegenüber Michael. Für mich mochte Salvatore ein Kuschelbär sein, aber wenn es um Wiederholungstäter ging, sah er schwarz. Für gewöhnlich machte ich ihm deswegen keine Vorwürfe. Aber wieso konnte er nicht sehen, dass Michael eine Ausnahme war?

„Wie ist es gelaufen? Ist der Anwalt gut?", fragte June.

„Er scheint ein kompletter Idiot zu sein. Ich bin ein bisschen verwirrt. Ich muss nachdenken."

„Ich wüsste, wo wir zu Mittag essen können. Es ist ruhig, und es gibt gutes Essen."

„Musst du nicht zurück in die Bäckerei?"

June lächelte. „Ein ruhiger Tag. Meine Leute halten die Stellung. Sie arbeiten für die große Party am nächsten Donnerstag. Ich dachte, du und ich, wir könnten heute was unternehmen, uns ein bisschen ablenken."

Wenige Minuten später betraten wir ein Restaurant mit Indoorgarten, Deckenventilatoren und zwei Stockwerke hohen Topfpalmen. Wir bestellten Eistee und Salat und lehnten uns zurück. Wir saßen nebeneinander auf einem riesigen Korbsessel für zwei, der eigentlich besser zu romantischen Pärchen gepasst hätte als zu guten Freundinnen. Aber von dort aus saß im Umkreis von drei Metern niemand sonst, und ich beschloss, June von dem Fall zu erzählen.

„Lass uns noch mal zum Papaya gehen", sagte sie, als ich fertig war. „Wenn der Anwalt alles der Polizei überlassen will, können wir zumindest hingehen und die Leute fragen. Würdest du irgendjemanden wiedererkennen, den du dort gesehen hast?"

„Da war dieser Kellner, der uns bedient hat. Das ist aber auch schon alles."

June steckte sich ein Stück Ananas aus ihrem Salat in den Mund. „Diese Stadt hat ein echtes Problem mit Meth. Ständig werden Dealer verhaftet und illegale Drogenlabors dichtgemacht. Ich hab immer das Gefühl, dass das nur die Spitze des Eisberges ist."

KOLLATERALSCHADEN

„Wir müssen ja nicht alle Drogenprobleme in Tampa lösen. Wir müssen nur Michael aus dem Gefängnis holen."

„Ich verstehe", sagte June. „Willst du Huskers Kontakte nach jemandem durchsuchen, mit dem er Streit gehabt haben könnte?"

„Das würde mir ein Motiv liefern, nicht wahr?"

„Und einen Mörder, vielleicht."

Junes Handy vibrierte auf dem Tisch vor uns. „Was dagegen?", fragte sie, nachdem sie die Nummer gesehen hatte. „June hier. Hallo, Todd." Als ich Junes fröhlichen Ausdruck sah, kam ungewollt meine Abneigung zum Vorschein. Ich sah mich im Restaurant um. Mein eigener Partner wollte nichts unternehmen. Aus fast zweitausend Kilometern Entfernung hatte er entschieden, dass Michael hinter Gitter gehörte. Michael war ein Ex-Knacki, die Polizei hatte ihn festgenommen, also war er vermutlich schuldig. Das brachte mich zur Weißglut.

June und Todd sprachen nicht lange miteinander. Als sie auflegte, sah sie mich gereizt an.

„Annie, ich brauche deine Unterstützung, okay?"

„Klar, was immer du willst."

„Ich weiß, du magst Todd nicht. Ich bin sicher, du hast deine Gründe. Ich respektiere das. Aber misch dich nicht in mein Leben ein, okay? Da ist vielleicht was im Gang, und ich will nicht, dass du uns dazwischenkommst."

Sie hatte mir gestern von ihrer Beziehungsflaute erzählt. Ich konnte kaum etwas an meiner Meinung zu meinem Schwager ändern, aber ich konnte wenigstens meinen Mund halten.

„Du hast recht", sagte ich. June war im Irak auf dreißig bestätigte Abschüsse gekommen, da tat er gut daran, den Schwanz einzuziehen, wenn er sich mit ihr anlegte. Außerdem wollte ich nicht wie meine Schwester sein und andere herumkommandieren.

Wir fuhren zu ihrer Bäckerei zurück, und sie ließ mich in ihr Büro. Ich wollte etwas über Huskers Bruder Russell herausfinden. Das gestaltete sich einfacher als erwartet. Mit den Suchbegriffen Russell+Mathers+Tampa erschienen achtzehn Google-Seiten mit etwa zehn Links auf jeder Seite. Das Problem war nicht, Informationen zu finden. Das Problem war, sie zu sortieren.

Russell Mathers war der erfolgreiche Geschäftsmann par excellence. Mehrere Webseiten enthielten seine Erfolgsgeschichte in Kurzform. Nach seinem Abschluss in Betriebswirtschaft an der Florida State University hatte er als Buchhalter gearbeitet, bevor er als Verkäufer in den Autohandel einstieg. Als Lexus die erste Vertretung in Tampa eröffnete, bekam Russell Mathers die Konzession. Er heiratete seine College-Flamme und war mit Fünfunddreißig Besitzer von einem Dutzend Unternehmen, von denen aber nur zwei – das ergab meine Internetrecherche – mit Autohandel zu tun hatten.

Ein Unternehmen, Tampet Inc., schien im Immobilienhandel tätig zu sein. Ihm gehörten verschiedene Häuser, Bürogebäude und Einkaufszentren in der ganzen Stadt. Ich stellte fest, dass Tampet Inc. auch das Gebäude gehörte, in dem sich die Kanzlei meines Anwalts befand. Einer Eingebung folgend googelte ich nach dem kleinen Haus, in dem Michael und Husker wohnten. Es erschienen zwei Treffer. Einem Polizeibericht in der Zeitung von Tampa zufolge war an dieser Adresse vor weniger als einem Jahr ein illegales Drogenlabor dichtgemacht worden.

Verschiedene Szenarien erschienen vor meinem geistigen Auge. Vielleicht hatte Husker die Party so angekündigt, dass auch Dealer davon Wind bekamen, Leute, mit denen Husker

Probleme hatte. Sie hatten sich als Partygäste getarnt, um ihn zu ermorden.

Meth-Süchtige können gewalttätig und unberechenbar sein. Wenn wir den Mörder als hintergangenen Meth-Süchtigen darstellen könnten, der high war, als er ankam, jemand, der zufällig auf Michaels Bajonett gestoßen war, vielleicht könnten wir Michael dann freibekommen.

„Jemand auf der Party muss den Mörder gesehen haben", sagte ich, als June einen kurzen Blick hereinwarf. „Husker wurde in seinem Schlafzimmer umgebracht. Wer war dort hineingegangen? Wer sah ihn hineingehen? Jemand muss ihn gesehen haben. Befand sich das Bajonett bereits im Zimmer? Da waren 'ne Menge Leute. Wenn wir bloß ein paar Antworten auf diese Fragen hätten."

„Die Polizei hat doch die Leute ausgefragt."

„Die, die noch nicht gegangen waren", sagte ich. „Rate mal, wer vermutlich als Erster gegangen ist."

"Der Mörder stand vermutlich nicht lange rum."

„Das ist die eine Sache", sagte ich. „Etwas anderes, das mir immer wieder in den Sinn kommt, ist Huskers Bruder. Der Typ hat verdammt viel Einfluss. Er besitzt halb Tampa."

Das rhythmische Klappern einer Schneide- oder Hackmaschine in der Bäckerei vor Junes Büro übertönte für einige Sekunden unser Gespräch. Dann sprang die Klimaanlage wieder an, der Lärm draußen verstummte, und ich spürte einen kühlen Luftstrom auf meinem Gesicht.

„Das weiß doch jeder. Er ist hier so 'ne Art Pate. Spendet 'ne Menge Geld für wohltätige Zwecke. Die Uni. Den Rotary-Club. Die Heilsarmee. Das ergibt echt keinen Sinn. Wieso sollte jemand wie er ins Drogengeschäft einsteigen?"

„Vielleicht laufen seine Geschäfte nicht so gut, wie alle denken?"

June hob die Schultern. „Wie könnte man so was rausfinden?"

„Salvatore ist gut im Ausgraben von Finanzinformationen. Du wärst überrascht, wie viele Steuererklärungen man im Internet finden kann."

KAPITEL 26 - ANNIE

Russell Mathers wohnte am anderen Ende von Tampa. Das Pförtnerhaus vor seiner Wohnsiedlung war größer als Michaels und Huskers Haus. Zwei Wachmänner kamen heraus, und drin erspähte ich einen weiteren. Beide trugen Pistolen an ihren Gürteln, verspiegelte Sonnenbrillen und khakifarbene Schirmmützen. Die Wohnsiedlung war so luxuriös, dass man nirgendwo Häuser sehen konnte, lediglich eine gewundene Straße, die in eine Art Dschungel führte.

„Was wollen Sie hier?", erkundigte sich der Wachmann, nachdem June das Fenster runtergekurbelt hatte.

„Century 21 Liegenschaftsverwaltung." June hielt eine Visitenkarte aus dem Fenster. Es war die ihrer Mutter.

„Eine Hausbesichtigung?"

„Wäre nett, wenn wir noch vor Sonnenuntergang rein könnten. Keine Ahnung, ob der Strom eingeschaltet ist."

„Wir haben keine Meldung darüber", sagte der Wachmann. „Wie lautet die Adresse?"

June nannte ein Haus, das wir mit dem Passwort ihrer Mutter in der Datenbank von Century 21 gefunden hatten. Es stand seit sechs Monaten leer und lag ein paar Hundert Meter von Russell Mathers Haus entfernt.

June las die Adresse von ihrem Ausdruck. „Diese magersüchtige Kuh in meinem Büro hätte eigentlich anrufen sollen. Alles muss man selber machen. Entschuldigen Sie meine Ausdrucksweise", sagte sie.

„Fahren Sie weiter." Der Wachmann drückte einen Knopf, um die Schranke zu öffnen.

„Ich wusste gar nicht, dass du so gut schauspielern kannst", sagte ich.

„Ich bin im Verkauf tätig, Annie. Da gehört das einfach dazu."

Die Häuser waren riesige einstöckige Bauten mit Garagen für drei Autos, großen grünen Rasenflächen, Steingärten, Palmen und Fischteichen.

Wir fuhren in Russells breite Einfahrt, wo ein weinroter Lexus neben einem weißen Mercedes stand. Seiner und ihrer, dachte ich. June klingelte. Es war nach fünf Uhr. Ein gut gebauter, sonnengebräunter Mann um die Vierzig mit Schnauzbart öffnete die Tür. Die Familienähnlichkeit mit dem Senator war bemerkenswert. Sein nach Alkohol riechender Atem ließ meine Augen tränen.

„Wer zum Teufel sind Sie?"

„Mein Name ist June Sanderson und das ist Annie Ogden. Wir sind gute Freunde Ihres Bruders."

„Ach", sagte Mathers.

„Mein aufrichtiges Beileid", sagte June. Da Mathers einfach nur dastand und uns anstarrte, fuhr sie fort: „Annie war im Irak Michael Garcias Freundin. Sie und Michael waren essen gegangen und nicht mehr auf der Party, als der Mord geschah. Aber die Polizei hält Michael Garcia als Hauptverdächtigen fest."

„Was soll das Ganze?"

„Wir sind mit der Polizei in Kontakt", warf ich ein. Ich erwähnte nicht, dass die Information von meinem Anwalt Kosh kam. „Sie haben den Falschen. Michael kann es nicht getan haben."

„Wie sind Sie hier reingekommen? Was fällt Ihnen ein, mich wegen meines Bruders zu belästigen?", empörte sich Mathers. In seinem Gesicht spiegelten sich Zorn und Trauer. Er hielt seine Fäuste geballt, als wollte er kämpfen.

„Wir mochten Ihren Bruder sehr. Wir haben im Irak Seite an Seite gekämpft. Er war ein guter Mann. Er hat es nicht verdient, auf irgendeiner Party ermordet zu werden", sagte June.

„Garcia hatte einen ganz schlechten Einfluss auf Owen. Nun ist er tot. Ob Garcia ihn erstochen hat oder nicht, mein Bruder musste wegen diesem Mistkerl sterben. Ich hoffe, er kriegt die Todesstrafe."

„Sie waren die besten Freunde", sagte ich.

„Was wissen Sie schon davon?", schnauzte Mathers. „Ich ruf jetzt den Sicherheitsdienst."

Eine Frau, die ihr dunkelblondes Haar zu einem Pferdeschwanz gebunden hatte und einen teuren Jogginganzug trug, erschien hinter ihm. „Was ist los, Russ?", fragte sie.

„Geh wieder rein. Diese Frauen sagen, sie kannten Owen aus dem Irak."

„Der wahre Mörder läuft immer noch frei in der Stadt rum. Ist es das, was Sie wollen?" Ich ließ mich nicht unterkriegen.

„Sie haben sie doch nicht mehr alle", sagte Mathers. Seine Frau stand hinter ihm und hörte zu.

„Laut Polizei ist das Bajonett mit Garcias Fingerabdrücken übersät. Wie ist das möglich, wenn er es nicht gewesen war?"

„Er hat es auf der Party herumgezeigt. Der Killer nahm es an sich, ging ins Schlafzimmer Ihres Bruders und brachte ihn um."

„Dann sind also ein paar dahergelaufene Touristen schlauer als die Polizei."

„Russell", sagte die Frau des Mannes. Dieser schüttelte grob ihre Hand ab.

„Wir hatten gehofft, Sie könnten mit der Polizei reden. Auf uns hören sie nicht. Ihr Bruder kannte den Mörder gut genug, um ihn in sein Schlafzimmer zu lassen", sagte June. „Es gibt keine andere Erklärung. Auf der Party waren 'ne Menge Leute. Es fiel niemandem auf, als der Mörder rauskam und Ihr Bruder nicht."

„Was alles auf diesen Drecksack Garcia hindeutet."

„Er war doch gar nicht da, als der Mord geschah", sagte ich.

„Sagt wer?"

„Wir waren im Papaya, am anderen Ende der Stadt. Man hat uns gesehen, als wir die Party verließen. Da war Husker noch am Leben."

„Sie sind seine Ex", sagte Russell. „Sie wollen Garcia doch bestimmt beschützen."

„Michael hat mir erzählt, wie Sie sie gerettet und ihnen den Entzug angeboten haben." Ich wählte meine Worte mit Bedacht. Laut Michael hatte Russell sie auch gefeuert. „Wir dachten, Sie hätten vielleicht eine Idee, mit wem sie in Kontakt standen. Hatte Ihr Bruder in den Tagen vor der Party mit jemandem Streit? Vielleicht war jemand sauer auf ihn. Wir dachten, Sie wüssten vielleicht was."

"Das hat mich die Polizei auch schon gefragt", sagte Mathers. „Sie verschwenden Ihre Zeit. Mein Bruder verstand sich mit jedem gut. Er war ein liebenswerter Junge. Niemand hätte ihn je ermorden wollen. Garcia hat schon immer einen schlechten Einfluss auf ihn gehabt. Wegen Garcia nahm er diesen Müll. Ich hätte Garcia dort liegen und krepieren lassen sollen. Dann wäre Owen jetzt noch am Leben."

„Michael hatte mit ihm keinen Streit", sagte ich. „Sie hätten sein Gesicht sehen sollen, als er erfuhr, was geschehen war. Seinen Schmerz."

Mathers seufzte. „Ich wünschte, ich könnte Ihnen helfen, meine Damen. Lassen Sie die Polizei ihre Arbeit machen. Ich möchte doch annehmen, dass die dazu in der Lage sind."

Er schloss die Tür vor unserer Nase. Zumindest schien er nicht mehr verärgert zu sein.

„Er sieht aus, als bräuchte er jetzt einen weiteren Martini", sagte June, als wir die Einfahrt hinuntergingen. „Aber er ist kein Mörder."

Ich musste zugeben, dass sie recht hatte.

KAPITEL 27 - ANNIE

Es war Montagabend, und das Papaya war noch überfüllter als in der Nacht zuvor. Es war zwar schon kurz vor zwei Uhr gewesen, als Michael und ich hergekommen waren, aber nach meiner Erfahrung war um zwei Uhr früh in den meisten Clubs die Zeit des größten Andrangs. Jetzt war es kurz vor zehn Uhr. Alle Tische waren besetzt, und die Tanzfläche war ein einziger pulsierender Klumpen von Menschen.

„Kommst du oft hier her?"

„Einmal im Jahr, Maximum", sagte June. „Das heißt, dass ich seit meiner Rückkehr vielleicht zweimal hier war. Ich betreibe 'ne Bäckerei, Annie. Wenn ich tanzen geh, muss ich danach direkt zur Arbeit. Wonach suchen wir?"

„Komm mit." Wir gingen zur Bar und setzten uns auf soeben freigewordene Hocker. Vier oder fünf Barkeeper eilten hinter der langen Theke hin und her.

„Was darf's sein?", fragte eine Barkeeperin mit kurzer, weißer Igelfrisur. Unter der Lederweste trug sie ein rotes T-

222

Shirt an ihrem zierlichen Körper. Ihre Ohrringe waren große rote Pfeile aus Holz.

„Chardonnay", sagte ich. June bestellte einen Wodka Red Bull.

Während die Barkeeperin unsere Getränke holte, deutete ich ans andere Ende der Theke. „Siehst du diese Tür dort drüben? Dahinter war ein privater Speisesaal, in dem alles hergerichtet war."

„Erkennst du einen der Barkeeper wieder?"

„Wir sind hier nur vorbeigegangen. Ich hab sie nicht beachtet. Da war ein Kellner. Wenn ich ihn sehen würde, würde er mich wiedererkennen."

Ein paar Minuten nippten wir schweigend an unseren Drinks und beobachteten im Spiegel hinter der Bar, was sich in unserem Rücken abspielte. Die Musik dröhnte aus riesigen Lautsprechern und trieb die Tanzenden an. Der DJ bewegte sich an seinem Pult über der Tanzfläche wie ein Hohepriester.

Als die weißhaarige Barkeeperin zurückkam, zeigte ich ihr ein Foto auf meinem Handy. Todd hatte es mir geschickt. Er hatte auf der Party enorm viele Bilder geschossen.

„Kennst du diesen Typ? Ich soll ihn hier treffen."

Sie sah sich Huskers Foto eine Millisekunde zu lange an und sagte dann: „Nö, noch nie gesehen." Sie blickte mich an. Ihre Körpersprache war mehr als deutlich: *Ob sie mir das abkauft?*

„Wieso lügst du?", fragte ich. „Ich will nur ein paar Informationen."

„Miststück, du nennst mich 'ne Lügnerin?" Mit erhobenem Kinn stakste die Barkeeperin mit der Igelfrisur davon. Wir sahen ihr nach. Sie ging schnurstracks zum älteren Barkeeper am anderen Ende der Theke. Die Barkeeperin zeigte auf uns und verschwand dann hinter einer Tür.

„Oh, oh, jetzt kriegst du Ärger", sagte June, als der Barkeeper in unsere Richtung kam.

„Gibt's 'n Problem, Ladys? Jetzt kann ich Arnica abschreiben, weil sie hinten am Kotzen ist. Vielleicht kann ich euch irgendwie helfen?"

„Ich hab ihr nur dieses Foto von 'nem Freund gezeigt. Bin extra aus Chicago hergekommen, um ihn zu treffen." Ich improvisierte. „Ich hab 'nen Kurs über Körpersprache gemacht. Als sie sagte, sie kenne ihn nicht, konnte ich sehen, dass sie lügt, das ist alles."

Der Barkeeper warf einen langen Blick auf Huskers Foto und stieß dann einen tiefen Seufzer aus.

„Schlechte Neuigkeiten. Der Mann auf dem Bild ist letzte Nacht gestorben. Er ist oft hergekommen. Wir kannten ihn gut. Jetzt weiß ich, wieso Arnica sich so aufregt."

„War sie mit ihm befreundet?"

„Sie war da, als es passierte", sagte der Barkeeper. „Sie war auf der Party, auf der er umgebracht wurde. Hat sie echt mitgenommen."

„Tut mir leid", sagte ich. „Wir beide waren auch auf der Party. Wir haben mit ihm im Irak gedient. Sein Freund Michael war mein Freund, und nun glauben die Cops, er sei der Mörder." Der Barkeeper schüttelte ungläubig den Kopf. „Davon hab ich im Radio gehört. Vom Tod unseres Freundes zu erfahren, war schlimm genug. Dann die Nachricht, dass Michael es getan haben soll. Na ja, das war echt zu viel."

„Er war's nicht", sagte ich. „Er war hier. In diesem Club. Er und ich waren gestern spät in der Nacht hier, als der Mord geschah."

„Hier?" Der Barkeeper kniff die Augen zusammen. „Kann mich nicht erinnern, euch gesehen zu haben, und Michael hätte ich bestimmt erkannt. Um welche Zeit?"

„Kurz vor zwei. Wir gingen durch diese Tür da." Ich zeigte darauf. „Wir gingen den Gang runter und in ein Zimmer auf der rechten Seite. Dort hatten wir ein Dinner."

Der Barkeeper starrte mich einen Moment lang verständnislos an. Dann lachte er. Theatralisch prüfte er, wie viel Wein ich noch in meinem Glas hatte.

„Nein, tut mir leid. Unter so traurigen Umständen sollte ich keine Witze machen. Wir servieren kein Essen, das ist alles. Wir haben ja nicht mal 'ne Küche. Ich stand gestern hinter der Bar, bis wir geschlossen haben. Ich sehe alles. Dich und Michael hab ich nicht gesehen, da bin ich mir sicher."

„Ein großer Servierwagen auf Rollen. Da war ein Kellner", sagte ich.

„Wir haben nur Kellnerinnen. Und kein Essen", sagte der Barkeeper in einem Ton, als wäre ich taub.

„Na ja, ich hatte ein Dinner, und das war hier", sagte ich. „An Sie erinnere ich mich auch nicht. Wir gingen ziemlich schnell hier vorbei und direkt durch die Tür."

Der Barkeeper streckte den Finger aus. „Diese dort? Das musst du mir zeigen. Wir haben hier keine Speisesäle." Erneut kicherte er. „Kommt, ich zeig's euch."

June und ich folgten ihm entlang der Theke, und wir gingen durch die Tür am anderen Ende der Tanzfläche.

„Dritte Tür rechts", sagte ich, als er uns in den mir bekannten Gang führte und die Tür hinter sich zuzog. Die Sache war mir nicht geheuer. Trotzdem war ich mir sicher. Wir waren hier gewesen. Ich wollte mich nicht aus dem Konzept bringen lassen. Wir folgten ihm durch denselben Gang, den Michael und ich letzte Nacht entlanggegangen waren.

„Eins, zwei und drei." Der Barkeeper zählte die Türen, blieb vor der dritten stehen, klopfte und trat ein.

Anstatt eines Tischs mit Kerzen, Blumenvase und Champagner sahen wir aufeinander gestapelte Schachteln, Bürostühle, alte Metalltische aus den 70ern, Aktenschränke. Alles war mit einer Staubschicht überzogen. Es sah aus, als wäre dieser Raum seit Jahren nicht mehr benutzt worden.

„Es war spät. Bestimmt war es eine der anderen Türen", sagte ich. Ich ging wieder hinaus in den Gang, gefolgt von den anderen. Wir gingen nach links in Richtung Tanzfläche zur nächsten Tür. Der Barkeeper klopfte und öffnete sie. Neonlicht schien auf vier Frauen herab, die über Computer gebeugt oder auf Notizblöcke schreibend an ihren Schreibtischen saßen. An der Wand standen alte Aktenschränke, darauf krank aussehende Pflanzen, deren sechs Meter lange Triebe sich über die ganze Länge der Schränke zogen. Der Barkeeper nickte den Frauen zu, und wir verließen den Raum.

„Eigenartig", sagte ich. „Irgendjemand betreibt enorm viel Aufwand, um zu vertuschen, dass Michael und ich letzte Nacht hier waren und in diesem Raum dort was gegessen haben. Das Essen war ausgezeichnet. Da hing ein Plakat. Er hatte ein Plakat gemacht, auf dem unsere Namen standen, umringt von etwa dreihundert kleinen roten Herzen."

„Wie süß", kommentierte der Barkeeper.

„Ist die Polizei schon hier gewesen?", fragte June.

„Ja, die Polizei war am Nachmittag hier."

„Und Sie haben ihnen dasselbe erzählt, was Sie mir erzählt haben."

„Klar. Was sonst würd ich jemandem erzählen als die Wahrheit?" Er drehte sich um, ging vor uns den Gang hinunter und öffnete die Tür zur Tanzfläche. „Wollt ihr noch 'nen Drink? Der geht aufs Haus."

KOLLATERALSCHADEN

Ich sah June an, und sie blickte zurück. „Ich denke, wir sollten jetzt besser gehen. Wie war noch mal Ihr Name?", fragte ich.

„Roberto", antwortete der Barkeeper. „Tut mir leid, wenn dein Gedächtnis dir 'nen Streich spielt. Vielleicht wart ihr in einem anderen Club?" Er winkte kurz, kehrte hinter die Theke zurück, und wir machten uns auf in Richtung Ausgang.

KAPITEL 28 - ANNIE

Als June mich zum Motel zurückfuhr, hatte es noch nicht Mitternacht geschlagen, und dennoch war ich todmüde. Wir vereinbarten, morgen weiterzureden. Während die Badewanne sich füllte, saß ich auf dem Motelbett und wählte die Nummer meiner Schwester. Und welch ein Wunder, Alison ging ran.

„Hallo?"

„Al, ich bin's."

„Annie, ist alles in Ordnung? Wo bist du?"

„Immer noch in Tampa. Hör zu, es gibt so viel zu erzählen."

„Was ist los mit Michael? Salvatore sagte, er sitze im Knast. Er sagte, Michael sei wegen Mordes angeklagt. Annie, hörst du mir zu? Hab ich dir nicht gesagt, der Typ macht nur Ärger?"

„Na ja, eigentlich hatte ich gehofft, dass Salvatore herkommen und mir helfen würde, den wahren Mörder zu finden."

„Davon hat er mir gar nichts gesagt", sagte Alison. „Ich könnte diesen Kerl umbringen. Wieso will er nicht kommen und bei dir sein?"

„Er und Michael hatten Streit."

„Ich weiß. Hab sein Veilchen gesehen."

„Salvatore hat ein Veilchen?"

„Er hat dir nichts gesagt? Und eine große Wunde an seiner Wange. Und er hinkt. Ich denke, er hat Probleme mit seinem Knie. Ich war überrascht, dass ein so kleiner Typ wie dein Freund deinen stattlichen Partner so zusammenschlagen konnte."

Das könnte erklären, warum Salvatore so distanziert war. Vielleicht wollte er einfach nicht, dass ich sein blaues Auge sah. Nun ja, vielleicht würde ich ihn gar nicht brauchen. June und ich waren sehr erfolgreich an den Sicherheitsleuten vorbeigekommen und hatten Russell Mathers zur Rede stellen können.

„Es gibt noch viel mehr, was er mir nicht erzählt", sagte ich. „Langsam gewöhne ich mich dran."

„Annie, sag bitte nicht, dass du dich in diese Mordsache einmischst."

„Der Punkt ist, Michael ist unschuldig. Ich war zum Zeitpunkt des Mordes mit ihm zusammen. Auf der anderen Seite der Stadt, mit Zeugen. Und trotzdem stecken sie Michael ins Gefängnis. Verstehst du denn nicht? Das ist Rechtsverdrehung."

„Das mag schon sein, aber wieso ist es deine Aufgabe, das zu korrigieren? Ich will meine kleine Schwester nicht mit einem Messer im Rücken vorfinden. Es ist ernst, Annie, begreifst du das denn nicht?"

„Na ja, auch für Michael ist es ernst. Er sitzt im Knast." Wieso müssen ältere Schwestern immer so herumkommandieren?

„Immerhin war er schon mal dort. Kommst du morgen nach Hause?"

„Ich hab noch nichts gebucht."

„Ruf jetzt an, Annie. Vielleicht ist noch ein Platz frei."

Ich hörte das Badewasser einlaufen und beendete den Anruf. Meine Schwester stellte mir immer Forderungen. Ich konnte richtig spüren, geradezu schmecken, wie die Stresshormone in meine Muskeln flossen, wenn sie so mit mir redete. Salvatores lockere Art dagegen beruhigte mich immer. Das liebte ich an ihm.

Bevor ich in die Wanne stieg, setzte ich mich auf den Boden und machte zweihundert Rumpfbeugen. Ich hatte noch immer nicht die Gelegenheit gehabt, ein bisschen Jogging dazwischenzuschieben. Wenigstens konnte ich ein paar Rumpfbeugen machen und so sicher sein, dass all die Mahlzeiten im Restaurant mir keine Fettpölsterchen bescherten. Nicht ohne Kampf.

Ich versuchte, mich in der Wanne zu entspannen. Als ich die Augen öffnete, sah ich direkt auf den Ring an meinem Finger. Nun, da Michael im Gefängnis saß, musste ich nicht mehr so viel Angst haben, ihn zu verlieren – was für eine traurige Ironie. Ich fragte mich, was er in dieser Zelle alles aushalten musste, wie weit sie ihn schon hatten. Morgen würde ich selbst ein paar Forderungen stellen. Dieser Anwalt musste Michael rausholen.

KAPITEL 29 - ANNIE

Am nächsten Morgen, am Dienstag, ließ mich June erneut an ihren Computer. Eine Woche war vergangen, seit Michael mich am frühen Morgen in Chicago überfallen hatte. Nun saß Michael hinter Gittern, und Husker war tot.

Ich verbrachte mehrere Stunden mit dem Ausdrucken von Dokumenten. Zum Glück war June die meiste Zeit in der Küche, denn um an ihren Computer zu kommen, hätte sie mich gewaltsam wegzerren müssen.

Da mein Anwalt Russell Mathers in Schutz zu nehmen schien, beschloss ich, nach Verbindungen zwischen den beiden zu suchen. Zum einen waren beide im Rotary-Club. Aber auch Junes Vater war dort Mitglied. Abgesehen davon fand ich weder eine frühere gemeinsame Schulzeit der beiden, noch geschäftliche Kontakte oder eine gemeinsame Kirchenzugehörigkeit. Eine Sackgasse.

Das Methamphetamin-Geschäft in Tampa war in den letzten fünf Jahren geradezu explodiert, was die Anzahl der Festnahmen, die Menge der konfiszierten Drogen und die Zahl der Razzien in illegalen Drogenlabors anging. Alle drei Faktoren waren rapide angestiegen.

Jedes Mal, wenn mir das Recherchieren zu öde wurde, kam ich auf den seltsamen Widerspruch im Zusammenhang mit dem Papaya zurück. Warum wollten diese Leute Michaels Alibi sabotieren? Darauf mussten wir unser Hauptaugenmerk richten.

Ich war in Gedanken versunken, als plötzlich das Bild der Papaya-Barkeeperin mit der Igelfrisur vor meinem geistigen Auge erschien. Der Barkeeper hatte gesagt, dass ihr übel geworden war. Hatte sie geleugnet, Husker zu kennen, weil sie dazu gezwungen wurde? Vielleicht würde sie reden, wenn ich sie irgendwo draußen erwischte, außerhalb des Clubs.

„Wie hieß die Barkeeperin vom Papaya noch mal, die mit den kurzen, weißen Haaren?", fragte ich June, als sie hereinkam, um nach mir zu sehen. „Irgendwas Ungewöhnliches. Was mit R."

Sie hielt eine Hand an ihre Hüfte, dann schnippte sie mit dem Finger. „Arnica. Ein Heilkraut. Das hat er gesagt."

„Gut gemacht."

„Und was wollen wir von ihr?"

Ich lieferte June eine kurze Zusammenfassung einiger Vermutungen, denen ich nachgegangen war. „Wenn ich diese Frau alleine treffen könnte, dann erzählt sie mir vielleicht was. Der Mord an Husker schien sie ziemlich mitzunehmen. Vielleicht hatte sie Angst."

„Sieh mal auf Facebook nach", schlug June vor. „Es gibt bestimmt nicht viele mit diesem Namen."

Das war eine gute Idee. Ich tippte „arnica" ins Suchfeld ein und bekam mehrere Einträge über die Pflanze und ihre heilsame Wirkung. Ich ignorierte diese und klickte auf

„weitere Ergebnisse", worauf nochmals zehn Einträge erschienen. Der dritte zeigte das Foto unserer Barkeeperin.

„Sieh an, sieh an", sagte June, die sich über meine Schulter beugte. „Machst du das jeden Tag oder was, Annie?"

„Mal sehen, ob ich sie finden kann. Ich will rausfinden, wo sie wohnt. Dann fahren wir hin und reden mit ihr."

„Ich komm mit", sagte June, die schon wieder in der Tür stand. Als ich vom Bildschirm aufsah, sah ich durch den Türspalt Todd, der eine Schürze trug. Er brachte Kaffee und Muffins an die Tische.

Ich war versucht, ein Foto zu schießen und es Alison zu schicken. Als Berufskellnerin fände meine Schwester es bestimmt äußerst unterhaltsam, Todd beim Servieren zu sehen. Andererseits, dachte ich, würde sie mich vielleicht nur anschnauzen. Wieso sollte ich mich also zu weit aus dem Fenster lehnen?

Salvatore hatte mir gezeigt, wie viel man aus einer Facebook-Seite herauslesen kann. Auf Arnicas Seite bemerkte ich zunächst die Markierung auf der Stadtkarte, die auf die Vorstadt Seffner außerhalb von Tampa zeigte. Höchstwahrscheinlich war das ihr Wohnort. Ich sah mir ihre Freunde genauer an. Arnica könnte ein Pseudonym oder ein Vorname sein. Der Name Alvarez kam mehrmals vor. Ich klickte Rosa an, die als „Schwester" markiert war. Lucia Alvarez war die „Mutter". Also suchten wir vermutlich nach Arnica Alvarez.

Es gab viele Fotos von Arnica. Ein echtes Partygirl. Ich klickte mich durch eine Diashow mit Hunderten von Bildern und suchte nach Hinweisen, die sie mit Michael oder Husker in Verbindung brachten. Gegen Ende der Diashow entdeckte ich etwas. Das Foto zeigte sie in einem Club zusammen mit Husker, der einen exotischen Drink in der Hand hielt. Ich fügte die Seite zu den Favoriten hinzu und speicherte das Foto auf Junes Computer, falls jemand es von Arnicas Facebook-Seite löschen würde. Dann druckte ich es auf Junes Farbdrucker aus.

Wenige Minuten später stand ich auf und hatte eine Adresse in Seffner und eine Google- Straßenkarte auf meinem Handy. Ich fragte mich, ob Salvatore dieselbe Spur verfolgen würde. Mir erschien sie logisch. Es war klar, dass der Club etwas vertuschen wollte, und dies schadete Michael.

Ich trommelte June zusammen, und wir stiegen in Michaels Corvette.

„Was hast du rausgefunden, Frau Computergenie?"

„Weißt du, was ich nicht kapier? Ich verstehe nicht, wieso die Nachfrage nach Meth immer weiter ansteigt. Ständig werden Leute festgenommen, liest man Zeitungsartikel, gibt es Gewalt. Wieso nehmen die Leute dieses Gift zu sich?"

„Wieso rauchen die Leute, Annie? Wieso fahren die Leute zu schnell oder essen fettige Lebensmittel? Du stellst die falsche Frage."

Wir bogen in die Collier Avenue ein und reihten uns in den dreispurigen Verkehr ein, der aus der Stadt führte.

„Wie meinst du das?"

„Die Leute tun Dinge, die schlecht für sie sind, weil sie auch nur Menschen sind, denkst du nicht? Tust du nicht auch manchmal Dinge, die du nicht tun solltest?"

„Kein Kommentar."

„Dacht ich's mir. Nur eben keine Drogen wie Meth."

„Also, wie lautet die richtige Frage?"

„Wieso blüht dieses illegale Geschäft in unserer Gesellschaft? Wieso setzt man dem kein Ende?", sagte sie.

„Es ist zu groß?"

June lachte höhnisch. „Wir können in wenigen Wochen eine Armada in den Irak schicken und denen die Herrschaft und Kontrolle entreißen. Sie hatten keine Luftabwehr, als wir einmarschierten. Das ist am anderen Ende der Welt, Annie. Erinnerst du dich an den riesigen logistischen Aufwand, um all die Fahrzeuge und Munition und Truppen an die Front zu bringen?"

„Du hast recht."

„Wenn wir unseren Krieg innerhalb von wenigen Monaten um die halbe Welt tragen können, sollten wir doch in der Lage sein, ein paar Drogennetze in Tampa auszuheben."

Ich blickte sie an. „Du meinst, es ist eine Frage des Willens."

„Zu viele Leute, die vermutlich zu viel Geld damit machen, das meine ich", sagte sie. „Das macht es so gefährlich. Je größer die Schlacht, desto mehr Unbeteiligte werden verletzt. Das könnte der Grund sein, wieso Husker tot ist und Michael im Knast sitzt."

June manövrierte den Wagen von der Autobahn in die Straßen von Seffner. Wir fuhren vorbei an einem Einkaufscenter mit Winn-Dixie und Pawn King, einem McDonald's in der einen und einem Drogeriemarkt in der anderen Ecke. Nach einem weiteren Kilometer kamen wir an eine ruhigere Kreuzung mit Bahnübergang. Laut Navigationsgerät lag Arnicas Haus vier Seitenstraßen hinter dem Bahnübergang.

Das helle Sonnenlicht flimmerte durch das Laub, als wir die Gleise langsam überquerten. Telefonmasten standen in regelmäßigen Abständen am Straßenrand, einige von ihnen nicht ganz aufrecht.

„Okay, was wollen wir sie fragen? Wir sollten uns vorbereiten."

„Es ist die nächste Straße. Links abbiegen", sagte ich. „Das Erste ist, warum sie so reagiert hat, als wir ihr Huskers Foto gezeigt haben. Das Zweite, wenn wir überhaupt so weit kommen, ist, was man ihr aufgetragen hat. Wer hat die Möbel umgestellt? Von wem wurden sie gezwungen, zu sagen, dass unser Dinner nie stattgefunden hat? Was wollen sie vertuschen?"

„Das sind aber vier Dinge."

„Ich nehme, was ich kriegen kann."

Wenn die Adresse stimmte, lebte Arnica Alvarez in einem weißen Wohnwagen hinter einer ungeteerten Zufahrt. Ein rund zehn Jahre alter, grüner Ford Fiesta stand in der Zufahrt. Ich sah eine Bewegung hinter dem Vorhang. Wir parkten am Straßenrand. Zwischen meiner Tür und der Vordertür des Wohnwagens lagen rund sechs Meter ungepflegter Vorgarten.

„Sie ist da. Ich hab was gesehen", sagte ich.

„Gehen wir", sagte June und wollte sich aus dem Auto stürzen.

„Nein, langsam, langsam. Lass es uns ruhig angehen. Wir sind Freunde, keine Cops."

„Stimmt. Michaels und Huskers Freunde. Wir sind in Trauer."

Kurze Zeit später stand ich vor den schmalen Stufen zu Arnicas Aluminiumtür, und June stand direkt hinter mir. Als ich anklopfte, brach aus dem Inneren ein wildes Bellen und Knurren los. Ich konnte Arnicas Stimme durch die Tür hören.

„Sitz! Mach Platz!" Die Tür öffnete sich. Vor uns stand die Kellnerin mit der weißen Igelfrisur, ohne Make-up. Sie hatte große, graublaue Augen, eine Stupsnase und eine sehr helle Gesichtsfarbe. Vielleicht war sie natürlich blond. Sie stand

236

halb vornüber gebeugt und hielt den deutschen Schäfer mit beiden Händen am Halsband fest. Der Hund bellte immer noch wie wild, aber wir wichen nicht zurück. „Er ist nicht so böse, wie er klingt. Nur beschützend."

„Ein schöner Hund", sagte June. „Ich wollte schon immer einen deutschen Schäfer."

„Haben Sie 'nen Hund?"

„Einen Pudel", sagte June und verzog das Gesicht.

„Nicht doch", sagte Arnica. „Pudel sind die intelligenteste Hunderasse. Sie stinken nicht, und sie haaren nicht. Was ich von meiner Desi hier nicht behaupten kann."

Die Stufen vor Arnicas Tür waren so schmal, dass ich aufpassen musste, das Gleichgewicht nicht zu verlieren, während ich auf den Zehenspitzen stand.

„Ich weiß nicht, wie Sie mich gefunden haben oder warum Sie hier sind, aber wenn Sie reinkommen wollen, dann bitte. Ich bring nur schnell Desi raus." Arnica, die barfuß war, ging an mir vorbei und befestigte eine Kette, die im Vorgarten lag, am Hundehalsband. Die Kette war an einem Metallpfosten eingerastet, der im Boden steckte. „Er ist noch ein Welpe. Er rennt Autos hinterher und macht allen möglichen Blödsinn, wenn man ihn nicht anbindet. Kommen Sie rein. Nicht sehr groß, aber es gehört mir."

„Leben Sie allein hier?", fragte ich, als ich ihr in den düsteren Wohnraum folgte. Alles war im Kleinformat – das Wohnzimmer, der Tisch, die Küche. Man musste vermutlich spindeldürr sein, um auf ihrem Klo pinkeln gehen zu können.

„Die meiste Zeit", sagte Arnica. Ein einseitiges Lächeln erhellte ihr Gesicht. „Das erzählen Sie aber nicht meiner Mutter, klar?"

Wir nahmen in ihrem Wohnzimmer Platz. „Hören Sie, wir wollen nicht Ihren ganzen Nachmittag in Anspruch nehmen.

Ich nehme an, Sie wissen bereits, dass wir alte Freunde von Husker sind."

„Roberto sagte, Sie waren zusammen im Irak", bestätigte Arnica.

„Genau", sagte June.

„Ihr Frauen wart beide Soldaten?", fragte Arnica.

„Nach seiner Ermordung haben wir zwei Tage lang so ziemlich ununterbrochen geweint", sagte ich.

Arnicas Augen füllten sich mit Tränen. „Ich auch. Er war so süß."

„Er war ein ganz normaler Kerl", sagte June. „Zuerst war er Mitglied des Football-Teams, dann Mitglied des Army-Teams. Auf Husker konnte man sich immer verlassen."

„Husker?", fragte Arnica. Es gab eine Pause. „Wir nannten ihn Palomino."

„Wie die Pferde?", fragte ich.

„Hat das eine Bedeutung?", fragte June.

Arnica hob die Schultern. „Alle haben so 'nen Spitznamen. Sollten Sie für sich auch mal versuchen. Außer mir. Arnica ist mein richtiger Name."

„Wie ist Palomino zu seinem Namen gekommen?"

„Wave sagte, er passt."

„Wave?", fragte June.

Arnica wurde rot. Wir hatten sie an einer empfindlichen Stelle getroffen. „Er ist sehr kreativ", sagte sie nach einer Weile.

Ich beschloss, das Gespräch auf Michael zu lenken. Wir waren schließlich nicht hergekommen, um sämtliche Drogenprobleme in Tampa zu lösen. „Kennen Sie den Typen, mit dem Palomino zusammenlebte? Er war mal mein Freund", sagte ich.

Arnicas Miene wurde düster. „Stryker."

„Im Irak waren wir zusammen", sagte ich. „Er ist mein Ex."

„Ich verstehe nicht, wieso er es getan hat", sagte Arnica.

„Glauben Sie, er war's?"

„Ich weiß, dass er's war."

„Woher wissen Sie das?"

„Ich hab ihn gesehen."

Ich studierte Arnicas Gesichtsausdruck. Sie schien nicht unter Drogen zu stehen. Hätte man sie an einen Lügendetektor angeschlossen, sie hätte den Test bestanden. Sie schien es ernst zu meinen. Vielleicht war es ihr Alter. Sie konnte nicht viel älter als einundzwanzig sein. Und dennoch, was sie sagte, konnte unmöglich stimmen.

„Was haben Sie gesehen?", fragte June. „Könnten Sie's uns genau schildern?"

Arnica nickte. „Nachdem die Band aufgehört hatte, zu spielen, gingen ein paar von uns ins Haus, um uns ein paar reinzuziehen."

„Wer genau?"

„Ich, Palomino, Stryker, die anderen beiden Typen der Band, Winglet, Diesel. Ich war mit meiner Freundin Sharona da. Alle anderen blieben draußen. Husker sagte, wir sollen in sein Zimmer kommen, und wir drängten uns alle rein."

„Kennen wir Sharona?", wollte June wissen.

„Keine Ahnung", sagte Arnica.

Ich erinnerte mich zurück an den Abend der Party. Nach dem Song, den Michael für mich geschrieben hatte, kam er zu mir, nahm meine Hand und führte mich zu seinem Wagen. Er war reingegangen, um ein anderes T-Shirt anzuziehen, war aber gleich darauf wieder herausgekommen. Außerdem hatte sie etwas von „ein paar reinziehen" gesagt, Michael war jedoch völlig nüchtern gewesen.

„Was ist dann passiert?", wollte June wissen.

„Sharona und ich mussten wieder raus, weil in Huskers Zimmer kein Platz für sechs Leute war. Andere Leute waren ins Wohnzimmer gekommen, also gesellten wir uns zu ihnen."

Arnica nahm ein Päckchen Lucky Strike vom Tisch. Sie zündete sich eine an und nahm einen tiefen Zug, bevor sie fortfuhr. Sie war nervös. Das war aber auch kein Wunder, war sie doch dabei, uns einen Mord zu schildern.

„Zuerst kam Winglet raus, dann Diesel. Diesel machte die Tür zu. Ich konnte sehen, dass sie auf 'nem Trip waren. Ich war selbst ziemlich betrunken."

„Wie sahen sie aus?", fragte June.

„So wie man halt aussieht, wenn man sich ein paar reingezogen hat", sagte Arnica. „Ich und Sharona gingen rüber zu Huskers Zimmer, aber Diesel hielt uns auf. Er sagte, die beiden anderen Jungs wollten unter sich bleiben. Nach einer Weile öffnete sich die Tür, und Stryker kam raus. Er sah seltsam aus. Er sagte, wir sollen nicht reingehen. Palomino wolle allein sein. Dann verließ er das Wohnzimmer."

„Wieso lügen Sie?", wollte ich wissen.

Arnica blies mir eine Rauchschwade ins Gesicht. „Ich lüge nicht. Andauernd sagen Sie das. Ich hab Ihnen das erzählt, was wirklich passiert ist."

„Stryker ging nur kurz rein, um nach dem Auftritt der Band sein T-Shirt zu wechseln", sagte ich.

„Eine Minute, nicht länger."

„Ich erinnere mich", sagte June. „Ich stand in der Schlange vor dem Klo. Ich sah ihn reinkommen und wieder rausgehen. Weniger als 'ne Minute."

Ich wandte mich Arnica zu. „Wir haben offenbar ein Durcheinander mit dem zeitlichen Ablauf, aber keine Sorge.

Ich hab mich noch was anderes gefragt. Stryker kam als Letzter raus, richtig?"

„Ja. Er schloss die Tür. Danach kam Palomino nicht mehr raus. Er musste Palomino umgebracht haben."

„Palomino wurde mit einem Bajonett getötet, wussten Sie das?" Arnicas Blick trübte sich. „Das ist eine Art langes, scharfes Messer, das man auf die Gewehrspitze montieren kann."

„Okay."

„Es musste Blut geflossen sein. Ich hab es nicht gesehen, aber ich kann's mir vorstellen." Arnica schauderte. „Hatte Stryker Blut an seinen Händen oder seiner Kleidung, als er rauskam?"

Sie schüttelte den Kopf.

„Und die anderen beiden Jungs?", fragte June.

„Nein. Kein Blut", sagte Arnica. „Fragen Sie Sharona."

„Vielleicht sollten wir das tun", sagte ich. „Aber es ist irgendwie verwirrend, meinen Sie nicht auch? Wenn Stryker Palomino mit dem Bajonett erstochen hat, warum hatte er keine Blutflecken, als er rauskam?"

Arnica zuckte mit den Schultern.

„Wohin sind Sie dann gegangen? Sind Sie im Wohnzimmer geblieben?"

„Wir blieben alle noch ein bisschen da, und es kamen noch mehr Leute rein. Dann gingen wir wieder raus, hinter das Haus."

„Vielleicht ging jemand in Huskers Zimmer, nachdem die anderen rausgegangen waren", sagte ich. „Wer war im Wohnzimmer, als Sie rausgingen?"

„Viele, die ich nicht kannte. Vor allem Jungs", sagte Arnica. „Die Party war vor allem für Jungs. Ziemlich bald danach ging jemand rein und fand ihn. Ich glaube, jemand dachte, das sei die Klotür. Ungefähr fünf bis zehn Minuten, nachdem wir rausgegangen waren. Die Leute schrien und rannten aus der Küche in den Garten. Da wussten wir, es war etwas passiert."

„Wo war Stryker zu diesem Zeitpunkt?"

Arnica sah mich mit ihren großen grauen Augen an. „Ich erinnere mich nicht, ihn noch mal gesehen zu haben. Vielleicht ist er dann mit Ihnen weggegangen. Gleich darauf gingen auch wir."

„Aber ich hab niemanden schreien hören. Stryker und ich müssen schon weg gewesen sein."

„Komisch, dass Sie es so in Erinnerung haben", sagte Arnica.

„Lasst uns noch mal zusammenfassen, was wir haben, und sehen, ob wir daraus schlau werden." Ich zählte die Finger an meiner Hand ab. „Husker wurde mit Strykers Bajonett erstochen. Die drei anderen Jungs der Band waren, kurz bevor er umgebracht wurde, alle in seinem Zimmer, aber keiner von ihnen kam blutbefleckt raus. Stryker war der letzte, der rauskam. Dann haben Sie zusammen mit den anderen das Wohnzimmer verlassen, aber ein paar Leute waren immer noch im Wohnzimmer. Eine Frage, Arnica: Denken Sie nicht, jemand anderes könnte, nachdem Sie das Wohnzimmer verlassen hatten, in Huskers Zimmer gegangen sein, ihn getötet haben und zur Vordertür rausgegangen sein? Oder zu den anderen hinters Haus gegangen sein?"

„Klar, so könnte es auch gewesen sein", sagte Arnica.

„Kann ich Sie was Persönliches fragen?", sagte ich. Als sie nickte, fuhr ich fort: „Als wir gestern im Club waren, und ich Ihnen Huskers Foto zeigte, sagten Sie, dass Sie ihn nicht kennen. Wurden sie gezwungen, das zu sagen?"

KOLLATERALSCHADEN

Sie zündete sich eine weitere Zigarette an, nahm einen tiefen Zug und antwortete dann: „Ich finde es ungerecht, dass Palomino getötet wurde. Deswegen hab ich auch mit euch gesprochen. Jetzt hab ich Angst. Ich denke, Sie sollten gehen."

„Wieso haben Sie Angst? Vor wem haben Sie Angst? Vor Wave?", wollte June wissen.

„Sehen Sie doch, was mit Palomino passiert ist", sagte Arnica. „Bitte gehen Sie. Bitte stellen Sie mir keine Fragen mehr."

„Sagen Sie uns einfach, wer dieser Wave ist", sagte June.

„Nur noch eine Frage, dann gehen wir." Ich setzte mich über June hinweg. Arnica schien erleichtert. „Sie sagten, wir sollen mit Sharona sprechen. Wo finden wir diese Sharona?"

KAPITEL 30 - ANNIE

Sharonas Wohnung lag in der Stadt, nur drei Blocks vom Papaya entfernt. Ich drückte die Türklingel mit dem Namen, den Arnica uns gegeben hatte, Trixie Benthaus, und wartete auf eine Stimme. Stattdessen stürmte ein Mann aus der Tür des Wohnblocks. Die Tür flog so schnell auf, dass June einen Schlag in die Hüfte bekam und gegen mich geschleudert wurde, während ich bei der Klingel stand.

„Was soll denn das?", rief June.

Der Mann war hochgewachsen und schlank, hatte eine riesige spitze Nase und von der Sonne verbrannte hellrosa Haut. Er trug ein Trägerhemd und dreckige schwarze Jeans. Seine Hände waren voller Schwielen und Schmutz, wie die eines Bauarbeiters oder Handwerkers. Er warf uns beiden einen kurzen Blick zu und rannte dann die Straße hoch. Gerade noch rechtzeitig stellte June ihren Fuß in die sich schließende Tür.

„Sie antwortet nicht", sagte ich. „Lass uns hochgehen. Dritter Stock."

KOLLATERALSCHADEN

Wir stiegen die Treppe hoch, und dann standen wir vor der Tür zu Trixies Wohnung. Der Teppich sah aus, als wäre er dreißig Jahre alt. Ausgebrannte Glühbirnen und abblätternde Tapeten bestätigten den Eindruck. Als ich die Hand hob, um anzuklopfen, bemerkte ich, dass die Tür offenstand. Etwas war eingeklemmt und verhinderte, dass die Tür sich schließen konnte. Ich bückte mich, um genauer nachzusehen. Eine lose Teppichkante.

Ich öffnete die Tür einen Spalt. „Sharona, sind Sie da?"

Wir horchten und spähten durch den Türspalt. Ich sah einen laufenden Fernseher, der auf stumm geschaltet war, und den Rand eines braunen Sofas. Ich stieß die Tür auf. Die dicke Fußmatte leistete Widerstand. Kein Wunder, dass die Tür nicht zugegangen war.

„Jemand zu Hause?", rief June. Der Geruch von Nagellack hing in der Luft. Ich ging nach links, sie nach rechts. Wir umrundeten das Sofa. Gleichzeitig entdeckten wir die Leiche. „Großer Gott", sagte June.

Ich hatte im Irak viele Tote gesehen, aber nun musste sogar ich meinen Blick von Sharona abwenden. Ein Teil ihres Gesichts war weggeblasen worden. Es war nicht Nagellack, den ich gerochen hatte, sondern Kordit. Ich berührte die Halsschlagader auf ihrer unverletzten Seite. Es war kein Puls spürbar. Eigentlich logisch bei solch einer Verletzung.

Sharona hatte ein blaues Hollister-Trägershirt und ein Paar Turnhosen an, war barfuß und trug fast keinen Schmuck. An ihrem rechten Ohr hing ein kleiner Topas-Ohrring. Ihre Augen starrten an die Decke. June war grün im Gesicht geworden. Die Tränen standen ihr in den Augen.

„Muss ein ziemlich großes Kaliber gewesen sein, bei dieser Sauerei", sagte ich. Wir konnten uns beide nicht von der Stelle bewegen. „Könntest du die Polizei rufen?"

Blut und Teile des Hirns klebten an der weißen Wand hinter Sharona. Stellenweise lief das Blut immer noch die Wand hinunter, und das Blut auf ihrem Gesicht und Nacken sah hellrot und ganz frisch aus. Für mich schien es, als wäre sie erst vor kurzem erschossen worden.

Während June die Polizei rief, musste ich an Alisons Worte denken. *Ich will nicht, dass du mit einem Messer im Rücken endest.* Sie hatte recht. Die Sache war verdammt ernst geworden. Aber wo war die Verbindung zu Michael?

„Die Frau wurde ermordet", sagte June. Ich hörte, wie ihre Stimme zitterte. Sie hatte einen Schock.

„Hör zu, geh wieder nach unten. Warte draußen und schick die Cops rauf, wenn sie kommen."

„Was hast du vor?"

„Ich sehe mich hier ein bisschen um."

Als June gegangen war, ging ich durch die Tür am anderen Ende des Zimmers. Ich achtete darauf, wohin ich trat, um kein Blut zu verschmieren und nichts anzustoßen, was der Mörder vielleicht fallengelassen hatte. Im Schlafzimmer öffnete ich die Schubladen. Unter einem Stapel Unterwäsche fand ich eine kleine Blechdose, wie man sie für alte Münzen oder Muscheln vom Strand benutzte. Mit einem Seidenschlüpfer als Handschuh öffnete ich die Dose und fand eine Plastiktüte mit kristallinen Drogen. Sharonas Crystal Meth-Versteck. Ich schoss ein Foto mit meinem Handy und legte die Tüte zurück.

Dann setzte ich mich an den Schreibtisch in der Ecke ihres Schlafzimmers und schaltete ihren Computer ein. Der Benutzername *sharona* stand bereits da, aber um mich einzuloggen, brauchte ich das Passwort. Papaya funktionierte nicht. Ich versuchte es mit Arnica. Zweiter Fehlversuch. Arnica hatte erwähnt, dass jemand namens Wave ihnen allen

Spitznamen gegeben hatte. Dieser Eingebung folgend tippte ich Wave hinein, und es klappte. Wir mussten unbedingt herausfinden, wer dieser Wave-Typ war.

Ich zog einen Speicherstick aus der Tasche meiner Jeans und kopierte Sharonas Festplatte darauf. Es blieb keine Zeit, währenddessen den Computer zu durchsuchen und herauszufinden, was von Bedeutung war. Mein Stick konnte zweiunddreißig Gigabyte an Daten speichern, aber nach nicht einmal zwei Minuten war ein Piepton zu hören, und auf dem Stick befanden sich etwas mehr als neun Gigabyte. Ich hatte alles. Ich zog den Stick heraus und fuhr den Computer herunter. Dann legte ich den Schlüpfer zurück, mit dem ich die Sachen angefasst hatte.

In Sharonas Bad, Medikamentenschrank und Küche fand ich nichts von Bedeutung. Plötzlich kam mir der Gedanke, Arnica anzurufen. Ich ließ es zehnmal klingeln, aber sie ging nicht ran. Als ich ins Wohnzimmer zurückkam, hörte ich laute Schritte die Treppe hoch stampfen. Dann standen eine Polizistin und ein Polizist in der Tür, betrachteten mich und den Tatort und traten ein.

„Das ist Annie Ogden", sagte June.

Die Cops nickten mir zu und umrundeten das Sofa, um sich die Leiche anzusehen. Ich blieb neben June in der Tür stehen.

„Arnica geht nicht ran", sagte ich leise, damit die Cops es nicht hörten. June blickte mich mit fragender Miene an.

Während die Polizistin in ihr Funkgerät sprach, wandte sich der Polizist an uns. Wir erklärten ihm, dass wir Trixie Benthaus besuchen wollten, weil eine Freundin uns ihre Adresse gegeben hatte. Der Cop fragte, ob wir sie schon einmal getroffen hätten, und wir verneinten. Er fragte nicht, wer diese Freundin war oder aus welchem Grund wir Sharona besuchen wollten.

„Als wir hier ankamen, rannte ein Kerl ziemlich überstürzt raus", sagte June. „Ist mir jetzt eingefallen."

„Hier aus der Wohnung?", fragte der Cop. Er zückte sein Notizbuch.

„Nein, unten beim Eingang. Wir klingelten bei Sharona und warteten auf eine Antwort. Plötzlich sprang die Tür auf, und dieser Kerl rannte wie vom Blitz getroffen aus dem Haus."

„Sie haben also den Mörder gesehen", sagte der Cop. Er hatte sich immer noch keine Notizen gemacht. Seine Stimme triefte vor Sarkasmus. „Lassen Sie mich raten. Hielt er 'ne Pistole in der Hand?"

June blickte den Cop eine Weile an. Ich staunte, wie gut sie sich selbst beherrschen konnte. „Ich sage nur, was ich gesehen hab. Es könnte ein Anwohner gewesen sein oder der Freund von jemandem. Ich weiß nicht, ob er der Mörder war."

„Lassen Sie die Polizei ihre Arbeit machen", sagte der Cop. „Ab hier übernehmen wir. In Ordnung, ich hab Ihre Namen und Kontaktinformationen. Wenn wir noch Fragen haben, rufen wir Sie an, okay?"

„Können wir gehen?", fragte June.

„Sie würden mir einen großen Gefallen tun", sagte der Cop.

Er war ziemlich unfreundlich. Ich fand es seltsam, dass sie von uns nicht mehr wissen wollten. Wir stiegen wieder in die Corvette, und ich fuhr in Richtung Seffner, wo Arnica wohnte.

Während der Fahrt versuchte June mit meinem Handy erneut, Arnica zu erreichen. Ich machte mir Sorgen, weil sie uns so viel erzählt hatte. Wer immer Sharona das angetan hatte, wollte vielleicht auch Arnica zum Schweigen bringen.

„Sie antwortet nicht, und es kommt auch keine Mailbox."

„Was bedeutet das?", fragte ich.

„Es gibt Leute, die haben keine", sagte June.

„Denkst du, diese Cops kannten Sharona? Wollten sie deshalb nicht mehr von uns wissen?"

„Du meinst, die haben gar nicht vor, den Fall zu untersuchen?"

„Keine Ahnung. Gibt es so viele Morde in dieser Stadt?"

„Nicht, dass ich wüsste. Es ist nicht Chicago oder Los Angeles oder so, nein. Alle paar Tage liest man was."

„Die benahmen sich, als wollten sie da so schnell wie möglich aufräumen, um rechtzeitig zu den Nachrichten zu Hause zu sein", sagte ich. „Wenn du mich fragst, bringen die das nie und nimmer mit Huskers Mord in Verbindung."

„Glaubst du, es gibt 'ne Verbindung?"

Ich beobachtete eine Weile die Autos vor mir und fasste zusammen, was wir wussten. „Husker ging regelmäßig in diesen Club, Papaya. Dort kennt man ihn, aber leugnet es uns gegenüber. In der Mordnacht hatten Michael und ich dort ein üppiges romantisches Dinner, aber am Tag darauf hat man alle gezwungen, zu behaupten, es hätte nie stattgefunden, und das sagen sie auch der Polizei. Als wollten sie Michael etwas anhängen. Also gehen wir zu Arnica, und sie schüttet uns ihr Herz aus, weil es ihr leidtut, was mit Husker passiert ist. Sie sagt, wir sollen mit Sharona sprechen, und als wir bei ihr ankommen, ist sie tot."

„Du hast mich überzeugt."

„Etwas, das sie gesagt hat, ergibt immer noch keinen Sinn. Sie behauptet, sie habe Michael gesehen, als er aus Huskers Zimmer kam, wo ich doch weiß, dass er mit mir zusammen war. Wir saßen bereits in seinem Auto und waren auf dem Weg zum Restaurant. Ich hab das doch nicht geträumt."

„Ich erinnere mich, dass du mit ihm weggegangen bist", sagte June. „Er hat dich über den Garten geführt, und ihr beide seid weggegangen."

„Ich hatte ihn immer im Blick. Also lügt Arnica, wenn sie sagt, dass er mit den anderen Bandmitgliedern drin war. Aber sie schien uns die Wahrheit sagen zu wollen. Ich versteh das nicht."

„Ich auch nicht", sagte June. „Aber als ich unten auf die Polizei gewartet habe, ist mir was anderes eingefallen. Erinnerst du dich an den blonden Typen, der auf der Party in den Streit verwickelt war?"

„Ja."

„Weißt du noch, was er sagte? Er hat gedroht, den anderen umzubringen."

„Genau. Ich erinnere mich. Aber seine Drohung galt dem Kerl, der ihn verprügelt hat."

„Hab ich auch gedacht, aber Husker stand direkt daneben."

„Moment mal. Meinst du, er hat Husker gedroht? Wieso sollte er das tun, wenn ihn dieser andere Kerl soeben windelweich geschlagen hat?"

„Keine Ahnung. Aber Husker ist derjenige, der tot ist. Ich denke, wir sollten es zumindest in Betracht ziehen."

„Wir kennen ja nicht mal den Namen dieses Kerls."

June lächelte. „Ich schon. Er hat mir gesagt, wie er heißt."

„Wann?"

„Er war bewusstlos und kam dann wieder zu sich. Ich stellte ihm ein paar Fragen, um ihm auf die Sprünge zu helfen. Sein Name ist Danny Winter. Er wohnt in Tampa."

„Du könntest ihn anrufen und fragen, wie's ihm geht. Kam er noch mal zur Party zurück? Hast du ihn noch mal gesehen?"

„Nein, aber es war ziemlich überfüllt. Er könnte zurückgekommen sein, ohne dass ich ihn gesehen hab, vor allem, wenn er vorhatte, jemanden umzubringen."

KOLLATERALSCHADEN

Die letzten zwei, drei Kilometer zu Arnicas Haus brachten wir schweigend hinter uns. Die Sonne ging langsam unter. Es war nicht besonders heiß, aber wegen der hohen Luftfeuchtigkeit ließen wir die Klimaanlage trotzdem auf Hochtouren laufen.

Michael saß im Knast. Ich fragte mich, was er gerade tat – vielleicht aß er gerade irgendwelchen schrecklichen Fraß oder sprach mit anderen Insassen. Ich fragte mich, was ihm gerade durch den Kopf ging. Er hatte sein Herz daran gehängt, wieder mit mir zusammen zu sein. Er musste erkannt haben, dass es nie dazu kommen würde. Zudem war sein bester Freund tot, und er war des Mordes angeklagt.

„Immerhin können sie Michael nicht auch noch Sharonas Mord anhängen", sagte ich, als wir in das Viertel mit Arnicas Straße einbogen.

„So was darfst du nicht denken", sagte June. „Es gibt keinen Grund, Michael irgendwas anzuhängen."

Wir hielten vor Arnicas Haus, und ich bemerkte es sofort. Der Hund war immer noch am Pfahl in der Mitte des wilden Vorgartens angebunden, aber er lag in einer seltsamen Stellung da, mit zwei Beinen in der Luft. Er sah tot aus.

„Siehst du den Hund?", fragte ich.

Wir stiegen aus dem Wagen und sahen uns um. Der Hund hatte keine sichtbaren Verletzungen, nirgends ein Einschussloch, nirgends Blut. Ich stieß mit meinem Schuh an seine Pfote. Dann ein bisschen fester. Der Hund zeigte keine Regung.

„Sie sagte, er war ein Welpe", sagte June mit schmerzverzerrtem Gesicht.

„Gift?", spekulierte ich. Wir sahen beide zu Arnicas Vordertür, entdeckten aber nichts Verdächtiges. Ich stieg die Stufen hoch und klopfte. Eine Minute warteten wir, aber niemand antwortete. Arnicas grüner Ford stand noch immer in der Zufahrt.

„Arnica?", rief ich durch die Tür. Nichts.

Ich versuchte, die Tür zu öffnen, aber sie war verschlossen. Ich drückte fester und stieß mit meiner Schulter dagegen. Die dünne Aluminiumtür sprang auf und schwang nach innen. Licht fiel ins leere Wohnzimmer. Heutzutage wird nicht mehr so solide gebaut, fand ich. Ich steckte meinen Kopf hinein.

„Arnica? Jemand zu Hause? Ihr Auto ist da. Ich frag mich, wo sie steckt." June folgte mir, und wir schlossen die Tür hinter uns.

Dann ging alles blitzschnell. Aus dem Augenwinkel sah ich eine Bewegung in der Tür zum Schlafzimmer. June schrie. Wie dumm von uns, einfach so hereinzuschneien, angesichts des toten Hundes im Vorgarten und der Stille. Ein Mann tauchte hinter dem Sofa auf und zog June eine Pistole über den Kopf. Ich sah den Ausdruck in ihrem Gesicht, ein Ausdruck der Überraschung, dann stöhnte sie vor Schmerz.

Als ich zu ihr eilte, spürte ich einen Schlag auf meine Schulter, wie ein Vorschlaghammer. Ich drehte mich um und sah denselben hochgewachsenen, schlanken Mann mit der langen, spitzen Nase, den wir gesehen hatten, als er Sharonas Haus verlassen hatte. Er war aus dem Gleichgewicht geraten, suchte aber schnell wieder festen Stand. Er hatte versucht, mir mit der Pistole eine überzuziehen, aber ich hatte mich im letzten Moment zu June hinbewegt. Instinktiv griff ich nach dem Nächstbesten, einer Tischlampe, die auf dem Tischchen neben dem Sofa stand, auf dem June lag. Ich schwang sie schräg aufwärts nach hinten, um den Kopf meines Angreifers zu treffen. Er duckte sich, und ich verfehlte ihn komplett.

Der andere Mann hielt meinen linken Arm fest und riss mich so fest herum, dass ich dachte, ich hätte mir etwas ausgerenkt. Ich landete auf June auf dem Sofa. Dann warf sich mein Angreifer auf mich und hob seinen Arm, bereit, zuzuschlagen. Ich versuchte, mich herauszuwinden, zumindest meine Lage zu ändern, sodass er daneben schlagen würde.

„Warte", sagte der Mann hinter mir. Er hatte meinen Arm immer noch fest im Griff. Mit meiner rechten Faust schlug ich, so fest ich konnte, einen Aufwärtshaken. Ich traf Spitznase seitlich voll in die Nieren. Er schrie und verzog vor Schmerz das Gesicht.

„Verflucht noch mal, beeil dich. Sonst muss ich die Zicke umlegen, egal, was der Bastard gesagt hat."

Dann spürte ich den Stich in meinen linken Arm. Ich sah, wie er die Nadel herauszog.

„Was zum Teufel ist das? Wer sind Sie? Wo ist Arnica?", schrie ich.

„Beruhig dich, Schlampe."

„Wer sind Sie? Wieso haben Sie Sharona umgebracht?"

Spitznase blickte auf einmal schockiert drein und starrte besorgt seinen Freund an. Aber nun saßen sie beide auf meinen Beinen und auf meiner Brust. Ich spürte Junes weichen Körper unter mir, und ich wollte sie nicht durch mein Umherzappeln verletzen. Inzwischen konnte ich sowieso nur noch meine Finger bewegen. Plötzlich hatte ich keine Kraft zum Schreien mehr. Was immer sie mir gespritzt hatten, es wirkte schnell. Spitznases Gesicht verschwamm vor meinen Augen.

KAPITEL 31 - SALVATORE

Manchmal nervt es mich zu Tode. Sie ruft, ich komme angerannt. Sie weiß genau, dass ich alles für sie tun würde, jederzeit. Sie nutzt mich aus. Wir haben Spaß miteinander, lachen, küssen uns und träumen von der Zukunft, und am nächsten Tag ist sie unglaublich zickig. Wir verbringen eineinhalb wunderschöne Tage nach unserer Verlobung, und dann ruft sie mich aus dem Wagen ihres Ex an. Sie ist auf dem Weg nach Florida.

Schön.

Sie macht eine Autofahrt mit ihrem Ex-Liebhaber. Das zu akzeptieren, gehört zum Erwachsensein. Ich bin nicht eifersüchtig. Ich mache mir keine Sorgen. Ich bin zwar auch nicht glücklich, aber ich komme damit klar. Auch wenn Garcia ein ausgewiesener Irrer mit Stalker- Tendenzen ist, der Annie mit einer Maske überfällt, in die Wohnung ihrer Schwester einbricht und die Nacht in einem Schrank verbringt. So etwas nennt man ungesunde Fixierung.

KOLLATERALSCHADEN

Und was passiert auf ihrer grandiosen Party? Garcias bester Freund wird mit einem Bajonett abgeschlachtet. Man hat Garcias Fingerabdrücke, man hat die Tatwaffe, und man hat die Leiche. Er hat ein ellenlanges Strafregister. In Florida wurde die Todesstrafe noch nicht abgeschafft, wie in anderen Staaten, einschließlich Illinois. Er wird auf dem Stuhl schmoren.

Kommst du nach Florida?

Hilfst du mir, den wahren Mörder zu finden?

Nicht, weil zwischen ihnen etwas ist. Nicht, weil er ihr ein Liebesgedicht geschrieben hat, oh nein. Wegen der Gerechtigkeit.

Natürlich ist es wegen der Gerechtigkeit. Wir alle wollen Gerechtigkeit. Und die Polizei weiß nicht, was sie tut, stimmt's, Annie?

Für sie spielt es keine Rolle, dass das Mordopfer der Neffe eines US-Senators ist. Das heißt, die Polizei wird dreimal so intensiv nach Beweisen suchen. Man will hieb- und stichfeste Beweise, einen makellosen Prozess und die besten Zeugen, die für Geld zu haben sind. Für Annie spielt das überhaupt keine Rolle. Garcia ist unschuldig, egal, was alle anderen sagen, egal, was die Beweise sagen. Er kann es nicht gewesen sein. Wehe, wenn Annie irrational wird. Da hast du keine Chance. Ihre Ohren könnten ebenso gut zugestopft sein.

Wenn man gründlich genug danach sucht, findet man immer ein Motiv. Ein Streit zwischen zwei Kriegskumpanen, zwei Zimmergenossen, die dreimal im Irak waren. Man könnte es posttraumatische Belastungsstörung nennen. Vielleicht Drogen. An Motiven mangelte es nicht in dieser Suppe. Der Staatsanwalt musste ein Vollidiot sein, um das zu vermasseln.

Oder war das etwa nur Wunschdenken?

Ich ging gerade an Bord des Fluges nach Tampa, als mir diese Gedanken durch meinen von der Liebe benebelten Kopf gingen. Ein Anruf von Annie genügte, um in meiner Körperchemie eine Kettenreaktion auszulösen. Hormonelle Reaktionen.

Ich werde wieder heiraten.

Zum fünfhundertsten Mal musste ich wieder daran denken. Ich stand da und wartete, bis die Leute im engen Gang des Flugzeugs sich weiterbewegten, damit ich mich endlich setzen konnte. Eine alleinstehende Mutter schnallte drei Kinder auf ihre Sitze. Auf einmal verspürte ich die Zufriedenheit eines alten Mafiabosses, der von lachenden Enkeln umgeben ist. Annie und ich würden wundervolle Kinder haben. Ihre Erziehung würde uns enorm viel Spaß machen. Ich war von Gott dazu geschaffen worden.

Ich schnallte mich an. Ich murmelte meiner Sitznachbarin, die schon länger zu mir hinübersah und auf eine Begrüßung wartete, das obligatorische „Hallo" zu. Pflicht erfüllt. Ich fummelte absichtlich lange an der Einstellung meiner geräuschreduzierenden Kopfhörer herum. Eine tolle Erfindung. Annies Ex wünscht sich bestimmt, er hätte im Kittchen von Tampa welche dabei. Der Knast ist ein verdammt lauter Ort. Ein einziger Volltrottel konnte die fünfzig oder sechzig anderen, einschließlich der Wächter, am Schlafen hindern.

Während der Phase, in der die Flugbegleiterinnen immer wieder die Gänge auf und ab gingen, Leute zählten und Sicherheitsgurte, Klapptische und Handys prüften, döste ich ein. Dank der Lärmdämpfung war es möglich, zu schlafen. Seit Annie gegangen war, hatte ich nicht gut geschlafen. Ich war die halbe Nacht im Bett gelegen und hatte mich gefragt, ob ich Gedichte schreiben sollte. Garcia wollte so ihr Herz gewinnen. Ich musste zugeben, er war ziemlich gut darin. Mein eigenes Gedicht würde vermutlich eher zu einem Herzinfarkt führen, als jemandes Herz gewinnen. Allzu weit war ich nicht gekommen:

Anstatt drei harmlose Stunden auf einem Direktflug zu verbringen
Musstest du zu ihm in seine neue Corvette springen.

Wieso war sie nur so vernarrt in diesen Unruhestifter aus ihrer Vergangenheit? War ihre Behauptung, er sei tot, ein Selbstschutzmechanismus? Schutz wovor? Wieso ging sie auf eine Autoreise, ohne auch nur ihre Zahnbürste mitzunehmen? Ohne einen Abschiedskuss für ihren Verlobten? Ich muss schon sagen, solche Fragen halten einen die ganze Nacht lang wach.

Ich erwachte, als ein Servierwagen den Gang entlang kam. Wir waren bereits in der Luft. Ich beglückwünschte mich, dass ich den Start verschlafen hatte.

Fünf Kröten für eine kleine Dose Heineken schienen übertrieben, aber andererseits trank ich nicht viel Bier. Ein Glas guter Wein war eher mein Ding. Aber der Wein auf diesen Flügen schmeckte wie Essig. Überhaupt, was sollte das? Wein trank man am besten zu einem gut zubereiteten Essen, und ein gut zubereitetes Essen nahm man am besten in romantischer Gesellschaft zu sich. So war ich nun mal, ein Romantiker, der sich geoutet hat.

Seit ich mit Annie gesprochen hatte, war ich nur noch in Hektik – bei der Fluggesellschaft anrufen und sie davon überzeugen, dass sie mich von der Warteliste auf die Passagierliste setzten, auf dem Kennedy Expressway im Stau stecken, zum Gate sprinten. Der Flug dauerte drei Stunden, sodass ich nach elf Uhr ankam. Annie hatte mir vor zwei Tagen eine SMS mit dem Namen ihres Motels geschickt.

Zum hundertsten Mal fragte ich mich, ob ich nicht zu nachgiebig sei. Vielleicht hatte Alison recht. Vielleicht hätte ich vehementer gegen Garcia vorgehen sollen, zu Annies Sicherheit. Ich hatte noch immer Freunde auf der Wache. Na ja, der Witz war, ich hätte es zu Garcias Sicherheit tun sollen, nicht zu Annies. Aber Garcia hatte mich stinksauer gemacht. Es sah nicht danach aus, als könnte ich einem ausgekochten Schlitzohr wie ihm sagen, was er zu tun hatte. Sein eigener Schuss war nach hinten losgegangen und hatte ihn in den Knast gebracht, aus der Schusslinie.

Ich hatte meine eigenen Ex-Freundinnen, mit denen ich klarkommen musste, und ich hatte alles mit Annie geteilt. Ich nahm einen weiteren Schluck Bier und ließ meine Gedanken in die Zeit zurückschweifen, als ich ein junger Kerl in voller Blüte gewesen war und meine Runden gedreht hatte. Es war eine dieser sommerlichen Kunstveranstaltungen, bei denen Künstler auf dem Platz von Austin Common im Schatten der Hochbahn am Austin Boulevard ihre Tische aufstellten. Die Ausstellung zog sich den ganzen Block hin, Tische mit Bildern, Wasserfarben, Zeichnungen, Karikaturen, Stickerei, Töpferei – alle möglichen Kunstformen. Die Sonne schien, es war ein prächtiger Julitag. Die meisten Künstler konnten nicht viel verkaufen, aber man plauderte, genoss die Sonne und freute sich des Lebens.

Ich werde nie vergessen, wie ich sie zum ersten Mal sah. Dieses rötlich-blonde Haar, dunkler als Annies, diese leuchtend grünen Augen, dieses Gesicht. Mary war eine bemerkenswerte Frau. Sie erklärte gerade einem Mann eines ihrer Bilder und machte dabei ausschweifende, fließende Handbewegungen. Ich stand in einiger Entfernung und sah zu, konnte aber hören, was sie sagte. Die Uniform konnte manchmal die Stimmung dämpfen, deshalb kam ich nicht näher.

„Es ist ein Gesicht."

„Ein Gesicht?"

„Ja, ein Frauengesicht. Sehen Sie? Nein, hier. Treten Sie zurück, dann sehen Sie's."

Ich beobachtete, wie sie den Mann bei den Schultern nahm und ihn rückwärts in meine Richtung schob, wobei sie fast einen Alten im Rollstuhl übersah, der ihren Weg kreuzte. Unsere Blicke trafen sich. Ich glaube, ich lächelte. Das war das erste Mal, dass sie mich sah. Den lächelnden Cop.

„Jetzt sehe ich's", sagte ihr Kunde. „Vorher hab ich nur ein paar Drähte gesehen."

„Es ist aufs Wesentliche reduziert."

„Sie machen fantastische Dinge mit den Farben." Der Mann wandte seinen Blick vom Bild ab. Marys Gesicht war hier das wahre Kunstwerk. Ich sah sie ebenfalls an. Ihre hohen Wangenknochen, ihre Lippen, die sich bewegten, als sie den Preis berechnete.

„Ich verkaufe meine Bilder nur an Leute, die versprechen, ihnen ein gutes Zuhause zu geben."

„Oh, ich dachte, ich hänge es in meinem Wohnzimmer auf. Es würde perfekt zu meinem Sofa passen."

„Ich weiß nicht." Sie stützte ihr Kinn nachdenklich auf ihre Hand. Mary konnte überzeugend sein. „Ich möchte nicht hören, dass es in ihrem Keller oder so gelandet ist, wo es niemand sieht."

„Oh, nein, nein, nein", betonte der Mann. Er zückte seine Brieftasche. Mary hätte jeden Preis verlangen können. Bei mir hätte sie jeden Preis verlangen können.

Annie konnte ebenfalls jeden Preis verlangen. Das war bei mir immer so. Wieso war ich nur so leicht rumzukriegen?

Im Flugzeug begann es, zu schütteln. Wir waren in Turbulenzen geraten, und ich stellte mir das Bier in meinem Bauch vor, wie Wellen im Lake Michigan, die gegen einen Wellenbrecher schwappten. Ich öffnete die Augen, als der Flugkapitän die Anweisung zum Anschnallen durchgab.

Ich war froh um meinen Sitz am Gang. Überall um mich herum sah ich keinen einzigen freien Sitz. Ich hatte Glück, diesen Flug erwischt zu haben.

Annie würde genauso kompliziert sein wie meine Ex-Frau. Ich hatte es im Gefühl. Bloß auf eine andere Weise. Annie hatte Ängste und Phobien in ihrem Kopf, zu denen ich bis jetzt keinen Zugang hatte. Ich sah, welches Verhalten sie auslösten. Zum Beispiel ihre Angst vor Verpflichtungen. Ich kam damit klar. Ich hatte nicht immer eine Antwort, aber ich konnte zuhören.

Ihre Beziehung zu ihrer zickigen Schwester hatte ebenfalls einen Einfluss auf Annie, das musste ich wohl oder übel zugeben. Sie trug dazu bei, dass sie so kompliziert war. Die beiden trieben sich gegenseitig an, jede kritisierte die andere, und gleichzeitig waren sie abhängig voneinander, wie ein Paar Hexen. Sie standen auf eine seltsame Weise, die ich nicht genau beschreiben konnte, im Konkurrenzkampf, auch wenn sie so verschieden waren.

Klar, ich war zehn Jahre älter als Annie. Auch die Tatsache, dass ich bereits verheiratet gewesen war, war ein Grund, weshalb ich die Dinge anders sah. Ich wusste, was ich brauchte. Annie war sich nicht sicher, ob sie einen pummeligen Stubenhocker und Feinschmecker von Detektiv wollte, der ihr reichlich Aufmerksamkeit schenkte. Sie dachte, dass sie gar nicht so viel Aufmerksamkeit wollte. Das Problem war, dass sie keine Ahnung hatte, was sie wollte. Wie kommt man an eine solche Frau nur heran?

KAPITEL 32 - SALVATORE

Ich dachte, mein Mietwagen, ein gelber Hummer, würde gut zur schwarzen Corvette passen, von der Annie erzählt hatte – Garcias Wagen. Egal, es war elf Uhr abends, ich war müde aber auch aufgekratzt. Die warme, feuchte Nachtluft Floridas machte mich ganz kribbelig. Nicht nur ein Wiedersehen mit Annie stand bevor, sondern auch ein paar tolle Tage mit ihr. Als der Typ von der Autovermietung fragte, ob ich für einen Aufpreis von nur fünfunddreißig Dollar pro Tag zu einem „coolen" Wagen upgraden wollte, sagte ich: „Was haben Sie?"

Wenn Annie ihre rebellische Phase hatte, dann konnte ich mir ein rebellisches Accessoire zulegen. Sie würde begeistert sein von den getönten Scheiben, dem Bose-Soundsystem, den verchromten Felgen mit den beweglichen Aufsätzen, die sich wie Kaleidoskope weiterdrehten, als der Wagen in der Autovermietung vor mir hielt, während ich mit meiner Tasche wartete. Der Sitz und das Armaturenbrett und das Leder, alles roch nach Neuwagen, doch das Gute war, dass der Tacho nur gerade achtzehn Kilometer anzeigte.

Als ich zwanzig Minuten später in den Parkplatz vor Annies Motel einbog, erblickte ich den verlockenden Pool mit seinen Palmen und einer Bar, die mit Verandalichtern erleuchtet war. Nach dem trüben, nasskalten Wetter in Chicago sah dieser Pool aus wie das Paradies. Trotz später Stunde saßen ziemlich viele Leute darum.

Ich fuhr in den Unterstand, verriegelte den Wagen und trat ein, um einzuchecken. Nachdem der Papierkram erledigt war, ging ich auf unser Zimmer. Wie erwartet war Annie nicht da. Ich wollte sie überraschen. Sie wusste nicht, dass ich kam, und war vermutlich mit ihren Army-Freunden in der Stadt. Ich öffnete meine Reisetasche und stellte sie auf den Tisch. Annie hatte ein paar Sachen in die oberste Schublade gelegt. Ich stellte meine Toilettenartikel neben ihre auf den Schminktisch im Bad. Dann nahm ich mein Handy und schrieb ihr eine Nachricht.

Bin auf unserem Zimmer. Wo bist du?

So viel zur Überraschung.

Als ich aus dem Bad kam und noch immer keine Antwort erhalten hatte, versuchte ich, sie anzurufen. Ich hatte gerade sieben Stunden geopfert, um hierher zu kommen, von Tür zu Tür. Da konnte sie zumindest ihr Handy abnehmen. Auch wenn sie mitten in einem Bankett oder auf einem Ball war, musste sie doch sehen, dass ihr Verlobter anrief. Sie könnte mir wenigstens ein Smiley senden.

Eine Viertelstunde verging. War ihr Akku leer? Kaum jemand, den ich kannte, hatte so viele methodische Routinen wie Annie. Sie lud ihr Handy jeden Abend auf, egal, ob es nötig war oder nicht. Ich wollte mich nicht aufregen und beschloss, zum Empfang zu gehen und herauszufinden, ob man da etwas wusste.

KOLLATERALSCHADEN

Der müde alte Kerl, bei dem ich zwanzig Minuten zuvor eingecheckt hatte, beugte sich immer noch über dasselbe Kreuzworträtsel. Es sah sogar so aus, als wäre er immer noch mit derselben Frage beschäftigt. Über den Rand seiner Lesebrille blickte er mich an. Ich konnte sehen, dass er sich über mein blaues Auge wunderte, aber er beging nicht den Fehler, einen Kommentar dazu abzugeben.

„Privatdetektiv." Ich hielt ihm meine Lizenz des Staates Illinois entgegen und wartete, bis er mit Lesen fertig war und seinen Blick wieder mir zuwandte. In meiner anderen Hand hielt ich ein Foto von einer jugendlich-frisch aussehenden Annie. „Das ist meine Verlobte. Wollte sie überraschen." Der Empfangstyp zeigte keine Regung.

„Ich hab von zehn bis sechs Uhr Schicht", sagte er.

„Sie haben sie nicht gesehen?" Ein leichtes Kopfschütteln.

„Ihr Name ist Annie Ogden. Brauchen Sie einen Beweis wegen der Verlobung?"

Der Typ blätterte in einem Stapel Gästekarten, die in einem Metallbehälter an der Rückwand steckten. Er fand eine, die ihm gefiel, und grunzte. Dann erhob er sich tatsächlich aus seinem Stuhl, drehte sich um und drückte ein paar Tasten auf seinem fünf oder sechs Jahre alten Relikt von Computer. Die Ansammlung von Schmutz auf seiner Tastatur erinnerte mich an die halbherzig gewischten Ecken am Boden einiger Busse in Chicago.

„Zimmer 205", sagte der Typ. „Soll ich sie anrufen?"

„Freundchen, wir sind im selben Zimmer. Ich war soeben da. Meine Frage war, haben Sie sie rein- oder rausgehen sehen?"

„Versuchen Sie's am Pool." Er zeigte über den Parkplatz. Annie war nicht wirklich der Pooltyp, und wäre sie dort draußen gewesen, hätte sie ihr Handy dabei gehabt. Aber was soll's.

Ich nahm den Umweg über den Parkplatz und hielt Ausschau nach einer schwarzen Corvette. Ich entdeckte zwar eine, aber diese war hellblau und schien ein 1965er Modell zu sein, eine echte Schönheit. Definitiv nicht Garcias neuartiges Monster.

Als ich wieder in Richtung Pool ging, stellte ich mir Annie in ihrem roten ärmellosen Top und den kakifarbenen Shorts vor. Sie trug Joggingschuhe und, auch nachts, ihre Sonnenbrille auf dem Haar. Annie sah immer spektakulär aus.

Ich sah mir die Leute am Pool an, Familien mit kleinen Kindern, Gruppen von Teenagern, Geschäftsleute, die an Tischen saßen. Das beleuchtete ozeanblaue Rechteck des Pools schillerte vor dem Hintergrund des Nachthimmels. Ich ging langsam den Betonplatz entlang und sah genauer hin. Ich wollte sicher sein, dass ich sie nicht übersehen hatte, falls sie in ein Gespräch verwickelt war und mir den Rücken zugewandt hatte.

Statt auf Annie stieß ich auf halbem Weg um den Pool auf ihren Schwager Todd, der alleine in einem Liegestuhl saß. Auf dem Tisch neben ihm stand ein exotischer Drink mit Früchten auf einem Rührstab und mit einem Papierschirmchen. Seine halb geschlossenen Augen sagten mir, dass dies nicht seine erste Runde war. Es war vermutlich auch nicht seine zweite. Ich wartete, bis er aufsah. Es dauerte ein paar Sekunden, bis er mich erkannte. Dann bewegten sich seine Mundwinkel langsam nach oben.

„Wassum Teufel machstu denn hier? Salvatore", fügte er nach einer Weile hinzu, als er sich an meinen Namen erinnerte. „Wer sum Teufel is auf dein Gesicht getretn?"

„Wo ist Annie?"

Todds Kopf neigte sich nach hinten. Ich denke, er wollte den Kopf schütteln, aber diese einfache Bewegung geriet außer Kontrolle. „Wünschte ich wüsstes", sagte er. „Verdammt scheißlangweilig hier. Sum Teufel is mit deinm Auge passiert?"

„Die Frage ist, was machst du hier? Ziemlich weit weg von zu Hause, nicht?", sagte ich. Eine Kellnerin kam vorbei, und ich sagte: „Für mich dasselbe."

„Erdbeer-Daiquiri", bestätigte sie.

„Wie wär's mit 'ner Ausweiskontrolle", sagte Todd zur Kellnerin. Sie ignorierte ihn.

„Es ist fast Mitternacht. Annie geht nicht ans Telefon. Sie ist nicht hier."

„June auch nich. Hab versuch, June zu erreichn."

„Wer ist June?"

„Annies Freundin ausm Irak, sehr schnucklig. June is von hier. Natürlich nicht so schnucklig wie Annie. Aber Annie, na ja, Scheiße, verdammt nichs mehr su machn, verstehstu?"

Der Mann war so betrunken, dass es schmerzte. Zumindest rührte er seinen Drink nicht an. Ich griff hinüber und kippte ein Drittel davon hinunter. Er war überraschend stark.

„Was solln das werdn?", fragte Todd.

„Keine Panik, du kannst was von meinem haben. Ich hab seit dem Flug nichts getrunken. Kann man hier auch was essen?"

„Willste Fotos sehn? Ich hab 'ne Menge Fotos." Todd beugte sich mit ausgestrecktem Handy vor. Ich trat näher, um zu sehen, was für Fotos er meinte.

Ich sah, dass sie von der Party stammten. Nach ihrer überhasteten Abreise musste Annie hier Kleider gekauft haben. Das zweite Foto zeigte Garcia in enger Umarmung mit Annie, sein Arm hing über ihre Schulter bis vor ihre Brust, seine andere Hand hielt Annies Arm in die Höhe, um den Ring zu präsentieren.

„Hier hat er angekündigt", sagte Todd mit schwerer Zunge.

„Garcia? Wen?" Ich hatte Mühe, ihm zu folgen.

„Garcia hat angekündigt, dass sie verlobt sin." Todd zeigte auf das Foto. „Siehste, hier. Hab ich geschossn."

Ich schnappte mir das Handy und sah das Foto genauer an. Da standen ein paar Leute herum und applaudierten. Garcia sagte gerade etwas. Annie war im Profil zu sehen, ihr strahlendes Lächeln war unmissverständlich. Der Ring funkelte, vielleicht vom Blitz der Kamera.

„Du bist stockbesoffen", sagte ich. Ich gab ihm das Handy zurück und versuchte, meine Wut zu zügeln. Ich schnappte mir sein Glas und nahm erneut einen langen Zug.

„Ich bin heut Abnd vielleich besoffn, aber sie is und bleibt umwerfnd schön", sagte Todd. Er hielt ein weiteres Foto hoch, eine ungestellte Nahaufnahme von Annies Gesicht. Sie sah verletzlich aus, ein halbes Lächeln, ein Rembrandt-Lächeln, das ihre angeborene Unsicherheit erkennen ließ. Was machte er mit solchen Fotos? „Verdammt nichs mehr su machn zwischn uns beidn. Ich bin nich dein Problem, siehstu? Wegn mir musstu dir keine Sorgn machn. Wegn ihm musstu dir Sorgn machn."

Todd hielt mir ein Foto von Garcia hin. Garcia hatte eine elektrische Gitarre umgehängt und war mitten in einem Song, sein Hemd war bis über die Brust aufgeknöpft, und er sang in ein Mikrophon. Das Foto strahlte Leidenschaft aus. Man konnte Garcias Energie richtig spüren.

„Das war auf der Party?"

„Scheißkerl hat 'n Song für Annie geschriebn. Ihr gewidmet, für sie gesungn. Hunnert Leute am Tanzn. Kurs bevor sie gegangn sind."

„Wohin sind sie gegangen?" Ich ignorierte die Tatsache, dass Garcia für Annie einen Song geschrieben hatte. Bei meinem Glück hatte Todd den ganzen Mist mit seinem Handy aufgenommen und Fotos von Annies Gesichtsausdruck gemacht, als sie sich das angehört hatte.

„Dinner in irgend so 'nem Club", sagte Todd. „Privatzimmer. Dinner für zwei. Schätze, da hat er ihr den Antrag gemacht."

„Könntest du bitte aufhören, von diesem Garcia zu labern", sagte ich. „Erstens ist sie mit mir verlobt, wie du weißt. Zweitens sitzt Garcia im Knast." Ich war nicht stolz, das gesagt zu haben. Ich bereute es sogleich. Aber Todd war so betrunken, dass er sich nicht darum kümmerte.

„Ehrlich gesagt, ich glaub, tief in ihrm Innern bevorzugt sie mich", sagte Todd.

„Du bist ein noch größerer Vollidiot, als ich dachte", sagte ich. Ich nahm seinen Drink und kippte den Rest hinunter. „Du solltest die Finger von diesen Drinks lassen."

„Du bis ja nur angepisst, dass Annie mit ihm schläft."

Jetzt reichte es. Ich hatte seit Mittag nichts mehr gegessen. Mein Blutzuckerspiegel war niedrig.

„Was zum Teufel weißt du denn schon", fuhr ich ihn an. „Verdammt, was machst du überhaupt hier?"

„Krieg sie nich mehr ausm Kopf, das is das Problem." Todd sah mich an. Einen Augenblick lang wusste ich nicht, wen er damit meinte. Er war doch mit dieser zickigen Schwester verheiratet. Vor einer Minute hatte er jemanden namens June erwähnt. „Hab's ers gemerkt, als sie surückkam. Seitdem die reinste Folter für mich. Schlimmer als 'ne Droge, Mann. Hab die falsche ... verdammte ... Schwester geheiratet. Kannstu dir vorstelln, wie das is?"

Ich blickte in seine unkoordinierten Augen. Mir fehlten die Worte. Todd sprach mit einer seltsamen Stimme, wie einer dieser Kirchentypen an der Straßenecke, die Handzettel verteilten. Du weißt, dass sie einen Haufen Mist erzählen, aber sie sind so sehr davon überzeugt, dass sie auch tatsächlich überzeugend klingen.

„Alisons Fehlgeburt war ein Zeichn. Ein Zeichn des Himmels. Warn nich dafür bestimmt, Kinder zu habn. Warn nich füreinander bestimmt. Ich war für Annie bestimmt. Is mir alles klar gewordn."

Mein Daiquiri kam, die Kellnerin ging wieder. Mir wurde ebenfalls etwas klar. Vor meinem geistigen Auge sah ich, was ich zu tun hatte, also schritt ich zur Tat. Ich trat hinter Todd und hob seinen Liegestuhl an. Es war eine dieser leichten Poolliegen mit Plastikbespannung. Todd selbst war ein Leichtgewicht, wog vielleicht sechzig Kilo. Meinem Rücken tat das gar nicht gut, aber ich beschloss, dass es mir das Risiko wert war. Annie hatte etwas Besseres verdient. Zum Teufel, ich hatte etwas Besseres verdient.

„Wassum Teufel! Lass mich runter, Salvatore!"

Die Leute am Tisch nebenan unterbrachen ihr Gespräch und sahen zu. Todd konnte nicht viel dagegen unternehmen, dass ich mit ihm in Richtung Poolrand taumelte, während ich versuchte, meinen Lendenbereich nicht allzu sehr zu belasten. Ich hielt den Liegestuhl nach hinten geneigt. Todd schlug um sich, aber es gab keinen Ausweg. Er war so betrunken, dass er nicht genügend Muskelkraft aufbringen konnte, um zu fliehen. Ich stellte sicher, dass keine Leute im Wasser waren. Ich warf den Liegestuhl in die Luft und hoffte das Beste. Ich schätze, er flog vielleicht eineinhalb Meter weit. Ich wollte nicht, dass er sich den Kopf am Betonrand stieß. Ich hab nur ungern eine Klage am Hals. Er tauchte ins Wasser wie die Apollo 15 in den Pazifik. Immer noch auf dem Liegestuhl sitzend, mit den Armen um sich schlagend und schreiend ging Todd unter.

KOLLATERALSCHADEN

Um den Pool wurde es völlig still. Als Todd wieder aufsprang und das Wasser aus seinen langen Haaren schüttelte, nahmen die Leute ihre Gespräche wieder auf. Einige applaudierten, und ich hörte Gelächter. Ich setzte mich und genehmigte mir einen Schluck.

Todd stemmte sich aus dem Pool. Er kam her und stellte sich klitschnass tropfend vor mich hin.

„Steh auf, Arschloch!"

Ich stand auf. Todd schäumte vor Wut. Ich wich seinem ersten Schlag aus, der, wie vorauszusehen war, frontal mitten aufs Gesicht zugeflogen kam. Er schien einen Teil seiner Koordination wiedergefunden zu haben, aber auch ein stocknüchterner Todd Paine hatte in einem Faustkampf gegen mich keine Chance. Die paar Schluck Alkohol mit Erdbeergeschmack, die ich zu mir genommen hatte, hatten mich locker gemacht. Ich ließ ihn eine schwache Linke in meinen Bauch schlagen, während ich meine Bauchmuskeln straffte. Jetzt war er aus dem Gleichgewicht geraten. Es war fast zu leicht. Doch das Poolpublikum begrüßte meine Zugabe. Ich schlug meine Rechte in seinen drahtigen Rumpf. Todd schnappte nach Luft und torkelte rückwärts.

„Hast du eigentlich mal über deine unerhörten Behauptungen nachgedacht?", fragte ich zwischen den Schlägen. „Ist mir ein Rätsel, wie dein Hirn funktioniert."

Ich berechnete die Distanz zum Pool. Eigentlich hätte ich ihn festhalten können. Todd, der immer noch nach Luft schnappte, stolperte einen weiteren Schritt rückwärts, und ich landete einen linken Haken auf seinem Kiefer. Ich legte nicht alles rein, was ich hatte. Das war gar nicht nötig. Der Schlag schleuderte seinen Kopf zur Seite, sodass sein ganzer Körper in einer Schraubenbewegung nach hinten kippte. Er fiel mit dem Gesicht voran ins Wasser, eine perfekte Bauchlandung, und seine Latschen landeten knapp neben der Betonkante. Sein Gesicht verfehlte den im Wasser schwimmenden Liegestuhl nur um Zentimeter.

„Was meinen Sie: Ob er's kapiert hat?", fragte ich die Geschäftsleute am Nebentisch. Wir sahen Todd zu, wie er im seichten Wasser um sich schlug. Ich behielt Todd mit einem Auge im Blick, um sicherzugehen, dass er nicht ertrank.

„Worum ging's denn?", fragte ein Mann mit einer Baseballmütze.

„Nicht so wichtig."

„Arschloch", prustete Todd. Er watete an den Rand, während sein Journalisteninstinkt erwachte.

„Wie ist das Wasser?", fragte ich.

„Bezahlst du mir ein neues Handy?"

Ich schnappte mir ein liegengelassenes, dreckiges Badetuch. Todd zog sich daran heraus und trocknete sich ab. Die Kellnerin warf uns beim Vorbeigehen einen bösen Blick zu.

„Könnten Sie uns ein paar Bierchen bringen?", fragte ich.

„Jemand soll den Liegestuhl da rausholen", sagte sie nur.

Todd setzte sich und legte sich das feuchte Tuch auf den Schoß. Seine Frisur sah noch immer so aus wie zum Zeitpunkt, als er zum Luftholen hochgekommen war und den Kopf geschüttelt hatte. Er schnäuzte sich die Nase mit einer Cocktailserviette.

Als sein Handy vibrierte, betrachtete er das Display, aber es bleib schwarz. Er öffnete die Rückseite, nahm den Akku raus und blies hinein. Nachdem er es wieder zusammensteckt hatte, ging die Anzeige noch immer nicht an.

„Du hattest sowieso ein Neues nötig", sagte ich. Ich behielt eine ernsthafte Miene, konnte aber die Belustigung in meiner Stimme nicht verbergen.

„Wie soll ich jetzt meine Redakteurin kontaktieren?", fragte er.

„Bist du nicht im Urlaub?"

„Ich schreib an 'ner Story, Salvatore. Kapier's doch endlich."

„Was für 'ne Story?"

„Aus Party wurde Mord. Neffe von Senator Mathers von Bajonett aufgespießt."

„Wann bist du angekommen?"

„Am selben Tag wie Annie. Hab meinen Wagen dabei."

„Du bist hergefahren?"

Er blickte verwirrt drein. „Du bist so ein arrogantes Schwein. Wer fährt, ist minderwertig, ist es das, was du sagen willst?"

„Wenn du am selben Tag wie Annie angekommen bist, dann bist du nicht wegen der Mordgeschichte hergekommen. Das geschah später an diesem Abend. Am Abend, nachdem sie angekommen war."

„Es ging um Irak-Kriegsveteranen. Wie sie damit klarkommen. Titelstory für den *Tribune*. Annie, Michael und Michaels Mitbewohner. Michael hat mir von dem Wiedersehen erzählt, das sie organisiert hatten. Er hatte nichts dagegen, dass ich auch kam."

„Erzähl mir von diesem privaten Club", sagte ich. „Du sagtest, dass sie dorthin gingen und ein Dinner hatten?"

„Es war spät, vielleicht ein Uhr. Michael gab seinen Song zum Besten, dann gingen sie weg. Ich war auch erstaunt, weil, na ja, ich dachte, ihr beide wärt verlobt."

„Dieser Ring ist von mir, du Trottel."

„Und dann waren sie weg. Kurz darauf begannen alle, zu kreischen und zu schreien. Die Polizei kam und fand die Leiche."

„Der Mord ist während der Party passiert?"

„Nach dem letzten Song", sagte Todd. „Sag ich doch. Als der Song fertig war, kam Michael raus in den Garten und hielt seine Rede mit Annie. Der Rest der Band ging rein. Ich holte mir drin einen Drink. June wartete vor dem Klo. Michael und Annie fuhren in der Corvette weg."

„Michaels Wagen."

„Sag ich doch."

„Also, als Husker reinging, war Michael bereits weg. Er war gegangen."

„So ist es", sagte Todd.

„Wieso hält die Polizei ihn dann für den Mörder?"

Todd blickte mich an. „Diese Cops sind Taugenichtse. Vielleicht eine Art Vertuschung. Ich kapier's auch nicht. Annie und June wollen der Sache auf den Grund gehen. Hör zu, Salvatore, mir ist kalt." Todd zitterte.

„Wo zum Teufel ist Annie?"

„Ich geh rein."

„Unsere Bierchen können wir sowieso vergessen." Die Kellnerin ignorierte uns schon lange. Wir standen beide auf. Wir gingen zur Bar, und ich legte drei Zwanziger hin. Dann gingen wir über den Parkplatz zurück.

„Ich brauch Schlaf", sagte Todd, als wir in der Lobby ankamen.

Ich notierte mir seine Zimmernummer und kehrte dann in mein Zimmer zurück, um auf Annie zu warten.

KAPITEL 33 - SALVATORE

Am nächsten Morgen sah ich mir mein Auge im Spiegel an. Das Gelbgrün um die Augenhöhle war einige Stufen dunkler geworden. Es sah etwas besser aus.

Ich versuchte noch einmal, Annie zu erreichen, aber immer noch erfolglos. Ich suchte den Parkplatz ab, fand aber keine Spur von der schwarzen Corvette.

Als ich in die Empfangshalle zurückkam, stand Todd da.

„Ist sie wieder da?"

„Immer noch keine Antwort auf ihrem Handy. Kein Wagen und keine Annie."

„Und Garcia im Knast", sagte Todd mit der Sonnenbrille in der Hand. „Irgendwie seltsam." Ich verzichtete auf das Motelfrühstück – Müsli mit warmer Milch in einer Styroporschale und Kaffee aus einem Hundertfünfzigliterkessel. Bei Omeletts, Speck und Hash Browns im Restaurant nebenan brachte mich Todd auf den neusten Stand. Annie hatte für Michael Gracia einen Anwalt angeheuert. Todd kannte die Adresse. Er schlug auch vor, in

Junes Bäckerei nachzusehen, ihr gehörte der Laden, und sie war die meiste Zeit dort anzutreffen. Gleich nach dem Frühstück fuhren wir zur Bäckerei.

„Du kaufst mir ein neues Handy", sagte Todd. Wir nahmen meinen Hummer, denn er war noch nie in einem gefahren. Hintergrund für seinen Artikel.

„Wir werden sehen", sagte ich. Ich war noch immer genervt von seinen Andeutungen über Garcia. Und weil Annie nirgends zu finden war.

Wie sich herausstellte, befand sich neben der Bäckerei ein Telefongeschäft. Aber zuerst besuchten wir die Bäckerei. Zwei Frauen standen hinter dem Tresen und nahmen Bestellungen entgegen. Als sie Todd sahen, wurden sie ganz aufgeregt. Eine von ihnen, um die Fünfzig mit kurzen grauen Haaren, winkte uns ins Büro. Wir folgten ihr und schlossen die Tür.

„Wo ist June?", wollte sie von Todd wissen. „Sie sollte sich heute Morgen um halb acht mit den Leuten von Domino Catering treffen. Eben hat Tom Domino angerufen und wollte wissen, wo sie steckt."

„Ich hab sie nicht gesehen", sagte Todd. „Das ist Salvatore D'Angelo, Annies Verlobter. Sie wissen doch, Junes Freundin? June und Annie waren gestern zusammen. Sie gingen am Nachmittag weg, und seitdem haben wir sie nicht mehr gesehen."

„Sie war das, die den ganzen Tag vor Junes Computer saß?"

„Genau", sagte Todd.

„Denken Sie, June hätte was dagegen, wenn ich einen Blick auf ihren Computer werfe?", fragte ich. Wenn Annie den Verlauf der besuchten Webseiten nicht gelöscht hatte, würde ich vielleicht herausfinden, woran sie gearbeitet hatte.

Während Todd sich im Café einen Cappuccino genehmigte, loggte mich die grauhaarige Frau ein. Zuerst sah ich mir den Internetverlauf an. Da waren Facebook-Seiten, ein Telefoneintrag und Zeitungsartikel. Ich stieß auf die Webseite eines Tanzlokals namens Papaya. Auf Google hatte sie nach „arnica" gesucht, einer Pflanze, die zur Schmerzlinderung benutzt wurde. Den Logdateien zufolge hatte sich Annie aber nicht lange mit Medizin befasst. Sie hatte acht Minuten auf der Facebook-Seite einer Person namens Arnica Alvarez verbracht, die außerhalb von Tampa wohnte.

Ich hasste Facebook. Obwohl es schon viele Veränderungen gegeben hatte, ein Problem bestand nach wie vor: die Möglichkeit für andere, in deine Privatsphäre einzudringen. Kinder liefen Gefahr, in die Hände von Pädophilen zu fallen. Sogar Freunde stellten eine Bedrohung dar. Jede Woche oder so liest man von einem neuen Selbstmord wegen Facebook-Fotos oder Mobbing.

Aber als Privatdetektiv wusste ich, dass Millionen von Leuten ihr Leben auf Facebook teilten. Grundlegende Informationen über jemanden waren oft viel leichter auf Facebook zu finden als andernorts. Ich hatte Annie ein paar Tricks beigebracht, und nun sah ich, dass sie sie in meiner Abwesenheit angewandt hatte.

Annie hatte sich zuerst Arnicas Hauptseite angesehen. Arnica war eine junge Frau mit kurzen, weißen, hochstehenden Haaren. Diese, kombiniert mit dem dunklen Make-up um die Augen und dem großen roten Ohrring aus Holz, verliehen ihr ein auffälliges Aussehen. In der Menschenmenge einer Flughafenhalle würde man sie sofort erkennen.

Aus den Logdateien war ersichtlich, dass Annie sich Arnicas Freunde angesehen hatte. Annie hatte in verschiedenen Internetverzeichnissen nach Arnica Alvarez gesucht. Ich notierte mir eine Adresse in Seffner, außerhalb der Stadt, und ging dann ins Café zurück.

„Lass uns gehen. Ich hab jemanden gefunden, mit dem wir reden müssen."

„Nicht, bevor ich mein Handy hab."

Ich nahm die Verzögerung von zehn Minuten in Kauf, als Todd im Handyladen nebenan mit dem Verkäufer feilschte. Ich warf einen Blick in die Zeitung, die er im Café gelesen hatte. In einer Zeitung aus Tampa Nachrichten aus Chicago zu finden, war, wie Schnee in Florida zu suchen. Todd hatte die Seite mit den Polizeimeldungen aufgeschlagen, wo ein paar kurze Abschnitte über hiesige Verbrechen zu lesen waren.

Ein Einbrecher wurde beim Einstieg in ein Haus vom Hausbesitzer erschossen. Der Hausbesitzer wurde wegen Mordes festgenommen. Bei einem Überfall auf einen 7-Eleven-Shop wurde niemand verletzt, und die Räuber entkamen mit weniger als 2000 Dollar. Eine Frau wurde in ihrer Wohnung aus nächster Nähe erschossen, und es gab keine Verdächtigen. Der Name Trixie Benthaus ließ vermuten, ein Zuhälter habe eine seiner Frauen aus ihrer Misere erlöst. Es gab mehrere Fälle von Trunkenheit am Steuer, und ich zählte acht Festnahmen wegen Drogenbesitzes und Drogenhandels. Überall standen Namen und Adressen dabei, was in Chicago nicht der Fall war.

Endlich konnten wir in den Hummer steigen, und ich drehte die Klimaanlage auf. Todd fummelte an den Einstellungen seines Handys herum, während ich schweigend hinter dem Steuer saß. Ich hatte die Adresse bereits ins Navigationsgerät eingegeben, sodass es einfach war, den Weg durch Tampa zu finden. Nach einer Weile ergriff Todd das Wort.

„Weißt du, eines muss man dir lassen, Salvatore."

„Und das wäre?"

KOLLATERALSCHADEN

„Nicht jeder würde nach Florida fliegen und versuchen, den Ex-Liebhaber seiner Verlobten zu entlasten, in den sie offenbar immer noch verliebt ist. Was zum Teufel machst du, wenn er wirklich freikommt?"

„Sie hat mich hergebeten. Ich bin gekommen", sagte ich. „Schon mal was von bedingungsloser Liebe gehört?"

„Du bist ein sentimentaler Schnösel", sagte Todd.

„Nenn es, wie du willst. Ich denke nicht über die Konsequenzen nach. Ich tu das Richtige, und ich tu, was Annie will."

Todd dachte darüber nach, während ich die Autobahnausfahrt nahm. Er starrte auf die vorbeiziehenden Telefonmasten, während seine Hand mit dem neuen Handy spielte.

„Ich hab immer alles getan, was Alison wollte", sagte er schließlich. „Ich gab immer nach. Fast immer. Glaubst du, sie war je zufrieden?"

„Diese Frau ist ein Fall für sich", stimmte ich zu.

„Du kannst Berge versetzen. Sie würde meckern, dass du sie an den falschen Ort gesetzt hast."

„Ich kenn die Frau. Ich kann's mir vorstellen", sagte ich.

„Annie ist das pure Gegenteil", sagte Todd. „Sie hört zu. Mit Annie kann man reden. Sie kommandiert einen nicht rum."

Ich hatte nicht vor, meine Meinung zu Annie mit Todd Paine zu teilen. Vor allem nicht nach seinem betrunkenen Gefasel am gestrigen Abend. Er hatte sich offenbar selbst eingeredet, dass er in sie vernarrt war. Aber ich verbot ihm nicht den Mund. Ich behielt das Navigationsgerät im Auge. Bei der vierten Straße bogen wir nach links ab.

„Annie behält viel für sich", fuhr Todd fort. „Sagt nicht, was sie denkt. Hält sich mehr zurück, als ihr guttut. Das ist mein Eindruck. Da fehlt ihr schon lange der richtige Partner. Jemand, der zuhört."

„Jede Frau wünscht sich das", sagte ich. Ich hielt mich zurück, das Offensichtliche auszusprechen – dass Annie den richtigen Partner nun gefunden hatte.

„Es geht mir nur um den Unterschied zwischen Alison und Annie. Alison ist so starrsinnig. Sie redet und redet und sagt oft zynische, verletzende Dinge. Es ist ihr gar nicht bewusst. Annie ist introvertierter. Sensibler."

„Du magst sensible Frauen?"

Er seufzte. „Lass es mich so ausdrücken: Ich kann unsensible Frauen nicht ausstehen. Alison ist der Inbegriff davon. Sie hat keine Ahnung, wie sehr sie aneckt."

„Todd, aufgepasst, wir sind da." Ich deutete auf die schwarze Corvette, die am Straßenrand stand. Das Navi zeigte an, dass wir am Ziel waren. Wir starrten den kleinen Wohnwagen an, der auf dem dreckigen Grundstück mit den einzelnen Grasflecken stand. Ein Tier lag im Vorgarten.

„Ist es das, was ich denke?", fragte Todd.

„Tote Hunde sind für gewöhnlich kein gutes Zeichen."

„Ausgerüstet?", fragte Todd, als der Motor des Hummers verstummte. Meine Augen wanderten die Konturen des Wohnwagens entlang, ich suchte nach Lebenszeichen. Der Vorhang versperrte den Blick ins Innere. Die Vordertür schien verschlossen. Der deutsche Schäfer rührte sich nicht. Der Anblick dieses Wohnwagens flößte mir kein gutes Gefühl ein.

„Womit ausgerüstet?"

„Du weißt schon, mit 'ner Knarre?"

Ich öffnete kopfschüttelnd die Wagentür. Was dachte er eigentlich? Dass ich eine Waffe mit ins Flugzeug genommen hatte? Was mich anging, passte dieser Kerl perfekt zu Annies Schwester.

KOLLATERALSCHADEN

Sofort, nachdem ich ausgestiegen war, roch ich den Hund. Er war schon länger als nur wenige Stunden tot. Seltsam, dass die Nachbarn noch nicht reagiert hatten. Fliegen schwirrten um ihn herum. Ich blieb auf Distanz, konnte aber kein Blut sehen. Keine weißen Haare an der Nase oder den Pfoten. Der Hund war nicht alt.

Ich hämmerte sechs- oder siebenmal an die Aluminiumtür. Als niemand antwortete, versuchte ich vergeblich, die Tür zu öffnen, und spähte durch das kleine Fenster. Ich konnte ein paar Wohnzimmermöbel sehen, mehr nicht. Keine Menschen. Ich klopfte erneut.

„Sieh dir mal die Corvette genauer an, während ich mich hinten umsehe", sagte ich zu Todd. „Vielleicht finden wir was Auffälliges."

Der Hinterhof war völlig überwuchert, und es sah aus, als hätte seit Jahren niemand mehr den Fuß darauf gesetzt. Hohes Gras wuchs über einen Haufen alter Bretter und rostiger Mülleimer. Der Wohnwagen besaß eine Hintertür, zu der eine kleine Treppe hinaufführte. Das Gras um die Stufen stand aufrecht und hochgewachsen, wie auch im restlichen Teil des Hinterhofes. Hier war seit Längerem niemand herausgekommen.

Ich stapfte dennoch die Treppe hoch und blickte durch das Türfenster. Und da sah ich Arnica Alvarez.

Wegen der weißen Igelfrisur wusste ich, dass sie es war. Ein Teil ihres Gesichts fehlte, ebenso ihre Bluse. Durch das Türfenster sah ich die Leiche auf dem Bett liegen, auf das sie gefallen war. Sie trug ein Paar abgeschnittene Jeans. Das Bett war voller Blut und Eingeweide. Es war ziemlich klar, dass sie in diesem Zimmer erschossen worden war. Die Szene spielte sich in meinem Kopf ab. Hatte sie ihre Bluse ausgezogen, um den Mörder abzulenken? Sie hatte sie bestimmt nicht ausgezogen, *nachdem* sie erschossen worden war.

Ich ging wieder nach vorn, während ich mir Sorgen um Annie machte. Wo zum Teufel steckte sie? All die unbeantworteten Anrufe auf ihrem Handy waren mit dieser Entdeckung gleich tausendmal ominöser geworden. Ich gab Arnicas Vordertür einen Tritt mit dem Absatz. Sie sprang auf, da sich das schwache Schloss schon beim ersten Versuch verbog. Drin fand ich ein kleines Wohnzimmer, einen abgewetzten dunkelgrünen Teppichboden, ein Sofa, ein Tisch mit Stühlen, eine Küche und ein Bad vor. Ich ging auf Zehenspitzen und fasste nichts an. Innerhalb von sechzig Sekunden hatte ich mich davon überzeugt, dass Arnica hier das einzige Opfer war.

Annie hatte diese Frau auf Junes Computer gesucht und war mit der Corvette hergefahren. Arnica Alvarez war tot und Annie und June verschwunden. Garcia saß im Knast, als mutmaßlicher Mörder seines besten Freundes. Annie glaubte, er sei unschuldig. Todd sagte, Michael war abwesend, als die Tat begangen wurde.

Ich mochte nicht daran denken, dass der Mörder Annie und June entführt haben könnte. Ich mochte nicht daran denken, wozu ein solcher Mensch fähig wäre. Was mich am meisten beunruhigte, war die stehengelassene Corvette. Dieser Wohnort war viel zu abgelegen. Die einzige Art, hierher und von hier weg zu kommen, war mit dem Auto. Deshalb war ich mir ziemlich sicher, dass sie in einem anderen Wagen weggebracht wurden.

„Verdammte Scheiße", sagte ich laut. Todd kam auf mich zu.

„Was gefunden?"

„Leiche im Schlafzimmer", sagte ich. „Ich melde das. Es ist die Frau, die hier wohnt. Hab sie von Facebook wiedererkannt. Was ist mit dem Wagen?"

Er zuckte mit den Schultern. „Ist abgeschlossen. Konnte nicht sehen, dass irgendwas fehlt. Kein Plattfuß oder so was. Was ist mit Annie und June?"

Ich antwortete nicht. Ich wählte die 911 und folgte danach Todd hinter den Wohnwagen, um sicherzugehen, dass er keine Beweismittel zerstörte. Er nahm die Stufen zur Hintertür und sah durch das Fenster, das ich entdeckt hatte.

„Heilige Scheiße", rief er. „Das ist krank."

Ich trat zur Seite, wo das Gras nicht so hoch war. Ich wusste keine Antwort. Meine Gedanken waren von Sorgen erfüllt. Diese grauenhafte Entdeckung ließ mich vermuten, dass Annie in Bezug auf Garcia recht haben könnte. Er mochte ein Vollidiot sein, aber er hatte seinen Freund nicht umgebracht. Ein anderer Mörder trieb hier sein Unwesen.

Wir betrachteten den Hund näher. Er lag mit einem Bein in der Luft da. Ich fragte mich, wieso keiner der Nachbarn ihn bemerkt hatte. Die Corvette stand sechs Meter entfernt auf der Straße und blockierte teilweise die Sicht der vorbeifahrenden Leute, das musste der Grund sein.

„Ich rede mit den Nachbarn, während wir auf die Polizei warten. Willst du hierbleiben oder kommst du mit?"

Todd folgte mir nach nebenan. Ein Maschendrahtzaun trennte Arnicas Grundstück von dem der Nachbarn. Wir näherten uns dem kleinen grünen Bungalow, und ich prüfte die Fenster auf beiden Seiten der Tür. Auf dem Namensschild stand S. Zimmer. Ich klingelte.

Eine halbe Minute verging, bevor ein altes, runzeliges Gesicht umgeben von weißem Haar den Vorhang zurückzog und hinausblickte. Ich konnte nicht sagen, ob es eine Frau oder ein Mann war. Ich hörte ein metallisches Klicken und dann eine Frauenstimme, die durch den Briefschlitz kam.

„Gehen Sie weg. Ich brauche nichts."

Ich hielt meine Detektivlizenz mit Foto hoch. „Privatdetektiv, Madam. Keine Sorge. Mein Freund Todd und ich wollen Ihnen ein paar Fragen stellen, zu Ihrer Nachbarin aus diesem Wohnwagen. Dort ist etwas vorgefallen, und wir haben gerade die Polizei gerufen. Die Polizei wird in wenigen Minuten hier sein."

Eine weitere halbe Minute verging, bis sich die Tür öffnete. Die Frau trug einen Bademantel mit etwas Baumwollartigem drunter und Häschenpantoffeln. Ich schätzte sie auf siebzig, sie konnte aber auch fünfundneunzig sein.

„Kommen Sie rein", sagte sie. „Wenn die Polizei kommt, ist es denke ich schon in Ordnung. Was haben Sie mit Ihrem Auge gemacht, junger Mann?"

„Bin in 'ne Tür gelaufen", sagte ich. „Ich möchte Sie nicht beunruhigen, Madam, aber die junge Frau in dem Wohnwagen ist tot."

„Also hab ich doch richtig gehört", sagte die Frau. Sie schien überhaupt nicht schockiert zu sein.

„Ich höre immer noch recht gut. Ich dachte, das könnten Schüsse sein."

„Sie haben Schüsse gehört? Wann war das?", wollte ich wissen.

„Nach dem Abendessen. Aber es war immer noch hell. Muss um sieben Uhr gewesen sein."

„Wie viele Schüsse haben Sie gehört? Können Sie sich erinnern?"

„Vielleicht nur einen, oder vielleicht zwei. Ich stand auf und ging zum Fenster, um nachzusehen."

„Was haben Sie gesehen?" Ich erhob mich aus meinem Stuhl, ging zum Fenster, auf das die alte Frau zeigte und blickte hinaus. Von hier aus hatte sie direkte Sicht auf Arnicas

Wohnwagen und den ganzen Vorgarten. Der tote Hund lag drei Meter vor mir im Dreck.

„Zunächst nichts", sagte sie. „Ein paar Minuten nach den Schüssen kam dieser schwarze Sportwagen an. Ich sah, wie zwei junge Damen ausstiegen. Es waren hübsche junge Damen – eine blond, die andere mit dunklem Haar und hübschen Beinen."

„Eine davon ist meine Verlobte", sagte ich. „Was geschah dann?"

„Wird die Polizei mir dieselben Fragen stellen?"

„Wenn die ihren Job richtig machen, dann ja", sagte ich. „Wir werden auch mit ihnen reden. Wir werden ihnen sagen, was Sie uns erzählt haben."

„Sie fuhren einen weißen Lieferwagen. Wie der des Klempners. Nach einer Weile sah ich, wie jemand aus dem Wohnwagen kam."

„Wer kam raus? Die Damen?"

„Der Große, er ging die Straße rauf und kam mit dem Lieferwagen zurück. Fuhr über den Rasen direkt bis an die Vordertür des Wohnwagens. Dann schleppten sie die Damen raus." Mein Magen drehte sich. Die alte Frau fuhr mit ruhiger, neutraler Stimme fort, als beschriebe sie ein Rezept für Blaubeerkuchen. „Sie steckten die Damen hinten in den Lieferwagen. Ich fand das komisch. Meine Augen sind auch noch ziemlich gut. Vor drei Jahren hatte ich eine Laserbehandlung. An beiden Augen."

„Haben Sie Blut gesehen?", fragte Todd.

„Sie sahen aus, als würden sie schlafen", sagte die alte Frau. „Sie legten sie vorsichtig auf den Boden des Lieferwagens. Vielleicht hätte ich letzte Nacht doch die Polizei rufen sollen."

„Dieser Lieferwagen, hatte er irgendeine Beschriftung auf der Seite?", fragte ich.

„Nur ein weißer Wagen. Keine Beschriftung."

„Haben Sie zufällig das Kennzeichen gesehen?"

Die alte Frau lächelte. „So gut sind meine Augen nun doch nicht, junger Mann. Aber ich sah, dass es ein Florida-Kennzeichen war. Ich konnte den orangen und grünen Teil sehen, sie wissen schon."

„Dann fuhren sie weg?", fragte ich.

„Ja. Die zwei Männer saßen vorn."

„Können Sie die Männer beschreiben? Erinnern Sie sich an irgendwelche Details?"

Die alte Frau rieb sich mit geschlossenen Augen am Kinn. „Der Fahrer war groß, dünn, trug schwarze Jeans und ein grün-weißes T-Shirt. Er hatte ein schmales Gesicht und eine sehr große, spitze Nase. Er hatte eine schwarze Baseballkappe auf und trug eine dunkle Sonnenbrille."

„Das ist sehr genau. Was ist mit dem anderen Mann?" Ich sah, wie Todd auf seinem Handy Notizen machte. Er hatte auch ein Foto von der alten Dame geschossen.

„Der war kleiner, stämmiger. Einen ganzen Kopf kleiner. Keine Haare, genau wie Sie." Sie zeigte mit dem Finger auf mich. „Und er trug orange Tennisschuhe. Knallig orange."

„Hast du alles?", fragte ich Todd.

„Hab ich. Zu dumm, dass Sie sich nicht ans Kennzeichen erinnern können."

Die alte Frau drohte Todd ermahnend mit dem Finger. „Es ist nicht so, dass ich mich nicht erinnere, junger Mann. Ich habe ein sehr gutes Gedächtnis. Aber aus diesem Winkel konnte ich das Kennzeichen gar nicht sehen. So wie der Lieferwagen dastand. Nur, dass es mit den Buchstaben AG begann. Danach kamen ein paar Zahlen, aber die konnte ich nicht erkennen."

Ich stand auf. Die Polizei war gekommen. „Sie waren eine echte Hilfe. Hier bitte, meine Karte. Wenn Ihnen noch was einfällt, das uns bei der Suche nach den Männern weiterhelfen könnte, rufen Sie mich bitte an."

„Ich hoffe, Sie finden Ihre Verlobte", sagte die Frau. „Wollen Sie vielleicht einen Schluck Limonade? Oder etwas Stärkeres? Wo sind meine Manieren? Ich habe Ihnen gar nichts zu trinken angeboten."

Wir standen bereits in der Tür. „Die Polizei ist da. Wir gehen besser und reden mit ihnen."

KAPITEL 34 - SALVATORE

Ich identifizierte mich vor den beiden Polizisten mit meiner Privatdetektivlizenz. Aus Erfahrung wusste ich, dass es besser war, ihnen nicht gleich von Anfang an zu sagen, dass ich früher selbst Cop gewesen war. Sie würden nur denken, dass ich ihnen auf die Finger sehen wollte.

„Würden Sie uns zeigen, wo Sie die Leiche gesehen haben?", bat mich der ältere der beiden Polizisten. Er identifizierte sich als Officer Marcowski.

„Die Dame nebenan hat letzte Nacht einen oder zwei Schüsse gehört, gegen sieben Uhr", sagte ich. „Todd und ich sind hergekommen, um nach meiner Verlobten und ihrer Freundin zu suchen. Als wir sahen, was ich Ihnen jetzt gleich zeige, traten wir die Vordertür ein. Sie ist offen."

„Dies ist ein Tatort", sagte der jüngere Polizist.

„Ich bin als Einziger reingegangen. Hab nichts angefasst."

Die beiden Cops betrachteten lange die kaputte Vordertür, dann folgte Marcowski mir nach hinten, während der jüngere Cop vorne Wache hielt. Todd und ich standen im niedrigen

Gras, während Marcowski durch das Fenster in der Hintertür spähte. Die Sonne am späten Vormittag blendete mich. Ich hatte meine Sonnenbrille im Hummer gelassen. Während Marcowski durch das hohe Gras wieder zu uns kam, ging er an sein Funkgerät. Die Cops würden den ganzen Nachmittag hier sein, und sie würden ein Spurensicherungsteam brauchen. Wir gingen wieder nach vorn.

Nachdem Marcowski sein Funkgespräch beendet hatte, berichtete ich ihm, was die Nachbarin uns erzählt hatte. „Sie sagte, es war ein Florida-Nummernschild, und das Kennzeichen begann mit AG. Können Sie was damit anfangen?"

„Wir werden das prüfen", sagte der Cop.

„Könnten Sie uns die Namen dieser vermissten Frauen angeben?", bat der andere Cop, ein jüngerer Mann mit olivfarbener Haut und Schnurrbart. Er war derjenige, der Notizen machte.

Todd übernahm die Sache mit den Namen und der Beschreibung der beiden Frauen.

„Sie sagten also, ein weißer Lieferwagen ohne Beschriftung", rekapitulierte Marcowski. „Hat sie vielleicht zufällig was von 'nem Ford oder Chevy gesagt?"

„Danach haben wir nicht gefragt, Kollege", sagte ich. „Aber die alte Dame hat 'ne verflucht gute Beobachtungsgabe. Würde mich nicht wundern, wenn sie's Ihnen sagen könnte. Hören Sie, wenn Sie eine Spur zu diesem Lieferwagen finden, zum Beispiel über das Kennzeichen, könnten Sie mir einen Gefallen tun und mich anrufen?" Ich gab jedem der Cops eine Visitenkarte, hatte aber keine hohen Erwartungen. Normalerweise war es ihnen nicht gestattet, Informationen an Leute wie mich weiterzugeben. Aber es ging um Annie. Es war mir egal, wessen Federn gerupft würden.

„Privatdetektiv", bemerkte Marcowski. Der jüngere Cop war weggegangen, um einen Anruf entgegenzunehmen. „Chicago. Großstadt und so. Sie kennen nicht zufällig einen Kerl namens Walter Jacobsen. Großer Trampel, um die hundertzwanzig Kilo."

Ich musste lachen. „Ihn kennen? Wally ist seit zehn Jahren mein Waffenspezialist."

„Im Ernst? Die Welt ist klein", sagte Marcowski. „Er ist mein Schwager. Meine Schwester hat diesen Sack geheiratet. Was es nicht alles gibt."

„Was für ein Zufall. Sind Sie ab und zu oben im Norden?"

„Nicht, wenn ich's vermeiden kann. In meinem Alter hasst man die Kälte. Meine Welt geht nicht unter, wenn ich den Januarwind von Chicago nie mehr im Leben wieder spüre."

„Verstehe."

„Übrigens", sagte Marcowski. „Was hat Sie und Ihren Begleiter eigentlich in dieses Kaff geführt? Sind Sie geschäftlich hier?"

„Ja, genau. Eine der vermissten Frauen, Annie Ogden, ist meine Verlobte, aber sie arbeitet mit mir zusammen. Sie hat Nachforschungen über die Frau hier angestellt, das Opfer. Ich bin nicht sicher, weshalb."

„Und dann wurde die Frau tot aufgefunden", sinnierte der Cop.

„Sieht nicht nach 'nem Raubüberfall aus, oder?", fragte ich. Der spärliche Wohnwagen, der ungepflegte Garten, das alles erweckte nicht den Eindruck, dass hier viel zu holen wäre.

„Wir haben hier unten ein Drogenproblem, das außer Kontrolle geraten ist", sagte Marcowski. Er reichte mir seine Visitenkarte. Ich freute mich, dass seine private

Handynummer darauf stand. „Ich weiß nicht, wie ihr Jungs dort oben in Chicago damit fertig werdet. Wir haben alle Hände voll zu tun, nur um deren Sauerei aufzuräumen. Wenn ich so ein junges Ding sehe, ermordet in ihrem Schlafzimmer, wie bei einer Hinrichtung, dann hat das in neun von zehn Fällen mit Drogen zu tun."

„Sehen Sie so was häufiger?"

„Schon das zweite Mal in den letzten zwei Tagen", sagte Marcowski. „War dabei, als der andere Mord gemeldet wurde. Junge Frau in der Innenstadt, ähnliche Umstände. Allein in ihrer Wohnung, Kopfschuss, dem Täter zugewandt, nicht weggedreht oder flüchtend. Ein toller Abgang, was?"

„Hab auch davon gehört", sagte ich. „Heute Morgen. Trixie Benthaus?"

„Ich glaub, so hieß sie."

„Derselbe Mörder?"

„Wir werden das untersuchen", sagte Marcowski. „Die Jungs von der Spurensicherung finden normalerweise immer was, das wir verwenden können. Ein Haar oder irgendein anderes Beweisstück. Ich vermute, wir werden hier keine Fingerabdrücke oder eine Waffe oder Hülsen finden, aber für gewöhnlich finden wir was. Frauen wie diese könnten Drogendealer sein. Vielleicht waren sie aus der Reihe getanzt. Das ist ihre Vorstellung von einer Auszeit. Verstehen Sie, was ich meine? Möchten Sie, dass ich Sie anrufe?"

„Ich wäre Ihnen dankbar. Wir suchen weiter nach den beiden Frauen."

Marcowski schüttelte meine Hand. Er deutete auf mein blaues Auge. „Machen Sie keine Dummheiten, Sal."

Als wir zum Hummer hinüber gingen, warf ich Todd die Schlüssel zu. „Brauch dich als Fahrer."

„Wohin?"

„Zurück in die Stadt. Ich bin am Überlegen." Ich suchte in meiner Kontaktliste nach einem alten Freund von der Oak Park Police. Ich war seit mehr als sieben Jahren nicht mehr im Polizeidienst, aber wir halfen uns immer noch gegenseitig aus. Die Polizei besitzt Datenbanken, zu denen Normalsterbliche keinen Zugang haben. Hier konnte mir James weiterhelfen. Es lief aber auch umgekehrt. Wenn es einen Job gab, der zu dreckig war, als dass sich die Polizei damit befassen konnte, dann rief James mich an.

„Hey, Alter, hast du kurz Zeit?", sagte ich, als ich die tiefe Stimme meines alten Freundes hörte. Er klang wie ein Hollywoodstar.

„Mit dir hat man nichts als Ärger", sagte James. „Hab keine Zeit für Ärger. Tschüss."

„Stell dich nicht so an. Du musst nur nach 'nem Teil eines Kennzeichens suchen. Sehen, was du rausfindest. Das macht doch Spaß. Hast du was zum Schreiben?"

„Noch besser, Prinzesschen. Ich sitze an meinem Schreibtisch, die Maus in der Hand. Also los."

„Florida-Kennzeichen, beginnt mit Alpha Golf, der Rest ist unbekannt. Weißer Lieferwagen, keine Beschriftung, nicht das neuste Modell, durchsuch die Fünf- bis Zehnjährigen."

„Du bist 'ne echte Nervensäge, weißt du das?"

„Und das an einem guten Tag", sagte ich. „Du solltest mich mal an einem schlechten Tag erleben."

„Woher rufst du an, Sal?"

„Tampa, aber du weißt ja, wie es ist. Dieser Wagen könnte von irgendwoher im ganzen Staat kommen. Wie schnell kannst du mich zurückrufen?"

„Mann, du bist 'ne doppelte Nervensäge. Wie kommt es, dass du am Strand liegen kannst, während wir

Regierungssklaven uns hier die Zeit mit langsamen Computern und dieser Kuhpisse von Kaffee rumschlagen?"

„Hör auf zu jammern und liefer mir Informationen."

„Der Server aus Illinois hängt sich gerade an den Server aus Florida. Heiliges Kanonenrohr, Sal, du bist ein verdammter Glückspilz. Ich hab ein paar Treffer. Vier, um genau zu sein. Ich hab deine Informationen. Du hast im Lotto gewonnen, Mann. Ich übertrag sie dir auf dein kleines Scheißhandy. Gib mir Bescheid, ob du sie gekriegt hast."

„Im Ernst? Nur vier?" Ich wusste, was James meinte. Oft ergab eine solche Suche Dutzende oder sogar Hunderte Einträge, die alle einzeln durchforstet werden mussten, bis man eine Kleinigkeit fand, mit der man einen Eintrag ausschließen konnte. Man löschte immer nur einen nach dem anderen. Ein echter Zeitkiller. Mein Handy piepste, als die Nachricht hereinkam. „Klasse! Hey, ich ruf dich an, wenn ich zurück bin, hörst du? Dann gehen wir ein paar Kugeln versenken."

„Das eilt nicht, Mann. Du bist so schlecht, dass es wehtut, dir zuzusehen. Ich kann dir nicht einfach so dein Geld aus der Tasche ziehen. Meine Oma spielt besser als du, wenn sie besoffen und bekifft ist."

„Mach's gut, James."

Ich legte auf und schaltete mit der anderen Hand meinen Laptop ein. Auf dem großen Bildschirm wäre es einfacher, den Hinweisen nachzugehen, die James mir geschickt hatte.

„Und wohin jetzt?", fragte Todd.

„Fahr zu einer Tankstelle oder so. Ich muss mir diese Hinweise ansehen", sagte ich.

„Welche Hinweise?"

„Mein Kumpel aus Chicago hat den Teil des Kennzeichens ins System eingegeben. Es passt in vier möglichen Fällen zu einem weißen Lieferwagen, der in Florida zugelassen ist."

„Vier?"

„Wir haben Glück, dass es so wenige sind. Weiße Lieferwagen gibt's wie Sand am Meer. Wir könnten jetzt genauso gut vor hundert Einträgen sitzen."

Todd fuhr an eine Shell-Tankstelle und holte etwas aus dem Laden, während ich die Hinweise prüfte. Einer der weißen Lieferwagen fiel mir sofort auf, denn er war auf eine Linda Moriarty aus Seffner, Florida registriert. Ein ziemlicher Zufall. Derselbe Ort, an dem Arnica gelebt hatte und gestorben war. Ich googelte die Adresse. Sie war zwar nicht gerade in der Nähe von Arnicas Adresse, doch die Tatsache, dass sie in derselben Stadt lag, war ein zu großer Zufall, um ignoriert zu werden.

Ein weiterer weißer Lieferwagen, der mit AG begann, war auf eine Firma in Key Largo zugelassen, ein Ort rund sechshundert Kilometer südlich von hier. Ein Lieferwagen aus Key Largo könnte sehr wohl für ein Verbrechen in Tampa benutzt worden sein, aber ihn zu verfolgen, wäre für uns viel schwieriger.

Ein dritter stammte aus Fort Myers, nur zwei Stunden von Tampa entfernt. Allerdings hatte dieser laut den Informationen, die James mir geschickt hatte, vor mehr als einem Jahr einen Totalschaden. Wieso er immer noch in der Datenbank erschien, war mir ein Rätsel. Der vierte weiße Lieferwagen war auf eine Import-Export-Firma in Tampa registriert, deren Adresse im Hafengebiet lag. Sah aus wie eine Art Speditionsunternehmen.

Todd kam mit einem Kaffee in der einen Hand und einer Flasche Cola in der anderen zurück zum Wagen. Er setzte sich hinters Steuer, stellte die Colaflasche in den Becherhalter und steckte den Schlüssel ins Zündschloss.

KOLLATERALSCHADEN

„Du kannst wählen, mir ist beides recht", sagte ich. Ich war froh um eine koffeinhaltige Erfrischung, egal, was es war. Todd blickte mich entgeistert an.

„Du hast nicht gesagt, dass du was willst. Das ist für mich."

Einen Moment lang dachte ich, er scherzte, aber er fing nicht an, zu grinsen. Er ließ den Motor an und setzte seine Sonnenbrille auf. Er war wirklich ein komischer Kauz. Wenn seine Scheidung noch vor meiner Hochzeit mit Annie über die Runden ging, wäre Todd nie, nicht einen einzigen Tag lang, mein Schwager. Das war das Gute daran.

„Wohin, Chef?", fragte er.

„Fahr dahin zurück, wo wir hergekommen sind. Der Lieferwagen stammt von einer Adresse in Seffner."

„Echt?"

Ich nahm die Colaflasche aus dem Becherhalter und drehte den Deckel auf. Kohlensäure entwich zischend.

„Hey, das ist meine Cola", protestierte Todd.

„Das ist mein Wagen. Wenn du mitfahren willst, dann holst du mir gefälligst auch was zu trinken, wenn du dir was holst, verstanden?" Es war, als spräche man mit einem Zwölfjährigen. Schweigend fuhr er weiter, nuckelte an seinem Kaffee und folgte den Wegweisern. Ich gab die Adresse ins Navigationsgerät ein und überließ die Führung dem Satelliten. Todd, der sonst sehr gesprächig war, strafte mich mit Schweigen. Wir kamen zu derselben Kreuzung in Seffner mit den Bahngeleisen und dem KFC, bogen aber nach Süden ab, anstatt nach Norden, und fuhren ein paar Kilometer weiter nach Süden und Osten.

Schließlich erreichten wir laut Navigationsgerät unser Ziel, doch anstelle eines Hauses oder Gebäudes fanden wir ein riesiges Loch im Boden vor. Wir standen vor dem Hummer und starrten durch einen Maschendrahtzaun ins Loch.

„Erdloch", sprach Todd das Offensichtliche aus. „Hab davon gehört. Dieses Gebiet ist voll davon. Hat was mit dem sinkenden Grundwasserspiegel zu tun, weil man auf den Zuckerrohrplantagen und Golfplätzen zu viel wässert."

„Das ist die richtige Straße", sagte ich. „Glaubst du, das ganze Haus ist in dieses Loch gestürzt?" Wir fanden eine kaputte Stelle im Zaun. Wegen des instabilen Untergrunds waren zwei Zaunpfähle auseinandergewandert und die Lücke nicht mehr geflickt worden. Behutsam schritt ich bis an den Rand des Loches. Es war so tief, dass man dort unten nicht viel sehen konnte, nur einen Haufen Dreck und Schlamm, zehn oder zwölf Meter tief, da und dort mit Pflanzen überwuchert. Als ich hinunterstarrte, erblickte ich einen Vogel, der ganz unten aus dem Gebüsch erschien, sich nach oben schraubte und aus dem Loch flog.

„Verdammt beeindruckend", sagte ich.

„Wie weiß man, ob unter all diesem Dreck ein weißer Lieferwagen steckt", sagte Todd.

„Vielleicht wissen die Nachbarn, was für einen Wagen die hatten. Da drüben, lass uns mit diesem Haus anfangen." Wir gingen über die schmale Straße zu einem kleinen, lindgrünen, einstöckigen Haus, von dem aus man die beste Sicht auf das Erdloch hatte. Ich klingelte. Todd stand hinter mir. Ich spürte, dass er immer noch stocksauer war, weil ich seine Cola getrunken hatte. Seine Gefühle waren mir jetzt scheißegal. Nun, da Annie vermisst wurde und vermutlich in den Händen von echt üblen Typen war.

Die Tür öffnete sich nach innen. Eine Frau in einem blumigen Kleid und weißen Sandalen sprach durch das Fliegengitter.

„Ja, kann ich Ihnen helfen, meine Herren?"

„Das Haus da drüben." Ich zeigte über die Straße. „Wann ist das passiert?"

„Vor drei Wochen. Haben Sie's nicht gelesen?"

„Machen Sie sich keine Sorgen, dass Ihr Haus das nächste ist?", schaltete sich Todd hinter mir ein. Ein Ausdruck von Besorgtheit schlich sich in ihr Gesicht, wurde aber sogleich durch ein breites Lächeln ersetzt.

„Der Herr beschützt uns", sagte sie.

Ich wandte mich an Todd. „Was dagegen, wenn ich hier das Gespräch führe?"

„Seit wann stellst du alle Fragen?"

„Ich bin Privatdetektiv." Ich zeigte der Frau meine Lizenz. „Wir wollen Sie nicht lange aufhalten. Wir wollen nur rausfinden, wo der Lieferwagen steckt, der auf die Leute da drüben zugelassen ist. Ein weißer Lieferwagen, vielleicht sechs oder acht Jahre alt?", fügte ich an, als die Frau keine Reaktion zeigte.

„Ich erinnere mich nicht, dass die einen Lieferwagen hatten", sagte sie. „Mal überlegen, ich glaube, sie hatten einen kleinen Subaru. Sie wissen schon, einen dieser kleinen Subaru-Kombis? Dann gab es noch ihren Wagen, sie hatte einen VW, vielleicht einen Golf. Einen weißen."

„Wir suchen einen weißen Lieferwagen", sagte ich.

Sie schüttelte den Kopf. „Bei den Moriartys drüben stand nie ein weißer Lieferwagen, nicht, dass ich wüsste."

Wir klapperten sechs weitere Häuser ab. Bei zwei davon wurde uns die Tür geöffnet, wir bekamen jedoch Ähnliches zu hören, wie bei der ersten Frau. Niemand hatte einen weißen Lieferwagen gesehen. Die Familie war längst ausgezogen. Das Haus war abgerissen worden. Anscheinend war nur eine Garage mit zwei Motorrädern darin im Erdloch verschwunden. Nachdem wir eine Stunde lang in der Nachbarschaft herumgegangen waren, kehrten wir zum Hummer zurück, und diesmal setzte ich mich ans Steuer. Ich gab die Firmenadresse des Import-Export-Unternehmens aus Tampa ins Navigationsgerät, ließ den Motor an und fuhr zurück in die Stadt.

Aufgrund der Nähe zum Tatort hatte die Adresse in Seffner vielversprechend ausgesehen. Doch der zweite weiße Lieferwagen stammte ebenfalls aus Tampa und war deshalb sowohl ein guter Kandidat als auch relativ einfach zu prüfen.

„Das bringt's echt nicht", sagte Todd.

„Wir haben noch eine Adresse in Tampa zu prüfen. Dann machen wir uns auf den Weg nach Fort Myers, wenn sich diese Import-Export-Firma als Sackgasse rausstellt."

„Hilf mir auf die Sprünge. Wieso haben wir hier unsere Zeit vergeudet? Diese ganze Stadt ist ein Erdloch."

„Wir müssen diesen weißen Lieferwagen finden. Scheint die heißeste Spur zu sein, um Annie und June zu finden."

„Wieso steht im System, dass auf diese Adresse ein weißer Lieferwagen zugelassen ist, wenn ihn niemand je gesehen hat?"

Ich zuckte mit den Schultern. „Woher soll ich das wissen? Vielleicht ließ der Typ den Wagen immer an seinem Arbeitsplatz stehen. Vielleicht ist es ein Fehler in der Datenbank. Wir können nichts weiter tun, als den nächsten prüfen. Wir müssen dranbleiben, Todd."

Mit jeder weiteren Stunde schien sich die Gefahr für Annie und ihre Freundin zu verschärfen. Wir mussten weitersuchen. Ich hatte ein ungutes Gefühl.

KAPITEL 35 - SALVATORE

Die Firma hieß Sea Tech Holding Corporation. Sie hatte Zweigstellen in New York, Los Angeles, Singapur, Shanghai und Rotterdam. Ich vermutete, dass das Gebäude, das auf ihrer Webseite abgebildet war, ein Lagerhaus oder Zollverschlusslager war.

Das Navigationssystem führte uns direkt aufs Hafengelände. Wir passierten ein leeres Wachhaus mit offener Schranke.

„Freihandelszone", sagte Todd.

Nachdem uns das Navigationsgerät um weitere zwei Ecken geführt hatte, parkten wir vor dem Sea Tech-Lagerhaus.

„Kein weißer Lieferwagen in Sicht."

Todd schüttelte den Kopf. „Wie lautet der Plan?"

„Wir gehen rein. Ich geh hier nicht weg ohne ein paar Antworten."

Es war halb zwölf vormittags an einem Mittwoch, und Lastwagen und Autos fuhren in beiden Richtungen vorbei, als wir ausstiegen. Die Tür zu Sea Tech war nur mit einem unauffälligen weißen Schild markiert. Direkt dahinter führte eine blanke Betontreppe in den ersten Stock, wo wir hinter einer weiteren schweren Tür ein gewöhnliches Büro mit etwa zehn Schreibtischen betraten, an denen Frauen mit Headsets auf ihre Tastaturen einhämmerten. Diejenige, die der Empfangstheke am nächsten saß, tippte ein letztes Wort, presste ihre rot angemalten Lippen zusammen und stand auf, um uns zu begrüßen.

„Mein Wagen steht unten. Ihr weißer Lieferwagen mit dem Kennzeichen, äh …" Ich las von meinem Handy ab. „AG 4928M hat eine Riesendelle in die rechte Seite meines Wagens gemacht. Dann fuhr er einfach davon. Ich bin ihm gefolgt, aber das Arschloch hat mich abgehängt. Nun, was gedenken Sie, in dieser Sache zu tun?"

Die Frau biss sich einen Moment lang auf die Lippen und betrachtete mich genau. „Hab ich Sie richtig verstanden, Sir? Sie sagen, dass eines unserer Fahrzeuge Ihren Wagen beschädigt hat?"

„Genauso ist es. Wissen Sie, ich hab 'nen Freund, der ist bei der Polizei, und der sagte mir, dass der Lieferwagen, der mein geparktes Auto gerammt hat, bei Sea Tech Holding Corporation an dieser Adresse gemeldet ist. Ich konnte den Mistkerl sehen. Vielleicht kennen Sie ihn. Groß, dünn, lange spitze Nase, schwarze Baseballkappe, schwarze Jeans und weißes T-Shirt mit grüner Schrift."

„Wann war das?"

„Der Schaden kostet mich zweitausend Dollar. Ich will wissen, was Sie in dieser Sache unternehmen werden."

„Wann, sagten Sie, war das? Ich muss wissen, wann."

„Gestern. Um sieben, halb acht. Drüben in Seffner." Um diese Zeit waren Annie und June entführt worden.

KOLLATERALSCHADEN

„Seffner." Die Frau rümpfte die Nase und ging zu ihrem Computer, um etwas zu prüfen. „Da haben wir keine Aufträge."

„Ich kann nur sagen, dass an Ihrem weißen Lieferwagen gelber Lack von meinem Wagen sein muss. Ich hab mir das Kennzeichen aufgeschrieben. Er hat 'nen Riesenfehler gemacht, sich mit mir anzulegen. Ich war früher bei der Polizei. Ich kenne die Spielregeln."

„Einen Moment bitte, Sir. Ich seh mal nach, wer gestern diesem Wagen zugeteilt war. Okay, okay, ich hab's. Einer unserer Angestellten fuhr gestern tatsächlich diesen Wagen." Ich sah, wie ihre Augen über den Bildschirm wanderten. „Seine Route verlief aber nicht mal annähernd durch Seffner. Ich verstehe wirklich nicht, was er dort zu suchen hatte."

„Wissen Sie jederzeit, wo sich Ihre Fahrer aufhalten?", wollte Todd wissen.

„Wie heißt der Mistkerl? Wo kann ich ihn finden?", fragte ich.

„Sie verstehen doch sicher, dass ich Ihnen seinen Namen nicht geben kann", sagte sie. „Er ist einer unserer Angestellter. Aufgrund Ihrer Beschreibung weiß ich, wen Sie meinen."

Dieses Zugeständnis sagte mir, dass die Frau uns helfen würde. Sie musste nur herausfinden, wie sie es anstellen könnte, ohne Ärger zu bekommen. „Und, wo ist er jetzt?"

„So funktioniert das nicht, Sir. Wenn Sie die Sache weiterziehen möchten, müssen Sie uns einen Brief mit einem Schadensfoto schicken. Wir brauchen eine Kopie des Polizeiberichts und die Rechnung Ihrer Versicherung."

„Ich hab 'ne bessere Idee", sagte ich. Ich las die Karte, die sie mir gab. Helena Jenkins, Personalchefin. „Lassen Sie mich ein paar nette Worte mit diesem Idioten reden, und ich verspreche Ihnen, dass ich keine Klage einreichen werde. Kostet die Firma keinen Cent."

Helena Jenkins hatte dafür nur ein müdes Lächeln übrig. „Tut mir leid, Sir. Wir haben Regeln. Unfälle können passieren. Deshalb sind wir versichert."

Ich zückte meine Privatdetektivlizenz und streckte sie ihr entgegen, während ich ihr gleichzeitig meine Karte aushändigte. Sie zeigte keinerlei Regung.

„Tut mir leid, wegen dem Theater. Es gab gar keinen Unfall. Leider ist es viel schlimmer. Die Polizei ist etwa zwei Stunden im Rückstand. Die sind gerade in Seffner am Tatort eines Mordes. Eine Frau wurde in ihrem Wohnwagen aus nächster Nähe erschossen."

Helena Jenkins konnte ihren gelassenen Ausdruck nicht länger aufrechterhalten. Ich konnte fast zusehen, wie ihr Herz schneller zu schlagen begann. Ihr Gesicht wurde tiefrot. Sie legte die Hand auf die Theke, um sich abzustützen.

„Mord?", fragte sie.

„Die Nachbarin sah Ihren Lieferwagen und gab mir eine Beschreibung Ihres Fahrers und eines weiteren Mannes. Die beiden Männer haben die Frau, die dort wohnte, erschossen, dann zwei andere Frauen aus dem Wohnwagen geschleppt, sie in den Lieferwagen gesteckt und fuhren davon. Die Polizei kennt das Kennzeichen. Wir sind nur ein bisschen schneller. Und jetzt brauche ich Ihre Hilfe, um die beiden Frauen zu finden, Miss Jenkins. Lebendig, wenn's geht."

„Ich verstehe", sagte sie. Sie sah mir in die Augen und überlegte, wie sie es sagen könnte. „Zuerst dachte ich, der Lieferwagen sei vielleicht gestohlen worden. Aber Ihre Beschreibung passt zu Dragan. So langsam glaube ich, unser Fahrer könnte in etwas verwickelt sein, das nichts mit unserer Firma zu tun hat."

„Dragan? Ist das sein Vorname? Wie lange kennen Sie ihn schon?"

KOLLATERALSCHADEN

„Ich hab ihn vor drei Jahren eingestellt", sagte Helena Jenkins. „Mit den Lieferwagen transportieren sie kleine Waren. Aber wie gesagt, wir haben nie irgendwelche Aufträge in Seffner. Das ist zu weit weg. Was immer er dort getrieben hat, hat nichts mit Sea Tech zu tun."

„Gut, aber vielleicht können Sie mir trotzdem helfen. Diese beiden Frauen, die sie in den Lieferwagen gesteckt haben, sind in Gefahr. Sie wurden gestern Abend entführt. Wir wissen, dass sie am Leben waren, als sie wegfuhren. Auf Grundlage dessen, was Sie über diesen Fahrer wissen, wo könnte er sie hingebracht haben?"

„Er hatte die Erlaubnis, den Lieferwagen über Nacht zu behalten und sollte ihn heute um fünf Uhr nachmittags zurückbringen. Das machen wir so, wenn in der Stadt eine Reihe von Lieferungen anstehen und es mehr Sinn macht, den Wagen zu behalten als hierher zurückzukommen. Spart Benzin. Ich kann nur vermuten, dass er nach Hause gefahren ist."

„Zwei andere Frauen sind bereits tot. Helfen Sie uns, die beiden zu finden, Miss Jenkins. Lebendig." Ich starrte ihr tief in die Augen. Ich zeigte auf meine Visitenkarte, die zwischen uns auf der Theke lag. „Meine Kontaktinformationen haben Sie ja. Und jetzt geben Sie uns bitte die Adresse, an der dieser Mann wohnt."

„Sie sagten, die Polizei sei nicht weit im Rückstand", sagte sie.

„Die haben dieselben Informationen über das Kennzeichen wie wir. Sie wissen doch, wie bürokratisch die Sache werden kann. Diese Frauen haben vielleicht nicht mehr viel Zeit. Das verstehen Sie doch."

„Sie machen mir Angst, aber ich muss mich entscheiden." Sie ging wieder zu ihrem Computer, drückte ein paar Tasten und nahm ein Blatt Papier aus dem Drucker. „Sein Name ist Dragan Radulovic. Als wir ihn einstellten, war er auf Bewährung. Bewaffneter Raubüberfall. Er hat fünf Jahre abgesessen. Wir hatten nie ein Problem. Halten Sie mich auf dem Laufenden, okay?"

„Versprochen", sagte ich. Ich nahm das Papier, und ohne ein weiteres Wort gingen wir hinaus. Wir hatten keine Zeit zu verlieren.

KAPITEL 36 - SALVATORE

—•⟨∞⟩•—

„Jetzt hätte ich wirklich gern meine Knarre dabei", sagte ich. Todd kurvte mit hundert statt der erlaubten sechzig durch den langsamen Verkehr. Laut Navigationssystem hatten wir rund fünfzehn Minuten Fahrt vor uns. Tampa war um Einiges kompakter als Chicago.

„Was, glaubst du, werden wir vorfinden?"

Ich war nicht in der Stimmung für Ratespiele. Google Earth zeigte ein graues, dreistöckiges Gebäude. Dragan lebte in einer Wohnung im ersten Stock. Beim Gedanken, Annies Entführer gegenüberzustehen, spürte ich das Adrenalin in meine Adern fließen.

Fünf Minuten vor unserer Ankunft rief ich meinen neuen Freund bei der Polizei an.

„Marcowski, hier ist Sal", sagte ich, als wären wir alte Kumpel. Ich hielt es für fair, ihn auf dem Laufenden zu halten.

„Was gibt's?"

„Wir haben den Lieferwagen zu einer Firma in Tampa zurückverfolgt."

„Was? Ich bin immer noch hier draußen am Tatort. Wie hast du das so schnell hingekriegt?"

„Mach dir keine Gedanken", sagte ich. Ich wollte nicht vor ihm angeben, sondern Annie retten. Ich brauchte seine Mithilfe. „Hör zu, wir sind zu der Firma gefahren, auf die der Lieferwagen zugelassen ist. Sie heißt Sea Tech und ist in Tampa. Hast du das, Sea, wie See?"

„Schon mal gehört."

„Die Personalchefin hat rausgefunden, wer den Lieferwagen gestern Abend gefahren hat. Ich glaube, das ist unser Mann. Ihre Beschreibung passte zu derjenigen der Nachbarin. Sie hat mir seine Adresse gegeben. Wir sind in fünf Minuten da." Ich gab ihm Name und Adresse durch, die er zur Bestätigung wiederholte.

„Ich schick ein paar Streifen rüber", sagte Marcowski. „Sieh dich vor, wenn du reingehst, Sal. So, wie er seine Opfer hingerichtet hat, ist mit dem Kerl nicht zu spaßen."

Wir hatten das Überraschungsmoment auf unserer Seite. Dragan würde keinen Besuch erwarten. Dies war der Kerl, der Annie entführt hatte, deshalb war ich bereit, ihn mit bloßen Händen umzubringen, wenn sich mir die Gelegenheit bot. Aber da es Mittag war, bestand auch die Chance, dass er gar nicht zu Hause war. Mit ein wenig Glück wäre er unterwegs und lieferte gerade für Sea Tech aus.

Wir parkten den Hummer einen halben Block entfernt, nachdem wir das Gebäude beim langsamen Vorbeifahren gemustert hatten. Wir sahen nichts Auffälliges. Ein gewöhnlicher, verwitterter Fertigbauwohnblock mit vielleicht zwölf Wohnungen, vier auf jeder Etage. Alles sah verlassen aus, als wir uns der Eingangstür näherten. Ich sah mir die Namensschilder an, während Todd die Fenster absuchte.

KOLLATERALSCHADEN

Ich beschloss, bei jemandem im Erdgeschoss zu klingeln, anstatt den Mann direkt auf uns aufmerksam zu machen. Wir hatten Glück. Herr oder Frau D. Miller betätigte den Türöffner, ohne über die Gegensprechanlage mit uns zu sprechen. Vielleicht erwarteten sie ein Paket. Ohne zu warten, ob jemand herauskam, stiegen wir die Treppe hoch. Es war nicht schwer, Dragans Wohnung im ersten Stock zu finden. Es gab nur zwei Türen beidseits der Treppe.

Ich klopfte leicht an die Tür, wie ein Geheimzeichen, drei Mal, dann zwei Mal. Vielleicht hatte er mit seinen Kumpanen ein Klopfzeichen vereinbart, vielleicht auch nicht. Ich wollte nur nicht, dass er dachte, die Polizei sei hier. Ich wartete sechzig Sekunden und klopfte dann erneut. Mein Herz pochte wie wild. Vielleicht war Annie da drin, gefesselt oder mit Drogen vollgepumpt. Ich legte mein Ohr an die Tür. Nichts zu hören.

„Ich werde sie aufbrechen", sagte ich zu Todd. „Geh zur Seite, falls er zu schießen beginnt."

„Bist du sicher, dass das …"

Ich trat mit meinem Absatz gegen die Tür direkt neben dem Knauf. Annie kommentiert immer meine Körperfülle, aber manchmal ist ein bisschen zusätzliches Gewicht ganz praktisch. Die dünne Tür zersplitterte schon beim ersten Versuch, und ich brach durch. Ich ließ mich fallen und rollte nach rechts. Den Kopf hielt ich unten. Während ich zu Boden ging, durchsuchten meine Augen den Raum, aber da war niemand, der auf mich schoss. Ich blieb einige weitere Sekunden unten, aber niemand zeigte sich. Es war überhaupt nichts zu hören. Wenn Dragan bei diesem Lärm nicht auftauchte, konnte er nur unterwegs sein – oder tot.

Todd spähte um den Türrahmen.

„Geh zum Fenster", befahl ich ihm. „Schlag Alarm, wenn du jemanden kommen siehst. Ich seh mich mal um."

Der Grundriss der Wohnung war ein langes Rechteck. Neben dem Wohnzimmer lag ein schmales Schlafzimmer. In der obersten Schublade des Nachttischs lag ein großer Schlüsselbund, den ich in meine Tasche steckte. In der Schublade mit den Socken des Mannes fand ich ganz zuunterst drei Neun-Millimeter-Magazine.

Ich steckte die Magazine in die Tasche eines alten Regenmantels, der im Schrank des Mannes hing. Ich wollte sie nicht mit mir herumschleppen, wollte aber auch nicht, dass Dragan sie fand.

In der Küche war nichts zu finden. Ich durchsuchte die ganze Wohnung gründlich, es war eine kleine Wohnung. Dragan hielt sein Haus sauber. Die Frauen waren nicht hier.

Im Bad fand ich Annies Handy, das auf dem Waschbecken neben dem Rasierapparat des Mannes lag. Ich hatte einen metallischen Geschmack im Mund, als ich das Handy einschaltete. Ich gab Annies Code ein, und auf dem Bildschirm erschien eine Meldung, dass das Handy gesperrt sei. Man musste den PIN-Code eingeben. Dragan hatte es wahrscheinlich dreimal erfolglos versucht, und jetzt war das Handy gesperrt. Ich kramte in meiner Brieftasche nach meiner PIN-Liste.

„Bist du bald fertig da drin?", rief Todd aus dem Wohnzimmer.

„Ich komme", antwortete ich. Endlich hatte ich Annies vierstellige PIN gefunden. Es klappte gleich beim ersten Versuch. Während ich hören konnte, wie Todd draußen im Wohnzimmer mit dem Fuß tappte, sah ich die Anrufliste durch. Einige eingegangene und unbeantwortete Anrufe waren gespeichert, einschließlich meiner. Sie selbst hatte keine Anrufe getätigt. Man hatte sie wohl daran gehindert und ihr das Handy weggenommen.

KOLLATERALSCHADEN

Als wir die Treppe hinunterstiegen, spürte ich den Schlüsselbund in meiner Tasche. Ich erinnerte mich an einen Fall in Chicago, bei dem ein Hausmeister eine Frau im Keller des Wohnblocks gefangen hielt, in dem sich ein Heizungsraum, ein Hobbyraum und ein paar Lagerräume befanden. Die vielen Schlüssel konnten bedeuten, dass Dragan hier der Hausmeister war.

„Wo willst du hin?", fragte Todd.

Unten angekommen, war er nach links zum Ausgang gegangen, während ich mich nach rechts wandte. Der logische Ort für eine Kellertür war am anderen Ende der Eingangshalle. Ich legte den Finger an meine Lippen und winkte ihm zu, mir zu folgen.

„Dieser Ort ist mir nicht geheuer", sagte er. Ich beachtete ihn nicht.

Wir fanden die Tür, brauchten aber eine Weile, um den passenden Schlüssel zu finden. Nach neun oder zehn Versuchen passte endlich einer. Ungewöhnlich, dass es an einer Kellertür einen Riegel gab. In Florida überhaupt einen Keller zu haben, war, wie ich später erfuhr, ungewöhnlich. Ich betätigte den Lichtschalter, und wir stiegen hinunter. Die Holztreppe führte zu einem niedrigen Kellerraum, deren Decke meinen Kopf streifte. Ich musste mich ducken, um nicht gegen die nackten Glühbirnen zu stoßen, die in regelmäßigen Abständen entlang des Gangs herabhingen.

Ich zählte an diesem Gang vier Räume, zwei auf jeder Seite, alle verschlossen. Ich fummelte wieder am Schlüsselbund herum und konnte schließlich die erste Tür auf der rechten Seite öffnen. Dank des Lichts aus dem Gang fand ich darin einen Schalter. Die nackte Glühbirne erleuchtete einen leeren Lagerraum ohne jegliche Gegenstände oder Menschen. Der zweite Raum auf der rechten Seite war voller alter Möbel. Ich musste bei jeder Tür alle Schlüssel ausprobieren, aber der Gedanke, dass Annie hier unten gefangen sein könnte, ließ mich weitermachen.

Am anderen Ende des Ganges fand ich im entferntesten Raum etwas Interessantes. Zwei alte Matratzen nebeneinander auf dem Boden. Sie hatten blaue Borten und Flecken, die ich lieber nicht analysieren wollte, aber nichts, was nach großem Blutverlust aussah. Ich schaltete die Taschenlampen- App meines Handys ein und untersuchte die Matratzen genauer, wobei ich mich bemühte, nichts anzufassen.

„Todd, komm her", rief ich. Er stand direkt hinter mir.

„Glaubst du, sie waren hier?"

„Ich würde nicht dagegen wetten. Lass uns von hier verschwinden und das der Polizei melden." Wir ließen die Tür offen und das Licht brennen und gingen hinaus zum Hummer. Auf dem Weg zum Wagen schilderte ich Marcowski meinen Fund. Er versprach, die Streife zu informieren, die auf dem Weg war. Ich legte auf, setzte mich hinters Steuer und wollte den Schlüssel ins Zündschloss stecken, als ich einen halben Block entfernt einen weißen Lieferwagen in die Straße einbiegen sah. "Da sind sie", rief Todd. Ohne ein weiteres Wort öffnete er die Beifahrertür und sprang hinaus.

Seine plötzliche Flucht überraschte mich so sehr, dass ich ein paar Sekunden regungslos dasaß. Er rannte die Straße entlang in die entgegengesetzte Richtung als die, aus der der Lieferwagen kam. Als der Lieferwagen plötzlich beschleunigte, ging mir ein Licht auf. Es war wie im Film. Todd spielte den Lockvogel und verließ sich darauf, dass ich in Aktion trat.

„Dafür sind Hummer ja da, nicht wahr?", sagte ich zu mir selbst.

KOLLATERALSCHADEN

Ich riss das Steuer herum, schoss aus dem Parkplatz und lenkte den Wagen über die enge Straße direkt in den Weg des herannahenden Lieferwagens. Aus dreißig Metern Entfernung konnte ich die Pistole sehen. Der kahlköpfige Mann auf dem Beifahrersitz hielt eine Knarre aus dem Fenster. Ich rutschte den Sitz hinunter und richtete den Hummer aus, mein Fuß war immer noch auf dem Gaspedal. Ich hielt meine Überlebenschancen für höher, wenn ich ihn streifte, anstatt einen Frontalzusammenstoß zu riskieren, zumal beide von uns immer noch beschleunigten.

Ich hörte einen Schuss, und in der Windschutzscheibe des Hummers erschien ein Loch. Gleich darauf bohrte sich die Motorhaube des Hummers in die Seite des Lieferwagens. Der Lieferwagen, den ich um mindestens eine halbe Tonne leichter schätzte als meinen Hummer, kippte zur Seite. Er rammte eine Reihe geparkter Autos, während der Hummer nach links ausbrach. An der Bordsteinkante ging ein Hydrant in die Brüche, vermutlich umgelegt von einem geparkten Auto, das durch die Wucht des Aufpralls über die Bordsteinkante geschleudert wurde, und eine Wasserfontäne schoss in die Luft. Ich behielt meinen Fuß auf dem Gaspedal, richtete den Hummer aus und entfernte mich von dem Trümmerhaufen. Ich wollte etwas Distanz zwischen mich und diese Knarre bringen. Ich hatte keine Ahnung, was mit Todd passiert war. Zumindest hatte ich sie gestoppt.

Dann hörte ich die Sirenen. Zwei Streifenwagen schleuderten auf mich zu und blendeten mich mit ihren Scheinwerfern. Ich hielt neben ihnen an. Vier Polizisten gingen hinter ihren Wagen in Stellung und richteten ihre Waffen auf den Lieferwagen und mich.

Ich hielt die Hände hoch. „Mein Name ist Salvatore D'Angelo, Privatdetektiv aus Chicago. Ich habe mit

Marcowski geredet. Eure Täter im Mord von Seffner sind in diesem Lieferwagen."

„Aussteigen!", schrie einer der Cops. „Hände nach oben, wo ich sie sehen kann!"

Die Räder des weißen Lieferwagens drehten sich immer noch nutzlos in der Luft, und das Wasser aus dem Hydranten regnete herab. Zwei der Cops näherten sich dem Lieferwagen mit gezogenen Waffen.

Der erste Cop prüfte meinen Ausweis und steckte seine Pistole weg. Die anderen drei konzentrierten sich nun auf den Lieferwagen und schrien die Männer darin an.

„Also, was ist hier passiert?", wollte der Cop wissen. Er betrachtete das Loch in der Windschutzscheibe des Hummers.

„Ich ermittle in einer Entführung. Zwei Frauen, eine davon meine Verlobte. Wir haben sie zu einer Adresse in Seffner verfolgt, wo eine andere Frau ermordet wurde. Dort traf ich heute Marcowski an."

„Er hat uns hierher beordert. Wer ist in dem Lieferwagen?"

„Einer von ihnen ist Dragan Radulovic", erklärte ich. „'Ne Menge Vorstrafen. Hat vermutlich den Mord in Seffner begangen. Der andere ist sein Komplize. Es gibt eine Zeugin, die beide identifizieren kann."

„Hatten wohl was gegen Ihre Karre." Der Cop deutete auf das Lüftungsloch in meiner Windschutzscheibe.

„Ist ein Mietwagen."

Die anderen Cops hatten die beiden Männer aus dem Lieferwagen entwaffnet, in Handschellen gelegt und hielten sie mit dem Gesicht nach unten an einer trockenen Stelle auf dem Boden.

„Hey, Mike, hier in diesem Lieferwagen ist ein riesiger Haufen Meth", rief uns einer der Cops zu. „Sieh dir das an."

KOLLATERALSCHADEN

„Kann ich Ihnen meine Karte geben? Ich werde mich später bei Marcowski melden", sagte ich. Ich wollte herausfinden, was mit Todd geschehen war. Vermutlich war er immer noch auf der Flucht, dieser Feigling.

„Alles klar", rief mir der Cop über die Schulter zu.

KAPITEL 37 - ANNIE

Dunkelheit. Dunkelheit und Kratzgeräusche, dann etwas, das nach sich biegendem Metall in der Ferne klang. Nur einmal. Und fließendes Wasser. Irgendwoher ein stetes, plätscherndes, gurgelndes Geräusch, wie Wasser, das über Kieselsteine im Bachbett floss.

Ich konnte nicht das Geringste sehen. Totale Finsternis. Entweder hatte ich mein Augenlicht verloren, oder alles um mich herum war stockfinster. Und dieses Gefühl, keinen Körper zu haben. Mein Körper war verschwunden. Demnach war ich tot. Alles, was von mir übrig war, war der Verstand. Mein Verstand grübelte über diese Geräusche nach – ein Bach, im Himmel? Ich hörte ein Platschen. Unlogisch. Ich konnte hören, aber nicht sehen.

Dann ein Schmerz, irgendwo unten, ein dumpfer Schmerz, wo einst mein Bauch war. Dieses Plätschern, schon wieder? Eine Sinnestäuschung, hervorgerufen durch meinen Durst?

KOLLATERALSCHADEN

Diese Kälte in meinen Händen ... waren das wirklich Hände? Ich spürte, wie sie kribbelten. Meine Hände waren so kalt, und ich konnte sie bewegen, aber meine Arme waren steif und starr wie gelähmt. Stück für Stück kehrte mein Körper zurück und meldete sich zum Dienst. Ich sah nichts. Ich öffnete und schloss meine Augen, offen, geschlossen, offen – blieb bei einer ungeraden Zahl, um sicherzugehen, nur um der alten Zeiten willen – aber es machte keinen Unterschied. Nur Finsternis. Arme und Beine konnte ich nicht bewegen. Der Schmerz könnte vom Hunger herrühren.

Ich lag in irgendetwas, in einem Sarg, in einem Grab, gefesselt, hungrig, durstig. Und deshalb vermutlich noch am Leben. Wenn ja, dann nicht mehr lange.

„June? June, bist du da? Kannst du mich hören? Kann mich irgendjemand hören?"

Meine Stimme schaltete sich ein, ohne dass ich mir dessen bewusst war. Ich hörte mich selbst, es sei denn, das war auch wieder nur Einbildung. Aber da waren zu viele Dinge, es war zu stimmig um Einbildung zu sein. Ich klang gedämpft. Niemand konnte mich hören. Nur der Bach konnte mich hören, und ich konnte den Bach hören. Aber welcher Bach? Wo war ich?

Jemand hatte mich niedergeschlagen. Der Mann mit der spitzen Nase. Ich hatte ihn in die Niere geschlagen. Er war wütend geworden und hatte mir eine mit der Pistole übergezogen. June hatte bewusstlos auf dem Sofa gelegen. Sie hatten mir etwas gespritzt. June vermutlich auch. Sie war bereits bewusstlos gewesen, entweder vom Schlag auf den Kopf oder von den Drogen.

In der Army hatten wir für solche Situationen trainiert, für den Fall, dass wir gefangen und gefoltert würden. Du wurdest gefesselt, so wie hier, und man entzog dir sämtliche

Sinneswahrnehmungen. Keine Geräusche, kein Licht, keine Gerüche. Man verweigerte dir das Essen und Trinken. Du verlorst das Zeitgefühl. Du verlorst sämtliche Orientierung in der Umgebung. Du schliefst ein, erwachtest wieder, deine Kehle trocknete aus, deine Augen suchten, aber sahen nichts, deine Ohren spitzten sich, aber hörten nichts.

Deine Sinne spielten dir Streiche. Du zogst sich in deine Erinnerungen zurück. Du stelltest dir vor, du seist irgendwo am Strand. Du erlebtest noch einmal lange Küsse. Du rochst angenehme Düfte aus der Vergangenheit, wie etwa Bodenreiniger mit Zitronenduft. Das Ziel war, dich an den Rand der Verzweiflung zu bringen und zu sehen, wie viel du aushältst.

Bei diesen Übungen war ich immer eine der Besten gewesen. Trotz all dem Training fühlte ich mich jetzt ziemlich unruhig.

„Hilfe! June, bist du hier?", schrie ich, so laut ich konnte.

„Annie, ich kann dich hören!"

Gott sei Dank, es war June. Mir kamen die Tränen. Meine Augen konnten nichts sehen, aber sie konnten immer noch weinen. Ich spürte, wie meine Tränen brannten und mein Gesicht benetzten. Ich war so überwältigt, dass plötzlich meine Stimme versagte. Meine Kehle schnürte sich zu. Sie war am Leben, sie war hier, wir waren beide hier. Dann fragte ich mich, ob ich mir das nicht nur eingebildet hatte. Wie war es möglich, dass June plötzlich hier war, nachdem ich so lange allein gewesen war? Vielleicht war sie nur hier, weil ich mir das so sehr wünschte.

War es so falsch, sich etwas ganz fest zu wünschen, wenn es dann tatsächlich in Erfüllung ging? Wieso konnte es nicht auch real sein?

„Wo bist du? Ich seh nichts."

KOLLATERALSCHADEN

„Ich bin so froh, dass du lebst. Ich hab mir solche Sorgen gemacht", antwortete June. Sie war wirklich irgendwo da draußen. Es war real.

„Aber wo sind wir?"

„Keine Ahnung, aber mein Arm ist hin. Tut höllisch weh."

„Du hast dir den Arm gebrochen?"

„Ja. Aber ich glaube, ich kann den Himmel sehen. Ich denke, das ist der Himmel."

„Du meinst, wir sind irgendwo draußen?" Das würde meine kalten Hände erklären.

Ich versuchte erneut, mich zu bewegen. Ich spürte, dass meine Arme entlang meines Körpers lagen, meine Beine waren ausgestreckt. Ich konnte mich nur ganz wenig bewegen, vielleicht waren es nur meine Muskeln, die sich unter der Haut bewegten, und auf meiner Haut fühlte es sich wie rauer Teppich an. Der Geruch von altem Teppich.

„Hey, bin ich in einen Teppich eingerollt?"

„Ich auch, aber ich bin schon zur Hälfte draußen", sagte June. Sie hatte mich nicht richtig verstanden. „Versuch, dich rauszuwinden."

Ich spannte und entspannte all meine Bauch- und Rückenmuskeln, drehte meine Schultern und Hüften und bewegte alles unter meiner Haut. Zu meinem Erstaunen fand ich Bewegungsfreiheit, wo ich gedacht hatte, dass keine vorhanden war. Mein Gesicht war nach oben gerichtet, mein Kopf nach hinten geneigt. Wenn ich tatsächlich in einen Teppich eingerollt war, dann musste dessen Ende offen sein. Von dort musste die Luft hereinkommen, die Luft, die ich auf meinem Gesicht spürte. Wenn ich mich nur weit genug herauswinden könnte, würde ich mich selbst herausziehen können.

Ich weiß nicht, wie viel Zeit ich mit diesen Anstrengungen verbracht hatte. Ich spürte, wie sich auf meinem Gesicht

Schweißtropfen bildeten. Als kalte Luft über meine Wangen strich, überkam mich ein Gefühl der Erschöpfung. Ich war völlig blind. Ich hatte keine Ahnung, ob ich näher an die Öffnung herangekommen war. Doch dann hörte ich endlich wieder Junes Stimme.

„Großer Gott, Annie, hör auf, dich zu bewegen." Junes Stimme klang viel näher, als stünde sie direkt neben mir.

„Wo bist du? Ist bei dir alles in Ordnung?"

„Ich hab mich befreit. Sie hatten mich in einen großen Teppich gerollt, aber nicht sehr fest. Bei dir muss es fester sein."

„Ich will hier raus."

„Annie, beweg dich nicht."

„Wieso nicht?"

„Wir sind in einem Erdloch. Du liegst auf 'ner Art Vorsprung aus Dreck. Auf der anderen Seite geht es steil runter. Oh Gott, Annie, ich kann gar nicht sehen, wie weit es runter geht. Ich hab Angst, dass du von dieser Kante abrutschst und tiefer ins Loch fällst."

„Wie tief ist es denn?" Es machte keinen großen Unterschied, ob wir drei oder zehn Meter tief waren, solange ich in diesem Teppich steckte.

„Kann ich nicht sagen, aber normalerweise sind diese Erdlöcher nicht sehr stabil. Normalerweise füllt man sie gleich auf, aber manchmal wartet man noch, bis sie stabil sind."

Ich versuchte, nicht in Panik auszubrechen. „Also, was soll ich tun?"

„Ich glaub nicht, dass ich hier rausklettern kann. Schon gar nicht mit diesem Arm."

„Hast du's mit Rufen versucht? Wie tief sind wir?"

„Es muss schon dunkel sein. Ich kann nicht sagen, wo die Kante ist und wo der Himmel anfängt, aber ich schätze, es müssen schon zehn oder zwölf Meter sein. Sonst würde ich es besser sehen."

„Und die Wände sind zu steil?"

„Hey, ist da oben jemand? Hilfe! Hilfe!"

June schrie so laut, dass ich ein Echo erwartete, wie in einer Höhle, aber es gab keines. Nur dieses gurgelnde Geräusch von irgendwo tief unter uns. So langsam wurde mir bewusst, dass ich mir das doch nicht eingebildet hatte. Aber wieso gab es da unten Wasser?

„Hörst du das Wasser?", fragte ich.

„Ich hör's", antwortete June. „Das ist es, was mir zu denken gibt."

Ich spürte, wie mein Teppich sich bewegte. Ich dachte, June hob mich in eine sicherere Position. Aber dann begann June, zu schreien.

„Annie, du rutschst. Der Dreck hält nicht."

„Was soll ich tun?"

„Den Atem anhalten!"

Der obere Teil meines Körpers kippte nach unten. Einen Moment lang lag ich fast kopfüber, immer noch fest in den Teppich gerollt. Ich sah nichts. Ich konnte weder meine Arme noch meine Beine bewegen. Dann begann der Teppich, zu rollen. Ich spürte, wie mein Körper mitrollte, dann zu schlingern begann und sich schließlich überschlug. Es fühlte sich fast genauso an, wie auf einer Achterbahn durchgeschüttelt zu werden, nur hat man bei einer Achterbahn die Gewissheit, dass einen die zuverlässige Metallvorrichtung festhält und dass die Bremsen automatisch aktiviert werden, falls etwas schiefgeht.

Von irgendwo weit entfernt hörte ich June schreien.

Mich überschlagend schoss ich nach unten, taumelte, drehte mich, mein Körper war in den Teppich eingebettet und perfekt geschützt. Dann hörte es auf. So plötzlich, wie es angefangen hatte, kam das Ganze komplett zum Stillstand, als wäre ich irgendwo steckengeblieben. Mein Kopf schmerzte. Ich lag jetzt leicht nach unten geneigt. Meine Füße schienen höher zu liegen als mein Kopf, aber ich lag nicht komplett kopfüber.

Ich lauschte nach dem Wasser und hörte es irgendwo ganz in der Nähe gurgeln, viel näher als zuvor. Da war also wirklich Wasser auf dem Grund dieses Loches. Vielleicht würde Wasser hereinkommen und mein Gesicht bedecken. Das würde ganz schnell gehen, und dann wäre es aus mit mir, ein schnelles Ende, dachte ich.

In der Ferne hörte ich Junes Stimme. Weit, weit über mir, wie es schien. Wie tief konnten diese Dinger eigentlich sein? Ich hatte keine Ahnung, was sie sagte.

„Es geht mir gut", schrie ich. „So gut wie noch nie!"

Ich schrie mit aller Kraft. Aber das war wohl nicht laut genug, denn sie schrie noch eine Weile weiter. Ich rief nichts mehr. Der Teppich dämpfte jeden Ton, den ich von mir gab. Ich musste meine Kräfte sparen.

Keine Chance, mich aus diesem Teppich zu befreien. Das Erdloch würde sich wieder bewegen und mich verschlucken. Ich musste schon ganz tief unten sein. Mit ein bisschen Glück würde ich untergehen und schnell sterben. Ich würde das Wasser einatmen und es geschehen lassen. Ich hatte nicht vor, mich dagegen zu wehren. Wie konnte ich auch? Ich konnte ja keinen einzigen Muskel bewegen, und mein Kopf brachte mich sowieso schon um.

Es wäre schon ein Wunder, wenn June hier irgendwie rauskommt. Sie könnte allen erzählen, was wir erlebt hatten. Zuerst Sharonas Leiche, dann zurück zu Arnicas Haus, und die Männer, die sich dort versteckten … Wo war Arnica eigentlich? June würde es schaffen. June war abgehärtet, praktisch veranlagt und kampferprobt, und sie hatte sich aus ihrem Teppich befreit. So eine Kleinigkeit wie ein gebrochener Arm war für June kein Hindernis.

Wenn ich das hier überlebte, könnte ich mich mit der Berechnung von Erdlöchern beschäftigen. Damit diese für zukünftige Generationen ein wenig berechenbarer und verständlicher wären. Was wusste ich über Erdlöcher? Es kommt zu unterirdischer Erosion, und der Boden verliert an Halt. Die Erde stürzt in den Hohlraum, sodass ein Loch entsteht. Für diesen Ablauf musste es doch eine Gleichung geben. Man berechne die nach oben gerichtete Kraft, die nötig ist, um einen Bruch der Erdkruste zu verhindern. Man addiere die Erosionskraft des Wassers, welches das unterirdische Material auflöst. Wenn man darüber nachdachte, schien das Ganze ziemlich komplex zu sein. Ach, zum Teufel, ich komm hier sowieso nicht raus.

Salvatore hätte geweint, hätte er davon erfahren. Wenn er sich nur nicht schuldig fühlte. Er würde sich vermutlich Vorwürfe machen, dass er nicht hergeflogen war und mir geholfen hatte. Aber ich bin diejenige, die uns in diese Bredouille gebracht hatte, ich hatte Michael aus dem Gefängnis holen wollen, ich hatte Arnica aufgespürt. Das war zu viel. Diese Killer waren zu brutal. Salvatore würde sich noch lange quälen. Er würde sich zurückziehen, allein leben, seine Detektivschule führen und seine Fälle untersuchen. Er würde leiden. Da war wirklich etwas zwischen uns, unsere Zukunft sah gut aus, und ich hatte es vermasselt.

Michael würde anders reagieren. Ich wusste, er würde mich vermissen, aber Michael war schließlich auch ganze 523 Tage ohne mich zurechtgekommen. Er würde sich ein paar Whiskys hinter die Binde kippen und ein bisschen Gras rauchen. Vielleicht ein paar Tage lang, und dann würde er wieder das tun, was auch immer er getan hatte, bevor er nach Chicago gekommen war.

Salvatore tat mir leid. Er hatte mit seinen vorherigen Partnerinnen so viel ertragen müssen. Er verdiente es nicht, wegen mir noch mehr leiden zu müssen. Nicht auf diese Weise. Aber ich konnte nichts dagegen tun.

Ich denke, die Lebenden leiden am meisten, denn ist man einmal tot, ist es einem scheißegal. Ich war fast so weit, und ich konnte bereits fühlen, wie sich meine Gleichgültigkeit bemerkbar machte. Vielleicht hatte Michael recht, vielleicht waren wir geschädigt. Aber man sehe sich meine Schwester an, man sehe sich meinen seltsamen Schwager an. Wer war nicht geschädigt? Irgendwie war es mir scheißegal. Gut zu wissen, dass mit meinem Ende auch alles andere zu Ende ging, einschließlich meines Bedauerns für all die begangenen Fehler.

KAPITEL 38 - SALVATORE

Zurück im Motel hielt ich Ausschau nach Todd, aber er tauchte nicht auf. Nach einem kurzen Nachmittagshappen im Restaurant nebenan ging ich zurück zum Hummer, um Musik zu hören und nachzudenken. Vorbeigehende Passanten hörten die Musik und versuchten, einen Blick hineinzuwerfen. Vielleicht dachten sie, ich sei irgendein Star aus einer Realityshow, der eine Schießerei im Vorbeifahren überlebt hat. Ich schätze, sie hatten erst selten einen zerbeulten Hummer mit Löchern in der Windschutzscheibe vor einem Motel parken sehen. Mein blaues Auge sorgte auf jeden Fall für Aufsehen, aber durch die getönten Scheiben konnte das niemand sehen.

Als mein Handy klingelte, war ich so nervös, dass es mir aus den Händen fiel. Zum Glück war Marcowski ein geduldiger Mann.

„Heute ist dein Glückstag, Sal", sagte er.

„Du hast sie gefunden?"

„Noch nicht, aber wir wissen, wo wir suchen müssen. Radulovic hat nicht geredet, aber sein Kumpan hat Angst vor dem elektrischen Stuhl. Schätze, er würde seine eigene Mutter verpfeifen. Er sagte, sie hätten die Frauen in ein Erdloch geworfen, im selben Ort, in dem die andere Frau ermordet wurde."

„Lebendig?" Ich spürte den Schweiß unter meinen Achseln hinablaufen.

„Er schwört, dass sie am Leben waren. Sagte, sie hätten ihnen eine Beruhigungsspritze gegeben, um sie ruhigzustellen, sie dann in Teppiche eingerollt und ins Loch geworfen."

Das Blut gefror mir in den Adern. „Mein Gott, lebendig begraben. Hast du die genaue Adresse?" Innerhalb von etwas mehr als zwölf Minuten war ich in Seffner. Der Wind pfiff durch das Loch in der Windschutzscheibe. *Du bist gefälligst am Leben*, sagte ich zu mir selbst, in Wahrheit sprach ich jedoch zu Annie. Normalerweise bringt mich nichts so leicht auf die Palme. Doch jetzt hatte ich die Dinge längst nicht mehr unter Kontrolle. Ich schrie es aus voller Lunge heraus.

Du hältst verdammt nochmal durch, Annie!

Die Straße war mit Streifenwagen zugestellt, und alles war von Blaulicht erhellt. Es war dasselbe Erdloch, das Todd und ich uns ein paar Stunden zuvor angesehen hatten. Der Gedanke, dass Annie und June zu dieser Zeit vielleicht bereits da unten gewesen waren! Ich parkte ein Stück entfernt, lief zu der Reihe von Polizisten und hielt Ausschau nach Marcowski. Er fand mich zuerst und tippte mir auf die Schulter.

„Sie sind am Leben", sagte er. „Wir haben jemanden da, direkt am Rand des Loches. Er hat der Einen ein Funkgerät runtergeworfen. Ihr Arm ist gebrochen. Die andere, deine Verlobte, scheint unverletzt, aber sie liegt dort unten in einer heiklen Position. Ein Hubschrauber ist unterwegs."

„Ein Hubschrauber? Wieso?"

„Deine Verlobte ist dort unten eingeklemmt, direkt über einer Öffnung im Boden."

Ich hatte das Gefühl, jemandem den Kopf abreißen zu müssen. „Wieso geht niemand da runter …" Marcowski unterbrach mich.

„Ein Hubschrauber der Küstenwache", erklärte er. „Das Ganze ist ziemlich instabil. Die Wände, der Boden, der Untergrund, alles. Sal, das ist Mike Jenner. Er ist von der geologischen Abteilung des Countys."

„Wie geht's?", fragte Jenner. Wir gaben uns die Hände, und ich stellte mich vor.

„Wie gefährlich ist es da unten?"

„Solche Erdlöcher gibt es in ganz Zentral-Florida", erklärte Jenner. „Aber wir können noch immer nicht genau sagen, wann sich eines öffnet. Dieses hier hat sich vor etwa drei Wochen gebildet. Das ist in diesem Ort das fünfte in den letzten zwölf Monaten. Vielleicht haben Sie von dem gehört, bei dem ein Mann in seinem eigenen Bett ums Leben kam?"

Ich hatte nichts davon gehört. „Das war hier?"

„Drei Kilometer von hier", bestätigte Jenner. „Dieses Loch hier ist zur Zeit rund fünfzehn Meter tief bis zu dem Punkt, wo sich ihre Verlobte befindet. Von dort geht's noch weiter runter, aber wir wissen nicht genau, was darunter liegt."

„Was heißt das?"

Jenner stellte sich auf den anderen Fuß und zeichnete mit dem Finger ein Diagramm in seine Hand. „In dieser ganzen Gegend hier haben wir einen Kalksteinuntergrund. Er ist wasserlöslich, das heißt, wenn Wasser in unterirdischen Höhlen und Bächen durch das Gestein fließt, kann es die Stützstruktur zerfressen, sodass ein Erdloch entsteht. Vor ein paar Wochen war dieses Loch noch zehn Meter tief. Jetzt sind es mindestens fünfzehn."

Marcowski und ich sahen uns an. „Wie lange braucht dieser Hubschrauber noch?" Meine Frage wurde durch das unverkennbare Geräusch von Rotorblättern in der Ferne beantwortet. Ich sah mich um und suchte nach Hindernissen wie Strommasten, aber diese Gegend hier war perfekt für einen Rettungseinsatz mit Hubschrauber. Vereinzelt ein paar niedrige Bäume, aber nichts, was die Sicht behinderte. Keine hohen Gebäude, nichts war höher als ein Telefonmast.

Der Hubschrauber schwebte langsam herab in eine Position direkt über dem Loch. Der Lärm war ohrenbetäubend. Seine Düsen sogen dröhnend Luft ein, die Rotoren schlugen uns Windböen entgegen. Ein Beamter der Küstenwache kletterte aus der Öffnung auf die Bahre. An einem Seil festgebunden, wurde er von seinem Partner aus dem schwebenden Hubschrauber heruntergelassen. Als er auf unserer Höhe war, konnte ich seine Muskeln sehen, bevor er mit unverminderter Geschwindigkeit ins Loch und außer Sichtweite schwebte. Seine Oberarme schienen dicker als meine Oberschenkel.

„Jetzt heißt's beten", sagte Marcowski, die Hand auf meiner Schulter.

Fast unbeweglich wirbelte der Hubschrauber über uns die Luft auf. Der windstille Nachmittag bot günstige Bedingungen. Am Himmel standen zwar dunkle Wolken, aber es hatte noch nicht zu regnen angefangen. Langsam wurde es dunkel, und die Sonne ging hinter dem Wolkenband unter. Ich behielt das Seil im Auge. Es bewegte sich kaum. Ich sah zwar nicht auf die Uhr, aber es kam mir vor wie eine Ewigkeit. Minuten vergingen, in denen ich nur das Seil sah und den Lärm des Hubschraubers hörte. Marcowski starrte genau wie ich auf den Rand des Erdlochs.

Ich dachte an den Anblick der Kellnerin, der ein Teil des Gesichts weggeblasen worden war. Was war besser, ein schnelles Ende wie dieses, oder in einem Erdloch lebendig begraben zu werden? Annie und June mussten die ganze Nacht dort unten gelegen haben, über zwölf Stunden lang. Die Gangster hatten sie vermutlich mitten in der Nacht hierher gebracht, um drei oder vier Uhr morgens, als niemand sie bemerkt hatte, hatten sie hineingeworfen und waren davongefahren. Und jetzt war es wieder Abend. Den ganzen Tag hatten sie dort unten gelegen, und einen Teil der letzten Nacht.

Wenn man sie hier lebend rausholte, würde ich alles tun, dachte ich. Ich würde alles tun, um sie glücklich zu machen. Ich würde alles geben. Mir ist alles egal, meine Arbeit, mein Geld, recht zu haben, wenn wir streiten, holt sie hier nur lebend raus.

Auf einmal drehte sich Marcowski mit einem Lächeln zu mir um. „Sie sind auf dem Weg nach oben."

Ein paar Sekunden später kam die Bahre hoch, ohne den kräftigen Beamten der Küstenwache. Ein aufgerollter rötlicher Teppich voll mit dicken Dreckklumpen war auf die Bahre gebunden. Mein Herz zersprang fast bei dem Gedanken, dass Annie in diesem Teppich eingewickelt lag. Es sah aus, als hätte darin kaum ein Bleistift Platz, geschweige denn eine Person.

„Das ist Annie? Sie ist in diesem verfluchten Teppich?"

Marcowski nickte. „Sie haben mit ihr geredet. Kann sich nicht bewegen, aber es geht ihr gut. Sie werden sie im Hubschrauber rausholen und dann wieder runtergehen, um die andere zu holen."

Zwei Minuten später tauchte die Bahre erneut aus dem Loch auf, diesmal lag June darauf, und der Beamte der Küstenwache stand in einem Steigbügel am Seil. Sie wurden hinaufgezogen, und als alle drin waren, flog der Hubschrauber davon.

Ich sah ihm hinterher, bis er nur noch ein Punkt unter den Wolken war, schätzungsweise acht Kilometer weit entfernt, auf dem Weg zum Krankenhaus von Tampa. Ich atmete erleichtert durch. Ich fühlte mich, als hätte ich in den letzten zehn Minuten den Atem angehalten.

„Verdammt, was für 'ne Rettungsaktion", sagte ich, während ich Marcowski die Hand schüttelte.

„Teufel, Sal, wie sagt man so schön: Es gibt verdammt nochmal für alles ein erstes Mal."

KAPITEL 39 - SALVATORE

„Wo zum Teufel hast du gesteckt?"

Ich saß im Wartesaal des Krankenhauses von Tampa. Und wer kam herein? Es war Todd. Er sah bei meinem Anblick genauso überrascht aus, wie ich bei seinem. Ich stand auf.

„Hier bist du", sagte Todd und schien keine Worte zu finden.

„Annie und June sind hier drin. Annie wird wegen einer Gehirnerschütterung behandelt, und June muss sich den Arm in Ordnung bringen lassen. Sie lagen in diesem verfluchten Erdloch. Dort, wo wir waren."

„Hab's im Polizeifunk gehört. Deshalb bin ich hergerast."

„Wieso zum Teufel bist du aus dem Wagen gesprungen, als du Dragan die Straße runterkommen sahst? Wohin bist du gerannt?"

Todd starrte mich einen Augenblick lang an, als wäre ich bescheuert. „Du hast es nicht kapiert?"

„Du wolltest, dass er dir folgt wie 'nem Lockvogel", sagte ich.

„Genau", sagte er.

„Das war 'ne verdammt gefährliche Idee. Es war ja nicht mal abgesprochen. Ich bin schließlich in ihn reingerast, damit er dich nicht verfolgt."

Todd zuckte mit den Achseln. „Hat funktioniert, oder nicht?"

In Gedanken ging ich die ganze Szene nochmal durch. Hätte ich den Lieferwagen nicht mit dem Hummer gestoppt, wäre Todd erschossen worden. Oder sie hätten ihn überfahren. Ich hatte gerade noch Zeit gehabt für einen kurzen Blick in seine Richtung, als er die Straße hinuntergelaufen war, dann hatte ich mich auf den herannahenden Lieferwagen konzentrieren müssen. Die ganze Sache ergab keinen Sinn. Man springt doch auch nicht aus einem brennenden Gebäude, wenn das Feuer noch weit entfernt ist. Er wäre im Hummer sicherer gewesen. Aber das war typisch Todd Paine, er musste alles auf seine eigene Art machen. Trotzdem, er hatte es überlebt, entgegen allen Erwartungen vielleicht, aber so war es nun einmal.

„Der andere Typ hat ihn verpfiffen", sagte ich. „Ihm haben wir es zu verdanken, dass wir zu dem Erdloch zurückgegangen sind. Ansonsten wären die Frauen jetzt bestimmt tot."

Wir saßen eine Weile da, und Todd begann, die Fotos auf seinem Handy durchzusehen.

„Bist du eigentlich eher Fotograf als Journalist?", fragte ich ihn, hauptsächlich, um die Zeit totzuschlagen.

„Fotografen sind Journalisten", sagte er. Er winkte ab. „Ich weiß, was du meinst. Wenn sie dich irgendwohin schicken, musst du alles liefern. Ich schicke ihnen Fotos zu meinen Berichten. Sie nehmen, was sie brauchen können. Einiges kommt auf die *Tribune*-Webseite und wird gar nicht in der Zeitung abgedruckt."

„Dann hast du also alle Daten abgespeichert, bevor dein Handy kaputtging? Deine alten Fotos und alles?"

Er sah mich an, als wäre ich schwer von Begriff. „Ich hatte es auf meinen Laptop überspielt, Sal. Was denn sonst? Sobald ich das neue Handy hatte, überspielte ich es erneut und hatte fast alles wieder drauf."

„Fast alles?"

„Du weißt ja, wie das ist. Es gibt immer etwas, das man nicht mehr findet."

„Und ich dachte, das geht nur mir so."

Ich spürte etwas in meiner Tasche und zog Annies Handy hervor. Ich hatte es in Dragans Badezimmer gefunden. Ich steckte es zurück in meine Tasche, als Todd mich ansprach.

„Hey, ist das Annies Handy? Kann ich mal sehen?"

„Wozu?"

Er blickte mich komisch an, als wäre dies eine merkwürdige Frage. „Ich bin Reporter, Sal. Die Neugier ist uns angeboren."

Ich stand auf. „Nun ja, Annie möchte bestimmt nicht, dass sich andere Leute ihr Handy ansehen. Komm, hast du Lust auf Kaffee?"

Todd stand auf. „Ich werde schon nichts löschen. Ich bin ihr Schwager, Herrgott noch mal."

„Hast du schon mit June geredet? Hat sie dich angerufen?" Ich versuchte, das Thema zu wechseln.

„Ja. Sie sagte, ihre Eltern kämen sie abholen. Als wollte ich unbedingt Junes Eltern kennenlernen. Komm schon, gib mir Annies Handy."

Todd war wie ein Kind. Er nervte mich immer noch damit, als wir in die Cafeteria traten.

„Wieso zum Teufel bist du so versessen auf Annies Handy? Ich hab das Gefühl, es hat gar nichts mit deinem blöden Bericht zu tun."

„Ein Handy sagt viel über jemanden aus."

„Das musst du mir nicht erzählen", sagte ich.

„Also, wie sieht's aus? Ganz kurz?"

„Na gut, aber dann gibst du mir dafür dein Handy." Ich streckte ihm meine rechte Hand entgegen, den Kaffee hielt ich in meiner linken.

„Ich geb dir mein Handy nicht", sagte Todd.

„Das hab ich mir gedacht. Wie kommst du darauf, dass Annie dir erlauben würde, ihr Handy anzusehen?"

„Jemand wie sie hat bestimmt nichts dagegen."

„Was zum Teufel soll das heißen, ‚jemand wie sie'?"

„Dir erlaubt sie's ja auch, oder etwa nicht?"

„Ich bin ihr Verlobter, du Idiot. Das ist was anderes. Glaubst du, sie will, dass du die SMS liest, die sie und ihre Schwester einander geschrieben haben?"

„Die kann man mit 'nem Passwort schützen", sagte Todd. „Außerdem interessieren die mich gar nicht."

Als wir in den Wartesaal zurückkehrten, nahm ich nicht Platz, sondern ging raus zum Hummer, um meinen Laptop zu holen. Ich nahm ihn mit hinein, setzte mich so weit wie möglich von Todd entfernt und suchte nach den Meldungen über Morde in Tampa. Der Mord von Arnica Alvarez war noch nicht im Netz. Aber in der Onlineausgabe der heutigen Zeitung von Tampa konnte man mehr Details zu Trixie Benthaus lesen. Laut Bericht war sie fünfundzwanzig Jahre alt und arbeitete als Kellnerin im Papaya-Club in Tampa.

Ich ging rüber zu Todd, um ihm den Artikel zu zeigen.

„Wie hieß der Club, in dem Annie das private Dinner mit Garcia hatte?", fragte ich ihn.

„Papaya. Annie und June waren vor zwei Tagen dort. June sagte, dort hätten sie Arnica getroffen."

„Sieh dir das an." Ich gab Todd etwas Zeit, um den Bericht durchzulesen. „Dann haben also beide, Arnica und Trixie, im Papaya gearbeitet?"

„Sieht so aus."

„Ein Club, zwei tote Kellnerinnen. Was sagt dir das?"

„Jemand war sauer, dass sie die Drinks panschten?", sagte Todd.

Ich ignorierte seinen Witz. Halb im Selbstgespräch versuchte ich, einem Gedanken zu folgen. „In diesem Club scheint was faul zu sein. Aber wie passt Michael Garcias ermordeter Freund da rein?"

Eine Ärztin trat in den Wartesaal. Ihr Blick blieb auf mir ruhen. „Mister D'Angelo?" Ich stand auf und schüttelte ihre Hand. „Ich bin Doktor Ling. Kommen Sie", sagte sie.

„Wie geht's Annie? Ist sie okay?" Ich folgte der Ärztin den Gang hinunter.

„Sie wird schon wieder", sagte die Ärztin. „Sie können sie mit nach Hause nehmen. Sie braucht was zu essen, Ruhe und viel Flüssigkeit. Die andere ebenfalls. Das sind sehr starke Frauen. Ich werde der Schwester sagen, dass sie sie von den Geräten nehmen soll, und dann können Sie sie nach Hause bringen."

Die Ärztin zog einen grünen Vorhang zur Seite, und ich sah Annie auf einem Krankenbett liegen. Ihr zierlicher Körper unter dem hellgrünen Tuch sah wie der eines Kindes aus. Von einem Metallständer auf Rollen schlängelte sich ein Infusionsschlauch bis zu ihrem Arm hinab. Ein Monitor war mit einem Kabel verbunden, der an ihre Fingerspitze geklebt war. An der Wand hinter ihr hingen drei verschiedene Maschinen mit blinkenden Zahlen. Ich erkannte die Blutdruckwerte, die Herzfrequenz und den Sauerstoffgehalt ihres Blutes.

„Hey, Kämpferin", sagte ich und küsste sie auf die Stirn.

„Michael?", sagte sie. Sie öffnete die Augen. Das schmerzte.

Ausgerechnet dieser Bockmist … Ich behielt das Lächeln auf meinem Gesicht, obwohl sie den Namen eines anderen Mannes ausgesprochen hatte. Ich hasste es, zuzugeben, dass Todd in einer Sache recht haben könnte. Aber jetzt war nicht der Zeitpunkt dafür. Wir sahen uns in die Augen.

„Das wird schon wieder. Erinnerst du dich daran, was geschehen ist?"

„Salvatore. Was machst du denn hier?", fragte sie plötzlich hellwach.

„Es war ein Sonderangebot von Air Tran."

Annie lächelte, dann bekam sie Sorgenfalten. „June?"

„June hat was am Arm abgekriegt, du am Kopf. Die Ärztin hat gesagt, du darfst eine Woche lang Tag und Nacht nicht von meiner Seite weichen."

„Klingt nach der richtigen Medizin für mich", sagte Annie. Mir wurde warm ums Herz. Wir hielten uns die Hände. „Was ist mit Arnica?"

Ich sah, dass Annie schwach und angeschlagen war, aber ich fand, sie würde es schon verkraften. Annie hatte vier Jahre lang im Kampfanzug auf Bösewichte geschossen. „Sie ist tot. Wieso bist du zu Arnica nach Hause gegangen, Annie?"

Sie schloss wieder die Augen, als wollte sie die schlechten Neuigkeiten ausblenden. Sie schluckte. „Sharona ist auch tot. Wir haben Sharona gefunden. Wir waren besorgt um Arnicas Sicherheit."

„Sharona? Wer ist Sharona?"

„Arnicas Freundin", sagte Annie flüsternd.

KAPITEL 40 - SALVATORE

Wir kehrten zum Motel zurück, wobei Todd in seinem eigenen Wagen fuhr. Dass Garcia im Knast saß und sein Freund ermordet worden war, kümmerte mich nicht. Ich war einfach froh, Annie heil wieder zu haben.

Annie war wegen Arnicas Tod deprimiert. Sie fühlte sich verantwortlich dafür, weil sie Informationen aus ihr herausgepresst hatte.

„Worin Arnica auch immer verwickelt war, und wen auch immer sie provoziert hat, als sie mit dir sprach, das sind diejenigen, die verantwortlich sind, nicht du", sagte ich. Ich stimmte Annie zu, dass auch eine Verbindung zum Mord an Husker bestehen musste, aber ich konnte das Puzzle nicht vervollständigen.

Während sie sich bei einem Bad entspannte, fuhr ich raus zum Flughafen und tauschte den Hummer gegen einen neuen, ebenfalls gelben. Die Leute vom Autoverleih versammelten sich um mein zerbeultes Fahrzeug und staunten über die plattgedrückte Motorhaube und das Einschussloch, während sie mit ihren Handys Fotos schossen.

Meine Arbeit als Privatdetektiv war nicht immer so aufregend. Den üblichen Adrenalinstoß hatte ich dann, wenn ich Dinge im Internet herausfand, von denen die Leute dachten, sie seien privat, wie zum Beispiel Geldüberweisungen oder Twitter-Nachrichten, die auf Google-Seiten erschienen. Versicherungsunternehmen zahlten gutes Geld für solche Informationen. Man mag vielleicht denken, ich hätte auf diese Weise das eine oder andere Leben ruiniert. Ich ziehe die Auffassung vor, dass die Leute sich ihr eigenes Leben ruinieren, und meiner Ansicht nach erhalten sie in der Regel das, was sie verdienen.

Garcia hatte seinen besten Freund vermutlich nicht umgebracht, das musste ich mir eingestehen. Mit seiner Inhaftierung hatte aber dennoch die Gerechtigkeit gesiegt. Sein Leben war eine nicht enden wollende Verkettung von falschen Entscheidungen und Fehlern. Annie hatte mir von ihren Ermittlungen berichtet. Es sah zunehmend danach aus, als hätte Owen Mathers jemanden so verärgert, dass dieser ihn ausschalten wollte, genau wie Arnica und ihre Freundin aus der Stadt, Trixie Benthaus. Das Leben war für diese Leute keinen Pfifferling wert. Mathers hatte den Fehler gemacht, sich mit gefährlichen Leuten abzugeben. Die wussten vermutlich nicht einmal, dass sein Onkel Senator war, und wenn doch, welchen Unterschied hätte das für sie gemacht? Wer in der Lage ist, Frauen in Teppiche zu wickeln und in ein Erdloch zu werfen, damit sie abkratzen, war bestimmt auch in der Lage, Owen ein Bajonett in die Brust zu stoßen.

Um acht war Annie bereit, mit mir auszugehen, um etwas zu essen. Wir wollten gerade zur Tür hinaus, als mein Handy vibrierte.

„Marcowski", sagte ich.

„Dein Täter hat gesungen. Ein echter Knüller, du wirst's nicht glauben", sagte der Cop. „Dragan hat beide Morde gestanden. Dazu waren nur ein paar Details nötig, die uns der andere gegeben hatte. Er wusste, dass er keine Chance hatte. Übrigens, wir haben über hundert Kilo Crystal Meth im Lieferwagen gefunden."

„Was hat er gesagt?"

„Sein Boss ist Barkeeper im Papaya. Zachary Lee Kane. Arbeitet dort seit der Eröffnung des Clubs vor zehn Jahren. Dragan sagt, Kane habe die Morde befohlen. Wir haben Kane zum Verhör festgenommen. Er hat seinen Anwalt eingeschaltet."

„Hat Dragan gesagt, wieso die Frauen umgebracht wurden?"

„Kane fand, sie würden zu viel absahnen, und wollte ein Exempel statuieren. Der andere Kerl im Lieferwagen hat dasselbe ausgesagt. Er ist im Papaya für Wartungsarbeiten zuständig."

„Echte Volltreffer."

„Ich dachte, Sie sollten das wissen", sagte Marcowski.

Beim Essen berichtete mir Annie mehr über ihre Nachforschungen. Annie glaubte, dass Russell Mathers einen Drogenhandel im Untergrund führte und dafür ausgewählte Angestellte seiner unterschiedlichen Unternehmen benutzte. Ich sagte ihr, es wäre wahrscheinlicher, dass der Drogenring ohne die Kenntnis des Geschäftsinhabers geführt würde.

„Einer dieser Kerle musste Husker umgebracht haben", sagte Annie. „Ich wünschte nur, mein Anwalt würde das auch so sehen. Das Problem ist, er ist mit Russell befreundet."

„Welcher Anwalt?"

Annie hatte Tomatensuppe bestellt. Ihr Suppenlöffel stoppte mitten in der Luft, und sie sah mich an. Wir hatten uns ein paar Tage nicht gesehen. Vermutlich brauchte sie einen Moment, um nachzudenken, was sie mir schon erzählt hatte und was nicht.

„Der Anwalt, den ich für Michael angeheuert hab."

„Du hast ihm einen Anwalt besorgt?" Das schien jetzt etwas zu weit zu gehen.

„Sollte er deiner Meinung nach den Pflichtverteidiger nehmen? Komm schon, Salvatore."

„Nein, ich schätze, er braucht einen Anwalt. Darüber hatte ich gar nicht nachgedacht. Aber was ich nicht verstehe, ist, wieso ausgerechnet du das tun musstest."

„Na ja, wer sonst?"

Ich zuckte mit der Schulter. Was wusste ich über Garcia? „Seine Familie?"

„Seine Familie kümmert sich einen Scheiß darum, ob er lebt oder tot ist. Sein bester Freund hätte vielleicht das Geld gehabt, aber der wurde letzten Samstag erstochen. Niemand sonst hätte ihm ausgeholfen."

„Wie viel hat dieser Anwalt gekostet?"

„Er wurde zu Unrecht angeklagt. Er sitzt da im Knast, und ein anderer hat Husker ermordet. Kannst du das verstehen?"

„Ich verstehe, Annie. Ich kapier nur die Sache mit dem Anwalt nicht. War er teuer?"

„Nicht so wichtig. Zehntausend als Vorschuss", sagte Annie.

Mir fiel fast die Gabel aus der Hand. Die frittierte Artischocke blieb halb zerkaut in meinem Mund liegen. Annie sah meinen Gesichtsausdruck. Der Anwalt hatte sie übers Ohr gehauen. Ich musste an meine Scheidung zurückdenken. Der Anwalt hatte mir Gebühren von nur dreitausend Dollar versprochen. Als alles vorbei war, hatte er mir mehr als das

Dreifache in Rechnung gestellt und die zusätzlichen Kosten auf unvorhergesehene Umstände abgeschoben. Dinge, die er aufgrund seiner Erfahrung hätte vorhersehen müssen.

Annie hatte zehntausend Dollar ausgegeben, um Michael Garcia freizubekommen. Ein Vermögen. Was sagte das über die beiden aus? Was sagte das über uns aus?

Der Diamant glitzerte an ihrem Finger, als sie sich ein Stück vom Steak abschnitt. Für einige Augenblicke schwiegen wir, doch ich kriegte diese Summe nicht aus meinem Kopf. Sie hatte für Garcias Verteidigung mehr ausgegeben, als ich für ihren Verlobungsring. Ich ärgerte mich, diesen Vergleich zu ziehen, aber es ging mir einfach nicht aus dem Kopf.

Plötzlich musste ich an Todd denken, der sich unbedingt Annies Handy hatte ansehen wollen. In meinen Detektivkursen sage ich immer, das Handy ist ein Fenster zum Leben seines Besitzers. SMS, Fotos, eingehende und ausgehende Anrufe … Die meisten Leute löschten das Zeug nicht so oft, wie man sollte. Für die meisten gab es auch keinen Grund dazu. Hätte ich mir Annies SMS und Anrufe der Tage vor Garcias Festnahme angesehen, was hätte ich wohl entdeckt?

Beim Gedanken über ein solches Eindringen in ihre Privatsphäre stöhnte ich laut. So etwas könnte ich niemals tun.

„Was ist los? Hast du Schmerzen?", fragte Annie.

„Ich will ehrlich mit dir sein. Ich versteh nicht, wie du für Garcias Verteidigung ein solches Vermögen hinblättern konntest."

„Wieso nicht?"

„Mit dieser Summe kann man ein Auto kaufen."

„Es soll die beste Anwaltskanzlei von Tampa sein. So viel verlangen die nun mal zu Beginn."

„Es nervt mich einfach, okay?"

„Weil es Michael ist. Schon kapiert, Salvatore. Du bist eifersüchtig."

„Hilf mir doch, es zu verstehen, Annie. Nimm zum Beispiel diesen Ring. Er symbolisiert meine Gefühle für dich. Meine Treue. Und dann gehst du hin und gibst denselben Betrag für deinen Ex aus."

„Er ist unschuldig, Salvatore. Das solltest du inzwischen wissen. Willst du, dass er Monate oder Jahre im Knast verbringt für ein Verbrechen, das er nicht begangen hat? Wie viel ist das wert? Das konnte ich doch nicht zulassen. Ich habe das Geld ausgegeben, um Gerechtigkeit zu schaffen. Hör auf, es als Symbol für etwas zu sehen. Es ist einfach nur dumm, das Geld, das ich für den Anwalt ausgegeben habe, damit zu vergleichen." Sie präsentierte Beweisstück A, den Ring.

„Ach, jetzt ist es dumm? Das denkst du vielleicht."

„Genau das denke ich."

„Na ja, die wenigsten Leute lassen für jemanden einfach so zehntausend Dollar springen, wenn diese Person ihnen nichts bedeutet. Nach einem Tag und einer Nacht in seinem Wagen", fügte ich an.

„Ich wusste, du würdest nicht damit klarkommen", sagte Annie.

„Versetz dich mal in meine Lage. Würdest du dir nicht auch verarscht vorkommen?"

„Ehrlich gesagt, nein, würde ich nicht."

„Wenn ich also mit meiner Ex eine Autofahrt unternehmen würde – ohne mich von dir zu verabschieden – nur weil sie aufgetaucht ist und mir ein Liebesgedicht geschrieben hat, wärst du nicht im Geringsten sauer?"

Annie wurde rot im Gesicht. Ich wusste nicht, ob es Wut oder Scham war, aber irgendetwas war es. Vielleicht eine

Kombination aus beidem. Was immer es war, sie sagte kein Wort mehr. Sie stand vom Tisch auf und ging hinaus. Ich war so sauer, dass ich mich nicht umdrehte und sie anflehte, zurückzukommen. Ich wollte sie hier nicht um Verzeihung bitten. Sie war diejenige, die die Grenzen ausforschte, nicht ich.

Ich saß lange Zeit da, ich weiß nicht wie lange, und starrte vor mich hin. Ich hatte dieses Bild von Annie in meinem Kopf, wie sie ihn umarmt und küsst, dieses Foto von Garcia auf Todds Handy, auf dem sein Arm über Annies Brust hängt, und das sich in eine leidenschaftliche Umarmung verwandelt. Das Bild setzte mein Hirn außer Funktion. Wie ein abgestürzter Computer. Ich nahm nichts mehr wahr, weder den Kellner, der kam und ging, noch mein Essen, noch meinen Wein.

Mir war der Appetit vergangen. Was bei mir zugegebenermaßen nicht sehr häufig vorkam. Ich bezahlte die Rechnung und faltete meine Serviette. Annies Serviette lag zusammengeknüllt auf ihrer Seite des Tisches. Eine metallische Ecke spitzte unter dem Stoff hervor. Sie hatte ihr Handy vergessen. Ich steckte es in meine Tasche und verließ das Restaurant. Zum zweiten Mal innerhalb eines Tages hatte ich ihr Handy gefunden. Die Luft draußen hatte sich abgekühlt. Obwohl es immer noch feucht war, wäre es ein schöner Abend für einen Spaziergang gewesen.

Ich hatte nicht vor, mir Annies Handy anzusehen. Wenn sie mir etwas verschwieg, wollte ich es gar nicht wissen. Todd war derjenige, der sich ihr Handy hatte ansehen wollte. Ich war nicht wie er, und ich wollte auf keinen Fall wie er sein.

Ich ging zu Fuß zurück zum Motel und hoffte, sie im Zimmer anzutreffen. Als ich am Pool vorbeiging, sah ich Todd in Bermuda-Shorts und einem T-Shirt allein dasitzen, die Füße auf einen Stuhl gelegt, und die Fotos auf seinem Handy durchgehen. Er war zu sehr darin vertieft, um mich zu bemerken. Annie war nirgends zu finden.

Als ich ins Zimmer trat, fand ich es leer vor. Na toll, dann war sie also irgendwo da draußen auf der Straße. Eine Frau, die vor vierundzwanzig Stunden entführt worden war. Eine Frau, die jemanden so sehr auf die Palme gebracht hatte, dass dieser, nachdem er zwei andere Frauen kaltgemacht hatte, sie mit Drogen vollpumpte und in ein Erdloch warf. Die Entführer waren geschnappt worden, und ihr Anführer, der Barkeeper, ebenfalls, aber an einer solchen Tat mussten noch andere beteiligt sein. Was, wenn es wahr wäre, dass dieser Russell Mathers doch hinter all dem steckt? Wieso sollte Garcia in dieser Sache lügen? Sein bester Freund war Russells jüngerer Bruder. Garcia hätte definitiv Bescheid wissen können.

Allerdings war er auch ein krankhafter Lügner.

Ich schickte Annie eine SMS, damit sie wusste, dass ich wieder im Zimmer war. Zumindest war sie am Leben, immerhin das. Es war kaum zu glauben, dass sie nur fünf Stunden zuvor aus diesem Höllenloch vor dem sicheren Tod gerettet worden war. Die Ärztin hatte gesagt, es sei bloß eine kleine Gehirnerschütterung gewesen, nichts Dramatisches. Wir hatten heute so viel durchgemacht, und jetzt dieser dumme Streit.

Ich spürte ein Vibrieren in meiner Hosentasche. Ich starrte auf das Muster an der Decke des Motelzimmers und wunderte mich über das Ausmaß meiner eigenen Dummheit. Annie würde diese SMS so schnell nicht zu Gesicht bekommen, da ihr Handy in meiner eigenen Tasche steckte. Mein Hirn lief offenbar auf Sparflamme. Auf sehr niedriger Sparflamme.

KAPITEL 41 - SALVATORE

„Du kannst dich zu mir setzen, unter zwei Bedingungen", sagte Todd, als ich ein paar Minuten später am Pool zu ihm stieß. „Ich werde heute Abend nicht nass. Und ich will Annies Handy haben. Eine Viertelstunde. Mehr brauch ich nicht."

„Nicht schon wieder."

„So schnell gebe ich nicht auf", sagte Todd.

„Zuerst gibst du mir dein Handy." Ich hielt ihm meine Hand hin. Ich weiß nicht, wieso ich mich schon wieder darauf einließ. Ich nehme an, ich war immer noch sauer auf Annie. Weil sie mir nicht einmal zuhörte. Weil sie so unvernünftig wurde, wenn es um Garcia ging. Und nun war sie verschwunden.

„Was zum Teufel willst du mit meinem Handy?"

„Nichts. Ich will mir dein Handy gar nicht ansehen. Ich wollte nur von dir hören, dass du niemanden an dein Handy ranlässt."

Er reichte mir sein Handy rüber. „Zufrieden?"

Ich drückte die Home-Taste. „Ohne Code komm ich nicht weiter."

Er sagte mir den Code. Ich stand langsam auf, griff in meine Tasche und reichte ihm Annies Handy. Es gefiel mir nicht, dass er es darauf ankommen ließ. Ich hatte ein flaues Gefühl im Magen.

Ich wusste nicht, wie ich es Annie erklären sollte. Aber ich sah keine Möglichkeit mehr, mich vor dem Deal zu drücken. „Du hast fünfzehn Minuten."

„Wo willst du hin?", wollte Todd wissen. „Hey, Sal, wo willst du mit meinem Handy hin?"

„Ich muss mal scheißen gehen", sagte ich. „Bin in 'ner Viertelstunde zurück. Ich schwöre bei Gott, wenn ich rausfinde, dass du auch nur eine SMS zwischen Annie und ihrer Schwester gelesen hast, dann tu ich was viel Schlimmeres, als dich in den Pool zu werfen."

Schnell ging ich zurück aufs Zimmer, als hätte ich wirklich den Dünnpfiff. Sobald ich drin war, schloss ich Todds Handy mit einem USB-Kabel an meinen Laptop an. Ich wollte mich nicht auf das Funknetz dieses billigen Motels verlassen. In weniger als fünf Minuten hatte ich seine ganzen Fotos, Nachrichten, aus- und eingehenden Nummern und Kontakte auf meinen Laptop kopiert. Ich kopierte auch Todds internen Speicher. Es war ein neues Handy, aber die Daten seines alten Handys befanden sich alle auf der Speicherkarte, da er sie in der Cloud abgespeichert hatte.

Ich wusste nicht genau, was ich finden würde, aber eine innere Stimme sagte mir: Warum sollte ich diese Gelegenheit nicht nutzen? Den Inhalt von Annies Handy hatte ich mir nie angesehen, aber ich hatte keine Skrupel, Todds Handy zu durchstöbern. Ich wollte Annie nicht sagen müssen, dass ich ihr Handy umsonst weggegeben hatte. Ich wusste, dass Annie und ihre Schwester sich keine SMS schrieben, denn Alison hasste SMS. Hoffentlich würde Todd seine ganze Zeit mit der Suche danach verschwenden.

Nach zehn Minuten war ich zurück am Pool. Todd hatte uns ein paar Bierchen bestellt. In dieser feuchten Luft schmeckte das Bier besonders gut.

„Na, Erfolg gehabt?" Ich gab Todd sein Handy zurück, und er gab mir Annies.

„Nein. Und du?"

„Es war ein ganz ordentliches Geschäft, du weißt schon, nicht zu trocken …"

„Erspar mir die Details, Sal, mein Gott! Hast du gewusst, was für einen krass scheußlichen Musikgeschmack Annie hat? Sie muss jeden Michael Jackson-Song besitzen, der je geschrieben wurde."

„Was hast du gegen Michael Jackson?"

Er blickte mich an wie einen Opa, der wissen wollte, welchen Zweck das Internet erfüllte. Dann wechselte er das Thema „Sie ist ziemlich in Garcia vernarrt. So viel steht fest."

„Also darum ging's."

Todd sah ein paar spielenden Kindern im Pool zu, bevor er antwortete. Ich hatte nicht vor, mir ihr Handy selbst anzusehen. Doch ich fand, ich war nicht mir nicht zu schade, ihn ein wenig auszuquetschen, auf die indirekte Art.

„Sollte er je aus dem Knast kommen, bist du erledigt. Das ist alles, was ich dazu sage."

„Spar dir deine Worte."

„Du denkst, er kommt gar nicht raus?"

„Ich wusste, es war ein Fehler, dir ihr Handy zu geben. Was zum Teufel hast du gesehen?"

„Glaub mir, das willst du echt nicht wissen, Sal."

Sein Kommentar ließ ungewollte Bilder in meinem Kopf erscheinen, Bilder von Annie und Garcia zusammen. Ihre verschlungenen Körper, damals im Irak. Oder wer weiß, vielleicht hier. In diesem Moment sah ich Annie durch das kleine Tor am Poolgelände kommen. Sie erblickte uns und kam herüber.

„Hier seid ihr."

„Wo warst du?"

„Spazieren. Dann hab ich bemerkt, dass ich mein Handy im Restaurant gelassen hatte und ging zurück, aber sie sagten, sie hätten es nicht gesehen. Ich ging zurück aufs Zimmer, aber du warst nicht da."

Ich gab Annie ihr Handy zurück. Ich würdigte Todd keines Blickes. Er kannte mich gut genug, um zu wissen, dass ich gewalttätig würde, sollte er jetzt irgendeinen Kommentar riskieren.

„Ich bin froh, dass es dir gut geht", sagte ich. „Dieser Entführer hat vielleicht Freunde und versucht es nochmal. Es gefällt mir nicht, wenn du da draußen auf der Straße rumspazierst."

„Du hast recht", sagte Annie. Ihre Zustimmung überraschte mich. Sie wandte sich Todd zu, der Annie schon die längste Zeit anstarrte. „Jetzt hast du also deine Story. Wann fährst du nach Chicago zurück?"

Todd kippte sein Bierglas hinunter und stand auf. „Da June ihren Arm in der Schlinge hat, wird sie morgen Abend beim Wohltätigkeitsbankett zusätzliche Hilfe brauchen. Ich hab ihr gesagt, dass ich noch so lange da bleibe. Sie hat mich bei den Kuchen eingeteilt. Vielleicht fahr ich am Freitag zurück. Ich hau mich jetzt aufs Ohr."

Er beugte sich vor, um Annie auf die Wange zu küssen, doch sie lehnte sich zurück, sodass er verfehlte. „Du kannst mich mal", sagte sie.

Als wir unter uns waren, dachte ich wieder an unseren Streit im Restaurant. Annies Ring funkelte im Licht des Pools. Sie betrachtete ihn ebenfalls.

KOLLATERALSCHADEN

„Du hast die Bedeutung, dass ich Michael die Verteidigung bezahlt habe, völlig missverstanden", sagte sie. Als sie meinen fragenden Ausdruck sah, fuhr sie fort: „Der Grund war nicht sein Liebesgedicht. Es hatte auch nichts damit zu tun, dass ich mit ihm hierher gefahren bin. Er hat diese Tat nicht begangen, also kann er dafür nicht eingesperrt werden. So einfach ist das für mich. Das kostet Geld, und ich habe Geld."

„Es gibt viele zu Unrecht angeklagte Menschen in amerikanischen Gefängnissen. Du könntest eine Stiftung gründen."

„Er ist der Einzige, den ich kenne, okay?"

Er ist der Einzige, den du mal geliebt hast.

„Ist okay, Annie. Ich akzeptiere es. Ich finde es einfach nicht toll, das ist alles. Ich muss nicht alles toll finden, was tu tust oder denkst."

„Er kann es mir zurückzahlen, wenn er rauskommt."

An diese Möglichkeit hatte ich nicht gedacht. „Er kann diese schnittige Corvette verkaufen und hat dann immer noch Geld übrig. Außerdem denke ich, du hast diesen Anwalt zu hoch bezahlt."

„Glaubst du, ich kann was zurückfordern?"

„Wir können's versuchen. Vielleicht finden wir raus, was er bisher unternommen hat, um Michael zu entlasten. Er soll alles auflisten."

„Dem sollte die Lizenz entzogen werden", sagte Annie.

Ich liebte es, wenn sie ihren Unterkiefer auf diese Art vorschob. Ich wusste nichts über ihren Anwalt, aber wir hatten etwas gefunden, worin wir übereinstimmten. Wir gingen rauf aufs Zimmer, und ich verriegelte die Tür zweimal. Annies Kopfweh war weg. Sie war nicht mehr müde, und ich spürte ebenfalls neue Energie. Wir sprachen nicht darüber, was ich mit ihrem Handy getan hatte. Wir sprachen über gar nichts. Ich dachte, wir können morgen reden oder am Tag darauf. Alles, was ich jetzt wollte, war meine Annie, und endlich hatte ich sie in meinen Armen.

KAPITEL 42 - SALVATORE

Am nächsten Morgen saßen wir im Wagen auf dem Parkplatz vor der Anwaltskanzlei, als mich Marcowski anrief. Ich ließ den Wagen und die Klimaanlage laufen.

„Sie haben diese Ganoven zu jedem Aspekt im Mathers-Mord ausgequetscht, aber sie gestehen nur den Mord an den beiden Frauen."

„Was ist mit dem Barkeeper?"

„Der schweigt. Da wird's wohl länger dauern. Er hat ein ganzes Team von Anwälten, die für ihn arbeiten."

„Ein Team? Wer bezahlt all die Anwälte?"

„Kann ich dir nicht sagen, Sal, aber du weißt, was das bedeutet."

„Jemand beschützt ihn."

„Oder es gibt wirklich keinen Zusammenhang", sagte der Cop. „Scheint unwahrscheinlich, aber das ist der aktuelle Stand."

„Ich hasse es, wenn jemand Berühmtes involviert ist", murrte ich.

Wir legten auf, und ich musste Annie eine kurze Zusammenfassung geben. Sie war nicht erfreut.

„Wie kann es sein, dass die Polizei diese anderen Kerle mit einer Riesenladung Drogen erwischt und immer noch glaubt, Michael habe Husker umgebracht? Die müssen doch wissen, dass er nicht verurteilt wird, wenn die Sache vor Gericht kommt. Ist es das, was sie wollen?"

Sie schlug auf den Fahrstuhlknopf, bereit, jemandem in den Arsch zu treten. Ich musste ihr zustimmen. Die Verbindungen auf geschäftlicher Ebene waren unumstritten. Allerdings würden diese vor Gericht als Indizienbeweise betrachtet werden. Wenn die Sachbeweise auf Garcia deuteten, was sie taten, könnten diese die Indizienbeweise, die in eine andere Richtung wiesen, überwiegen.

Fünf Minuten später kamen die Anwälte an, ein jüngerer, etwa in Annies Größe, gefolgt von einem grauhaarigen Senior-Anwalt, der einen Kopf größer war. Er konnte nur ein Senior-Anwalt sein, mit seinem grauen Anzug, dem weißen Oxford-Hemd, der gelben Krawatte und der Anstecknadel einer mir unbekannten Organisation.

„Annie Ogden, das ist John Bigelow, einer unserer geschäftsführenden Partner." Sie gaben sich die Hand, und die beiden Anwälte wandten sich dann an mich. „Mein Name ist Koshgarian", sagte der jüngere Anwalt.

„Salvatore D'Angelo", sagte ich und schüttelte seine Hand. „Ich bin Annies Verlobter und Privatdetektiv aus Chicago. Ex-Cop."

„Der Grund, warum wir hier sind", sagte Bigelow, nachdem wir uns gesetzt hatten, „ist, dass wir die bittere Pille schlucken müssen. Wir stehen in Kontakt mit dem Detective, der für den Mathers- Mord verantwortlich ist, und dem Bezirksstaatsanwalt. Ich bin sicher, Sie sind sich der Brisanz dieses Falls bewusst, da sein Onkel Senator Mathers ist."

„Wenn man bedenkt, welche Werte er vertritt, ist das umso mehr ein Grund, um in dieser Stadt aufzuräumen", sagte Annie.

„Wir setzen sie auf jede erdenkliche Art unter Druck", fuhr Bigelow fort. „Wir glauben, dass Michael Garcia reingelegt wurde, aber wir können es nicht beweisen."

„Wer hat Owen Mathers umgebracht und wieso?", fragte ich.

„Wer es war, wissen wir nicht, aber mit den gestrigen Enthüllungen können wir mit ziemlicher Sicherheit sagen, dass der Mord mit den Methamphetamin-Revierkämpfen zu tun hat, die sich zurzeit abspielen."

„Und der Zusammenhang zwischen dem Mord der beiden Frauen und Owen?", wollte Annie wissen.

„Die Polizei entlässt Garcia nicht aus der Haft ohne einen weiteren Tatverdächtigen, gegen den es solide Beweise gibt", sagte Bigelow. „Die Presse würde sie fertigmachen, wenn sie das täten. Wir wissen jedoch, dass sie bei der Untersuchung auch andere Möglichkeiten prüfen."

„Ich betrachte das als Fortschritt", sagte Kosh. Der Anwalt mit dem jugendlichen Aussehen hatte bisher nicht viel gesagt. Er sah Annie an. „Wie geht es Ihnen? Können Sie uns von der Entführung erzählen?"

Es wurde still. In Annies Ausdruck war nichts zu lesen, doch nach einer Minute erkannte ich, dass sie sich weigerte, eine so dämliche Frage zu beantworten. Es klang fast, als wollte der jüngere Anwalt ein wenig Smalltalk betreiben.

„Sie lag zehn oder zwölf Stunden lang betäubt in einen Teppich eingerollt fünfzehn Meter tief in einem Erdloch", sagte ich. „Die Täter haben die Entführung und den Mordversuch gestanden. Und während der ganzen Zeit sieht Garcia auf Kosten der Steuerzahler fern."

Ich sah, wie die beiden Anwälte Blicke austauschten, aber ich wusste nicht, was das bedeutete. Bigelow stand auf.

„Ich habe in drei Minuten eine weitere Konferenz", sagte Bigelow. „Ich bin zuversichtlich, dass Kosh Ihren Freund rausholen kann, aber wir wissen nicht, wann. Vielleicht geht es bis zur Gerichtsverhandlung. Bei all diesen Ereignissen bin ich zuversichtlich, dass er freigesprochen wird."

„Genau", sagte Kosh.

„Wann findet die Verhandlung statt?", fragte Annie.

„In sechs bis neun Monaten", sagte Bigelow und suchte Bestätigung beim anderen Anwalt.

„Falls das Verfahren glattgeht", fügte Kosh hinzu.

Nachdem Bigelow gegangen war, ergriff Annie wieder das Wort. „Sie sagen also, dass er während dieser Zeit hinter Gitter versauern muss, auch wenn Sie überzeugt sind, dass er unschuldig ist. Wo ist denn hier die Gerechtigkeit?"

Kosh klopfte mit seinem Stift auf den Tisch. „Das ist ein Wort, das ich nicht sehr oft höre, wissen Sie. Dieser Fall ist politisch brisant. Es gibt einen Verdächtigen mit zu vielen Vorstrafen. Vielleicht wurden Sachbeweise untergeschoben oder manipuliert. Der Fall hat von allem etwas, aber von Gerechtigkeit ist nicht viel dabei."

„Das ist ja unerhört!", platzte Annie raus.

Koshs Augen wurden größer. Er blieb sitzen. Sein Stift blieb ruhig.

„Sie hat 'ne Menge Geld ausgegeben", sagte ich. „In Erwartung, dass er zumindest auf Kaution freikommt. Nun, da Sie eine plausible Alternative haben, was werden Sie unternehmen, damit er so bald wie möglich freigelassen wird?"

„Es gibt Fortschritte", sagte Kosh. „Ich weiß, was Sie vielleicht denken. Senator Mathers hält sich aus der Sache raus. Russell Mathers wird als Person von besonderem

Interesse verhört. Ich kenne ihn. Der Mann hat Tausende von Mitarbeitern. Unter all diesen Angestellten gibt es bestimmt ein paar schwarze Schafe. Er hatte nichts damit zu tun."

Das Treffen war zu Ende. Zweifellos dachten die Anwälte, wir seien zufrieden, doch für uns war das Ganze ziemlich unbefriedigend.

Beim Mittagessen in einem nahegelegenen Restaurant zog Annie ihr Handy hervor, um June anzurufen. Wir hatten bereits unser Essen bestellt. Sie fingerte an ihrem Handy herum und runzelte die Stirn.

„Hast du was auf meinem Handy gemacht? Meine kürzlich getätigten Anrufe sind völlig durcheinander."

„Ich nicht." Prompt kam das ungute Gefühl in meinem Bauch zurück. „Was ist denn los?"

„Es ist, als wären sie gemischt worden. Kann das von selbst passieren? Hattest du das auch schon mal?"

Ich hielt es nicht mehr aus. Seit dem Tag, an dem ich sie getroffen habe, hatte ich sie nie angelogen, und ich war gar nicht glücklich darüber, dass ich jetzt damit angefangen hatte. Auch wenn meine Lüge nur darin bestand, etwas nicht erwähnt zu haben.

„Ich muss dir was gestehen", begann ich. Ich konzentrierte mich auf eine der kleinen Sommersprossen neben Annies Nase. Sie hatte nur wenige Sommersprossen, und ich liebte es, dass sie diese nicht mit Schminke überdeckte. „Ich wollte sehen, was auf Todds Handy ist, also machten wir einen kleinen Deal."

„Was für einen Deal? Wovon redest du?"

„Annie, ich musste seine Fotos und Anruflisten sehen."

„Wieso?"

Ich improvisierte. Das ist das Heimtückische am Lügen. Man sagt Dinge, die keinerlei Bezug zur Wahrheit haben. Ich hatte keinen Grund gehabt, Todds Handy an mich zu nehmen, drehte es aber dennoch so, damit es sich anhörte, als wäre genau dies der Grund gewesen, ihm Annies Handy zu geben. Einen Platz in der Hölle hatte ich jetzt sicher, und mein Gesicht fühlte sich an, als finge es in diesem Moment zu brennen an. „Da ist irgendwas. Ich kann nicht genau sagen was, aber ich traue ihm nicht. Also hab ich ihm für zehn Minuten dein Handy gegeben."

„Du hast Todd mein Handy gegeben?"

„Zehn Minuten. Wir tauschten die Handys. Ich hab alles von seinem Handy auf meinen Laptop kopiert."

„Du hast Todd mein Handy gegeben?", wiederholte Annie. Sie schien den Rest gar nicht gehört zu haben.

„Ja."

„Wieso hast du ihm nicht dein Handy gegeben? Das kapier ich nicht."

„Er wollte deines sehen, nicht meines."

„Aber wieso? Wie konntest du mein Handy weggeben, Salvatore?" Sie hielt das Handy wie einen verseuchten Gegenstand weit von sich. Sie blickte es an, als hätte ich Hundescheiße darauf verschmiert. Sie fragte sich bestimmt, was Todd gesehen haben könnte.

„Tut mir leid. Das war falsch. Ich war wütend. Wegen unserem Streit."

„Und das war deine Rache."

„Nein, aber ich wollte an die Daten auf Todds Handy. Ich hab alles auf meinen Computer kopiert."

„Aber wieso? Wozu brauchst du die?"

„Ich weiß nicht. Hab noch keinen Blick darauf geworfen. Aber er wollte unbedingt deines sehen. Hat mich die ganze Zeit damit belästigt."

„Aber wieso? Was will er mit meinem Handy? Das ist so ein enormer Eingriff in meine Privatsphäre. Nur weil er lästig ist, nur weil er dich belästigt hat, hast du ihm mein Handy gegeben? Ich fass es nicht, dass du das getan hast."

Ich fühlte mich wie ein totaler Versager. Sie war meine Verlobte. Ich war kleinkariert und rachsüchtig gewesen, und das war nicht die Art, wie man seine Verlobte behandelte. „Du hast recht, Annie. Ich hab mich völlig daneben benommen. Ich glaube, ich weiß, wonach er gesucht hat."

„Und wonach, bitte?"

„Todd sagte, er habe sich in dich verliebt. Er kann nichts dagegen tun. Er ist der verrückten Meinung, die falsche Schwester geheiratet zu haben."

„Das ist ja so krank. Ihr Männer seid doch unglaublich. Wozu ihr fähig seid. Da macht man einen kleinen Fehler und lässt sein Handy auf dem Tisch liegen. Du hast ihm sicher noch meinen Code und so gegeben." Sie stand auf, um zu gehen.

„Geh nicht, Annie." Das wäre das zweite Mal in den letzten zwei Tagen.

„Hast du ihm den Code gegeben?"

„Jetzt wäre vielleicht ein guter Zeitpunkt, um ihn zu ändern."

Sie stürmte aus dem Restaurant. Ich sah ihr nach, als sie über den Parkplatz in Richtung Motel ging. Ich sah, wie sie in Garcias Corvette stieg und davonbrauste. Ich sah, wie kleine Rauchwolken vom Gummi aufstiegen, den sie auf dem Asphalt hinterließ.

Wie konnte ich mich nur so dumm anstellen? Ich hasste mich. Ich hasste alles an mir. Ich hatte sie aus dem Erdloch vor dem sicheren Tod gerettet, ich hatte sie sicher nach Hause gebracht, und dann hatte ich sie auf widerlichste Art betrogen. Nur weil Todd mich die ganze Zeit belästigt hatte. Ich aß alleine weiter und verfluchte mich mit jedem bitter schmeckenden Bissen, dass ich diesem Schleimbeutel nachgegeben hatte.

Ich beendete mein eigenes Mittagessen, ohne auf dem leer geräumten Teller einen einzigen Krümel übrigzulassen. Dann nahm ich mir Annies Teller vor.

KAPITEL 43 - SALVATORE

Wenn man allein in einem Motelzimmer sitzen gelassen wurde, konnte man sich entweder die Schlagadern aufschlitzen, oder man konnte sich vor seinen Laptop setzen und intensiv recherchieren. Zumindest an diesem Tag, an dem mich Annie sitzen lassen hatte, tat ich Letzteres. Ich machte mir nicht die Mühe, ihr eine SMS zu schicken. Sie brauchte ihren Freiraum. Sie musste akzeptieren, dass ich etwas wirklich Idiotisches tun konnte, und mich dennoch lieben. Jedes Mal, wenn ich unser Gespräch in Gedanken nochmals durchging, stieg mir die Hitze ins Gesicht. Ich drehte die Klimaanlage voll auf, aber das Zimmer wollte sich einfach nicht abkühlen.

Immer, wenn ich mich zu einem Funken Konzentration zwingen konnte, überkam mich beim Durchsehen der auf Google gefundenen Fotos von Russell Mathers sogleich wieder die Müdigkeit. Von Russell schien es fast so viele zu geben, wie von seinem berühmten Onkel, dem Senator, der zwischen Tallahassee und Washington hin und her pendelte.

Das einzig Interessante, das ich herausfand, war, dass Sea Tech, die Firma des weißen Lieferwagens, zu einer Holding gehörte, die von Russell Mathers kontrolliert wurde. Das machte ihn zwar noch lange nicht zum Mörder, doch es war einer dieser Zusammenhänge, die man nicht übersehen konnte.

Als ich nach der doppelten Portion Mittagessen ein kurzes Nickerchen machte, erwachte ich plötzlich und erinnerte mich, dass sich auf meiner Festplatte der gesamte Inhalt von Todds Handy befand. Das war schließlich der Grund, weshalb ich hier im Motelzimmer saß.

Ich begann mit den Fotos. Todd hatte auf der Veteranenparty Dutzende von Bildern geschossen. Ich stieß auf mehrere Fotos von Garcia, der Annies Hand in die Höhe hielt, um ihren Verlobungsring zu präsentieren, während die Leute um sie herum jubelten. Eines zeigte Garcia, der in die Kamera sah und jemandem seine Gitarre in die Hände gab. Vom Winkel her erkannte ich, dass es Todd gewesen sein musste, der mit der einen Hand das Foto geschossen und mit der anderen die Gitarre entgegengenommen hatte. Komisch, dass Garcia seine Gitarre Todd übergeben hatte. Ich fand ein Foto, auf dem Garcia mit Annie ums Haus ging, und eines, auf dem sie in die schwarze Corvette stiegen. Bei all diesen Schnappschüssen kam es mir vor, als wäre ich auch auf der Party gewesen.

Es folgte eine dunkle Aufnahme der schwarzen Corvette auf einem Parkplatz, an den Rändern teilweise unscharf. Wieso Todd so viele Fotos von Garcias Wagen gemacht hatte, war mir ein Rätsel. Eine ganze Reihe davon, fünf oder sechs hintereinander. Dann ein unscharfes Bild von Annie, die aus der Corvette stieg. Das nächste Foto zeigte sie und Garcia beim Weggehen, beide von hinten aufgenommen. Auf der

Aufnahme, die aus einiger Entfernung geschossen worden war, sah man, dass sie sich gegenseitig die Arme um den Rücken gelegt hatten. Dann zwei Fotos eines Gebäudes, das zwischen Pinien stand, und einer gelben Neonreklame: Edgerton Motel, *Zimmer frei*.

Ich ging ein paar Fotos zurück. Da war kein Zweifel. Das war Annie, die aus dem Auto stieg. Das war Garcia, mit dem sie wegging. Waren sie auf der Fahrt nach Tampa in ein Motel gegangen?

Ich hielt mir die Hände vors Gesicht und rieb mir die Augen. Leider löschte das Schließen meiner Augen jedoch nicht das Bild aus meinem Kopf. Genau das war es, was ich nicht sehen wollte, genau aus diesem Grund hatte ich mich geweigert, die Fotos auf Annies Handy durchzusehen. Die Fotos, die ich nicht sehen wollte, waren dafür jetzt auf Todds Handy. Dieser Drecksack hatte sie fotografiert, wie sie mitten in der Nacht ein Motel betraten. Da Garcia seit der Partynacht im Gefängnis saß, konnten die Fotos nur während ihrer kleinen Autoreise geschossen worden sein.

Ich ging ins Bad und setzte mich aufs Klo, um zu pinkeln. Ich spürte, wie sich meine Kehle zuschnürte. Dann begann ich, zu weinen. Mein Gesicht war nass, meine Hände waren nass. Ich saß da vor der offenen Badezimmertür. Es würde sowieso niemand reinkommen. Annie war irgendwo da draußen und schob wegen dem Handy ihre eigene Krise. Ich war allein, und ich konnte verdammt nochmal weinen, wenn mir danach war.

Ich nahm eine lange, kühle Dusche, wobei ich das kalte Wasser auf meine Haut prasseln ließ und mir einredete, das würde den Schmerz wegspülen. Ich rasierte mich. Da ich mich nicht gern rasiere, tue ich es nur alle drei bis vier Tage, und der heutige Tag schien genauso gut dafür zu sein wie jeder andere. Ich war noch nicht verheiratet. Vielleicht würde ich gar nicht heiraten. Vielleicht war diese Frau gar nicht die Richtige. Als ich ihr sagte, sie könne zu der Party gehen, wenn sie wollte, meinte ich nicht, schlaf mit deinem Ex, wenn du willst. Dies sind Entscheidungen, die man im Leben treffen muss. Offensichtlich hatte sie ihre getroffen. Und da war sie sauer auf mich, weil ich Todd ihr Handy gegeben hatte?

Mit dem starken Ethanolduft des Rasierwassers in der Nase setzte ich das Durchstöbern von Todds Bildern fort. Worauf ich viel mehr Lust hatte, war ein Schluck Whisky, aber es war erst vier Uhr nachmittags. Die Ausdünstungen des Rasierwassers mussten vorerst genügen. Ich wusste nicht, auf welche Knüller ich noch stoßen würde, als ich plötzlich Fotos entdeckte, die in Chicago aufgenommen worden waren. Ich erkannte einige Gebäude wie den Sears Tower und den Tribune Tower. Dort irgendwo musste Todds Arbeitsplatz sein. Diese Fotos wurden im Herbst aufgenommen. Es lag kein Schnee auf der Straße, und die Leute trugen Windjacken oder gar keine Mäntel. Die Fotos in diesem Ordner mussten in umgekehrter chronologischer Reihenfolge sortiert sein.

Dann folgte ein Foto von Garcia. Ich war sicher, es war Garcia, denn er hatte dieselben strahlenden, braunen Augen, dieselbe große Nase und dasselbe strähnige Haar. Doch sein Gesicht war abgemagert. Sein Blick schien unfokussiert. Er trug ein ärmelloses Unterhemd, und seine Arme sahen dünn aus, fast kraftlos. Er hatte auf dem Bild weder Bart noch Schnauzbart. War das derselbe Typ, der mir vor einer Woche in Chicago ein Veilchen verpasst hatte? Mit einem Rechtsklick auf das Bild sah ich, dass das Foto letztes Jahr am 24. September aufgenommen worden war. Vor weniger als vier Monaten.

Wie zum Teufel war Todd Paine zu einem vier Monate alten Foto von Garcia gekommen? Das ergab überhaupt keinen Sinn. Und wie war die Veränderung in Garcias Körpergewicht zustande gekommen? Ich scrollte weiter und fand noch viele weitere Fotos von Garcia, darunter auch einige, die mich wirklich aufhorchen ließen. Todd hatte Fotos von Garcia, der sich Crystal Meth von einer Tischplatte reinzog. Der Mann neben ihm konnte nur Owen Mathers sein.

War Todd letzten Herbst nach Tampa gegangen? Garcia konnte vor vier Monaten unmöglich nach Chicago gekommen sein. Nicht zusammen mit Owen Mathers. Diese Bilder waren hier aufgenommen worden. Todd hatte Alison Mitte September verlassen. Keine zwei Wochen später war er in Tampa gewesen und hatte diese kompromittierenden Fotos geschossen.

Woher hatte er gewusst, dass Garcia am Leben war? Annie hatte die überraschende Nachricht von Garcia erst vor einer Woche verkündet. Und auch das nur, weil Garcia nach Chicago gekommen war, ihr Liebesgedichte geschrieben und sie auf der Straße angerempelt hatte. Soweit ich es erkennen konnte, war Annies Schock bei Garcias Erscheinen echt gewesen. Und dennoch befanden sich auf Todds Handy Fotos von Garcia vom letzten Herbst.

Ich scrollte weiter, bis ich Fotos von Annies Schwester sah. Hier hörte ich auf. Je weniger ich von Alison Paine sah, desto besser.

Angenommen, Todd hatte im August oder September irgendwie herausgefunden, dass Garcia am Leben war. Er hatte Alison kein Wort darüber gesagt, als er ausgezogen war. Alison konnte nichts davon wissen. Todd hatte es geheim gehalten. Aber wieso hatte er Garcia überhaupt aufgesucht? Ich zermarterte mir das Hirn und versuchte, den Grund herauszufinden. Ich konnte nur an Annie denken. Nehmen wir mal Todds Besessenheit als Ausgangspunkt. Hatte er nur ein wenig im Internet herumgesurft und nach Informationen zu Annies totem Freund gesucht, um Annie auszuspionieren? Und hatte er auf diese Weise selbst herausgefunden, dass Garcia noch lebte?

Die Tatsache, dass Todd Paine vor allen anderen gewusst hatte, dass Garcia am Leben war, gab mir zu denken. Wieso hatte er es die ganze Zeit geheim gehalten? Seinen Besuch in Tampa vor vier Monaten hatte er ja nicht verleugnet, da ihn niemand danach gefragt hatte. Aber wenn er nichts zu verbergen hatte, dann hätte er es in den letzten Tagen bestimmt erwähnt. Es erstaunte mich. Ich hielt Todd nicht für geheimnistuerisch und intrigant. Ich hielt ihn für arrogant und rüpelhaft.

Die Frage war, wieso? Was hatte er vorgefunden, als er im September hierhergekommen war? Welchen Zweck hatte seine Reise gehabt? Ich scrollte zurück zu den Fotos von Garcia mit dem Meth. Seine kraftlosen Arme und eingefallenen Wangen erzählten eine traurige Geschichte. Meth hatte verheerende Auswirkungen auf den Körper der Abhängigen. Sie aßen nichts mehr, sie schliefen nicht richtig, ihre Muskeln wurden schlaff, und sie hatten Wahnvorstellungen.

Die nächsten zwei Stunden verbrachte ich mit dem Durchlesen von Todds SMS-Nachrichten. Auch bei einem so eifrigen Fotografen wie Todd erzählten die Bilder nicht die ganze Geschichte. Am späten Nachmittag hatte ich genug Informationen zusammen, um mir ein ziemlich genaues Bild dessen zu machen, was sich abgespielt haben könnte. Ich war gerade aufgestanden, um mich zu strecken, als mein Handy klingelte. Gott sei Dank, es war Annie.

„Hey, ich wollte dich gerade anrufen. Wie wär's mit ein bisschen Schwimmen?"

KOLLATERALSCHADEN

„Wir sind auf dem Weg ins Four Seasons, um June beim Wohltätigkeitsbankett zu helfen. Sie hat uns extra Kleider besorgt und alles. Es wird wohl spät werden."

„Was ist das für ein Bankett?" Ich erinnerte mich, davon gehört zu haben.

„Das ist einer der Höhepunkte des Jahres hier in Tampa. Zehn oder zwölf wohltätige Organisationen tun sich zusammen und stellen ein großes Dinner auf die Beine, um Geld zu sammeln. Für Junes Bäckerei sprang ein dicker Catering-Vertrag heraus."

Mir wurde bewusst, dass ich gar nicht eingeladen war. „Wer ist *wir*?", wollte ich wissen.

„Todd, ich und June und ein paar andere aus der Bäckerei", sagte Annie. „Wir haben wie Pferde geschuftet, um alles vorzubereiten. June ist echt frustriert wegen ihrem Arm. Mit nur einem Arm kann sie nicht viel tun. Die Lieferwagen sind schon unterwegs, und wir jetzt auch. Wir müssen zuerst alles aufstellen und dann am Bankett die Leute bedienen. Was hast du heute Abend vor?"

Ich konnte nicht glauben, wie dreist sie war. Ich war den ganzen Weg nach Florida gekommen, um bei den Ermittlungen mitzuhelfen. Ich hatte ihren Arsch aus einem Erdloch gerettet. Ich hatte sie vom Krankenhaus nach Hause gebracht, und sie war immer noch sauer. Ganz zu schweigen von dieser anderen Sache, die während ihrer Anreise vorgefallen war. „Ich denke, ich geh vielleicht ins Kino.

Und was essen. Annie, hör zu, es tut mir echt leid wegen dieser Handy-Sache."

„Ich hab jetzt keine Zeit dafür. Ich versuche es zu vergessen, okay?"

„Bitte, kannst du mir verzeihen? Hör zu, es gibt noch was anderes, das ich dir sagen muss. Es ist wichtig." Ich wollte ihr von Todd erzählen. Sie warnen.

„Wir können später darüber reden. Ich muss los."

Wir schickten uns Küsse übers Telefon, aber Annies Kuss hörte sich an wie ein routinemäßiger Kuss, ein Pflichtkuss. Ich war innerlich am Kochen. Sie half June mit ihrem großen Cateringauftrag. June und Todd. Ich war nah dran, hinzufahren und sie rauszuholen. Aber ich erkannte, dass die Emotionen mein Urteilsvermögen trübten. Bei so vielen Leuten konnte sie sich unmöglich in Gefahr befinden. Ach, zum Teufel, dachte ich, sei froh. Sie hat dich angerufen. Sie hat dir sogar gesagt, wohin sie geht. Teufel nochmal, sie ist am Leben, rief ich mir ins Gedächtnis. Das war alles, was wirklich zählte.

Ich ging raus, setzte mich an den Pool und dachte über mein weiteres Vorgehen nach. Ein Haufen Kinder planschte in der Spätnachmittagssonne im Pool. Kinder, die immer noch in den Weihnachtsferien waren. Oder vielleicht waren diese Kids zu jung für die Schule. Sie sahen alle ziemlich klein aus. Die Mütter schienen selbst noch Kinder zu sein. Ich fühlte mich wie in einer Kindertagesstätte. Verdammt, ich wollte mit Annie auch solche Kinder haben. Kleine Kids, die aussahen wie sie und ich. War das zu viel verlangt?

Um ehrlich zu sein, ich fühlte mich ein wenig alt. So fühlt man sich bei schweren Entscheidungen und dummen Fehlern. Sowohl bei den eigenen Fehlern, als auch bei denjenigen der Menschen, die man liebt.

KAPITEL 44 - ANNIE

Gut, dass June uns Arbeit gegeben hatte, sonst wäre mir noch der Kopf geplatzt. Ihre Bäcker hatten drei Tage am Stück eine doppelte Schicht geschoben. Ich hatte noch nie in meinem Leben so viele Tabletts mit Essen gesehen. Sie hatten Kanapees gemacht, kleine Happen aus glutenfreiem Toast, belegt mit diversen Dingen: Rindertartar, Thunfisch mit Mayonnaise, Räucherlachs, schwarze Olivenpaste, Anchovis mit Frischkäse. Nur schon ihr Anblick ließ mich Pfunde ansetzen.

Sie hatten Kekse in allen möglichen Variationen gebacken. Ich kostete von den Zitronenwaffeln, den Erdnussbutterkräckern und den Feigen-Schokokeksen. Es gab kleine Sandwichs mit Gurken, mit Schinkenspeck und Frischkäse und mit Roastbeef. Wir mussten fünfzig oder sechzig verschiedene in Schachteln verpackte Kuchen und Torten in die Lieferwagen schleppen und sie auf den Regalen im Innenraum mit speziellen Riemen befestigen.

Ich arbeitete zusammen mit June, Todd und Megan, einer Frau um die Fünfzig mit kurzen grauen Haaren, die Junes erste Angestellte gewesen war. Wir redeten nicht viel, abgesehen von June, die uns ab und zu Anweisungen erteilte, wenn wir eine Aufgabe erledigt hatten und uns an die nächste machten.

Vor meinem inneren Auge erschien immer wieder das Bild von Salvatore, der Todd mein Handy aushändigte. Mit jedem Blick von Todd brannte sich ein neues Bild in meinen Kopf, wie Todd mich durch mein Handy ausspionierte. Und das Bild, wie Salvatore ihn dabei unterstützte und mein Handy bereitwillig diesem Arsch zur Verfügung stellte, von dem er *wusste*, dass ich ihn hasste.

Was Todd getan hatte, war unerhört, aber was Salvatore getan hatte, war unverzeihlich. Es machte mir Angst. Und es machte mir klar, dass Salvatore im Grunde schwach war, während ich immer gedacht hatte, er sei stark. Salvatore hatte Prinzipien, und dennoch hatte er sich so verhalten. Auf eine seltsame Art verlieh dies Michaels Vorhersage Glaubwürdigkeit, dass Salvatore als langweiliger alter Stubenhocker enden würde, dessen sich ausdehnende Wampe ein Abbild seiner eigenen Schwäche war. Als Michael das gesagt hatte, hatte ich es als unfairen Angriff abgetan. Jetzt war ich mir nicht mehr so sicher.

„Was war so verführerisch an meinem Handy?", fragte ich Todd auf dem Weg zum Four Seasons. Er saß neben mir in der Corvette.

„Er hat's dir also erzählt."

„Ich will wissen, wieso das für dich so wichtig war?"

Ich hörte ihn seufzen. „Wie du weißt, stecke ich mitten im Schiedsverfahren mit deiner Schwester. Ich dachte, ich könnte vielleicht was in Erfahrung bringen."

KOLLATERALSCHADEN

Mein Fuß trat fest aufs Gaspedal, während mein Herz raste. „Das ist abscheulich."

„Ich hab übrigens gar nichts gefunden. Ich hoffe nur, du musst niemals dasselbe durchmachen, was wir gerade durchmachen, Annie."

„So weit werde ich's gar nicht kommen lassen", sagte ich. Todd und ich, wir waren zwei völlig verschiedene Menschen.

„Ich hab was anderes gemeint. Ich meinte, wenn du erkennst, dass du die falsche Person geheiratet hast."

„Fang gar nicht erst damit an. Salvatore hat mir erzählt, was du gesagt hast."

„Ich hab die falsche Schwester geheiratet."

„Mir dreht sich buchstäblich der Magen um, wenn ich das höre."

„Ich sag nur, dass ich auf keinen Fall möchte, dass du denselben Fehler begehst. Den Falschen zu heiraten, meine ich."

Wir waren angekommen. Ich musste mich konzentrieren, um die dicken Betonpfeiler in der mehrstöckigen Tiefgarage zu umfahren. Ich machte mir nicht die Mühe, etwas zu erwidern. Als wäre Todd ein Experte in Sachen Ehepartnerwahl. Als wären seine Ratschläge auch nur im Geringsten objektiv. Mit ihm war alles nur Zeitverschwendung.

„Wir müssen da rein", sagte ich, als wir ausgestiegen waren. Sein Tempo war extrem langsam, fast schlendernd. Ich fürchtete, er wollte mich in dieser düsteren Tiefgarage küssen.

„Ich war ehrlich gesagt ziemlich überrascht, dass Salvatore es mir gegeben hat, weißt du?", sagte Todd. Er meinte damit mein Handy. Schnellen Schrittes ging ich zur Fußgängerpassage, die zum Hotel führte. Wir mussten uns mit June und Megan in der Hotellobby treffen. Ich wollte nicht länger mit Todd reden. Ich wollte nicht mehr daran denken.

„Weißt du, woran mich das erinnert?", sagte ich.

„Woran?"

„An Prostitution. In Camp Liberty gab es diese Frauen, und die Männer sahen sie sich an und suchten sich die Hübscheste aus, oder die, die am wenigsten hässlich war, und dann begannen sie, mit ihnen zu verhandeln. Sie sprachen gebrochenes Englisch, gerade so viel, um über Preise und sexuelle Aktivitäten zu reden. Man konnte die Prostituierten sagen hören: ‚Keine Küsse, keine Küsse.' Sie wussten alle, wie man ‚Keine Küsse' sagte. Es war abstoßend. So stelle ich mir deinen kleinen Handydeal mit ihm vor."

Todd guckte verwirrt aus der Wäsche, hatte aber keine Zeit, zu antworten, denn wir waren bereits drin, im Aufzug nach oben, umgeben von Leuten in Smokings und Abendkleidern. June hatte uns schwarze Hosen, weiße Hemden und kleine schwarze Fliegen zum Anziehen gegeben. Wir trafen sie im Empfangsraum, wo sie auf uns wartete. Ihr gebrochener Arm lag in einer eleganten schwarzen Schlaufe.

„Hier sind eure Namensschilder. Ihr müsst sie überall im Hotel im Bereich des Wohltätigkeitsbanketts tragen." June gab jedem von uns ein graues Umhängeband, an dem ein beschichteter Ausweis mit Foto befestigt war, und das wir uns um den Hals legten. „Megan ist bereits drin. Lasst uns reingehen und mit dem Aufbau beginnen."

„Also ehrlich, Annie. Prostitution", sagte Todd, der hinter uns her hinkte, als wir schnellen Schrittes durch die mit Teppich ausgelegte Empfangshalle gingen. Wo man hinsah, waren Kronleuchter, Springbrunnen, Palmen und reiche Leute. Todd sprach so leise, dass June es nicht hören konnte. Er klang wie eine Schlange, die mir ins Ohr zischte. „Wie wär's, Annie. Wir könnten hier bleiben, uns in Florida ein Zuhause suchen. Hier in Frieden leben. June wäre begeistert, wenn du für sie arbeiten würdest."

Genau, June wäre überglücklich, dachte ich. Gerade, als sie denkt, dass sich etwas zwischen ihr und einem Mann entwickelt, hoppla, stellt sich heraus, dass er es die ganze Zeit auf Annie abgesehen hat. Genau, was ich brauchte.

Wie konnte Todd nur so hinterlistig sein?

KAPITEL 45 - ANNIE

Der Bankettsaal hatte die Form eines riesigen Achtecks mit einer Ausbuchtung für die Bühne und bot Platz für hundert runde Tische mit jeweils zehn Stühlen. Nachdem wir unsere eigenen Bankettisсhe gedeckt hatten, nahm ich die Gelegenheit wahr, um mich ein wenig umzusehen. Jedes Tischgedeck war mit einer zu einem Schwan gefalteten Serviette dekoriert. Drei Kristallgläser standen diagonal angeordnet neben jedem Teller, dazu Unmengen von Gabeln, Löffeln und Messern. Gigantische Blumensträuße in der Mitte verströmten ihren Duft.

Es stimmte mich traurig, dass ich auf Todd eine solche Wirkung hatte. Ich war über meine Wut hinweg. Einer kranken Person kann man doch nicht böse sein. Seine Besessenheit von mir hatte nichts mit mir selbst zu tun, sondern damit, dass er von meiner Schwester zurückgewiesen worden war. Ich hatte Mitleid mit Alison. Sie hatte ihn geheiratet, war in ihn verliebt und voller Zuversicht gewesen, dass ihre Ehe halten würde. Ich hatte Mitleid mit mir selbst, obwohl ich nichts weiter getan hatte, als nach meinem Austritt aus der Army mein blondes Haar auf natürliche Weise wachsen zu lassen. Das wirkte offenbar wie ein Magnet, der Männer anzog, vor allem die der skurrilen Sorte.

Ich hatte sogar mit Todd Mitleid. Er hatte sich eingeredet, dass er von allen Frauen der Welt ausgerechnet mich wollte. Wie konnte ein Mann, der sonst halbwegs intelligent zu sein schien, so blind sein und nicht erkennen, dass eine solche Beziehung für mich absolut undenkbar war, schon allein aus Respekt vor meiner Schwester? Abgesehen davon, dass ich ihn nicht liebte – ich mochte ihn ja nicht einmal.

June platzierte Todd und mich jeweils an unterschiedlichen Enden der glutenfreien Zone. Uns trennten mehr als fünfzehn Meter. Ich hatte die Kanapees auf meiner Seite, er hatte alle Kuchen und Torten auf seiner, und June und Megan deckten den riesigen Sandwich- und Keksbereich dazwischen ab. Bei der Brotstation erwartete unsere Kunden ein Korb mit sechs verschiedenen glutenfreien Broten. Das Schneidbrett und die Brotmesser sahen einwandfrei aus. Wir stellten Kärtchen zwischen unseren Waren auf, die mit „glutenfrei" beschriftet waren.

„Die Leute werden nach den Zutaten fragen", sagte June. „Es gibt Leute mit Mehrfachallergien. Deshalb haben wir diese Listen." Sie hielt ihr Handy in die Höhe. Sie hatte uns allen eine neunundzwanzigseitige Liste mit den angebotenen Waren und deren jeweiligen Zutaten geschickt. „Ihr müsst nur den Namen der Ware eintippen, und schon habt ihr die Zutatenliste", erklärte sie.

„Das versteh ich nicht", sagte ich. „Bestellen die Leute von der Karte? Wie wissen wir, wer das glutenfreie Essen bekommt?"

„Es gibt ein fixes Menü für jedermann", sagte June. „Aber mehr als zweihundert Leute haben glutenfreies Essen bestellt.

Die Frau des Bürgermeisters hat Zöliakie, und es gibt einige, die ihr folgen, egal ob sie eine solche Diät einhalten müssen oder nicht."

„Wie funktioniert das mit dem Bestellen?", wollte Todd wissen. Er hatte sich hinter June geschlichen.

„Alle Plätze sind mit einem V wie vegetarisch, einem G wie glutenfrei und einem K wie koscher markiert. Wenn eine Kellnerin an ihrem Tisch glutenfreie Plätze hat, kommt sie zu uns und holt Kanapees zum Aperitif, dann Kuchen zum Nachtisch und schließlich Kekse zum Kaffee. Das Hauptgericht und der Salat sind sowieso schon glutenfrei, also bekommt jeder im Saal dasselbe. Alle Gäste, die glutenfrei essen, bekommen spezielle Menükarten, auf denen unser ganzes Angebot aufgelistet ist."

Als um Punkt sechs Uhr dreißig die Türen geöffnet wurden, strömten elegant angezogene und perfekt frisierte Menschen herein. Ihre sonnengebräunte Hautfarbe faszinierte mich. Einige Frauen sahen aus wie Würste mit Sommersprossen, andere hatten einen orangefarbenen Braunton. Bei den meisten Männern sah es einfach nur nach einem deftigen Sonnenbrand aus. Um sieben Uhr war es durch die simultanen Gespräche von tausend Leuten im Saal so laut wie in einem Stadion. Die folgenden zwei Stunden waren ein einziges ununterbrochenes Kommen und Gehen. Frauen mit glitzernden Halsketten aus Diamanten so groß wie meiner kamen eine nach der anderen vorbei, wollten ein Kanapee und hielten ein Schwätzchen. Entweder war es ihnen an den Tischen zu langweilig geworden, oder sie hatten Hunger oder wollten sich einfach nur die Beine vertreten. Ich staunte, wie unser Riesenvorrat an Kanapees langsam aber sicher schrumpfte.

Einige Männer und Frauen traten nacheinander auf die Bühne auf der anderen Seite des Saals und hielten ihre Reden, während die anderen aßen. Ich schenkte dem Ganzen kaum Aufmerksamkeit, bis June mich anstieß.

„Unser Freund höchstpersönlich", sagte sie und deutete mit dem Kopf in Richtung Podium. Ich erkannte Russell Mathers.

„Worüber quasselt er?", fragte ich.

„Über seine wohltätige Arbeit", sagte June. „Worüber sonst? Ich muss wieder an die Arbeit." Sie ging zurück zu ihrem Platz bei den Keksen, wo die Leute mit ihren Fragen warteten.

Eine Dreiviertelstunde später, ich nahm es kaum wahr, kam von irgendwo aus der Mitte des Saals ein Schrei. Ein einzelner Laut, der zwischen dem pausenlosen Plaudern fehl am Platz war. Ich versuchte etwas zu erkennen durch die Massen von vornehm gekleideten Gästen, Wein einschenkenden Kellnerinnen, Leuten mit Handys am Ohr und anderen, die sich angedeutete Wangenküsse gaben oder vor dem Damenklo anstanden. Woher der Schrei gekommen war, konnte ich jedoch nicht feststellen. In solchen Situationen wurde mir der Nachteil an meiner geringen Körpergröße bewusst. Ich sah, wie June in dieselbe Richtung blickte wie ich.

Gerade, als ich dachte, es war nichts gewesen, schrie jemand erneut. Dieses Mal lauter und länger, als hätte die Frau einen gigantischen Atemzug dazwischengeschoben. Weit hinten sah ich jetzt, wie sich um einen der Tische in der Nähe der Bühne eine Gruppe bildete. Die Leute wandten ihre Blicke, und bald starrten alle in diese Richtung. Im Saal wurde es ruhiger. Zwei Männer deuteten auf den Eingang des Bankettsaals. Sicherheitsleute stürmten aus allen Richtungen herein, muskelbepackte Männer in Sportsakkos, an deren Kragen Kabel zu sehen waren. Sie alle liefen zu dem Tisch bei der Bühne.

Zu meinem Erstaunen sah ich Salvatore, der direkt hinter zwei Polizisten durch den Saal auf den Aufruhr zuschritt. Es war unmöglich, dass jemand Zeit gehabt hatte, die Polizei zu rufen. Er musste sich die ganze Zeit über in der Lobby aufgehalten haben. Drei oder vier Cops kamen durch dieselbe Tür, hielten sich aber zurück und blieben direkt vor unseren glutenfreien Tischen stehen, von wo aus sie die Menge im Auge behielten.

„Was ist los? Kannst du was sehen?", fragte ich June.

Laute Stimmen kamen aus allen Richtungen. Alle Augen waren auf den Tisch bei der Bühne gerichtet. Die Hälfte der Leute war aufgestanden, aber viele saßen noch auf ihren Stühlen.

„Keine Ahnung, aber da ist dein Verlobter", sagte June.

„Scheint mit der Polizei gekommen zu sein."

„Du holst ihn von so weit her und lässt ihn einen ganzen Abend allein, Annie? Er hätte uns helfen können."

„Ich hab dir noch nicht erzählt, was er getan hat."

„Ach?"

Da im Moment nicht viel geschah, erzählte ich June von Salvatores gestrigem Geniestreich, als er Todd mein Handy gegeben hatte. June blickte mich gespannt an, als wartete sie darauf, dass noch mehr kam.

„Ich kapier nicht, wieso das so schlimm sein soll", sagte sie, als ich fertig war.

„Wirklich?"

„Ich meine, klar, ich würde auch nicht wollen, dass sich ein Fremder meine Fotos und Kontakte und Anrufe und all das ansieht. Aber Todd ist dein Schwager, Annie, kein Fremder."

„Er hat sich mit meiner Schwester zerstritten", sagte ich. „Außerdem ist er ..." Ich wollte ihr sagen, dass Todd von mir besessen war, aber ich wollte sie nicht verletzen. Junes wissender Blick brachte mich in Verlegenheit.

„Du tust es schon wieder", sagte sie. „Du kannst einfach nicht aufhören, ihn schlecht zu machen." Ich spürte, wie mir die Röte ins Gesicht stieg. Ich wollte sie nicht verletzen, wollte aber auch nicht, dass sie durch mein Schweigen verletzt wurde. Ich musste eben einfach akzeptieren, dass ich sie nicht schützen konnte. „Du hast recht. Ich bin vermutlich überempfindlich wegen dem, was meine Schwester durchgemacht hat."

Es fühlte sich gut an, als June den Arm um meinen Rücken legte. „Das ist verständlich, Annie, ihr seid Schwestern. Und jetzt solltest du aufhören, dich zu quälen. Sieh dir nur an, was wir in diesem Erdloch durchgemacht haben. Meinst du nicht, wir sollten ein bisschen entspannen, nach unserer kleinen Nahtoderfahrung? Kannst du glauben, dass es erst gestern war, und heute sind wir hier? Wenn du schon dabei bist, solltest du auch aufhören, Salvatore zu quälen."

Einen Augenblick lang wusste ich wirklich nicht, was ich sagen sollte. Ich dachte nicht, dass ich zu streng mit Salvatore war. Er wusste, wie mies er sich verhalten hatte. Er und ich, wir beide hielten Handyinformationen für sehr wertvoll, mehr, als June es sich vorstellen konnte. Durch Todds Stöbern in meinem Handy hätten auch andere Menschen verletzt werden können, nicht nur ich.

„Todd wollte sehen, ob er irgendwas über Alisons Taktik in ihrem Schiedsverfahren rausfinden kann."

„Was?", sagte June. „So ein Widerling."

„Sie schreibt mir gar keine SMS. Sie weigert sich. Er konnte unmöglich was finden. Außerdem glaub ich nicht, dass sie eine Taktik hat."

Aus einem unerfindlichen Grund mussten wir beide lachen.

„Übrigens, ich hab heute Morgen Danny Winter angerufen." June sah mich an. „Erinnerst du dich? Der Typ, der sich auf der Party geprügelt hat und gedroht hat, jemanden umzubringen?"

„Ach ja. Hatte ich vergessen. Warst du heute Morgen nicht zu beschäftigt dafür?"

„Es ging mir einfach nicht mehr aus dem Kopf. Immerhin hat er jemandem mit dem Tod gedroht. Wie auch immer, ich hab ihn erreicht und ihm gesagt, es würde mich interessieren, wie's ihm nach der Tracht Prügel ginge. Er war echt süß."

„Was hat er gesagt? Denkst du, es wäre möglich, dass er der Mörder ist?"

Sie schüttelte den Kopf. „Er lag zwei Nächte im Krankenhaus, einschließlich der Partynacht. Er sagte, er sei sogar kurzzeitig ins Koma gefallen, stell dir vor."

„Wow." Ich erinnerte mich an all das Blut und an den blonden Typ, der seine Zähne ausspuckte.

„Er hat mich gefragt, ob wir ausgehen, Annie. Kaum zu glauben", sagte June mit einem breiten Lächeln.

Ich hatte nicht die Gelegenheit, ihr zu antworten, denn in diesem Moment rannten zwei Rettungssanitäter in Uniform in den Saal. Beide trugen einen schweren Koffer. Zwei weitere schoben eine Tragbahre auf Rädern in den freien Bereich zwischen unseren Banketttischen und den Gästetischen. Der Bankettleiter kam im Smoking und mit dem Handy in der Hand in unsere Richtung und sprach mit zwei der Cops.

June stellte sich wieder neben mich. Ihre Augen waren weit aufgerissen. „Ich hab alles mit angehört. Es ist Ruth Mathers. Ruth Mathers, nicht zu fassen! Sie ist zusammengebrochen, und sie können sie nicht wiederbeleben. Der Schrei kam von einer anderen Frau am Tisch."

KOLLATERALSCHADEN

„Wer ist Ruth Mathers?"

„Russells Ehefrau. Weißt du nicht mehr?"

Die Frau an der Tür, als wir Russell in seiner Luxusvilla konfrontiert hatten. Wir sahen, wie die Polizisten und Kellnerinnen einige Gäste anwiesen, aufzustehen. Tische wurden zur Seite geschoben, um einen Durchgang für die Bahre zu bilden.

„Sie ist erst um die fünfunddreißig, hält sich topfit. Läuft sogar Marathons. Ich frag mich, was passiert ist", sagte June.

In diesem Augenblick traten Salvatore und der Polizist aus der Menge und kamen auf uns zu. Beim Näherkommen bemerkte ich, dass Salvatore mich ansah. Ich hatte keine Ahnung, was er hier tat, aber es störte mich. Ganz gleich, was June dachte, er war in meine Privatsphäre eingedrungen. Nachdem ich so nett gewesen war und ihm mitgeteilt hatte, wo ich heute Abend war, hätte er mir doch zumindest die Chance geben können, für mich allein zu sein. Von allen Orten in Tampa musste er ausgerechnet hier auftauchen und sich mit seinen Polizeifreunden wichtigmachen.

„Sind Sie June Sanderson?", fragte der ältere Polizist. Salvatore lächelte mich kurz an. Ich trat näher heran, um June zu unterstützen.

„Ja, das bin ich. Ist was nicht in Ordnung?", fragte June.

„Die Frau, die da gerade medizinisch behandelt wird, hat ein Stück von Ihrem glutenfreien Kuchen gegessen. Ihre Tischnachbarn sagen, sie habe einen Bissen genommen, sei blau angelaufen und bewusstlos geworden, alles innerhalb von fünfzehn oder zwanzig Sekunden."

„Welcher Kuchen? Hatte sie noch andere Allergien? Ich hoffe, es ist keine Erdnussallergie." June hatte ihr Handy hervorgenommen. Sie wollte die Zutaten prüfen.

„Das war das Erste, was die Sanitäter gefragt haben", sagte der Cop. „Keine Erdnussallergie. Ihr Ehemann sagte, sie habe überhaupt keine Allergien, nicht mal Heuschnupfen. Kein Asthma, nichts. Die Frau ist sechsunddreißig. Die da drüben tun alles, damit ihr Herz wieder schlägt."

„Ich ... ich weiß nicht, was ich sagen soll", stotterte June.

„Wie viele Leute haben heute Abend von diesem Kuchen gegessen?", fragte ich. June sah sich um und richtete ihren Blick auf mich, ohne mich zu sehen, als wäre sie orientierungslos. Dann sah sie hinüber zu Todd am Kuchentisch. Sie ging auf ihn zu. „Wir müssen Todd fragen", sagte sie. „Er hat sich um den Nachtisch gekümmert. Er sollte es wissen."

Ich folgte ihr, und Salvatore und der Cop gingen ebenfalls in Todds Richtung. Als dieser uns näherkommen sah, wurde seine Körperhaltung steifer.

„Das ist der Kuchen, der das Problem verursacht hat." Salvatore zeigte June und mir auf dem Weg zu Todd ein Foto auf seinem Handy. Der Kuchen war weißlich, dick, luftig, mit hellgelber Glasur.

„Biskuitkuchen mit Zitronen-Ingwer-Glasur", sagte June. Ein Blick genügte ihr. Sie war als Erste bei Todd. „Todd, der Biskuitkuchen mit Zitronenglasur. Wie viele Stücke sind weggegangen?"

„Der ganze Kuchen ist weg. Nein, Moment, ein Stück ist noch da. Da drüben." Er zeigte auf eine Kuchenplatte in der Mitte seines Banketttisches, eine unter fünfzig oder sechzig Platten. Der Polizist sah verdutzt aus.

„Wer hat sonst noch von diesem Kuchen gegessen?" Der Cop blicke in den Saal, als rechnete er damit, dass die Leute gleich scharenweise umkippten. Aber es waren keine weiteren Schreie zu hören. Die Rettungssanitäter in der Nähe der

Bühne behandelten immer noch die zusammengebrochene Frau. In den Räumen zwischen den Tischen standen die Leute gruppenweise zusammen.

„Keine Ahnung", sagte Todd. „Wieso? Gibt es was zu bemängeln?"

„Sie haben keine Liste, wer diesen Kuchen bestellt hat?", wollte der Cop wissen.

„Sicher nicht", erklärte June. „Eigentlich musste jeder, der glutenfreien Kuchen wollte, diesen bestellen. Aber die Kellnerinnen kamen immer wieder her und holten welchen für Leute, die noch ein Stück wollten. Einige kamen und bestellten selbst."

„Die Kellnerin für diesen Tisch", sagte Salvatore. „Wir sollten mit ihr reden."

Der Polizist ging zum Bankettleiter hinüber, der sogleich eine Taste auf seinem Handy drückte und Anweisungen zu geben begann.

„Was ist hier eigentlich los?", fragte Todd. „Ich hatte selbst ein Stück Biskuitkuchen. War erste Sahne."

„Echt?", sagte June.

„Durften wir das nicht? Vor 'ner Stunde hab ich Pause gemacht. Hab ein bisschen genascht. Ist doch nicht falsch, unser eigenes Zeug zu probieren, oder?"

„Vielleicht war es gar nicht der Kuchen", sagte ich.

Als die Rettungssanitäter mit der Bahre vorbeikamen, sahen wir alle hin. Die Frau lag zugedeckt darauf und regte sich nicht. Sie hatte eine Sauerstoffmaske über Mund und Nase und hing an einem Infusionsschlauch. Die Sanitäter wirkten angespannt; sie wussten, dass alle Blicke auf sie gerichtet waren. Dann kam der Bankettleiter mit einer sehr schmächtigen, besorgt dreinblickenden Kellnerin. Sie starrte Todd an, als wäre er ein Frauenschänder.

„Er hat mir hundert Dollar gegeben. Ich hab mir nichts Böses dabei gedacht. Oh Gott, ich fass es nicht." Sie hatte einen irischen Akzent.

„Moment mal, Miss. Wer hat Ihnen hundert Dollar gegeben?" Sie zeigte auf Todd. „Der da."

„Was? Sie lügt. Die hab ich noch nie gesehen."

„Er hat mir hundert Dollar gegeben, damit ich das Kuchenstück Mister Mathers bringe. Ich sollte ihm sagen, der Schokokuchen sei alle."

„Ist ja lächerlich", sagte Todd. „Woher hat sie diesen Bockmist?"

„Haben alle anderen Schokokuchen bekommen?", fragte ich. Ich war nicht sicher, ob ich etwas verpasst hatte.

Salvatore nickte. „Schokokuchen war im Standardmenü mit dabei. War er wirklich alle?", fragte er den Bankettleiter.

„Ganz bestimmt nicht."

„Haben Sie das Geld noch?", fragte der Cop die Kellnerin.

Die Kellnerin griff in ihre rechte Hosentasche und zog einen kleinen, mehrfach gefalteten Hundert-Dollar-Schein hervor. Der Polizist hielt ihr einen Beweisbeutel aus durchsichtigem Plastik hin, in den sie den Geldschein fallen ließ.

„Sie lügt nicht, hab ich recht, Todd?", sagte Salvatore.

„Der Herr mochte lieber Schokolade, also war die Dame so nett und hat mit ihm getauscht", fuhr die Kellnerin fort. „Ich hab gesehen, wie sie die Teller tauschten. Ich hab getan, was ich tun sollte. Ich hab es ihm gebracht. Man konnte nicht auch noch von mir verlangen, ihn zum Essen zu zwingen."

Wir starrten alle auf Todd. Er schien seelenruhig zu sein, als würde all das einfach von ihm abprallen.

„Du wolltest ihn umbringen, stimmt's, Todd?", fragte Salvatore.

„Du hast sie doch nicht mehr alle. Wovon zum Teufel sprichst du?", sagte Todd.

„Er war das letzte Verbindungsglied zwischen dir und dem Tod seines Bruders. Es war zu gefährlich, ihn mit diesem Geheimnis weiterleben zu lassen. Er hatte deine Anrufe nicht mehr entgegengenommen. Du konntest ihn nicht mehr erreichen. Der heutige Abend war für dich die perfekte Gelegenheit, nicht wahr?"

„Moment. Du meinst, Todd hat Husker umgebracht?", fragte ich. Entweder war Salvatore von allen guten Geistern verlassen, oder Todd hatte uns alle hintergangen. Ich wandte mich an Todd. „Sag, dass das nicht wahr ist. Sag, dass es nicht der Mann meiner Schwester war."

„Natürlich war ich's nicht, Annie. Hab ich's dir nicht gesagt?" Er zeigte auf Salvatore. „Siehst du, was für einen verdammten Armleuchter du heiratest?"

„Du bist auf die Idee gekommen, als du Garcia im letzten Herbst kennengelernt hast, hier in Tampa", sagte Salvatore. „Auf deinem Handy sind Fotos von ihm, wie er sich Meth reinzieht. Damals im September sah er ganz anders aus. Du warst es, der ihn und Owen Mathers in die Entzugsklinik brachte. Russell konnte es sich nicht leisten, mit dieser Situation in Zusammenhang gebracht zu werden. Du bist auf eine äußerst interessante Zwangslage der Mathers-Familie gestoßen und hast sofort erkannt, wie du das zu deinem Nutzen verwenden konntest. Quasi über Nacht wurdest zu einem vertrauten Gehilfen, der Mann, den keiner hier kannte."

„Was für 'ne gequirlte Scheiße."

„Vergiss nicht, dass ich den ganzen Inhalt deines Handys auf meinem Laptop hab, Todd", sagte Salvatore. Für einen kurzen Moment zeigte sich in Todds Gesicht ein Ausdruck des Schocks, bevor seine gelassene Miene zurückkehrte, als wäre die Sonne wieder hinter einer Wolke verschwunden.

„Ich hab mir die Fotos angesehen und deine SMS gelesen, und plötzlich wurde mir alles klar. Du hättest die ersten paar Nachrichten zwischen dir und Russell Mathers nicht abspeichern sollen. Aber du wolltest was haben, das ihn belastet, für den Fall der Fälle, stimmt's?"

„Du laberst echt Unsinn. Ich weiß nicht, was du gesehen hast, aber wir hatten nur geschäftlich miteinander zu tun, sonst nichts."

Ich beobachtete Todds Gesichtsausdruck, der jedoch nichts verriet. Doch während er vor einer Minute noch alles abgestritten hatte, gab er jetzt zu, Geschäftsbeziehungen zu Russell Mathers gehabt zu haben. Ich fragte mich, was mein Anwalt Kosh dazu sagen würde.

„Letzten Herbst wurdest du beim *Tribune* rausgeworfen. Von deiner Redakteurin erfuhr ich, dass sie seit Monaten keinen Kontakt mehr zu dir hat."

„Ist das wahr?", rief ich dazwischen. Irgendwie schockierte mich diese Neuigkeit fast so sehr wie die Beschuldigung des Mordes. Alison würde aus allen Wolken fallen, wenn sie das hörte. Todd hatte die Nerven gehabt, mich zum Kaffee einzuladen, unter dem Vorwand, er müsse für einen Bericht recherchieren.

„Die ganze Zeit hast du im Internet nach Informationen über Annie gesucht", fuhr Salvatore fort.

„Hast nach allem gesucht, was du aus ihrer Vergangenheit wusstest, und fandest raus, dass ihr Exfreund Michael Garcia noch lebt und in Florida ist. Du hast beschlossen, herzukommen, um ihn zu treffen. Bald kamst du dahinter, dass er und Owen Mathers Meth-süchtig waren und hast mit Russell Mathers einen Plan ausgeheckt."

KOLLATERALSCHADEN

„Salvatore, du hast nicht mehr alle Tassen im Schrank."

„Deshalb hast du die Brille durch Kontaktlinsen ersetzt, dir einen Bart zugelegt, dir die Haare wachsen lassen und sie gefärbt. Owen hatte angefangen, zu drohen, das Meth-Geschäft seines Bruders auffliegen zu lassen. Du bist mit Russell einen Deal eingegangen, seinen Bruder anlässlich einer großen Party umzubringen, und du hast Garcia reingelegt, damit er in den Knast wandert. Das war eure geschäftliche Übereinkunft. Ihr habt beide bekommen, was ihr wolltet."

Todd schüttelte den Kopf, konnte jedoch nichts erwidern. Ich hatte noch gar nicht bemerkt, wie ähnlich er Michael sah, doch als Salvatore die einzelnen Veränderungen erwähnte, sah ich sofort, wie jemand, der ihn nicht kannte, ihn aus der Ferne mit Michael verwechseln konnte. Das erklärte, warum Arnica überzeugt gewesen war, dass sie Michael aus Huskers Zimmer kommen sehen hatte, nachdem dieser erstochen worden war.

„Du hast Michael und Owen in die Klinik gesteckt. Du hast für Russell Mathers die Drecksarbeit gemacht, und er hat dich großzügig dafür belohnt. Innerhalb weniger Wochen wurdest du zu seiner rechten Hand, zu dem Mann, dem er vertraute und den keiner hier kannte, zu dem Mann namens Wave. Einer, der dich kannte, war Dragan Radulovic. Deshalb bist du gestern aus meinem Wagen gesprungen, als du Dragan kommen sahst."

„Wie hast du das mit Wave rausgefunden?", fragte ich erstaunt.

„USB-Stick, den Ihr Entführer bei sich hatte", sagte der Polizist. „Wave wird in den Mails des Mordopfers genannt. Wir wussten nicht, wer Wave war … bis jetzt."

Todd sah sich aufgeregt um und überlegte angestrengt. Es konnte ihm nicht entgangen sein, dass die anderen vier

Polizisten einen Kreis um den glutenfreien Bereich gebildet hatten. Er sah June an, dann mich. Dann machte er einen Schritt auf Salvatore zu und schlug ihm mit der Handfläche auf die Brust.

„Garcia wird freikommen. Ist dir das klar? Ist es das, was du willst?" Todd hatte Tränen in den Augen.

„Wieso hast du mir dein Handy gegeben?", wollte Salvatore wissen. „Das ist das Einzige, was ich noch nicht kapiert hab."

„Weißt du, was das bedeutet?", sagte Todd. Er klang verzweifelt.

„Dachtest du, ich würde den Mund halten?", fragte Salvatore. „Nur, damit Garcia weg vom Fenster bleibt?"

„Verglichen mit ihm bist du ein Nichts. Du bist ein Wurm", sagte Todd.

„Was fällt dir ein?", sagte ich. Ich hatte keine Ahnung, was Todd damit meinte. Er hörte sich völlig durchgedreht an.

„Seine Rechnung ist nicht aufgegangen", sagte Salvatore. „Ich schätze, mein Hirn funktioniert anders als deines, Todd. Aber in erster Linie hast du Annie unterschätzt."

Todd starrte mich an, während ihm Tränen in die Augen stiegen. Er hielt seinen Blick auf mich gerichtet, als wüsste er, dass er mich nie wieder sehen würde. Zwei der Cops traten näher und legten ihn in Handschellen. Einer der Cops las ihm seine Rechte vor, dann führten sie Todd weg. Der Schock, zu erfahren, dass mein eigener Schwager der Mörder war, wirkte immer noch nach, und ich musste mich mit einer Hand am Tisch abstützen. Dann stand June vor mir. Die Tränen flossen ihr die Wangen hinunter. Wir umarmten uns lange, wobei ihr Arm in der Schlinge wie ein sperriger Ast zwischen uns lag.

Salvatore sah mich an. June ging zu einem Stuhl an der Wand und setzte sich.

„Woher wusstest du das alles? Wie bist du dahintergekommen?"

„Sharona hatte Fotos von Todd und Russell, die sich während ihrer Abwesenheit in ihrer Wohnung getroffen hatten. Der Wohnblock gehört Russell über eine seiner Firmen. Sie nutzten ihre Wohnung als heimlichen Treffpunkt, während sie bei der Arbeit war. Sie dachten, sie wüsste nichts davon. Aber sie hatte eine kleine Überwachungskamera mit Bewegungssensor installiert. Auf den Aufnahmen sind Zeit und Datum zu sehen."

„Die nächsten sechs Monate werden ziemlich ungemütlich, wenn wir die Beweise gegen Russ Mathers zusammenstellen müssen", sagte der ältere Cop, der neben Salvatore stand. Er streckte seine Hand aus, und ich schüttelte sie. „Übrigens, Charlie Marcowski. Nett, Sie kennenzulernen. Es war wirklich ein Vergnügen, mit Ihrem Verlobten zusammenzuarbeiten. Er ist der erste Privatdetektiv, den ich kenne, der mir all meine Täter auf 'nem Tablett serviert."

Wie Salvatores Ausdruck erkennen ließ, nahm er dieses Kompliment nicht ungern entgegen.

KAPITEL 46 - ANNIE

In den nächsten drei Tagen verbrachte Salvatore viel Zeit auf der Polizeiwache. Man arbeitete an seinem Computer, um den ganzen Inhalt von Todds Handy sicherzustellen, und Salvatore entfernte sich nie gern weit von seinem Laptop.

Todd gestand den Mord an Husker, führte jedoch Beweise an, denen zufolge es ein Auftragsmord gewesen war. Salvatore untersuchte, ob Russell Mathers Geschäfte in finanziellen Schwierigkeiten steckten, denn das könnte ein Motiv gewesen sein, weshalb er ins Meth-Geschäft eingestiegen war. Er kam jedoch nur langsam voran. Man bereitete sich darauf vor, Russell Mathers anzuklagen. Die Anklagepunkte reichten von Mord über Drogendelikte bis hin zu Steuerhinterziehung. Ruth Mathers starb in der Nacht des Banketts. Dieser Mord ging auf Todds Konto.

Am Montagmorgen um elf Uhr wurde Michael aus seiner Haft in der Innenstadt entlassen. Er hatte acht Nächte hinter Gittern verbracht. Ich holte ihn mit seiner Corvette ab und brachte ihn nach Hause. Die Polizei und das gelbe Absperrband waren schon längst weg, aber die

Weihnachtsdekoration und die Shrike-Rakete hingen immer noch auf dem Dach wie auf einer kopflastigen Torte.

„Wird ziemlich eigenartig, hier allein zu leben", sagte er. „Ich vermisse ihn."

Wir saßen in der Küche. Er hatte im Kühlschrank eine Flasche Bier für sich selbst und eine Cola für mich gefunden.

„Nach acht Tagen im Knast bist du sicher froh, ein bisschen allein zu sein."

„Hätte nie gedacht, dass Todd ein Mörder ist", sagte Michael. „Was für ein kranker Typ, mit dem deine Schwester zusammen ist."

„Also war die ganze Sache mit der Party Todds Idee?"

Michael zuckte mit den Achseln. „Schien mir 'ne gute Idee zu sein."

Ich enthielt mich des Kommentars. Es sagte viel über Michael aus, dass er selbst keinen Kommentar dazu abgab. Angefangen mit einer Entschuldigung.

„Was willst du jetzt tun, nun, da du draußen bist?"

Michael nahm einen großen Schluck aus seiner Flasche. „Ich kann Autos verkaufen. Vielleicht geh ich zurück zum Händler. Mal sehen, ob sie mich wieder einstellen."

„Wenn wir schon bei Autos sind. Ich hab dir übrigens einen ziemlich teuren Anwalt besorgt. Er hat mir einen Teil des Geldes zurückgegeben, aber ich bin immer noch um achttausend Dollar ärmer."

Michael sah mich an. „Danke, Annie."

„Du wolltest einen Anwalt, also hab ich dir einen besorgt. Keine Ahnung, ob er was getaugt hat, aber das Geld ist weg."

„Heißt das, du willst dein Geld zurück?"

„Wenn du kannst, ja. Ich meine, wann immer du kannst."

Er trank die Flasche leer – sein erstes Bier seit mehr als einer Woche – und stellte sie auf den Tisch. „Okay, dann hab ich jetzt ja ein ganz konkretes Ziel. Ich werd's dir zurückzahlen. Brauch nur ein bisschen Zeit, um mein Leben auf die Reihe zu kriegen. Achttausend Kröten. Sag mal, hast du schon mein Schlafzimmer gesehen? Willst du's sehen?"

Er stand auf und hielt mir mit Augen voller Leidenschaft seine Hand hin. Allein sein Blick, allein seine Frage entfachte das Feuer in mir. Ich hatte mich noch immer nicht ganz daran gewöhnt, dass Michael Garcia wieder in mein Leben gekommen war. Endlich war er raus aus dem Knast und entlastet. Die Anziehungskraft seiner Leidenschaft floss wie eine Droge in meine Adern, lockerte meine Muskeln, lockerte meinen Widerstand.

„Hör zu, ich hab 'ne Idee. Ich behalte für 'ne Weile deine Corvette, bis du das Geld zusammen hast." Ich nahm die Autoschlüssel vom Tisch. „Ich nehm sie in Chicago in meine Obhut. Wenn du das Geld hast, rufst du mich an und kommst den Wagen holen. Abgemacht?"

„Ein einziges Mal noch, Annie. Komm schon, komm und sieh dir mein Schlafzimmer an."

Ich öffnete die gläserne Schiebetür. „Wir hatten unser letztes Mal bereits, Michael. Es war fantastisch. Das werde ich nie vergessen."

„Ich meine, jetzt. Ein letzter Versuch noch, du und ich."

„Ich kann nicht zwei Männer lieben, Michael. Du kannst das verstehen. Versuch's."

Ich schloss die Schiebetür hinter mir und ging über die Terrasse. Ich spürte seinen Blick in meinem Rücken. Ich fühlte, wie er sein Hirn anstrengte und über eine Möglichkeit nachdachte, wie er mich zum Anhalten, zum Umkehren bringen konnte. Seine Augen brannten die Botschaft in meine Haut, aber ich ging weiter. Ich hatte genug Verstand, nicht zurückzublicken. Ich wusste, wenn ich jetzt zurückblickte, dann hätte er mich. Er wartete, bis ich mich umdrehen und zurückblicken würde. Er wartete nur darauf. Ich tat es nicht. Michael in diesem Moment den Rücken zuzukehren, war vielleicht das Schwierigste, das ich je getan hatte.

Als ich von der Terrasse auf den Rasen trat, hörte ich, wie sich die Schiebetür erneut öffnete. Ich wusste es. Michael gab nicht so einfach auf. Vielleicht ging es ihm auf gewisse Weise auch um die Jagd, gar nicht nur um mich. Ich blickte über meine Schulter. Ich war jetzt weit genug entfernt. Ich ließ die Autoschlüssel um meinen Finger kreisen und ging weiter.

„Hey, dieser Wagen ist verdammt viel mehr wert als achttausend Mäuse."

„Dann betrachte es als Geld auf der Bank", sagte ich. „Bring mir die Achttausend und der Wagen gehört dir. Vollgetankt, wenn du willst."

„Du hast dich verändert, Annie", rief Michael.

Ich ging weiter. Er folgte mir in einiger Entfernung barfuß auf dem Rasen.

„Du hast dich verändert, und das gefällt mir. Ich liebe es, wie du dich verändert hast. Ich kann mich auch ändern. Wir könnten das hinkriegen. Nur du und ich. Ich weiß, dass wir's könnten."

Ich stieg in den Wagen und schlug die Tür zu. Während ich rückwärts aus der Ausfahrt fuhr und daran dachte, dass dieser Ort vor einer Woche voller Menschen gewesen war, stand Michael auf dem Rasen und sah mir zu, ganz alleine, die Arme herabhängend, ohne Ideen, ohne Publikum, ohne Antrieb. Ich bedauerte ihn nicht. Es war nicht meine Aufgabe, ihn zu erlösen. Ich bedauerte gar nichts.

Er hatte recht damit, dass ich mich verändert hatte. Wenn man dem Tod ins Auge sieht, macht man sich ernsthaft Gedanken. Ich hatte mir meine Gedanken am Grund des

Erdlochs gemacht, eng in einen Teppich gewickelt und über einem unbekannten unterirdischen Fluss baumelnd. Ich war mir sicher gewesen, dass ich sterben würde. Die ganze Zeit über, als ich dort unten lag, hatte ich nicht mehr damit gerechnet, eine zweite Chance zu bekommen. Nun, da ich wieder oben war, wusste ich verdammt genau, was ich wollte.

Als ich wegfuhr, blickte ich hoch und sah zum letzten Mal die Rakete, die bedrohlich über dem Haus hing. Das Partyplakat war weg, vermutlich hatte es jemand als Andenken mitgehen lassen, aber die schreckliche Weihnachtsdekoration musste noch entfernt werden. Das würde ziemlich viel zu tun geben. Ein Projekt für Michael. Wie sagt man so schön: Arbeit formt den Charakter.

ENDE

DANKSAGUNG

Manche Menschen stellen sich das Schreiben eines Buches so vor, dass ein Mann (oder eine Frau) sieben Jahre lang einsam in einer Dachkammer verbringt und ein weltbewegendes Meisterwerk schafft. Es ist jedoch weithin bekannt, dass Raymond Carvers Geschichten ohne die Nachbearbeitung von Gordon Lish nur gewöhnliche Geschichten gewesen wären, wie auch Ernest Hemingways *Fiesta* 1920 in Paris von Ezra Pound nachbearbeitet wurde.

Meine Erstleser Andrea Dannegger, Simon Jenner und Meredith Newman fanden viele Schwächen und Unstimmigkeiten, und ihre Vorschläge führten mich näher an das Wesen von Annie Ogden heran. Dank der sprachlichen Tipps von Helen Hanson und Martha Bourke konnten viele ungeschickte und ungenaue Abschnitte ausgebügelt werden. Ich bin euch allen dankbar für eure Hingabe, mir dabei zu helfen, Annie Ogden der Welt vorzustellen.

Meine Verlegerin Elizabeth King Humphrey bewirkte auf ihre eigene Art literarische Wunder, als ich das Manuskript bereits für druckreif hielt. Ich verlor ziemlich viel Geld, nachdem ich mit einem Freund gewettet hatte, dass Elizabeth weniger als 100 Fehler finden würde. Die genaue Zahl möchte ich hier nicht bekanntgeben. Vielen Dank an Mallory Rock für das umwerfende Titelbild mit Annie in ihrer typischen Denkerpose und für das Design der Taschenbuchausgabe. Ohne Emlyn Chand wäre das Buch nicht formatiert. Die deutsche Übersetzung existiert dank der hervorragenden Arbeit von Stefan Buess. Die Zusammenarbeit mit ihm war ein Vergnügen. Der deutsche Text wurde mit viel Fingerspitzengefühl von Marco Kaas lektoriert und perfektioniert.

Anne Chaconas, es macht wahnsinnig Spaß, mit dir Marketing- und Werbeideen auszutüfteln. Danke für dein Lächeln während der ganzen Zeit.

Vielen Dank an Christine Nolfi, Rachel Thompson, J.P. Thompson und Barb Drozdowich für eure besondere Unterstützung, wann immer ich sie brauchte. Daniel Lang, Jürg Heiniger, Christian Rütti und Uschi Preininger, euch danke ich ebenfalls aus ganzem Herzen.

Zu guter Letzt möchte ich Ihnen, liebe unbekannte Leserin, lieber unbekannter Leser, danken, ein paar Stunden mit Annie Ogden verbracht zu haben. Teilen Sie Ihre Meinung und schreiben Sie eine Buchkritik, damit andere beurteilen können, ob ihnen dieses Buch gefallen könnte.

ÜBER DEN AUTOR

2011 startete Frederick Lee Brooke die Annie Ogden-Krimiserie mit Doing Max Vinyl, gefolgt von Zombie Candy im Jahr 2012, einem Roman, der weder von Zombies noch von Süßigkeiten handelt. 2013 erschien in dieser Serie der dritte Roman, Collateral Damage. Der erste Band aus Freds neuer Krimiserie erscheint im November 2013.

Fred, der seit 20 Jahren in der Schweiz wohnt, war als Lehrer, Sprachschulleiter und Schulinhaber tätig. Er hat drei Jungs und zwei Katzen und musste vor Kurzem lernen, wie man die Waschmaschine und den Trockner bedient.

Wenn er nicht gerade am Schreiben oder Wäschewaschen ist, kann man Fred beim Spaziergang am Rheinufer begegnen, im Café sitzen sehen oder in allen hiesigen Pubs antreffen, auf der Suche nach seinem verlorenen Schirm.

Facebook.com/FrederickLeeBrooke
www.frederickleebrooke.com

www.ingramcontent.com/pod-product-compliance
Lightning Source LLC
Chambersburg PA
CBHW071644260626
47170CB00001B/221